岩 波 文 庫

30-030-1

金 葉 和 歌 集

川村晃生
柏木由夫校注
伊倉史人

岩 波 書 店

凡　例

一　本書は、新日本古典文学大系『金葉和歌集 詞花和歌集』(岩波書店、一九八九年。以下、「新大系版」と略記)のうちの『金葉和歌集』(川村晃生・柏木由夫校注)に基づき、注などを改編して文庫化した。岩波文庫では『三奏本 金葉和歌集』(松田武夫校訂、一九三八年)が刊行された。

二　底本には、新大系版と同じく、二度本として知られるノートルダム清心女子大学正宗文庫蔵伝二条為明筆本(複製本)を用い、誤写・脱落を尊経閣文庫蔵伝二条為遠筆本、国学院大学蔵伝二条為家筆本、正保四年版本によって補訂した。また、本文の後に載せた「補遺歌」(『新編 国歌大観』における「異本歌」)は、二度本精撰過程において切り出されたと思しい歌を、二度本の中で所有歌の多い正保四年版二十一代集本、八代集抄本等によって集成したものである。

三　本文および補遺歌の翻刻は左の方針に拠った。

1　字体は、仮名・漢字ともに通行の字体を用いた。

2　仮名遣いは、底本のままとし、歴史的仮名遣いと異なる場合には、歴史的仮名遣いを（　）に入れて右側に傍記した。

3　清濁は、校注者の見解に従って施した。

4　仮名には、校注者の見解により適宜漢字をあてて読解の便をはかったが、その場合、もとの仮名を振り仮名の形で残した。

5　反復記号「ヽ」「〻」「〳〵」は、原則として底本のままとしたが、該当箇所に仮名・漢字をあてた場合は、反復記号を振り仮名の位置に残した。

6　底本の本文を改めた場合は、その旨を注に記した。

7　傍書、傍注はすべて略に従った。

8　難読漢字や新たに振り仮名を付した人名については、（　）に入れて歴史的仮名遣いで読みを記した。

9　詞書中の漢文表記には訓点が付されていないが、読みやすさを考慮して、三字題以上の歌題には返り点・送り仮名を施した。

10　補遺歌で（　）を付した詞書は、正保版本等において、その詞書の並びにあることを示している。

四　本文および補遺歌の歌番号は、『新編　国歌大観』に従った。

五　注は、和歌の大意、語釈（〇）、参考事項（▽）の順に掲げた。

六　注に引用した歌集等は、主に『新編 国歌大観』に拠ったが、『堀河百首』や『袋草紙』など個別のテキストに拠ったものもある。また、私家集の呼称は主に作者名に拠った。

七　人名の解説は注では必要最小限にとどめ、他は巻末の人名索引に譲った。

目次

金葉和歌集

金葉和歌集巻第一　春部

堀河院（ほりかはゐん）の御時百首歌めしけるに、立春の心をよみ侍（はべり）ける

1 うちなびき春はきにけり山河（やまがは）の岩間（いはま）の氷（こほり）けふやとくらむ

修理大夫顕季（あきすゑ）

2 春たちて梢（こずゑ）にきえぬ白（しら）雪はまだきに咲（さ）ける花かとぞ見る

春宮大夫公実（きんざね）

3 いつしかとあけゆく空（そら）の霞（かす）めるは天（あま）の戸（と）よりや春は立（た）つらん

藤原顕仲（あきなか）朝臣

春一巻。立春から、梅、柳、桜、早蕨、山吹、鶯、帰雁などを主要素材として構成し、三月尽に至る。中心は桜だが、藤の八首も特色。

立春　五首

1　春がやってきたよ。山の中を流れる川の岩と岩の間に張っていた氷が、今日は解けるだろうか。○堀河院の御時　堀河天皇御在位の時。応徳三年(一〇八六)―嘉承二年(一一〇七)。○百首歌　堀河百首。源俊頼ら一六名の歌人による初の組題百首和歌。公的百首和歌の典型として後世の規範となった。○初句　春の枕詞。草木の靡くことからか。万葉集では「うちなびく」。▽立春の喜びから解氷を想像した歌。「春霞たつやおそきと山川の岩間をくぐる音聞ゆなり」(和泉式部集・百首歌、後拾遺・春上)。芸文類聚等に見える立春東風解氷に基づく古今集以来の詠法。

2　春になっても、梢に消えずに残っている白雪は、早くも木に咲いた花かとばかりに見るよ。○きえぬ白雪　旧年からの残雪。○まだきに「き」に木の意を懸けるか。「見渡せば降りつむ雪に埋もれてまだきも花のさける今朝かな」(明王院旧蔵本系定頼集)。▽雪を花に見立てて詠む類型表現。開花への願望が根底にある。残っている雪によって旧年との連続を図る。「春立つと聞きつるからに春日山消えあへぬ雪の花と見ゆらむ」(後撰・春上・凡河内躬恒)。

3　いつのまにか早くも夜の明けてゆく空が霞んでいるのは、天の戸を開けて春が立つからなのだろうか。○あけゆく　「(夜が)明ける」に「(戸を)開ける」を懸ける。○天の戸　天上にあると想像された戸で、天界の入口の門。古代語のニュアンス。▽朝霞によって天からの春の到来を想像する。壮大な景の空間的広がりと古質の語による時の悠久の広がりを感じさせる歌。

皇后宮肥後

4 つらゝゐし細谷川のとけゆくは水上よりや春は立つらん

百首の歌の中に春の心を、人にかはりてよめる

前斎宮内侍

5 春のくる夜の間の風のいかなれば今朝ふくにしも氷とくらん

早春の心をよめる

大宰大弐長実

6 いつしかと春のしるしに立つものは朝の原の霞なりけり

睦月の一日ころに、雪の降りはべりければつかはしける

修理大夫顕季

7 あらたまの年のはじめに降りしけば初雪とこそいふべかりけれ

返

春宮大夫公実

8 朝戸あけて春の木末の雪みれば初花ともやいふべかるらん

4　氷の張っていた流れの細い谷川が解けてゆくのは、上流から春になるのだろうか。○細谷川「吉備(→三)」の歌枕としての用法と普通名詞の場合とがあるが、ここでは後者。山深い川の上流。▽一と同想だが、解氷を現実の景とする。細谷川は「山里の夜半の嵐のさむければ細谷川ぞまづこほりける」(堀河百首・氷・源師頼)のように、冬から春に注目される。

5　春が来る夜の間に風がどのように変わったので、立春の今朝吹くと氷を解かすのだろうか。○百首の歌　→一。○人にかはりて　堀河百首での作者は河内。○四句　昨日までは風が吹いても氷が解けることはなかったのに。▽立春になる一夜のうちの風の変化を歌う。「夜の間の風」は通常花を散らすものとされる。「朝まだき起きてぞ見つる梅の花夜の間の風のうしろめたさに」(拾遺・春・元良親王)などの応用。

早春　一首

6　はやくも春になった目印として現われるのは、朝の原の朝霞なのだったよ。○いつしかと…立つ　いつなのかと霞が春を待ちかねていた心をこめる。○朝の原　大和国。奈良県北葛城郡王寺町から香芝町にかけての丘陵。朝の意を懸ける。▽同じく霞を詠む三に対して、天上から地上へと、春の到来が間近なものになっている。「いつしかと朝の原にたなびけば霞ぞ春のはじめなりける」(堀河百首・霞・河内)。

春雪　二首

7　新年のはじめにさかんに降るので、去年のうちから降っているのに、初雪と特に言うべきですね。○降りしけ　しきりに降る。▽本来初雪は冬の初めのもの。それを、明るく戯れた。

8　朝戸をあけて、春を迎えた木々の梢に積る雪を見ると、それは初雪ではなく初花とでも言うのが良いのではなかろうか。○朝戸　朝起きて開ける戸口。万葉集から見える語。○初花「谷風に解くる氷のひまごとにうち出づる波や春の初花」(古今・春上・源当純(まさずみ))を踏まえ雪を花に喩えた。▽七・八は雪への見方の差によって春の到来を楽しむ機知的贈答。

実行卿家の歌合に、霞の心をよめる

9 朝まだきかすめる空の気色にや常磐の山は春をしるらん

少将公教母

10 年ごとにかはらぬものは春霞たつたの山のけしきなりけり

藤原顕輔朝臣

霞の心をよめる

11 梓弓はるのけしきになりにけり入佐の山に霞たなびく

大宰大弐長実

百首歌中に鶯の心をよめる

12 鶯のなくにつけてや真金吹く吉備の山人はるをしるらむ

修理大夫顕季

はじめて鶯を聞くといふことをよめる

13 今日よりや梅の立枝に鶯の声さとなるゝはじめなるらん

春宮大夫公実

霞　三首

9　朝早くから霞んでいる空の様子によって、季節の変化がないという常磐の山は、春の到来を知るのだろうか。〇実行卿家の歌合　永久四年(一一一六)六月四日参議実行が催した歌合。〇気色　後拾遺集よりの叙景歌重視に伴い多く用いられる語。〇常磐の山　山城国。京都市右京区双岡西南の丘陵。山名から常緑のイメージで詠まれる。▽「花咲かぬ常磐の山の鶯は霞をみてや春をしるらん」(能宣集)。歌合では山の擬人化を批判され、負判になった。

10　いつの年も同じなのは、春霞が立ってたなびく立田山の姿なのだったよ。〇たつたの山　大和国。奈良県生駒郡斑鳩町竜田。「(春霞)立つ」を懸ける。▽立田山は紅葉の名所だが、「朝霞やまずたなびく立田山」(万葉集・巻七)とも詠まれる。

11　あたりは春らしい情景になったよ。入佐の山には霞がたなびいている。〇入佐の山　但馬国。兵庫県豊岡市。「射る」の意で梓弓の縁語。▽「梓弓はるの霞はへだつれど入佐の山の月ぞさやけき」(好忠集)。三句切れによって春霞のかかった情景を鮮明に描き出している。「見渡せば春のけしきになりにけり霞たなびく桜井の里」(堀河百首・霞・藤原顕季)。霞三首は、山の「けしき」を詠んだ作品に限定されている。

鶯　五首

12　鶯の鳴く声によって、吉備の国の山中に住む人は春の到来を知るのだろうか。〇百首歌→一。〇三句　鉄を製錬すること。「くろがねを吹くをいふ」(能因歌枕)。吉備にかかる枕詞。〇吉備　岡山県と広島県東部。〇山人　真金吹く人か。▽「鶯の声なかりせば雪きえぬ山里いかで春を知らまし」(拾遺・春・藤原朝忠)。二の山の霞から山の鶯に転ずる。

13　今日からが、梅の高く伸びた枝で、鶯の声が里に馴染む初めなのだろうか。〇梅の立枝　遠くからも目立つので、鶯がはじめにとまるに相応しい。〇四句　鶯は春に谷から人里に来ると考えられた。▽山の鶯から里の鶯に転ずる。

睦月の八日春の立ちけるに、鶯のなきけるを聞きてよめる

藤原顕輔朝臣

14 今日やさは雪うちとけて鶯の都へいづる初音なるらん

暁に鶯を聞くといへることをよめる

源雅兼朝臣

15 鶯の木伝ふさまもゆかしきにいま一声は明けはてて鳴け

皇后宮にて人〻うたつかうまつりけるに、雨中鶯といへることをよめる

源俊頼朝臣

16 春雨は降りしむれども鶯の声はしほれぬ物にぞありける

良暹法師しのびて物へまかりけるに、右大弁経頼が家に梅のさかりに咲きたりければ、門にひねもすに立ちくらして、夕方言ひ入れはべりける

良暹法師

17 梅の花にほふあたりは避きてこそ急ぐ道をばゆくべかりけれ

14　立春になった今日が、それでは、やっと雪が解け、心軽やかに鶯の都に出て鳴く初音なのだろうか。○さは　雪解けと鶯の初音への推測を強調する。○うちとけて　雪解けと、鶯の心が冬の間に比してゆるみ寛ぐことを懸ける。「氷だにとまらぬ春の谷風にまだうちとけぬ鶯の声」(拾遺・春・源順)。○初音　顕輔集の詞書では「…子日にあたりたるに…」とあり、「初子」がこめられている。↓三。▽遅い立春で迎えた鶯の初音への喜び。三の里の鶯を都へ進めた。

15　鶯が木の枝を飛び伝う様子までも見たいので、もう一声は夜がすっかり明けてから鳴けよ。○二句「鳴き声だけでなく」の意。「木伝へばおのが羽風に散る花を誰におほせてここら鳴くらむ」(古今・春上・素性)。○いま一声は明けはてて　聞いているのは、まだ夜が明けきらない薄明のうち。歌題に即している。▽鶯を聴覚だけでなく、視覚でも楽しもうとした。

16　春雨はしみ通るほどに降るが、鶯の声はぬれても弱らないものだよ。○皇后宮　白河院皇女令子内親王。○降りしむれ　しみ通るほどしっとりと降る。○声は　鶯の羽毛がしおれているのに対して言う。○しほれぬ　春雨で湿った声が予想されるが、そうはならず透き通るような美しい声。▽「降りしむ」と「しをれぬ」の対照で鶯の美しい声をきわ立たせることが趣向。

梅　五首

17　梅の花が咲き匂っている近くは、特に寄らないようにして、急いでいる道を行かなければいけないのでしたよ。○右大弁経頼　左大弁の誤り。○三句　梅の香に惹きつけられて時を過ごしてしまうため、そうならないように。▽「梅の花にほふあたりは関路かは人とめねども行きぞやられぬ」(堀河百首・梅・河内)。作者の好士らしさを示すとともに、家主への挨拶ともなっている。

梅花夜にほふといふことをよめる

18 梅が枝に風やふくらん春の夜はおらぬ袖さへ匂ひぬるかな

前大宰大弐長房

朱雀院に人〳〵まかりて、閑庭ノ梅花といへる事をよめる

19 今日こゝに見にこざりせば梅の花ひとりや春の風にちらまし

大納言　経信

道雅卿の家の歌合に、梅花をよめる

20 散りかゝる影は見ゆれど梅の花水には香こそうつらざりけれ

藤原兼房朝臣

梅花をよめる

21 限りありて散りははつとも梅の花香をば木末にのこせとぞおもふ

源　忠　季

子日の心をよめる

22 春日野の子の日の松はひかでこそ神さびゆかんかげにかくれめ

大中臣公長朝臣

18 梅の花が咲いている枝に風が吹き通っているのだろうか。春の夜は梅の枝を折り取らない者の袖までもが香っているよ。○二句　春の夜風が梅香を運んできたと思う。▽「梅の花にほひことなる宿に来て折らぬ袖にもうつりぬるかな」(左京大夫道雅障子絵合・源頼家)。四句が趣向の中心。一七・一九に「匂ひ・風」で連接。

19 今日、この院に私どもが見に来なかったら、梅の花は一人さびしく春の風で散ったでしょうか。○閑庭梅花　人のいない静かな庭の梅。○こゝ　朱雀院。京都市中京区壬生花井町から同天池町。三条・四条・朱雀・皇嘉門の大路内側の宏壮な邸第。○ひとり　梅の花を擬人化。▽「思ひ出でて見に来ざりせば梅の花たれに匂ひの香をうつさまし」(伊勢集)。美しい花に会えた喜びを花を擬人化して表した。梅の視覚的美。

20 花びらが散りかかってゆく影は見えるけれど、梅の花は水面に香りまでは映らないことよ。○道雅卿の家の歌合　寛徳二年(一〇四五)—天喜二年(一〇五四)七月の間の夏か。左京大夫道雅が催した障子絵合。○梅花をよめる　障子絵の図柄は「人家の前に梅の木あり。花散りて遣水(やりみづ)に流れ下るところをながめて嫗(おうな)あり」(経衡集)。○影　水面に映る花びら。▽水面に映る梅の美を香りにも求めた強い数寄心。

21 咲いている時には限度があって、すっかり散ってしまうとしても、梅の花よ、せめて香りだけは梢に残してくれと思うよ。○二句　梅花歌群末尾に相応しい表現。▽「散りぬとも香をだに残せ梅の花こひしき時の思ひ出でにせむ」(古今・春上・読人しらず)を基とする。

子日　一首

22 春日野の子の日の小松は引かずにおき、その松が年経て古び神々しくなった時の下蔭に身を寄せよう。○子日　新年の初子の日に野外で小松を根ごと引き、松にあやかって長寿を祈る行事。○春日野　大和国。奈良市春日野。藤原氏の氏神の春日大社がある。○四句　藤原氏の末遠い繁栄を表す。○五句　恩恵を受けよう。▽作者の大中臣と藤原は同祖。藤原氏を言寿(ことほ)ぎつつ、自らの受ける庇護を願う。

柳糸随レ風といふ事をよませ給ける　　院御製

23 風ふけば柳の糸のかたよりになびくにつけて過ぐる春かな

百首歌中に柳をよめる　　春宮大夫公実

24 朝まだき吹きくる風にまかすればかたよりしけり青柳の糸

池岸ノ柳をよめる　　源雅兼朝臣

25 風ふけば波のあやをる池水に糸ひきそふる岸の青柳

呼子鳥をよめる　　前斎院尾張

26 糸鹿山くる人もなき夕暮にこゝろぼそくも呼子鳥かな

帰雁をよめる　　藤原成通朝臣

27 声せずはいかで知らまし春霞へだつる空に帰るかりがね

柳　三首

23 春の風が吹くと、糸のような柳の若枝がどれも同じむきに靡くが、それに従って過ぎてゆく春だよ。○かたより　片寄りの意だが、「縒り」が糸の縁語。▽ゆるやかな風に柳の枝が靡き、いつしか春も日を重ねる、という春の穏やかさに浸っての歌。

24 朝早くから吹いている風に任せていたので、同じ向きに吹き寄せられてしまったよ。柳の細い枝々が。○百首歌　→一。○吹きくる　「来る」意。「繰る」で糸の縁語。○かたより　→二三。

25 風が吹くと、綾織物のように波立っている池の水に、糸を引き加えるように吹き寄せられる岸辺の青柳よ。○あや　波への見立て。綾織物(種々の文様が浮き出すように織った織物)。▽「柳無二気力一条(だえ)先動。池有二波文一氷尽開」(和漢朗詠集・立春・白楽天)に拠り、春風の吹く情景を華麗な比喩によって、繊細に詠む。

呼子鳥　一首

26 糸鹿山では、やってくる人もない夕暮に、心細げに人を呼んで鳴く呼子鳥だよ。○呼子鳥　不詳。カッコウ、ホトトギスなど諸説がある。鳴き声が人を呼ぶ声に似ているという。「呼ぶ」を懸ける。「をちこちのたづきも知らぬ山中におぼつかなくも呼子鳥かな」(古今・春上・読人しらず)。○糸鹿山　紀伊国。和歌山県有田市糸我の南にある山。「繰る・細く」は糸の縁語。▽古今集歌の情景を糸鹿山に設定して構成した。

帰雁(きがん)　二首

27 鳴き声がしなかったなら、どうして気付こうか、春霞が隔てている彼方の空を帰る雁がねを。○帰雁　流布本では「霞中帰雁」とする本もあり、内容的にはこれが相応しい。「かへるかり」とも。春先に北方へ帰る雁。○五句「薄墨にかく玉章と見ゆるかな霞める空に帰る雁がね」(後拾遺・春上・津守国基)の下句に拠る。▽帰雁の声に注目した歌。二八の雁の姿と対照。

帰雁をよめる　　藤原経通（つねみち）朝臣

28 今はとて越路に帰るかりがねは羽もたゆくや行きかへるらん

花薫ルレ風ニといへることをよめる　　摂政左大臣（せつしやうさだいじん）

29 吉野山みねの桜や咲きぬらん麓のさとにゝほふ春風

白河花見御幸に　　新院（しんゐん）御製

30 尋ねつる我をや春も待ちつらん今ぞさかりに匂ひましける

31 白河の流れひさしき宿なれば花の匂ひものどけかりけり　　太政大臣（だいじやうだいじん）

人にかはりてよめる　　大宰大弐長実

32 吹く風も花のあたりはこゝろせよ今日をばつねの春とやは見る

28 もう旅立つ時だと、秋にやって来た越路に帰る雁は、羽も重そうに行き帰るのだろうか。○越路　越国(北陸地方)への道筋。「来し」を懸ける。○羽もたゆく　「たゆし」は疲れて力のない様。越路が遠いため。▽帰雁は通例では北へ帰ることを望むと詠まれるのに対し、「羽もたゆく」帰るという推測・描写は新しい着眼。

桜　二十八首

29 吉野山では高嶺の桜がもう咲いたのだろうか。麓の里に吹く春風に花の香りがするよ。○初句　大和国。奈良県吉野郡。○五句　風が高嶺の桜の香りを麓に運んでくる。▽上句と下句で、峰と眼前の麓が立体的に構成されている。「霞立つ春の山辺は遠けれど吹きくる風は花の香ぞする」(古今・春下・在原元方)。

30 花を求めてやって来た私を、春も待っていたのだろうか。今が満開と桜がひときわ美しく咲きほこっているよ。○白河花見御幸　白河は山城国。京都市左京区・東山区。保安五年(一一二四)閏二月十二日、白河院、鳥羽院、待賢門院による桜の名所の法勝寺、白河殿への御幸。○二・三句　春が我に従うと見ている。○四句「わざとかねて外のをも散らして、庭に敷かれ…」(今鏡・白河の花宴)など豪華さが知られる。▽桜の華麗さと、帝王ぶりがうかがえる歌。

31 白河の流れのように久しく続くめでたい邸だから、花の美しさまでもゆったりしているよ。○初・二句　白河の流れは比叡山と如意ヶ嶽の間に発する。○宿　白河殿。もと藤原良房の邸宅。「咲きはてぬ梢多かる宿なれば花の匂ひも久しくやみむ」(範永集)。▽昔から将来へと久しく続く白河殿の花を詠み祝意を示す。

32 吹き寄せる風も花の近くは気を付けてくれ。このめでたい今日を常の春の日と見てはならないよ。○三句　風に対して花を吹き散らすなと言いかけた。→四。○今日　三院の御幸(→三〇)を迎えた今日。▽三院の御幸のめでたさによって、はかない花をも散らすまいとする。「春風は花のあたりをよきてふけ心づからやうつろふと見む」(古今・春下・藤原好風)

33　よろづ代の例とみゆる花の色をうつしとゞめよ白河の水

待賢門院兵衛

34　年ごとに咲きそふ宿の桜花なをゆくすゑの春ぞゆかしき

源雅兼朝臣

宇治前太政大臣京極の家の御幸

35　春がすみたち帰るべき空ぞなき花の匂ひにこゝろとまりて

院御製

遠山桜といへることをよめる

36　白雲とおちの高嶺に見えつるは心まどはす桜なりけり

春宮大夫公実

松間桜花といへる事をよめる

37　春ごとに松の緑に埋もれて風にしられぬはな桜かな

内大臣

33　万代まで続くあかしと見える花の色を、散った後までも映しとどめてくれ、白河の水よ。○よろづ代の例　万代の後まで盛代が続くための証拠。→三二。▽水面に映っている華麗な情景に対して、その永続を願っている。「花の色をうつしとどめよ鏡山春より後の影や見ゆると」(拾遺・春・坂上是則)。

34　春の来るたびに数を増して咲く邸の桜の花は、いっそう後々の春が見たいものよ。○咲きそふ　「春ごとに見れどもあかず山桜としにやそふ　花の咲きまさるらん」(後拾遺・春上・源縁法師)。○宿　→三。○ゆくすゑの春　今以上に豪華に桜が咲く春。▽白河殿の将来を予祝し、院や帝の長命と盛代の永続を願う意を寓す。

35　春霞が立つ中、引き返すあてがないことよ。この邸の花の美しさに心がとどまって。○宇治前太政大臣　藤原師実。○たち　「春霞」と「帰る」の両語にかかる。○三句　空は出発する方角や場所を表し、霞の縁語。▽「花下忘レ帰因二美景一」(和漢朗詠集・春興・白楽天)に基づく。邸宅の主(師実)への挨拶にもなっている。

36　白雲だと彼方の高嶺に見えたのは、心を乱す桜だったよ。○遠山桜　後拾遺集から見える歌題だが、詠み方は類型化している。○四句　花の美が見る者の理性を失わせる。▽山の桜の美しさに酔う心を詠む。当時好まれた長高体の詠風。「桜花咲きにけらしもあしひきの山のかひより見ゆる白雲」(古今・春上・紀貫之)。

37　毎年春には、茂っている松の緑にかくれて、風に気付かれず散らされない桜の花よ。○松間桜花　他に同題見えず。○四句　風を擬人化する。「山がくれ風にしられぬ花しあらば春はすぐとも折りてながめむ」(好忠集)。▽松が桜の花に対して、風を遮る様を歌うが、情景は緑と白が重なって、色彩鮮明で典雅な趣き。花が散らされないという点で「深緑ときはの松の陰にゐてうつろふ花をよそにこそ見れ」(後撰・春上・坂上是則)のように、常磐の松にあやかっているとの余情もある。

38 この春はのどかに匂へ桜花枝さしかはす松のしるしに

左兵衛督 実能(さねよし)

花為二春友一といへる事をよめる

39 散らぬ間は花を友にてすぎぬべし春よりのちの知る人もがな

内大臣

新院御方にて花契二遐年一といへることをよめる

40 白雲にまがふ桜のこずゑにて千年の春をそらにしるかな

待賢門院中納言(たいけんもんゐんのちゆうなごん)

41 よろづ代に見るべき花の色なれど今日の匂ひはいつかわすれむ

藤原顕輔朝臣

ひねもすに花を尋ぬといへることをよめる

42 白雲にまがふ桜を尋ぬとてかゝらぬ山のなかりつるかな

源貞亮(さだすけ)朝臣

38　今年の春はゆったりと咲いてくれ、桜の花よ。枝を重ねている松にあやかって。○初句　桜は毎年咲いている期間が短いが、今年は特別、の意。○四句　互いの枝を交叉している。○松のしるし　常磐の松による効果。▽三七と同じく、松に重なる桜のめでたさを歌う。

39　まだ散らないうちは花を友として、時を過ごせよう。春より後の友人がほしいことよ。○二句　花以外に知人がいない。○四句　花は春に散ってしまうので、その後の友人を求める。▽歌題を上句で詠みこみ、花の散った後の寂しさを余情とする。

40　白雲と見まがう桜の花咲く梢によって、千年後まで続く春を感じ取ったよ。○新院　鳥羽院。○花契遐年　勅撰集初出。「遐年」は長寿。→三〇九・三二一。○白雲　下句の祝意を導くか。白雲には祝のイメージがあるか。「君が代は千世にひとたびゐる塵の白雲かかる山となるまで」(嘉言集)。○そらにしる　暗に知るの意。空は白雲の縁語。▽「山桜白雲にのみまがへばや春の心の空になるらん」(後拾遺・春上・源縁法師)。四一と同時詠とすれば、鳥羽院が退位した保安四年(一一二三)一月二十八日直後の春の詠となる。

41　万代にわたって見られる花の色ではあるが、今日見る美しさをいつ忘れようものか。○今日の匂ひ　鳥羽院退位直後に対しての実感をこめる。▽顕輔集の詞書には「院、位下りさせ給ひて後、…花契遐年といふ題をつかうまつれる」とある。四〇の「千年の春」に対して、「今日の匂ひ」に焦点を当てている。

42　白雲と見まがう桜をたずねると言っては、心にかけず行かない山はないことよ。○白雲にまがふ桜　→四〇。○かゝらぬ　「かかる」は白雲の縁語。及び至るの意で、心と身の両方について言っている。→四六。「花ゆゑにかからぬ山ぞなかりける心は春の霞ならねど」(千載・春上・藤原顕綱)。▽祝意の桜歌群から、山桜に転ずる。特に山桜を尋ねてゆく歌として四三とともに歌群冒頭に位置している。

堀河院御時、女房達を花山の花見せにつかはしたりけるが帰りまいりて、御前にて歌つかうまつりけるに、女房にかはりてよませ給ける

43 よそにては岩こす滝と見ゆるかな峰の桜や盛りなるらむ

堀河院御製

44 今日くれぬ明日もきてみむ桜花こゝろしてふけ春の山かぜ

源師俊朝臣

山桜をもてあそぶといへることをよめる

45 鏡山うつろふ花を見てしより面影にのみたゝぬ日ぞなき

大弐長実

深山ノ桜花

46 峰つゞき匂ふ桜をしるべにて知らぬ山路にかゝりぬるかな

摂政左大臣

人〳〵桜の歌十首よませ侍りけるによめる

47 桜花さきぬるときは吉野山たちものぼらぬ峰の白雲

修理大夫顕季

43　遠くからは岩の上を越えて流れる滝と見えたよ。峰の桜は今が満開なのだろうか。○花山　山城国。京都市山科区北花山。○三句　桜の花の白さを岩を越える山川の激流に見立てた。五〇の「滝の白糸」に近い発想。▽「岩こす波」は万葉集に見え、俊頼に好まれた。「岩こす滝」は、その応用。峰の桜を白くきらめきつつ流れる滝に見立てた。

44　見ているうちに今日は暮れてしまった。明日も来て見よう、桜の花を。気を付けて吹け、春の山風よ。○四句　「夏衣まだひとへなるうたたねに心して吹け秋の初風」(拾遺・秋・安法法師)の下句に倣ったか。↓三二。○山かぜ　山桜であることを示す。▽「けふくれば明日も来て見む梅の花はな散るばかりふくな春風」(兼盛集)。桜の美に耽る心を歌う。

45　鏡山で散っている花を見てから、その様子が目に浮かばない日はまったくないよ。○鏡山　近江国。滋賀県蒲生郡竜王町と野洲市との境にある。↓一九六。○うつろふ花　映るの意で鏡の縁語。○面影　鏡の縁語。▽「花の色をうつしとどめよ鏡山春よりのちの影や見ゆると」(拾遺・春・坂上是則)。鏡の縁語に引かれて構成した詠みぶり。「うつろふ花」は配列上前後の歌に合わない。

46　峰つづきに咲いている桜を道案内にして、入ったこともない山路に来てしまったよ。○峰つゞき匂ふ桜　「吉野山消えせぬ雪と見えつるは峰つづき咲く桜なりけり」(拾遺・春・読人しらず)。○知らぬ山路　歌題の深山を表す。○かゝりぬる　↓四二。▽「いづことも知らぬ山路に入りにけり木末の桜たづねみしまに」(伊勢大輔集)。

47　桜の花が咲いている時は、吉野山には空に立ちのぼることのない峰の白雲がかかっているよ。○たちものぼらぬ　白雲に見えても実際は桜なので立ちのぼることはない、との意。▽「山桜さきぬる時はつねよりも峰の白雲たちまさりけり」(後撰・春下・読人しらず)。遠景の山桜を白雲に喩える類型の一つ。

山花留レ人といへることをよめる　　大中臣公長朝臣

48 斧の柄は木のもとにてや朽ちなまし春をかぎらぬ桜なりせば

宇治前太政大臣家歌合によめる　　皇后宮摂津（くわうごうぐうのせつつ）

49 散りつもる庭をぞ見まし桜花かぜよりさきに尋ねざりせば

源俊頼朝臣

50 山桜さきそめしよりひさかたの雲ゐに見ゆる滝の白糸

遥見二山花一といへる事をよめる　　大蔵卿匡房（まさふさ）

51 初瀬山くもゐに花のさきぬれば天の川波たつかとぞ見る

藤原忠隆（ただたか）

52 吉野山みねになみよる白雲と見ゆるは花のこずゑなりけり

48 斧の柄が木の下で朽ちるほど時を過してしまうだろうか。春を限らずいつまでも咲く桜だったならば。○斧の柄　晋の王質が山中で童子の囲碁を見ている間に、斧の柄は朽ち家に帰れば往時の知り合いはいなくなっていたという（述異記）中国の故事に拠る。「斧の柄朽つ」で気付かないうちに長い年月が経つことを表す。ここでは花の美しさに見とれて時が経ってしまう意。○四句　春だけではない。▽上句は比喩だけでなく、花を見る樵夫の様子とも見ることができる。

49 花びらが散り積もっている庭を見たことでしょうよ。桜の花を風が吹く前にたずねなかったならば。○宇治前太政大臣家歌合　嘉保元年（一〇九四）八月十九日前関白師実歌合。底本「家」脱。○四句　風が桜を散らす前に。「さほ山の錦なるらむもみぢばを風よりさきに見にやゆかまし」（好忠集）。▽風に散らされる直前の花盛りを見られた喜びを歌う。歌合判詞（経信）では、「いと心ばへをかしう侍めり」とある。

50 彼方の山の桜が咲きはじめてからは、遥かな空に見える滝の白糸よ。○雲ゐ　空。雲のあるあたり。「山高み雲ゐに見ゆる桜花こころのゆきて折らぬ日ぞなき」（古今・賀・凡河内躬恒）。○五句　滝の流れを白糸に喩えた歌語。ここでは山桜が山腹に筋状に咲いている様を喩えた。→四三。▽歌合では「きららかに詠まれたる」とされた。近代秀歌で晴の歌として高く評価されて、百人秀歌にも選ばれた。比喩が生動感のある繊細な美を表し得ている。

51 初瀬山は、空高くに花が咲いたので、天の川の波がまさに立っているのかと見るよ。○初句　万葉集に多い地名。▽「吉野山くもゐに花の散るころは天の川波かけぬ日ぞなき」（江帥集）。山高くに咲く桜を天の川の白波に見立てた。

52 吉野山の峰に波が寄せて白雲かと見えるのは、桜の花が咲いた梢なのだったよ。○二句　桜が峰に波のように寄せる。→五一。「吉野山花咲きぬれば谷川の波は高嶺のものにぞありける」（散木奇歌集）。○白雲　桜の白雲への見立ては類型的。→四七。▽吉野山の桜を波と白雲の

堀河院御時、女御殿女房達あまた具して花見ありきけるによめる

53 春ごとにあかぬ匂ひを桜花いかなる風の惜しまざるらむ

前斎宮筑前乳母

人にかはりてよめる

54 よそにては惜しみに来つる花なれど折らではえこそ帰るまじけれ

僧正行尊

後冷泉院御時皇后宮の歌合に、桜を

55 春雨にぬれて尋ねん山ざくら雲のかへしの嵐もぞふく

堀河右大臣

月前見花といへる事をよめる

56 月かげに花見るよはのうき雲は風のつらさにおとらざりけり

大蔵卿匡房

水上落花といへることをよめる

57 花さそふ嵐や峰をわたるらん桜なみよる谷川の水

源雅兼朝臣

両方に重ねて見立てたことが新たな趣向の歌。

53　毎春、飽きない美しさなのに、桜の花をどのような風が、惜しまず散らすのだろうか。○二句　十分楽しまないうちに散ってしまう桜の美しさ。「匂ひ」は色の美しさ。○四句　風はすべて花を散らすものだが、それをあえて特別なものだけが散らすとする。▽風を問い詰めるような形で、桜を惜しむ心の強さを表現した。以下五六まで散る桜への導入部。

54　遠くでは、散るのを惜しむためにやって来た花だが、手折らないでは帰れそうもないよ。○二句　咲いている桜を、そのまま散るまで名残を惜しもうと近づいて来た。「惜しみにと来つるかひなく桜花見ればかつこそ散りまさりけれ」(貫之集)。▽遠くでは惜しみ、近づいては折りたいと、花を賞美する心の変化が趣向。

55　春雨に濡れながら尋ねて行こう、山桜を。雨雲を吹き返す嵐が吹くとこまるから。○後冷泉院御時　後冷泉天皇御在位の時。寛徳二年(一〇四五)―治暦四年(一〇六八)。○皇后宮の歌合　天喜四年(一〇五六)四月三十日皇后宮寛子春秋歌合。○二句　桜への数寄心の強さを示す。○雲のかへしの嵐　雨雲を吹き返す激しい風。それが花を散らすことを恐れている。→四九一。▽頼宗集で歌合について、「春雨に桜の花尋ぬるかたを絵にかきてありしに」とある。

56　月光のもとで花を見る時の夜更けの浮雲のつらさは、花を散らす風の心なさに劣らないことよ。○三句　勅撰集初出語。「浮き」に「憂き」を懸け、月光が雲で遮られ花が見えない時の人の心を表す。○四句　風を擬人化。▽底本詞書脱。月光で見る花という歌題は新しい。影響歌「花散らす風のつらさにおとらぬは梢をこむる霞なりけり」(月詣集・覚延法師)。

落花　十四首

57　花を誘い散らす嵐が峰を吹き渡っているのだろうか。桜の花が波寄っている谷川の水よ。○花さそふ嵐　花を散らす強い風。○四句　桜の花びらが波のように寄せている様。▽「桜なみよる」の表現が美しさに生彩を与えている。

落花満レ庭といへることをよめる　　左兵衛督実能

58 けさ見ればよはの嵐に散りはてて庭こそ花のさかりなりけれ

堀河院御時、中宮(ちゅうぐう)御方にて風閑花香といへる事をつかう
まつれる　　源俊頼朝臣

59 木末には吹くとも見えで桜花かほ(を)るぞ風のしるしなりける

落花の心を　　長実卿母

60 春ごとにおなじ桜の花なれば惜しむ心もかはらざりけり

落花随レ風といへることをよめる　　右兵衛督伊通(これみち)

61 うらやましいかに吹けばか春風の花を心にまかせそめけん

水上ノ落花をよめる　　大納言経信

62 水上に花やちるらん山川のゐぐひにいとゞかゝる白波

58 今朝になって見ると、夜更けの嵐にすっかり散って、庭の面がまさに花盛りだよ。〇よはの嵐　拾遺集頃から注目され始めた歌語。▽木々の花が散り果て、庭一面に散り敷いている様を満開とした点が趣向。

59 梢には吹いているとは見えないのに、あたりに桜の花の香りのすることが風の吹いているしるしだよ。〇中宮　篤子。〇二句　微かな風のため、吹いているようには見えない。〇かほる　勅撰集初出語。▽「庭も狭(せ)につもれる雪と見えながら香るぞ花のしるしなりける」(詞花・春・源有仁)。配列上、風で散る花ではないので、落花の歌群には合わない。

60 毎春、同じに咲く桜の花なので、散るのを惜しむ気持ちも毎年変わらないよ。〇二句　美しさも散り易さも毎年同じ桜。桜に「咲く」を懸ける。「色も香もおなじ昔にさくらめど年ふる人ぞあらたまりける」(古今・春上・紀友則)。▽常に変わらない落花を惜しむ心を主題とする。

61 羨ましいことよ。どのように吹くので、春風は花を心のままに散らし始めたのだろうか。〇心にまかせそめけん　風を擬人化し、花を意のままに散らすと見た。「そめ」は「始める」の意。▽「来ぬ人を待つ夕暮の秋風はいかに吹けばかわびしかるらん」(古今・恋五・読人しらず)。落花に対して無力である我が身を嘆き、風への羨望を表すことで、落花への愛着を歌っている。

62 上流で花が散っているのだろうか。山川の堰杙(いぐ)にいっそう重なってかかってくる白波だよ。〇ゐぐひ　川の水を堰きとめるために並べて打つ杭(くい)。「山川のゐぐひにかかる白波のゆくへも知らぬ恋もするかな」(散木奇歌集)。〇いとゞかゝる白波　上流からの桜の花が堰杙にせき止められて段々に量を増すために、白波が次々に重なると見える様。▽桜を白波に喩える類型の一つ。↓五七。生動感があり、鮮やかな印象を与える一首。

63 水の面にちりつむ花をみる時ぞはじめて風はうれしかりける

藤原成通朝臣

64 落花散ル衣ニといへることをよめる

散りかゝるけしきは雪のこゝちして花には袖の濡れぬなりけり

藤原永実（ながざね）

65 堀河院御時、花の散りたるをかき集めて、おほきなる物の蓋に山の形に積ませ給て、中宮の御方に奉らせ給たりけるを、宮の御覧じて歌よめと仰せ言ありければ

桜花くもかゝるまでかきつめて吉野の山とけふは見るかな

御匣殿（みくしげどの）

66 花の庭につもりたるを見てよめる

庭の花もとの梢に吹き返せちらすのみやは心なるべき

郁芳門院安芸（いくはうもんゐんのあき）

67 夜思フ落花ヲといへることをよめる

ころもでに昼はちりつむ桜花夜は心にかゝるなりけり

隆源法師（りゆうげん）

63　水面に散りつもる花を見る時には、はじめて、花を散らす風がうれしく思われるよ。○初・二句　辺りの桜が風に吹き散らされ、水面にたまっている様。○四句　平生厭わしく思ってきたことが背景にある。▽「桜散るとなりにいとふ春風は花なき宿ぞうれしかりける」(後拾遺・春下・坂上定成)。風に対する通念を逆にして華麗な美を求めた。六七まで散り積もる花の小歌群。

64　花が衣に散りかかる様子は雪のように思えるが、花では袖は濡れないのだったよ。○花には　雪なら濡れるのに、雪と違って。▽「桜花ふりにふるとも見る人の衣ぬるべき雪ならなくに」(貫之集)。「折二梅花一挿レ頭。二月之雪落レ衣」(和漢朗詠集・子日・尊敬)。花を雪に喩える類型を、散りかかる様子の類似によって詠んでいる。

65　桜の花を、雲がかかっていると見えるほど高く掻き集めて、それを吉野山だと今日は見ることですよ。○中宮　→五九。○四句　→二九。桜の代表的な名所として喩えた。「けさ見れば白雲かかる吉野山これこそ花のさかりなりけれ」(江師集)。▽雪の山を作ることは、枕草子、源氏物語などに見え、平安時代広く好まれた冬の雅びな遊びで、それを桜の花に応用した。

66　庭の花をもとの梢に吹き返せよ。散らすことばかりが風の本意ではないだろうに。○心　意図。志。物を吹くことが風の特性だから、もとの梢に返すことも風の心に叶うと考えた。▽「庭につもる花を風の吹き散らすを　散りてだによるべきものを桜花庭をさもはく風の心よ」(赤染衛門集)。四・五句の発想が趣向の中心。

67　衣の袖に、昼間は散り積もる桜の花が、夜には袖ならぬ心にかかるのだったよ。○心にかゝる　夜は桜が見えないので気になるの意だが、「かゝる」は「ちりつむ」に合わせた表現。▽下句の発想は「宿りして春の山辺に寝たる夜は夢のうちにも花ぞ散りける」(古今・春下・紀貫之)に基づく。

春ものへまかりけるに、山田つくりけるを見てよめる　　高階経成(つねしげ)朝臣

68 桜さく山田をつくる賤の男はかへすぐ〜や花を見るらん

後冷泉院御時、月の明かゝりける夜、女房たち具して南殿に渡らせ給たりけるに、庭の花かつ散りて面白かりけるを御覧じて、これを見知りたらん人に見せばや、と仰せ言ありて、中宮御方に下野やあらんとて召しにつかはしたりければ、参りたるを御覧じて、あの花折りてまいれ、と仰せ言ありければ、参りて、折りて参りたるを、たゞにてはいかゞ、と仰せごとありければつかうまつれる　　下野(しもつけ)

69 ながきよの月の光のなかりせば雲ゐの花をいかで折らまし

新院北面にて残花薫風といへる事をよめる　　中納言雅定(まささだ)

70 散りはてぬ花のありかを知らすればいとひし風ぞ今日はうれしき

68　桜が咲いている山田を耕している農夫は、すき返すごとに、返す返す花を見るのだろうか。○つくる　田を耕す。○かへすぐ〳〵　田を耕す意に、ここでは農夫。○かへすぐ〳〵　田を耕す意に、繰り返すの意を懸ける。「忘らるる時しなければ春の田をかへすがへすぞ人は恋しき」(拾遺・恋三・紀貫之)。▽春の田作りと、桜の開花で豊穣を予祝する民俗を背景にする歌。古今集時代から屛風歌の題材。金葉集時代の卑俗な世界への好みも反映している。

69　幾久しい御世のように長い夜の、帝の御威光にも喩えられる月の光がなかったならば、この宮中の桜の花をどうして折り取れましょうか。○後冷泉院御時　→吾五。○南殿　紫宸殿の別称。○中宮　後冷泉院中宮章子。下野集では皇后寛子とする。○まいれ　さし上げよ。○たゞにてはいかゞ　花だけではどうか、歌を添えよ。○よ　夜と世を懸ける。○月の光　帝の威光の意を示す。一般に日光に喩えるが、月光例は珍しい。○雲ゐ　月に寄せた表現。▽下野集冒頭の歌。天皇が下野の歌を賞したと記されている。

70　散り果てず残っている花の場所を教えるので、厭うてきた風が今日だけは嬉しいことよ。○新院　鳥羽院。○北面　院御所の北面にある侍所。○ありかを知らすれば　風が花の香りを運んできて、まだ咲いている場所を知らせる。○四句　花を散らすので嫌ってきた風。▽「吹く風を何いとひけん梅の花ちりくる時ぞ香はまさりける」(拾遺・春・凡河内躬恒)。風を厭うという常識を逆にした点が趣向。→六三。桜歌群の末尾として、残花への執心を詠んでいる。

奈良にて人〳〵百首歌よみはべりけるに、さわらびをよめる

71 山里は野辺のさ蕨もえいづるおり(を)にのみこそ人はとひけれ

権僧正永縁(やうえん)

百首歌中に杜若をよめる

72 東路のかほやが沼のかきつばた春をこめても咲きにけるかな

修理大夫顕季

春の田をよめる

73 あら小田に細谷川をまかすればひく注連縄にもりつゝぞゆく

大納言経信

苗代をよめる

74 鴫のゐる野沢の小田をうちかへし種まきてけり注連はへてみゆ

津守国基(くにもと)

後冷泉院御時、弘徽殿女御(こうきでんのにようご)の歌合に、苗代の心をよめる

75 やまざとの外面の小田のなはしろに岩間の水をせかぬひぞなき

藤原隆資(たかより)

早蕨　一首

71 山里には、野辺の早蕨が新芽を出すころにだけ、人は折りに訪れてくるよ。○奈良にて　興福寺か。○山里　春日野や飛火野辺か。○三句　蕨の「ひ(火)」と「もえ(燃え)」が縁語。○おり　時の意に「(蕨を)折り」の懸詞。▽早蕨は古今集時代から詠まれ、堀河百首の題。「いはばしる垂水の上の早蕨のもえ出づる春になりにけるかも」(万葉集・巻八・志貴皇子)等の影響か。

杜若　一首

72 東国のかおやが沼の杜若は、春のうちから咲いたことよ。○杜若　万葉集に多く詠まれ、出典の堀河百首で春の歌題。元来は夏の花。○二句　一説、群馬県渋川市の甲波宿祢(かわすくね)神社境内にあったとする。「上野のかほやが沼のいはゐつら引かばぬれつつ吾をな絶えそね」(万葉集・巻十四)。○四句「春のうちより咲事也」(堀河百首肝要抄)。▽万葉集を好む当時の風潮の典型例の一つ。

春の田　一首

73 新小田に細い谷川から水を引くと、引き巡らした注連縄に水が雫を落としつつ、田を守るように流れ込んでゆくよ。○春の田　屏風歌等に多い春の景物。○初句　春に耕やす田。一説で荒れた田。○二句　細い谷川の意。→四。○もり　漏れると田を守るの懸詞。▽経信好みの田園叙景歌。新味がある歌。「早苗とる山田の懸樋もりにけり引く注連縄に露ぞこぼるる」(経信集)。

苗代　二首

74 鴫のとまる野沢の小田をすき返して種を蒔いた。注連縄を巡らしているのが見える。○鴫　万葉集で田にいる鳥。○はへて　さし渡して。▽「見渡せば小田の苗代しめはへて種まくほどになりにけるかな」(堀河百首・苗代・肥後)。

75 山里の家の周りの小田の苗代に、岩間の水を堰きとめない日はないよ。○後冷泉院　正し

家の山吹を、人〳〵あまた詣で来て、あそびけるついでに折りけるを見てよめる　　中納言雅定

76 わが宿にまた来ん人も見るばかり折りなつくしそやまぶきの花

水辺ノ款冬　　摂政左大臣

77 かぎりありて散るだにおしき山吹をいたくなおりそ井手の川波

大宰大弐長実

78 春ふかみ神無備川に影みえてうつろひにけり山吹の花

後冷泉院御時歌合に、山吹の心をよめる　　前大宰大弐長房

79 山吹にふきくる風も心あらば八重ながらをば散らさざらなん

晩見二躑躅一といへることをよめる　　摂政家参河

80 入日さす夕くれなゐの色はえて山下てらすいはつゝじかな

くは後朱雀院。○弘徽殿女御の歌合　長久二年（一〇四一）二月十二日弘徽殿女御生子歌合。○外面　家の外。元来は背面で北側。「家のほかをば、そともといふ」（能因歌枕（略本））。→一七三。▽「姿をぞ今少し改むべう侍れど、末よみすまして侍れば」（歌合判詞、勝判）。

山吹　四首

76　私の家にこれからやって来る人が見られるほど残して、折り尽くしてくれるな、山吹の花を。○二句　別の客人。▽「暮れぬとて折りな尽くしそ桜花月にも人の尋ねやは来ぬ」（林葉集）。山吹の美しさに惹かれて折るという趣向。

77　咲く時日に限りがあって、散ることさえ惜しい山吹を、ひどく畳み重なって折るな、井手の川波よ。○四句　いっそう花の命を短くするな、との気持ち。「をり」は波が山吹を折る意に、波が畳み折る意を懸ける。▽「風吹けば波をりかけて帰りけり岸には植ゑじ山吹の花」（堀河百首・款冬・源俊頼）。庭から水辺へ転ず。

78　春が深まり、神無備川に花影を映して、色あせ散ったことよ、山吹の花が。○神無備川　所在地不明。「かみなび」は神の在す所の意。山吹の名所。「かはづ鳴く神無備川に影見えて今か咲くらむ山吹の花」（万葉集・巻八・厚見王）。○うつろひ　映る意と山吹が萎れ散る意。▽「春ふかみ井手の川波たちかへり見てこそゆかめ山吹の花」（拾遺・春・源順）。万葉歌と拾遺歌によって詠まれたと見られるが、水辺で穏やかに散る山吹を想像させる。散る山吹に転ず。

79　山吹に吹いてくる風も、もし心があるならば、八重に咲いている花をそのまま散らさないで欲しいよ。○後冷泉院御時歌合　永承六年（一〇五一）春内裏歌合。○三句　風雅の美を解し、惜しむ心があるならば。慣用表現。▽八重山吹の華やかさを惜しむ心を歌う。

躑躅　一首

80　入り日の射している夕暮の紅色が、いっそう鮮やかになって、山の麓を照らしている岩つつじよ。○二句　夕焼け。○三句　夕日が岩つ

81　院北面にて橋上藤花といふ事をよめる

色かへぬ松によそへてあづまぢの常磐の橋にかゝる藤波

大夫典侍

82　藤花をよめる

むらさきのいろのゆかりに藤の花かゝれる松もむつまじきかな

藤原顕輔朝臣

83　房の藤のさかりなりけるを見てよめる

くる人もなきわが宿の藤の花たれをまつとて咲きかゝるらん

律師増覚

84　紫藤蔵松といへることをよめる

松風のをとなかりせば藤波をなにゝかゝれる花としらまし

良暹法師

85　二条関白の家にて池辺藤花といへる事をよめる

池にひつ松の延枝にむらさきの波おりかくる藤さきにけり

大納言経信

つじの赤と重なり、あざやかに輝いている様。○いはつゝじ　山や岩場に生えるつつじ。▽「岩つつじ折りもてぞ見る背子が着し紅染めの色に似たれば」(後拾遺・春下・和泉式部)。岩つつじは万葉集以来。紅の色彩の鮮明な歌。

藤　八首

81　色を変えることがない常磐の松になずらえて、東国の常磐の橋にかかる藤波よ。○北面→七〇。○橋上藤花　「院北面にて、橋上藤花といふ題　薄く濃くのどかに匂へしづえまで常磐の橋にかかる藤波」(顕季集)。▽松にはしばしば藤がかかる。松はないが藤がかかっているので、常磐の橋としたのが趣向。顕季集よりすると、顕季の代作か。

82　紫の色の縁で、藤の花がかかっている松までも親しく思われるよ。○初・二句　「紫の一本ゆゑに武蔵野の草はみながらあはれとぞ見る」(古今・雑上・読人しらず)。「紫」(紫草)は、その縁で他の物にまで愛着が及ぶ。▽紫草でなく、紫色の藤の縁で松に親しんでいる点が趣向。

83　訪れる人もない我が家の藤の花は、誰を待つというので、松に咲きかかっているのだろうか。○初・二句　「くる人もなき我が宿の花なれど散りなむのちを何と思はむ」(敦忠集)。○四句　「待つ」と「松」の懸詞。▽松の懸詞だけが趣向。

84　松風の音がもしなかったら、藤波を何にかかっている花だと知ることができるだろうか。○紫藤蔵松　「紫の藤咲く松の梢にはもとの緑も見えずぞありける」(拾遺・夏・源順)などによる歌題。○松風のをと　吹く風で松が立てる音。松籟(しょうらい)。▽松風の音が歌の中心。

85　池の水に浸って、這い伸びた松の枝に、灰を差したような紫の波が織りかかるように、おり返し寄せる藤の花が咲いたことよ。○二条関白　藤原師通。「二条関白殿にて、池辺藤花といへる事をよめる　藤の花みぎはににほふ池水は深紫に波ぞたちける」(散木奇歌集)。○ひつ　水につかる。○延枝　媒染染料の「灰」を懸ける。経信の新語か。○むらさきの波　藤の紫が

百首歌中に藤花をよめる　　修理大夫顕季

86 住吉(すみよし)の松(まつ)にかゝれる藤(ふぢ)の花(はな)かぜのたよりに波(なみ)やおる(を)らん

雨中藤花といへることをよめる　　神祇伯顕仲(あきなか)

87 ぬるゝさへうれしかりけり春雨(はるさめ)にいろます藤(ふぢ)のしづくとおもへば

隣家藤花といへることをよめる　　内大臣家越後(ないだいじんけのゑちご)

88 蘆垣(あしがき)のほかとはみれど藤(ふぢ)の花にほひは我(われ)をへだてざりけり

三月尽(やよひじん)の心をよめる　　大僧都証観(しようくわん)

89 春(はる)のゆく道(みち)に来(き)むかへ時鳥(ほとゝぎす)かたらふ声(こゑ)にたちやとまると

中納言雅定

90 のこりなく暮れゆく春(はる)をおし(を)むとて心(こゝろ)をさへもつくしつるかな

池の面に映り、波が色付いている状態。「紫にやしほ染めたる藤の花池に灰さす物にぞありける」(後拾遺・春下・斎宮女御)。○おりかくる　折り畳むように寄せては返す。「灰」「紫」の縁で「織り」を懸ける。▽「松の延枝」「波をりかくる」など経信に好まれ、俊頼に受けつがれてゆく歌語。

---

86 住吉の松に咲きかかっている藤の花は、吹く風によって波がたたみかけて折るのだろうか。○百首歌 →一。○住吉　摂津国。大阪市住吉区の辺。○四句　「たより」は「つて」(仲介)の意。ここでは風が、藤の花を折る波の仲介をすると見ている。○おる →七。▽「住の江の松にかかれる藤の花たれかかざしに波のをるらむ」(堀河百首・藤・肥後)。下句が一首の趣向。

87 濡れることまで嬉しいことよ。春雨によっていっそう色を増す藤の花の雫だと思うと。○雨中藤花　散木奇歌集にも見える。○初・二句　通常厭うべきものを逆に喜ぶとする。→五五・六三。「春雨の花の枝より流れこばなほこそ濡れめ香もやうつると」(後撰・春下・藤原敏行)。○三・四句　藤の花の色が春雨で一層あざやかになる。▽藤の花だけでなく、人物も雨に濡れていると解される。

88 蘆垣の向こうにあるとは見るが、藤の花は、匂いは私を隔てることはないよ。○蘆垣　蘆で作った粗末な垣根。万葉集のほか、経信歌(→四六)、堀河百首に見える。垣は「へだて」と縁語。○にほひは　ここでは「香り」。▽藤の匂いを歌う例は少ない。

三月尽　五首

89 春が帰ってゆく道に来て迎えてくれ、時鳥よ。親しく鳴く声で春が立ち止まるかと。○春のゆく道　季節が道を往来すると歌うことは伝統的。擬人法。「夏と秋と行きかふ空の通ひ路はかたへ涼しき風やふくらむ」(古今・夏・凡河内躬恒)。▽時鳥は春の終わりから夏にかけて鳴く鳥なので、その声で春をとどめようとした。

90 すっかり暮れてゆく春を惜しむといって、春が尽きる上に心までも尽くしたことよ。○初

三月尽寄恋といへることをよめる　内大臣

91 春はおし人は今宵とたのむれば思ひわづらふ今日のくれかな

摂政左大臣家にて、人〳〵に三月尽心をよませ侍けるによめる　源俊頼朝臣

92 かへるはる卯月の忌にさしこめてしばし御阿礼のほどまでもみん

重服にてはべりける年、三月尽心をよめる　藤原顕輔朝臣

93 思ひやれめぐりあふべき春だにも立ちわかるゝは悲しかりけり

句　名残もない意。○心をさへもつくし　春だけでなく心までも、の意。心を尽くすは、精根を使い果たすの意。「のこりなく」「つくしつる」に題の「(三月)尽」を利かせる。

91　暮れゆく春は惜しいが、訪れる人は今夜と期待させるので、迷い悩む晦日の今日の夕暮よ。○四句　春の暮を惜しむ心と、恋人の訪れる暮を待つ心との葛藤。▽「春はをし郭公はた聞かまほし思ひわづらふ静心かな」(拾遺・雑春・清原元輔)。恋と風流に揺れる心を歌う。

92　帰ってゆく春を、賀茂祭の潔斎の忌にとじこめて、もうしばらくみあれの神事の時までとどめて見たいものだ。○摂政左大臣　藤原忠通。○卯月の忌　賀茂祭の関係者が、祭のある四月にひきこもって精進潔斎すること。○さしこめて　閉ざしこめる。○御阿礼　祭の前の四月の中の午日に、御阿礼木に別雷神を移す神事。▽賀茂祭の神事に寄せて春を惜しむ心を歌う。

93　思いやってほしい。再びめぐり合うことのできる春でさえも別れることは悲しいものよ。(まして再会できない死別に会った私の心を。)○重服　重い喪。作者の父顕季の死の翌年である天治元年(一一二四)三月末の詠作か。○初句　死への悲しみを惜春の情に重ねて訴えている。初句の呼びかけは贈答歌的表現。○五句　顕輔集の本文「悲しきものを」の方が初句に応ずるが、金葉集本文の方が余韻が深い。▽後拾遺集・春下巻末も「三月尽日、親の墓にまかりて詠める」の詞書による永胤法師の歌である。金葉集では春冒頭の顕季詠と呼応しており、春巻末歌として配慮されている。

金葉和歌集巻第二　夏部

卯月のついたちに更衣の心をよめる

源師賢朝臣

94 我のみぞいそぎたゝれぬ夏衣ひとへに春をおしむ身なれば

二条関白の家にて、人〳〵に余花のこゝろをよませ侍ける

によめる

藤原盛房

95 夏山の青葉まじりの遅桜はつはなよりもめづらしきかな

夏一巻。更衣に始まり、卯花、時鳥、菖蒲、五月雨、水鶏、夏風、照射、花橘、夏月などが主たる素材である。中では時鳥の歌が最も多い。

更衣　一首

94 私だけは急いで裁てないよ、夏衣を。夏衣の単(ひとえ)ではないが、ひとえに春を惜しんでいる身なので。○更衣　衣がえ。夏のはじめ、四月一日から装束や調度を改めること。装束は袷(あわせ)から単になる。○初句　他の人にくらべ私は別格。○たゝれぬ　「裁つ」意だが、「立つ」で夏の縁語。○ひとへ　ひたすらの意に「単」を懸ける。▽「八乙女もけふやひとへに夏衣神のみそぎもいそぎたつらん」(海人手古良集)。「花の色に染めし袂のをしければ衣かへうきけふにもあるかな」(拾遺・夏・源重之)。重之歌は家集中の百首歌夏部冒頭歌。更衣は勅撰集では後撰集から夏部冒頭歌題。

余花　一首

95 夏山の青葉にまじって咲いている遅桜は、春はじめて咲く花よりも新鮮だよ。○二条関白↓八五。○余花　夏に咲き残った春の花。金葉集初出の歌題。春の名残を出すことで、春部からの連接をなめらかにする。○青葉　初夏の素材として十世紀後半の河原院の歌人あたりから注目され始めた語。「村雨にたちかくれせし柏木の青葉に夏はあつまりにけり」(重之集)。○遅桜　時期に遅れて咲く桜。勅撰集では金葉集初出。「ゆきてみんみ山がくれの遅桜あかず暮れぬる春のかたみに」(風雅集・春下・藤原長能)。▽上句に夏の季節感が緑と白の色彩の対照の中で、鮮やかに詠まれている。平家物語の「大原御幸」にも見える。

応徳元年四月、三条内裏にて庭樹結レ葉といへることをよませ給けるに

院御製

96 をしなべてこずゑ青葉になりぬれば松の緑もわかれざりけり

大納言経信

97 たまがしはにはも葉広になりにけりこや木綿四手て神まつるころ

鳥羽殿にて人〳〵歌つかうまつりけるに、卯花のこゝろをよめる

春宮大夫公実

98 ゆきの色をうばひてさける卯の花に小野の里人ふゆごもりすな

卯花連レ牆といへることをよめる

大蔵卿匡房

99 いづれをかわきてとはまし山里の垣根つゞきにさける卯の花

卯花をよめる

江侍従

100 雪としもまがひもはてず卯の花はくるれば月の影かとも見ゆ

青葉　二首

96 すべて梢が青葉になってしまったので、松の緑も見分けがつかないことだよ。○三条内裏　三条・姉小路・東洞院・烏丸の各通りの内側。現京都市中京区曇華院前町付近。白河天皇が応徳元年(一〇八四)二月に内裏とし、その四月十九日の歌会詠(経信集)。○庭樹結葉　結葉は葉が茂って重なること。○松　常緑で、夏以外なら目立つことを含意。▽九五を受けつつ、青葉が中心。

97 柏が庭にも葉を広げるようになったよ。おやもう榊に木綿を垂らして神を祭るころなのか。○初句　柏の美称。柏も松と同じ常緑。葉守りの神が宿る木として神聖視された。○木綿四手　木綿は楮(こうぞ)の樹皮を裂いて糸としたもので、神事に用いる。「しで」は「しづ(垂らす)」の連用形。▽「印南野にむらむらたてる柏木の葉広になれる夏は来にけり」(重之集)。二句を中心に生新な初夏の季節感が出ている。

卯花　六首

98 雪の白さをうばって咲いている卯の花のために、小野の里人は冬ごもりをするなよ。○鳥羽殿　京都市南区上鳥羽・伏見区中島・竹田・下鳥羽辺の白河天皇退位後の広大な離宮。○初句　「雪の色をうばひて咲ける梅の花いまさかりなり見む人もがも」(万葉集・巻五)。○小野　京都市左京区。修学院・高野・八瀬・大原にかけての地。▽「雪とのみあやまたれつつ卯の花に冬ごもれりと見ゆる山里」(後拾遺・夏・源道済)。

99 どこを見分けて訪れたらよいのだろうか。山里の垣根に続いて咲いている卯の花よ。○いづれをかわきて　「いづれをか分きて折らまし梅の花枝もとををに降れる白雪」(古今六帖・梅・凡河内躬恒)。類似表現は多い。○四句　卯の花の切れ目のない情景。▽山家を訪れる人が一面の垣根の卯の花に目を奪われた趣き。

100 雪とだけに見間違えてしまうのではない。卯の花は日が暮れると月の光かとも見えるよ。

101 卯の花のさかぬ垣根はなけれども名にながれたる玉川の里

摂政左大臣

卯花誰牆といふことをよめる

102 神山のふもとにさける卯の花はたが標ゆひし垣根なるらん

中納言実行

卯花をよめる

103 賤の女が蘆火たくやも卯の花の咲きしかゝればやつれざりけり

大納言経信

鳥羽殿歌合に郭公をよめる

104 み山いでてまだ里なれぬ時鳥たびのそらなる音をやなくらん

修理大夫顕季

尋二郭公一といへることを

105 今日もまた尋ねくらしつ時鳥いかできくべき初音なるらん

藤原節信

○初・二句 →九八 ▽「時わかず月か雪かと見るまでに垣根のままに咲ける卯の花」（後撰・夏・読人しらず）。後撰集歌を昼夜に分けた。

---

101 卯の花の咲かない垣根はないが、やはり名高く聞えたこの玉川の里よ。○四句 評判が広まっている。「流れ」は玉川の縁語。○五句 玉川は六玉川の一つ、摂津（三島）の玉川。▽「見渡せば波のしがらみかけてけり卯の花咲ける玉川の里」（後拾遺・夏・相模）の歌に拠って、玉川の里の卯の花を賞す。

102 神山の麓に咲いている卯の花は、誰が注連縄（しめなわ）を張った垣根なのだろうか。○神山 京都市北区上賀茂本山。上賀茂神社の北。「神山の麓の里の卯の花は木綿四手かくる榊とぞみる」（鳥羽殿北面歌合・源家俊）。○標 神社では神域を示し、木綿（ゆう）または紙の四手（しで）を垂らす。白さからの連想の喩え。▽家俊歌が本か。卯の花の白さを神聖視する例は多い。

103 賤しい女が蘆火をたく小屋も、卯の花が咲きかかっているからこそ、みすぼらしくないよ。○蘆火たく 蘆を薪として燃やす。「難波人蘆火たく屋の煤（す）してあれどおのがつまこそつね珍しき」（万葉集・巻十一）。○五句 蘆火の煙による煤（す）が、卯の花の白さで隠れている。▽賤の女の小屋での卯の花の白さを印象鮮明に詠む。

時鳥　二十三首

104 深山を出て、まだ里に馴れない時鳥は、旅の空の落ち着かないままの声で鳴くのだろうか。○鳥羽殿歌合 永久四年（一一一六）四月四日鳥羽殿北面歌合。○初句 時鳥は渡り鳥だが、和歌では山から里に出てくるとする。「み山いでて夜半にや来つる時鳥あかつきかけて声のきこゆる」（拾遺・夏・平兼盛）。○四句 旅先の意に心が静まらない意を懸ける。▽時鳥を擬人化。里でもまだ旅中の気持ちが抜けないと想像する。歌群の冒頭にふさわしい歌。

105 今日も昨日までと同じく尋ね続けて日を暮らしてしまった。時鳥よ、どうしたら聞ける初音なのだろうか。○二句 「時鳥なくべき里を

ほとゝぎすの歌十首、人〳〵によませ侍ついでに

106 時鳥すがたは水にやどれども声はうつらぬ物にぞありける

摂政左大臣

107 時鳥なきつとかたる人づての言の葉さへぞうれしかりける

源　雅光

郭公を尋ねける日は聞かで、二日ばかりありて鳴きけるを聞きて

108 ほとゝぎす音羽の山のふもとまで尋ねし声をこよひ聞くかな

橘　成元

長実卿家歌合に、郭公をよめる

109 年ごとに聞くとはすれどほとゝぎす声はふりせぬ物にぞありける

左京大夫経忠

郭公を待つこゝろをよめる

110 恋すてふなき名やたゝん時鳥まつにねぬ夜の数しつもれば

内大臣

さだめねば今日も山路を尋ねくらしつ」(道済集)。▽時鳥の初音を幾日も求めて会えないとする。一〇四より時鳥に積極的な態度。

106　時鳥は、その姿は水に映っているが、声はうつらないものなのだったよ。○すがたは　声と対照させる。○水にやどれども　多く月光について言う表現。「やどれども」は「映るが」の意だが、四句との重複を避けた。▽趣向は二〇に類似する。時鳥の姿を読むことは珍しい。

107　時鳥が鳴いたと語る人づての言葉までもが嬉しいことよ。○三句　人づてに時鳥の鳴いたことを知るのは、一つの類型。「さ夜ふけて寝覚めざりせば時鳥人づてにこそ聞くべかりけれ」(拾遺・夏・壬生忠見)。▽時鳥の声を話に聞くだけでも、自分自身の期待が早く叶いそうで嬉しいというのである。

108　時鳥を求めて音羽の山の麓まで尋ねたが、その声を今夜聞くことよ。○音羽の山　山城国。京都市山科区。時鳥の名所。音は声の縁語。「音羽山けさ越えくれば時鳥こずゑはるかに今ぞ鳴くなる」(古今・夏・紀友則)。▽歌群の中で、はじめて直接時鳥の声が聞けた歌。

109　毎年聞きはするが、時鳥は、その声はまったく古びない物であるよ。○長実卿家歌合　保安二年(一一二一)閏五月十三日内蔵頭長実歌合。○初・二句　「年ごとにあふとはすれど七夕の寝る夜の数ぞすくなかりける」(古今・秋上・凡河内躬恒)をもとにする表現。○四・五句　類型的表現。→一六・一〇六。▽一〇八で初声を聞いたのに次いで、その声の新鮮さへの感動を歌っている。

110　恋をしているという、ありもしない浮き名が立つだろうか。時鳥を待つことで寝ずに過ごす夜の数ばかりが積ったので。○初句　「恋すといふ」の約。○なき名　事実無根の評判。○四句　女性の恋歌で用いる表現。「人しれず待つに寝られぬ有明の月にさへこそねられざりけれ」(元良親王集)。▽時鳥を待つことから恋人を待つことに連想を及ぼした点が趣向。

郭公をよめる

111 時鳥こゝろも空にあくがれて夜がれがちなるみ山辺の里

藤原顕輔(あきすけ)朝臣

承暦二年内裏歌合に、人にかはりてよめる

112 時鳥あかですぎぬる声によりあとなき空をながめつるかな

藤原孝善(たかよし)

郭公をよめる

113 聞くたびにめづらしければ時鳥いつも初音の心地こそすれ

権僧正永縁(やうえん)

114 待ちかねて尋ねざりせば時鳥たれとか山のかひに鳴かまし

源俊頼(としより)朝臣

郭公驚レ夢といへることをよめる

115 おどろかす声なかりせば時鳥まだうつゝには聞かずぞあらまし

中納言実行

111 時鳥は我を忘れて空に心が惹かれ、夜にはなかなか訪れることのないみ山辺の里よ。○二・三句　分別を失い、うわの空になる意と、空に心が惹かれる意を懸ける。「とぶ鳥の心は空にあくがれて行へも知らぬ物をこそ思へ」(好忠集)。○夜がれがちなる　恋人の訪れが途絶える気分がある。「たがさとに夜がれをしてか郭公ただここにしもねたるこゑする」(古今・恋四・読人しらず)▽空と、時鳥の古巣である深山辺の里を対照させ、時鳥を余所へと離れて行った恋人と見て、悲しむ気分がある。

112 時鳥が、十分聞かないうちに飛び去ってしまった声のために、何の名残もない空をながめやることとよ。○承暦二年内裏歌合　承暦二年(一〇七八)四月二十八日に白河院が主催した歌合。▽「時鳥なきつるかたをながむればただ有明の月ぞ残れる」(千載・夏・藤原実定)。時鳥の名残もないことを確認しつつ空に目をやり続けるところに一首の情趣がある。

113 聞くごとに新鮮な感じがするので、時鳥の声はいつも初音の気がするよ。○初音　その年初めての声。年一回の珍しさを常のことと詠み、趣向の中心となっている。▽作者第一の歌とされ、この歌から初音の僧正と呼ばれた。「来ですぐす秋はなけれど初雁の聞くたびごとにめづらしきかな」(拾遺・秋・読人しらず)。「としごとにこゑもかはらぬほととぎすあかぬこころはめづらしきかな」(躬恒集)。

114 待ちかねて尋ねて行かなかったなら、時鳥は誰のためという甲斐があって、この山の峡(かい)で鳴くのだろうか。○たれとか山のかひ　峡に甲斐を懸ける。尋ねて聞く人がいるので、時鳥は鳴く甲斐があると考えている。「五月闇いく夜待たれて時鳥おとはの山の峡に鳴くらむ」(承暦二年(一〇七八)内裏後番歌合・大江匡房)。▽聞く人を期待する時鳥の心を推測する点が趣向。

115 眠りを覚ます声がもしなかったならば、時鳥をまだ実際には聞かずにいたろうに。○郭公驚夢　歌詞には夢の語を含まない。○おどろかす声　眼を覚ます時鳥の鋭い鳴き声。○四句　時鳥を夢では見たことの暗示か。▽夢を惜しまず、時鳥の声に破られたことを喜ぶ。

時鳥（ほとゝぎす）を待（ま）つといへることをよませ給ける

院御製

116 ほとゝぎす待（ま）つにかぎりてあかすかな藤（ふぢ）の花（はな）とや人の見るらん

俊忠卿（としただ）家歌合によめる

二条関白家筑前（にでうくわんぱくけのちくぜん）

117 まつ人の宿（やど）をば知（し）らで時鳥（ほとゝぎす）をちの山辺（やまべ）を鳴（な）きてすぐなり

中納言女王（ちゆうなごんのによわう）

118 時鳥（ほとゝぎす）ほのめく声（こゑ）をいづかたと聞（き）きまどはしつ曙（あけぼの）の空（そら）

前斎院六条（さきのさいゐんのろくでう）

郭公をよめる

119 宿（やど）ちかくしばしかたらへ時鳥（ほとゝぎす）まつ夜（よ）の数（かず）のつもるしるしに

中納言雅定（まささだ）

120 時鳥（ほとゝぎす）まれになく夜（よ）は山彦（やまびこ）のこたふるさへぞうれしかりける

116 時鳥を待つことにかかりきりになって夜を明かすことよ。私を松にかかる藤の花と人は見るだろうか。○かぎりて　本文が「かかりて」の本もある。○四句　藤は蔓性で松に掛かるので、待つ身を同音の連想から松にかかる藤にとりなした。「千年経ん君がかざせる藤の花松にかかれる心ちこそすれ」(後拾遺・賀・良暹法師)。▽「待つ」と「松」の連想に依った大胆奇抜な詠みぶり。

117 その声を待っている人の宿は知らないで、時鳥は遠くの山辺を鳴いて過ぎるようだ。○俊忠卿家歌合　長治元年(一一〇四)五月二十六日左近衛権中将俊忠家歌合。○山辺を鳴きてすぐ「都人寝で待つらめや郭公いまぞ山辺をなきて過ぐなる」(拾遺抄・夏・道綱母、玄々集)。▽歌合の判詞で、道綱母の歌との類似に批判が見える。

118 時鳥がほのかに鳴いた声を、どこからかと聞きまどってしまったよ。曙の空に。○五句和歌では早い例。時鳥を待って夜を明かしたことを暗示する。▽「いづかたと聞きだにわかず時鳥ただ一声の心まどひに」(後拾遺・夏・大江嘉言)。嘉言詠に対し、五句によって、景が加わり、情趣を深くした。

119 我が宿近くでしばらく語らってくれ、時鳥よ。その声を待った夜の数が積った甲斐として。○前斎院六条　底本「前斎宮六条」を改める。○かたらへ　親しみをこめて鳴いてほしい。「この里にしばし語らへ時鳥ほかのはつねは今日ならずとも」(新千載集・夏・源高明)。○まつ夜の数　多く好まれた表現。「一声はあかなくものを郭公待つ夜の数になきわたるかな」(能因集)。▽時鳥のただ一声を期待するのでない点に工夫がある。

120 時鳥がまれにしか鳴かない夜は、山彦がその一声に答えることまでもがうれしいよ。○二句　夜半に一声鳴く。▽「時鳥こゑあかなくに山彦のこたふる里ぞうれしかりける」(顕季集)。時鳥の一声を山彦で倍楽しむことが趣向。

121 宇治前太政大臣家歌合によめる（うぢのさきのだいじやうだいじん）

山ちかく浦こぐ舟は時鳥なくわたりこそ泊りなりけれ

康資王母（やすすけわうのはは）

122 匡房卿美作守にて下りけるとき、道にて郭公の鳴くを聞きてよめる

聞きもあへず漕ぎぞわかるゝ時鳥わがこゝろなる舟出ならねば

中原高真（たかざね）

123 月前郭公といへる事をよめる

郭公くものたえまにもる月の影ほのかにも鳴きわたるかな

皇后宮式部（くわうごうぐうのしきぶ）

124 暁聞二郭公一といへることをよめる

わぎもこに逢坂山の時鳥あくればかへる空になくなり

源　定信（さだのぶ）

125 尋二郭公一といへることをよめる

時鳥たづぬるだにもある物を待つ人いかで声を聞くらん

読人不知（よみびとしらず）

121 山に近い浦を漕いでゆく船は、時鳥が鳴いているあたりが泊まりだったのですよ。○宇治前太政大臣家歌合　寛治八年(一〇九四)八月十九日前関白師実歌合。高陽院七番歌合ともいう。○泊り　時鳥の声に惹かれ、引きとめられて停泊する。▽歌合の判詞では「をかしう詠まれて侍めり」とあり、勝判を得た。

122 十分聞くこともできず漕ぎ別れたよ、時鳥の声を。私の思い通りになる船出ではないので。○美作　岡山県北部。匡房の国守任官は延久六年(一〇七四)正月二十八日(公卿補任)。「七月に美作へ下るとて」(江帥集)と見える。○初句　任務を帯びた旅なので、思いのままにならない。▽本来は初秋の作を時鳥に引かれ夏に配したか。一二一とともに船の上で聞く時鳥。

123 郭公は、雲の切れ目を洩れる月の光がほのかなように、その光の中でほのかに鳴いてゆくことよ。○月の影ほのかにも鳴き　「ほのかにも」は「月」「鳴き」の両方にかかる。歌合では雲間の月は「あやにくに明かきもの」として批判された。▽底本詞書脱。「ほのかにぞ鳴きわたるなる時鳥み山をいづるけさの初声」(拾遺・夏・坂上望城)。月光と時鳥の声の重なりを繊細な感覚で詠む。

124 我が妻に会う逢坂山の時鳥が、夜が明けると、妻のもとから帰る空で鳴いているよ。○わぎもこに逢坂山　万葉集からある表現。逢坂山は、山城国と近江国の境にあり、平安京の出入り口で、「逢ふ」を懸ける。▽暁に妻のもとを去る名残り惜しさに時鳥の声が重なり、情趣を深めている。

125 時鳥は、尋ねて聞こうとする者もいるのに、いながらに待っている人は、どのようにしてその声を聞くのだろうか。○二・三句　尋ねても聞けない。「尋ぬ」に「待つ」を対比させ、前者が聞けず、後者が聞けることを暗示。▽時鳥への積極性が消極性に劣った結果になったことへの不審と不満を詠む。

雨中霍公鳥といへることをよめる　　大納言経信

126 ほとゝぎす雲路にまどふ声すなりをやみだにせよ五月雨の空

五月五日、実能卿のもとへ薬玉つかはすとて　　内大臣

127 菖蒲草ねたくも君はとはぬかなけふは心にかゝれと思ふに

永承四年殿上根合に、菖蒲をよめる　　大納言経信

128 よろづ代にかはらぬものは五月雨のしづくにかほる菖蒲なりけり

郁芳門院根合に、菖蒲をよめる　　藤原孝善

129 菖蒲草ひく手もたゆくながき根のいかで安積の沼におひけん

承暦二年内裏歌合に、菖蒲をよめる　　春宮大夫公実

130 玉江にやけふの菖蒲をひきつらんみがける宿のつまにみゆるは

126　時鳥が雲の中で道に迷っている声がするよ。少しでも降り止めよ、五月雨の空よ。○二句　作者好みの表現。「四五月交雲外語。二三更後雨中音」(新撰朗詠集・郭公・藤原公任)。▽「帰る雁くもぢにまどふ声すなり霞吹きとけ木の芽春風」(後撰・春中・読人しらず、奥義抄)。

菖蒲(五月五日)　八首

127　悔やしいことにもあなたは尋ねてこないことよ。薬玉が柱にかかる今日だけは、私があなたの心にかかって欲しいと思っているのに。○薬玉　種々の薬草や香料を袋に入れ、菖蒲などを結んで糸を垂らしたもの。五月五日に屋の柱にかけ無病息災を祈る。○初句「ね(根)」を導く枕詞。○かゝれ　薬玉(菖蒲草)の縁語。▽薬玉にちなんだ縁語構成で、親愛の情を乞うた挨拶の歌。以下八首、五月五日の節供詠。

128　万代まで変わらないものは、五月雨の雫で芳しい香りを放つ軒の菖蒲の瑞々しさだよ。○永承四年殿上根合　永承六年(一〇五一)五月五日内裏根合。四年は誤り。○三・四・五句　軒に挿した菖蒲に五月雨がかかり、その雫が落ちる時に菖蒲の香りを発散させた。▽「つれづれと音たえせぬは五月雨の軒の菖蒲のしづくなりけり」(後拾遺・夏・橘俊綱)。俊綱歌に香りが加わり、祝意が新鮮な描写に満ちている。

129　菖蒲草を引き抜く手もだるくなるほど長い根が、どうして底の浅いという安積の沼に生えたのだろうか。○郁芳門院根合　寛治七年(一〇九三)五月五日郁芳門院媞子内親王根合。○三句　根合は菖蒲の根の長さを競う。○安積の沼　陸奥国。福島県郡山市日和田町の安積山公園付近か。「浅し」の意で、「長き根」との矛盾が一首の趣向。▽以下、言葉の連想を趣向とする歌。

130　玉江で今日のための菖蒲を引いたのだろうか。美しく磨いた邸の軒の端に見えるのは。○承暦二年内裏歌合　承暦二年(一〇七八)四月三十日内裏後番歌合。○玉江　美しい入江の意で「みがける宿」と呼応。○けふ　五月五日。○四句　内裏を指す。晴の歌らしい祝意。○宿のつま　菖蒲を束ねて軒(つま)に挿し邪気を払う。内裏の晴儀で端午の節を祝う。

131 宮仕(みやづかへ)しける女(むすめ)のもとに、五月五日薬玉(くすだま)つかはすとてよめる

権僧正永縁

菖蒲草(あやめぐさ)わが身のうきをひきかへてなべてならぬに生(お)ひも出(い)でなん

132 百首歌中に菖蒲(あやめ)をよめる

春宮大夫公実

菖蒲草(あやめぐさ)よどのに生(お)ふるものなればねながら人は引(ひ)くにやあるらん

133 五月五日に家にあやめ葺(ふ)くを見(み)てよめる

左近衛府生秦兼久(かねひさ)

おなじくはとゝのへてふけ菖蒲草(あやめぐさ)さみだれたらば漏(も)りもこそすれ

134 むかし、中(なか)の院に住(す)ませ給ける程には見えざりける菖蒲(あやめ)を、人の、中(なか)の院の、など申(まう)しけるを見(み)てよませ給(たま)ひける

三宮(さんのみや)

あさましや見しふるさとの菖蒲草(あやめぐさ)わがしらぬまに生(お)ひにけるかな

135 五月雨をよめる

参議師頼(もろより)

さみだれに沼(ぬま)の岩垣(いはがき)みづこえて真菰(まこも)かるべきかたもしられず

131　娘よ、私のようにつらく濁った沼にいるのとはすっかり違って、人並みよりまさる沼で育って欲しいことよ。○女　永縁は出家時に一五歳。娘のことは不審。○薬玉　→一三七。○初句娘を喩える。○うき　沼地の意の埿(きう)と「憂き」の懸詞。○四句「沼(ぬ)」を懸ける。「埿・引き・沼」はすべて菖蒲の縁語。「菖蒲草なべてならぬを尋ねてぞ世に類なき長き根は引け」(堀河百首・菖蒲・永縁)。▽娘への予祝。作者は「永縁母」(三奏本金葉集など)だが、娘は永縁妹の内侍(→五一九)で、永縁の代作か。

132　菖蒲草は夜殿ならぬ淀野に生えるものなので、寝たままの言葉どおり根のままで引くのだろうか。○百首歌　→一。○よどの　淀野に夜殿を懸ける。○ねながら「根」と「寝」の懸詞、夜殿の縁語。▽懸詞によって、菖蒲を根のまま引く理由を説明した。

133　同じことなら、きちんと揃えて葺けよ、菖蒲草を。五月雨が降り乱れたら雨漏りがすると困るので。○あやめ葺く　菖蒲の束を軒に挿すこと。○四句　五月雨に「乱れ」を懸け、「と丶のへて」と対照させた。▽五月雨の懸詞が一首の趣向の要。言葉の連想に強く頼った歌。

134　あきれたことよ。かつて眺めた故郷にはなかった菖蒲草が、私の知らぬ間に故郷の沼に生え育っていたよ。○中の院　南北は六条・楊梅、東西は烏丸・室町の各通りの内にあった邸宅。現京都市下京区大坂町近辺。○二句　かつて住んだ中の院。○しらぬま　沼を懸ける。「すさめねど心のかぎりおひたるは人しらぬまのあやめなりけり」(和泉式部続集)。▽菖蒲草が生えることが故郷の荒廃を意味するか。

五月雨　六首

135　五月雨で沼の岩垣を水が溢れ出て、真菰を刈る場所も知られないよ。○二句　岩が沼を垣根のように囲んでいる様。「岩垣沼」は万葉語。○真菰　菰。イネ科の一種。浅い水中に群生する。水浸しで刈る場所がない様。「五月雨は美豆の御牧の真菰草刈り干すひまもあらじとぞ思ふ」(後拾遺・夏・相模)。▽相模の歌の時間(ひま)を空間(かた)に詠みかえた。

136 さみだれは日かずへにけり東屋のかやが軒端のした朽つるまで

藤原定通(さだみち)

承暦二年内裏歌合によめる

137 五月雨に玉江の水やまさるらん蘆の下葉のかくれゆくかな

源道時(みちとき)朝臣

俊忠卿家歌合に、五月雨をよめる

138 五月雨にみづまさるらし沢田川まきの継橋うきぬばかりに

藤原顕仲(あきなか)朝臣

五月雨心をよめる

139 さみだれは小田の水口てもかけで水の心にまかせてぞ見る

左兵衛督実能(さねよし)

140 五月雨にいりえの橋のうきぬればおろす筏のこゝちこそすれ

三宮

136　五月雨は降り始めて何日も経ったよ。東屋の萱葺きの軒端の下の方が朽ちるほどに。○東屋　東国風の粗末な家。○五句　五月雨が物を朽たすことは万葉集から詠まれている。▽東屋という粗末な小屋の軒が朽ちるという写実的描写に、降り続く五月雨の実感がある。

137　五月雨のために玉江の水が増しているのだろうか。蘆の下葉が水にかくれてゆくよ。○承暦二年内裏歌合　→一三。○たまえ　→一三〇。○水やまさるらん　歌合で「大水出でたる日よりの歌にこそ」の批判を受けるが、「「下葉の」といひたらむ…」とかわしている。▽源経信の代作歌。五月雨による増水を細やかに見つめた歌。

138　五月雨で水が増したらしい。沢田川では真木の継橋が浮いてしまうほどに。○俊忠卿家歌合　→一二七。○五月雨にみづまさる　歌合で「世に流れたる古言」とされた。「をやみせず雨さへ降れば沢水のまさるらんとも思ほゆるかな」(後撰・恋一・読人しらず)。○三句　山城国。京都府木津川市を流れる木津川の部分名。催馬楽に詠まれ、浅い川とされる。○継橋　川に柱を立て橋板を継いだ橋。万葉集から詠まれる。▽一三七とともに五月雨の水量の多さを詠む。

139　五月雨のころは田の水口は人手をかけないで、水が流れるままに任せて見るばかりだよ。○水口　田への水の取り入れ口。○四句　「ここに来ぬ人も見よとて桜花水の心にまかせてぞやる」(後拾遺・春下・大江嘉言)。○まかせて　水を引き入れる意もあり、水口の縁語。▽後拾遺集ごろより好まれた田園趣味の一首。前後と同じ、多量の雨の及ぼす情景を詠む。

140　五月雨のために入江の橋が浮いてしまったので、まるで木材を組んで下す筏のような気がするよ。○二句　入江は浅く、橋は簡素で、多く降る五月雨に浮く。一三八と同じ趣向。○四句　「大井川おろす筏のいかなれば流れてつねに恋しかるらむ」(古今六帖・三・かは・藤原兼輔)。▽五月雨で浮いた橋を筏に見立てた点が趣向。

摂政左大臣家にて夏月の心をよめる　神祇伯顕仲

141 夏の夜のにはにふりしく白雪は月のいるこそ消ゆるなりけれ

俊忠卿家歌合に水鶏の心をよめる　藤原顕綱朝臣

142 里ごとにたゝく水鶏のをとすなり心のとまる宿やなからん

摂政左大臣家にて水鶏の心をよめる　源　雅　光

143 夜もすがらはかなくたゝく水鶏かなさせる戸もなきしばの仮屋を

実行卿家歌合に、夏風の心をよめる　修理大夫顕季

144 なつごろも裾野の草葉ふく風におもひもかけず鹿やなくらん

水風晩涼といへることをよめる　源俊頼朝臣

145 風ふけば蓮のうき葉に玉こえてすゞしくなりぬ蜩の声

夏月　一首

141 夏の夜の庭に降り敷く白雪は、(実は月光だから)月の沈むことが解けてなくなることだよ。○摂政左大臣 ↓九二。○二・三句　万葉集からある表現。○五句　同じ作者の二七四での趣向に類似。▽「月照二平沙一夏夜霜」(和漢朗詠集・夏夜・白楽天)。夏の月光を白雪に見立てた点が新しい。

水鶏　二首

142 人里のあちこちから戸をたたくような水鶏の声がするよ。心が引かれてとどまる宿がないのだろうか。○俊忠卿家歌合 ↓一七。○二句　水鶏は水辺に住む小鳥で、鳴き声が戸を叩く音に似ている。○とまる　宿の縁語。「いかにして大宮人のすぎぬらん心のとまる宿のけしきを」(周防内侍集)。▽水鶏が一夜を過ごす場所を尋ねあぐねている様を想像した歌。

143 夜通し頼りなく戸を叩くように鳴く水鶏だよ。きちんとした錠を下した戸もない、柴で葺いた仮屋を。○摂政左大臣 ↓九二。○二句　「させる戸」でない戸のため、音も頼りない。底本「らはか」脱。○させる　然るべきの意に、「鎖(さ)せる」を懸ける。○仮屋　「刈り」で柴の縁語。▽人影もない山家の侘しげな風情。

夏風　二首

144 山の裾野の草を吹く涼しげな風に、思いがけず鹿が鳴くだろうか。○実行卿家歌合　元永元年(一一一八)六月二十九日右兵衛督実行家歌合。○初句　裾野の枕詞。○四句　歌合では「おもひもあへず」。▽二・三句の設定に新し味がある。

145 夕風が吹くと、池に浮いた蓮の葉では露の玉が転がりこぼれて、涼しくなったよ。蜩の声の中。○風　夏の夕暮に池を渡る涼風。○二・三句　「笹葉の露の風に吹かれて葉の上を走りこえて侍るなり」(落書露顕)。「雨降れば蓮のたち葉(うき葉)にゐる玉のたえずこぼるる我が涙かな」(堀河百首・蓮・源俊頼)。○蜩　通常秋の蟬。▽静と動、視覚と聴覚を合わせ、夏の夕暮

照射（ともし）の心をよめる

146 さは水に火串（ほぐし）の影（かげ）のうつれるを二（ふた）ともしとや鹿（しか）は見るらん　源　仲正（なかまさ）

147 鹿（しか）たゝぬ端山（はやま）が裾（すそ）にともしゝていくよかひなき夜をあかすらん　神祇伯顕仲

家の歌合（うたあわせ）に、花橘（はなたちばな）をよめる

148 さつきやみ花橘（はなたちばな）のありかをば風（かぜ）のつてにぞ空（そら）にしりける　中納言俊忠

百首歌中に花橘（はなたちばな）の心を読（よめ）る

149 やどごとに花橘（はなたちばな）ぞ匂（にほ）ふなる一木（ひとき）がすゑを風（かぜ）はふけども　春宮大夫公実

二条関白の家にて雨後ノ野草といへる事をよめる

150 この里（さと）もゆふだちしけり浅茅生（あさぢふ）に露のすがらぬくさの葉もなし　源俊頼朝臣

の涼しさがみごとに詠まれた。

照射　二首

146 沢の水に火串の光が映っているのを、地上のものと合わせて、二照射と鹿は見るだろうか。○照射　鹿をおびき寄せるための松明(たいまつ)。○火串　灯火を固定させるための串。▽水に映る照射は先立つ例なく、二照射が趣向。

147 鹿のいない端山の麓に照射をかざして、猟師はいく夜甲斐のない夜を明かすことだろうか。○端山　連山の端の山。○かひ　甲斐の意だが、峡(かい)が山の縁語。▽一四六が鹿の心に則すのに対して、猟師の側からその労苦を詠む。

花橘　二首

148 五月闇の中、花橘の咲いているところを、風の伝てによって、空に漂う匂いにそれとなく知ったよ。○家の歌合　→一二七。○五句　推測して知るの意に橘の香りが運ばれ漂っている空の意を懸ける。▽歌合で「間近くて身にしむよりも咲きまさりたるにや」と賞された。橘の香りと風の結びつきは後拾遺集ごろから見える。

149 家ごとに花橘が薫っているよ。一本の木の末を風は吹くだけなのに。○百首歌　→一。○一木　後拾遺集ごろから見える語。「時は秋を桜の花の咲けるかな一木ばかりの秋にやあるらん」(嘉言集)。▽「宿ごと」と「一木」の対照が趣向の歌。

夕立　一首

150 この里でも夕立がしたのだなあ。浅茅生には露がすがりついていない草の葉もないよ。○二条関白　→八五。○雨後野草　類似歌題に「雨後草深」(顕輔集)、「雨後野水」(行宗集)などがある。○ゆふだち　万葉集にあるが、勅撰集では初出、以後用例が急増する語。○すがらぬ　「すがる」は散木奇歌集に例が多く、俊頼好みの語。▽草葉に置いた露で、すでに別の場所でも遭った夕立がここでも降ったと知る。

実行卿家歌合に、鵜河の心をよめる

151 大堰川いくせ鵜舟のすぎぬらんほのかになりぬ篝火のかげ

中納言雅定

夏月の心をよめる

152 たまくしげ二上山のくもまより出づればあくる夏の夜の月

源　親房（ちかふさ）

六月廿日ごろに秋の節になりりる日、人のがりつかはしける

153 水無月のてる日の影はさしながら風のみ秋のけしきなるかな

摂政左大臣

公実卿の家にて対レ水待レ月といへる事をよめる

154 夏の夜の月まつほどの手すさみに岩もる清水いくむすびしつ

藤原基俊（もとよし）

秋隔二一夜一といへることを

155 禊するみぎはに風の涼しきは一夜をこめて秋やきぬらん

中納言顕隆（あきたか）

鵜川　一首

151　大堰川ではいくつの瀬を鵜舟は過ぎたのだろうか。遠くほのかになったよ、篝火の光が。○実行卿家歌合　→一四四。○大堰川　山城国。京都市左京区の大悲山中からほぼ南流して淀川に合流する。○鵜舟　鵜飼舟。「大堰川鵜舟にともす篝火のかかる世にあふ鮎ぞはかなき」(永久百首・鵜河・大進)。▽闇の中で、篝火の光の変化から、鵜舟が遠ざかる様を想像。

夏月　二首(六月の立秋一首を挿む)

152　二上山にかかった雲の切れ目から、出たと見るとすぐに明ける夏の夜の月よ。○初句　玉飾りのある櫛笥だが、蓋を縁として二上山の枕詞。「あくる」も「開くる」の意で縁語。○二上山　大和国。奈良県葛城市。あるいは、越中国。富山県高岡市辺。「ぬばたまの夜はふけぬらし玉くしげ二上山に月かたぶきぬ」(万葉集・巻十七)。▽夏の月を縁語の寄せで詠む。

153　六月の強く照る日の光は射したままで、風だけが秋の気配を見せているよ。○秋の節　立秋。○水無月のてる日　「六月の土さへ裂けて照る日にもわが袖干めや君にあはずして」(万葉集・巻十)。好忠等の初期定数歌にもある表現。▽作者の家集で源俊頼に贈った歌と知られる。

154　夏の夜の月の出を待つ間の手なぐさみに、岩を漏れる清水を何度すくったことか。○初・二句　「夏の夜の月待つほどは郭公わが宿ばかり過ぎがてに鳴け」(清正集)。○手すさみ　退屈を紛らわす手業。▽夏の夜の涼感を清水によって詠んでいる。手の水に月を映そうとした。

六月尽　一首

155　禊をする汀で風が涼しいのは、立秋の前の一夜のうちに秋が来ているのだろうか。○禊　六月祓(みなつきばらえ)。○四句　一夜のうちに。夏最後の夜、すでに秋風を感じているのである。▽「ほどもなく夏の涼しくなりぬるは人に知られで秋や来ぬらん」(後拾遺・夏・藤原頼宗)。秋と隣り合わせの日の涼感が、歌題に即して巧みに詠まれている。

金葉和歌集巻第三　秋部

百首歌中に、秋立つ心をよめる

春宮大夫公実(きんざね)

156 とことはに吹く夕暮の風なれど秋立つ日こそ涼しかりけれ

野草帯露といへることをよめる

大宰大弐長実(ながざね)

157 ま葛はふあだの大野の白露を吹きなみだりそ秋の初風

後冷泉院(ごれいぜいゐん)御時 皇后宮(くわうごうぐう)の春秋の歌合に、七夕の心をよめる

土左内侍(とさのないし)

158 よろづ代に君ぞ見るべき七夕のゆきあひの空を雲の上にて

秋一巻。立秋に始まり、七夕、田、月、虫、雁、鹿、萩や女郎花などの草花、菊、紅葉を主要素材とし、九月尽に至る。月が最大の歌群。

立秋　一首

156 いつも吹く夕暮の風だが、今日の立秋の日は格別に涼しいことだ。○百首歌 ↓一。○初句常に。万葉語で、古くは「とことばに」と濁音であったらしい。▽「にはかにも風の涼しくなりぬるか秋立つ日とはむべもいひけり」(後撰・秋上・読人しらず)。

秋風　一首

157 葛の這え延びている阿陀の大野の原に置いている白露を、吹いて散り乱すな、秋の初風よ。○ま葛はふ　万葉語。葛が蔓を伸ばす様。○あだの大野　大和国。奈良県五條市。▽「真葛原なびく秋風吹くごとにあだの大野の萩の花散る」(万葉集・巻十、家持集)。万葉表現に趣向を求めた当代の詠風の一典型で、「うづら鳴くあだの大野のま葛原いくよの露にむすぼれぬらむ」(顕季集)などの例がある。前歌から秋風が続く。

七夕　十首(七夕祭、別れる七夕が中心)

158 万代までも宮様は、御覧になることでしょう、彦星と織女が雲の上で行き合う空を、この禁中で。○皇后宮の春秋の歌合　天喜四年(一〇五六)四月三十日皇后宮寛子春秋歌合。○ゆきあひの空　彦星と織女が行き合う空、七夕の空。平安以降の用語。○雲の上　二星が会う場としての雲の上(空)の意に、宮中の意を懸ける。▽七夕を素材として、皇后宮を予祝した歌で、晴儀歌合などで頻用された詠法。

七夕の心をよめる

159 七夕の苔の衣を厭はずは人なみ〳〵に貸しもしてまし

能因法師

七月七日父の服にて侍ける年、よめる

160 藤衣忌みもやすると七夕に貸さぬにつけてぬるゝ袖かな

橘　元任

七夕ノ心をよめる

161 恋ひ〳〵て今宵ばかりや七夕の枕に塵のつもらざるらん

前斎宮河内

162 天の川別れにむねのこがるれば帰さの舟は梶もとられず

三　宮

163 七夕に貸せる衣の露けさに飽かぬけしきを空にしるかな

中納言国信

159 織女が僧衣を厭わないならば、世間の人と同様に衣を供えもするのですが。○苔の衣　僧や隠遁者の着る衣。○なみ〳〵　並々、ひとしなみ。○貸し　七夕に供える。▽「七夕に衣もぬぎて貸すべきにゆゆしとや見む墨染の袖」(詞花・秋・花山院)。花山院の詠のように僧衣を不吉なものと見て、七夕に供えることを控えたのである。

160 この藤衣を嫌って避けるかと思って七夕に供えないでいるが、それにつけても父の死が思われて涙で濡れる袖よ。○父　能因法師。○服　服喪。父母の場合は一年。○藤衣　粗末な衣服、ここでは喪服の意。麻布製で、鈍色(にびいろ)(濃い鼠色)。「着てしより濡れてのみふる藤衣かる七夕のなきぞかなしき」(小馬命婦集)。▽前歌の僧衣と同様、七夕に供えることのためらいを詠んだ。元任は、前歌の作者能因の子であり、遺作に倣ったか。

161 恋い焦がれ続けてやっと逢う今夜だけは、織女の枕に塵が積もらないだろうか。○四句　空閨(恋人の訪れがないこと)により枕に塵が積もる。「しきたへの枕の塵や積もるらむ月のさかりはいこそ寝られね」(後拾遺・雑一・源頼家)。▽一年間の空閨が読み取れる。七夕祭から会う七夕の詠に転じる。

162 天の川では、二星は別れの悲しみのために胸が焦がれているので、帰りの舟は梶をとることもできずにいるよ。○三句　胸が焦がれる意。「漕がる」で舟・梶の縁語。○梶　万葉集以後七夕の景物の一つとして詠まれる。▽「焦がる」に「漕がる」を寄せた点が趣向。「いかなれば舟木の山の紅葉ばの秋は過ぐれどこがれざるらむ」(後拾遺・秋下・藤原通俊)が先例。別れる七夕に転じる。

163 七夕に供えた衣が露に濡れていることで、天空での物足りないまま別れた悲しい様子が推し測られることよ。○露けさ　衣に置いた夜露を、二星の別れの涙かと想像している。○空にしる　空を見て知る意に、推し測って知る意を懸ける。▽「七夕に貸せる衣のうち返し別れて恋ひむほどの露けさ」(能宣集)。露に二星の涙を感じ取った点が趣向。

七夕の後朝(きぬぎぬ)の心をよめる

内大臣(ないだいじん)

164 限りありて別るゝ時も七夕の涙の色は変らざりけり

165 七夕の飽かぬ別れの涙にや花のかづらも露けかるらん

皇后宮権大夫師時(もろとき)

166 天の川帰さの舟に波かけよ乗りわづらはば程もふばかり

内大臣家越後(ないだいじんけのゑちご)

167 帰るさは浅瀬もしらじ天の川あかぬ涙に水しまさらば

草花告レ秋といへることをよめる

源雅兼(まさかね)朝臣

168 咲きそむる朝の原の女郎花秋をしらするつまにぞありける

164 会うにも限りがあって別れてゆく、その時も、七夕の流す涙の色は変らないことよ。〇七夕の後朝　後朝は男女が一夜を共に過ごした後、別れる朝をいう。ここでは七月八日の朝。〇限り　会っていられるのは今夜だけという限度。〇二句　待っている時と同様にの意を暗示。〇涙の色　悲しみによる紅涙。▽七夕の常に満たされない恋を、会う前と変らぬ涙の色を詠むことで表現した。

165 七夕の未練を残した別れの涙のために、七夕の髪を飾った花かずらも濡れているだろうか。〇四句　花を糸で貫いて作った髪飾り。▽「漢人(からひと)もいかだ浮かべて遊ぶといふ今日ぞ我が背子花かづらせよ」(万葉集・巻十九・大伴家持)。七夕の花かずらが珍しい趣向。

166 天の川を帰って行く彦星の舟に波をかけろ。それで舟になかなか乗れないならば、時も経つぐらいに。〇三句　波をかけることで、船出を困難にする。〇五句　別れの時を遅らせようというのである。▽「たなばたの帰るあしたの天の川舟もかよはぬ浪も立たなむ」(後撰・秋上・藤原兼輔)の趣向に類似。

167 帰る時は浅瀬も分らないだろう。天の川が、心の満たされない別れの涙で水が増すならば。〇五句　涙によって川の水が増さるという詠法は古今集以来あるが、これは「泣涕零如レ雨」(文選)などの、涙を雨に比喩する中国詩の方法に基づく。▽「天の川けさは淵瀬もしらじかしせきとめがたく飽かぬ涙に」(永久百首・七夕後朝・大進)。源俊頼を作者とする本もある。

女郎花　二首

168 咲き始めている早朝の朝の原の女郎花は、まさに秋の到来を知らせる初めだよ。〇朝の原↓六。〇つま　糸口、端緒。妻の意で女郎花の縁語。▽「露しげき朝の原の女郎花ひと枝折らむ袖はぬるとも」(堀河百首・女郎花・源師頼、千載・秋上)。

同じ心をよめる

169 咲きにけりくちなし色の女郎花言はねどしるし秋のけしきは

源縁法師

秋の初の心をよめる

170 をのづから秋はきにけり山里の葛はひかゝる槙の伏屋に

大納言経信

田家ノ早秋といへることをよめる

171 稲葉吹く風の音せぬ宿ならばなにゝつけてか秋をしらまし

右兵衛督伊通

山里ノ秋といふことをよめる

172 山深みとふ人もなき宿なれど外面の小田に秋はきにけり

藤原行盛

師賢朝臣の梅津に人〻まかりて、田家ノ秋風といへることをよめる

173 夕されば門田の稲葉をとづれてあしのまろ屋に秋風ぞふく

大納言経信

169 咲いたことよ。くちなし色の女郎花が。口に出して言わないけれど、はっきりとしているよ、秋の気配は。○二句　赤味がかった濃い黄色。「口無し」の意を懸ける。▽「声にたてていはねどしるしくちなしの色はわがため薄きなりけり」(後撰・雑三・読人しらず)。くちなし色の伝統的詠法の歌。

山里・田園　四首

170 自然と秋はやってきたよ。山里の葛の這いかかっている、この槙の伏屋にも。○初句　自然の摂理として。○五句　槙は杉や檜などの建築用材。伏屋は低い家で、万葉語。▽「山里に葛はひかかる松垣のひまなく秋はものぞ悲しき」(好忠集・百首歌)。山里の寂寥感のようなものに秋の雰囲気を感じている。

171 稲葉を吹く風の音がしない家であったならば、いったい何によって秋の到来を知ることができるのだろうか。○稲葉　成長した稲の葉。▽「かはりゆく人の心を見ざりせば何につけてか秋をしらまし」(公任集)。影響歌「稲葉吹く風も音せぬ我宿は秋たちぬともよそにこそきけ」(林葉集)。以下三首、田園の歌。詩文の影響を受けて、後拾遺集頃から目立ってくる詠風。

172 山深いので訪れてくる人とてない我が家だが、外の田には秋がやってきたことだ。○外面 ↓七五。▽「八重葎しげれる宿の寂しきに人こそ見えね秋はきにけり」(拾遺・秋・恵慶法師)。人と秋の対比が趣向。

173 夕方になると門田の稲の葉に音を立てて、この蘆葺きの粗末な家に秋風が吹くことよ。○梅津　京都市右京区。四条通りを西に延長した桂川東岸一帯。万葉語。師賢の山荘があった。○門田　門前の田。万葉語。○三句　音がして。○四句　蘆で葺いた仮小屋。▽経信の田園趣味を示す。百人一首の一首。

三日月の心をよめる

174 山の端にあかず入りぬる夕月夜いつ有明にならんとすらん

大江公資朝臣

摂政左大臣の家にて、夕月夜の心をよませ侍けるによめる

175 風ふけば枝やすからぬ木の間よりほのめく秋の夕月夜かな

藤原忠隆

月旅宿友といへることをよめる

176 草枕この旅寝にぞ思しる月よりほかの友なかりけり

法橋忠命

閑見月といへる事をよめる

177 もろともに草葉の露のおきゐずはひとりや見まし秋の夜の月

顕仲卿女

翫明月といへることをよめる

178 偽になりぞしぬべき月影をこの見るばかり人にかたらば

前中納言伊房

月　四十四首（うち駒迎二首を含む）

174　山の端に、見飽きぬうちに入ってしまった夕月は、いつ有明月となって朝まで残ってくれるのだろうか。○三日月　月令三日目で、少し遅い朝方に出て夜更け前に没する月。○初句　山の稜線。○有明　有明月。月令二十日すぎの月で、明け方空に残っている。▽「あかずとて恨みしもせじ夕月夜有明までも我ぞ待ち見む」（相模集）。なお元永二年七月十三日内大臣家歌合で、晩月の題で藤原時昌が二句を「惜しむもしらぬ」と替えただけで出詠し、公資詠との類似によって負とされた。月歌群は、夕月夜から満月を経て、有明月（曙月、二三―二六）に至る。

175　風が吹くので枝が揺れ動く、その木々の間から、ほのかに光を放っている秋の夕月夜よ。○摂政左大臣　→九二。○二句　風のために枝が揺れて不安定な状態を擬人的に表した。この用語は新古今時代に流行した。▽「木の間よりもりくる月の影見れば心づくしの秋は来にけり」（古今・秋上・読人しらず）。風に揺らぐ枝の間の月光の動きへの注目に創意がある。

176　今度の旅寝で思い知ったことよ。月以外に友はなかったなあ。○初句　旅の枕詞。○この旅寝　旅に度（たび）の意を懸ける。▽「身にそひて旅の空にもめぐるかな月を友ともちぎらざりしに」（林下集）。旅中の月は、後拾遺集頃から月の一つの典型。

177　私と一緒に、草葉に置いた露が起きていないならば、一人で見るのだろうか、秋の夜の月を。○もろともに　私とともに。○露の　底本脱。○三句　「置き」に「起き」を懸ける。○四句　歌題の「閑（しづかに）」を示す。▽「もろともにおきゐる露のなかりせば誰とか秋の夜をあかさまし」（詞花・恋下・赤染衛門）。

178　きっと嘘をつくことになってしまうだろうよ。月の光をこのように見るがままに人に話したならば。○四句　「この」は「この如く」の略形。▽明月の程度を人に語っても非現実的だと思われるほどだと詠んで、明るさを強調。

鳥羽殿にて、旅宿月といふ事をよめる　　春宮大夫公実

179 われこそは明石のせとに旅寝せめおなじ水にも宿る月かな

寛治八年八月十五夜鳥羽殿にて、翫池上月といへること をよませ給(たまひ)ける　　院(ゐん)御製

180 池水にこよひの月をうつしもて心のまゝにわが物と見る

大納言経信

181 てる月の岩間の水に宿らずは玉ゐる数をいかでしらまし

翫明月といふ事をよめる　　民部卿忠教(ただのり)

182 いづくにも今宵の月を見る人の心やおなじ空にすむらん

後冷泉院御時皇后宮歌合に、駒迎(こまむかへ)の心をよめる　　藤原隆経(たかつね)朝臣

183 引く駒のかずよりほかに見えつるは関の清水の影にぞありける

179 私はこの明石の海峡で旅寝をしよう。おなじ海の水に宿っている明るい月よ。○鳥羽殿 →九八。○明石　播磨国。兵庫県明石市。月の明るい意を添える。○せと　瀬戸、海峡。▽「旅寝する難波の浦のとまやかたもろともにしも宿る月かな」(橋本公夏本金葉・秋・藤原有業)。明石は後拾遺集頃から月光の「明し」に添えて、月の名所となった。

180 池の水に今夜の月を映して、思いのまま自分のものとして眺めることよ。○寛治八年　一〇九四年。○鳥羽殿　→九八。○池上月　池に映った月、ここでは十五夜の満月。月の観賞の方法の一つ。▽元来は藤原俊家女の作を、秀逸だと白河院が取り上げたと伝えるが(袋草紙)、下句の詠風は帝王ぶりと言える。天空の月が池中にあるために「わが物」と詠んだ。

181 照っている月が岩間の水に映らなかったならば、玉のように輝く泡の数をどうして知ろうか。○四句　輝いている岩間の泡の数。▽「岩間には氷のくさび打ちてけり玉ゐし水も今は漏りこず」(後拾遺・冬・曽禰好忠)。

182 どこでも今夜の望月を眺めている人の心は、同じ空にあって月のように澄んでいるだろうか。○二句　八月十五夜の満月で、明月の意を含む。○すむ　月光に人の心の「澄む」を添えて、「住む」意を懸ける。▽「見る人の心や空になりぬらむくまなくすめる秋の夜の月」(定頼集)。月自体ではなく、それを見る人の心に焦点を合わせて、望月の明澄を詠じた。

駒迎(こまむかえ)　二首

183 引いていく駒の数とは別に多く見えたのは、逢坂の関の清水に映った駒の影であったよ。○駒迎　毎年八月東国の牧から貢献される馬を、逢坂の関(→二四)まで役人が出迎えた。○後冷泉院御時皇后宮歌合　→五五。四条宮下野集とともに作者を下野とする。○影　鹿毛(かげ)に通じて、駒の縁語。▽「逢坂の関の清水に影見えて今やひくらむ望月の駒」(拾遺・秋・紀貫之)。

184 駒迎の心をよめる

東路をはるかにいづる望月のこまにこよひや逢坂の関

源仲正

185 八月十五夜の心をよめる

さやけさは思ひなしかと月影を今宵と知らぬ人にとはばや

源親房

186 閏九月ある年の八月十五夜をよめる

秋はなを残りおほかる年なれどこよひの月は名こそ惜しけれ

春宮大夫公実

187 水上月をよめる

雲の波かゝらぬさよの月影を清滝川にうつしてぞ見る

前斎院六条

188 八月十五夜明月の心をよめる

すみのぼる心や空を払ふらん雲の塵ゐぬ秋の夜の月

源俊頼朝臣

184 東方の空はるかに出た望月のように、東路の遠くから出立した望月の牧の駒に、今夜会うことか、逢坂の関で。○望月　信濃国の牧場。長野県佐久市。満月の意を懸ける。○五句　↓三四。▽一八三に引く貫之詠に拠る。東路は月ののぼる方向としても意識されている。「東路をはるかに来つるかひありて都の人ぞ逢坂の関」(書陵部本能因法師歌集)。

185 月の光のさやけさは、私の思い込みなのかと、十五夜の月が今夜だと知らない人に聞いてみたいものだよ。○二句　思い込みかと。十五夜の月という先入観。▽「一人のみあはれなるかと我ならぬ人にこよひの月を見せばや」(千載・雑上・和泉式部)。いつもと違って明澄な輝きを見せる十五夜の月を、「思ひなしかと」と詠んだ点が趣向。

186 この秋はまだ残り多い年だけれど、今夜の十五夜の望月は、その名が惜しいことよ。○残りおほかる年　閏九月があるため、明月はまだ見られるの意。○五句　十五夜の月という今夜だけの月の名声を惜しむ。▽秋の明月が平年より多く見られても、十五夜の望月と称されるのが一夜なのを惜しむ。

187 波のような雲がかからない夜の月の光を、清滝川の澄んだ水面に映して見ることよ。○前斎院六条　↓二一九。○初句　雲の比喩表現で、万葉集に見える。波が川の縁語。○四句　山城国。京都市北区の桟敷ヶ岳から愛宕山東麓を経て保津川に注ぐ川。清冽な印象によって月の名所とされた。▽明澄な秋の月を清澄な清滝川に映し見ることで、いっそう月は澄んで見える。

188 澄んで空に上って行く心が、空を払い清めているのだろうか。雲の微塵もない秋の夜の明月よ。○すみのぼる心　月に伴って上っていく見る人の澄んだ心。○雲の塵　月を汚す雲の比喩表現。「払ふ」の縁語。▽「木枯の雲吹き払ふ高嶺よりさえても月のすみ上るかな」(堀河百首・月、散木奇歌集)。雲ひとつない天空に浮かんだ明月と、それを見る人の澄んだ心を詠む。散木奇歌集によれば、九月十三夜。

月をよめる

189 月を見て思(おも)ふ心(こゝろ)のまゝならば行方(ゆくゑ)も知(し)らずあくがれなまし

皇后宮肥後(くわうごうぐうのひご)

人のもとにまかりて物申(ものまうし)ける程に、月の入(い)りにければよめる

190 いかにして柵(しがらみ)かけん天(あま)の川流(がはなが)るゝ月やしばし淀(よど)むと

源師俊(もろとし)朝臣

経長(つねなが)卿の桂(かつら)の山里(やまざと)にて、人々歌(うた)よみけるによめる

191 こよひわが桂(かつら)の里(さと)の月を見て思(おも)ひ残(のこ)せることのなきかな

大納言経信

承暦二年内裏歌合に、月をよめる

192 曇(くも)りなき影(かげ)をとゞめば山(やま)の端(は)に入(い)るとも月を惜(お)しまざらまし

春宮大夫公実

宇治前太政大臣(うぢのさきのだいじやうだいじん)家歌合に、月をよめる

193 照(て)る月の光(ひかり)さえゆく宿(やど)なれば秋の水(みづ)にも氷(こほり)ゐにけり

皇后宮摂津(くわうごうぐうのせつつ)

189 月を眺めて、その月を思う心に従ったならば、どこというあてもなくその心は憧れ出てしまうだろう。○一句　月に思いを寄せる心。○あくがれ　心がひかれてさまよい出る意。▽参考歌「とぶ鳥の心は空にあくがれて行方も知らぬものをこそ思へ」(好忠集)。月に対する憧れを詠んだ歌で、当時流行し始めた。西行の詠風に通じる。

190 どのようにして柵をかけようか、天の川に。天を流れていく月がしばらくの間でも淀みとどまるかと。○柵　杭に竹や木を横にかけて水の流れを塞きとめるもの。○三句　月が天の川を流れて運行すると見立てた。「柵、流る、淀む」などが川の縁語。▽「天の川柵かけてとどめなむあかず流るる月やよどむと」(後撰・秋中・読人しらず)。

191 今夜私は、この桂の里の月を眺めて、思い残すことなく十分に味わうことができたよ。○桂　山城国。京都市西京区桂。中国の月の桂の故事から、月の名所。▽月への深い思い入れを詠んでいる。「ひとりゐて月を眺むる秋の夜は何ごとをかは思ひ残さむ」(為頼集、千載・雑上・具平親王)。経長の山荘は、歌人たちのサロンとして詠歌の場を提供した。

192 かげりのない光をとどめ置くならば、たとえ山の端に入っても月を惜しくは思うまいよ。○承暦二年内裏歌合→一二三。▽「夏の夜の月はほどなく入りぬともやどれる水にかげをとめなむ」(後拾遺・夏・源師房)。山の端に入る月という主題は一般的だが、反実仮想表現が大胆。

193 照っている月の光がますます冴えわたってゆく家なので、まだ秋である池の水にも氷が張っていることよ。○宇治前太政大臣家歌合→四九。○秋の水　漢語「秋水」によるか。▽「秦甸(しんでん)之一千余里。凜凜氷鋪」(和漢朗詠集・十五夜)。月光の清澄で冷え冷えとした感じを、氷と表した。冬月の趣。

194 山の端に雲の衣をぬぎ捨ててひとりも月のたちのぼるかな

源俊頼朝臣

水上月

195 蘆根はひかつみもしげき沼水にわりなく宿る夜はの月かな

摂政左大臣

宇治前太政大臣家歌合に、月をよめる

196 鏡山峰よりいづる月なれば曇るよもなき影をこそ見れ

一宮紀伊(いちのみやのきい)

秋難波の方にまかりて月のあかゝりける夜、具したる人〻よみけるによめる

197 いにしへの難波のことを思ひいでて高津の宮に月のすむらん

参議師頼(もろより)

秋月如昼といへる事をよめる

198 菊の上に露なかりせばいかにして今宵の月を夜としらまし

藤原隆経朝臣

194　衣のようにおおっていた雲を山の端に払い捨てて、ひとり月が空にたち上っていくことよ。○雲の衣　漢語「雲衣」に基づく表現。万葉集以来の語。○ひとりも　「雲の衣」に寄せての擬人法。○たち　立ち。「裁ち」の意で衣の縁語。▽一九三の歌合で、一九三と番い勝つ。俊頼の手馴れた作風を示す。→一八八。影響歌「夏の夜は月も清水に涼むとや雲の衣をぬぎて入るらん」(林葉集)。

195　蘆の根が延び、かつみが茂っている沼の水に、やむをえず宿っている夜半の月よ。○初句　水中の有様。○かつみ　「かつみといへるは、菰(こも)」(俊頼髄脳)。イネ科の大形多年草。高さは一～二メートルで、沼沢で群落を成す。○わりなく　隙間が少ないので仕方なく。▽蘆やこもの密集した水に映る月という異風の趣。

196　鏡山の峰から出てくる月なので、曇る夜もなく光を見ることよ(かげりのない御代の続くことよ)。○宇治前太政大臣家歌合　→四九。○鏡山　→四五。鏡と「曇る、影」は縁語。○四句　「よ」は、夜と世の懸詞。摂関家に対する祝意をこめる。▽「曇りなき君が御代には鏡山のどけき月の影ぞ見えける」(江帥集)。鏡の縁語構成と祝意が趣向。

197　往古の難波でのどんなことを思い出して、高津の宮では月が澄んでとどまっているのだろうか。○難波　摂津国。大阪市の淀川の河口辺。何(にな)の意を懸ける。○四句　仁徳天皇の皇居があった。所在地は特定されない。○すむ　「住む」と「澄む」の懸詞。▽「いにしへに難波のことは変はらねど涙のかかるたびはなかりき」(後拾遺・哀傷・源信宗)。往古から難波の高津宮を照らし出している月の悠遠性を、擬人的に詠む。

198　菊の上に置いている夜露がなかったならば、この明るい今夜の月をどのようにして夜のものと知ろうか。○秋月如昼　散木奇歌集に「明月如昼」の類似題が見える。○露　夜の証であり、月光によって輝いている。▽「月前卯花　玉光る露なかりせば卯花をこの月影にいかで分かまし」(重家集)。趣向に走りすぎた嫌いがあるが、こういう知巧的詠風も好まれた。

翫明月といへることをよめる

199 なごりなく夜半の嵐に雲晴れて心のまゝにすめる月かな

源行宗朝臣

八月十五夜に、人〳〵歌よみけるに読る

200 三笠山光をさして出でしよりくもらであけぬ秋の夜の月

平　師季

宇治入道前太政大臣三十講歌合に、月心をよめる

201 宿からぞ月の光もまさりけるよの曇りなくすめばなりけり

読人不知

奈良花林院歌合に、月をよめる

202 いかなれば秋は光のまさるらむおなじ三笠の山の端の月

権僧正永縁

詠月歌

203 三笠山もりくる月の清ければ神の心もすみやしぬらん

藤原顕輔朝臣

199 夜半の嵐で雲もあとかたもなく吹き払われて、思うがままに澄み切っている月よ。○四句 月が望むままに。擬人法。▽「月影のすみわたるかな天の原雲吹きはらふ夜半の嵐に」(金葉集異本歌・源経信)。夜半の嵐と月という凄寥たる風景の描出は、経信のすぐれた感性に拠るか。

200 三笠山から光を射して出てから、くもることもなく夜が明けたよ、秋の夜の月は。○初句 大和国。奈良市の春日大社後方。月の名所。笠に、「さして」と天候の「くもらで」が縁語。▽「三笠山さしいづる月のくまもなく光のどけきよにもあるかな」(顕季集)。三笠山をさし出る時から夜明けまで耿々と照る月と向い合う。

201 この家だからこそ月光も一段と美しい。それは夜が雲のかかることなく澄んでいるように、世の中に晴れ晴れと、ご主人が住んでいるからなのですね。○宇治入道前太政大臣三十講歌合 長元八年(一〇三五)関白左大臣頼通歌合。三十講は法華経、無量義経、観普賢経を合わせた三十巻を、三十日間又は十五日間で講ずること。法楽歌合。○初句 宿は頼通の高陽院第(京都市、堀川通東・丸太町通北。四町を占める)。「から」は理由を示す。○よ 夜と世の懸詞。○すめば 「澄む」と「住む」の懸詞。▽祝意がある。↓一九六。歌合の一番右。権門勢家の歌合の巻頭にふさわしい。歌合での作者は赤染衛門。

202 どういうわけで秋は月の光がまさるのだろうか。いつも同じだと見る三笠の山の端の月は。○奈良花林院歌合 [天治元年(一一二四)春]権僧正永縁花林院歌合。○四・五句 ↓二〇〇。「三」に「見」を懸ける。▽花林院は興福寺別院。従って三笠山は実景の眺望。判詞(俊頼)に、「左歌悪しうも聞こえず。末などいひなれて歌とおぼゆ」とあり、「いつも見る月ぞと思へど秋の夜はいかなる影をそふるなるらむ」(後拾遺・秋上・藤原長能)の一首を指摘する。

203 三笠山から漏れてくる月の光が清いので、そこに鎮まっている神の心も清く澄んでいることだろう。○初句 ↓二〇〇。○もりくる 「漏る」は三笠山の笠と縁語。○四句 神は春日明神。▽家集では「寄社月」の歌題。三笠山の月が連続する。

太皇太后宮扇合に、月の心をよめる

204 春日山みねよりいづる月影は佐保の川瀬のこほりなりけり

大納言経信

顕季卿家にて九月十三夜、人〻月の歌よみけるに

205 くまもなき鏡と見ゆる月影に心うつらぬ人はあらじな

大宰大弐長実

206 むら雲や月のくまをばのごふらん晴れゆくまゝに照りまさるかな

源俊頼朝臣

月照ス二古橋ヲ一といへることをよませ給ける

207 と絶えして人も通はぬ棚橋は月ばかりこそすみわたりけれ

三　宮

水上ノ月をよめる

208 月影のさすにまかせて行く舟は明石の浦やとまりなるらん

藤原実光朝臣

204 春日山の峰からさし出た月の光は、佐保川の川瀬の氷となって結んでいることよ。○太皇太后宮扇合　寛治三年(一〇八九)八月二十三日庚申太皇太后宮寛子扇歌合。○初句　大和国。奈良市。春日大社背後の山。○四句　佐保川は、奈良市春日山に発し、初瀬川に合流する。○こほり　月影が白く清澄なのを氷と見た。→一九三。▽月光と氷の伝統的な比喩を、春日山と佐保川という位置関係において把えた。

205 陰のない鏡のように見える明るい月の光に、心がひかれない人はあるまいなあ。○九月十三夜　八月十五夜に次ぐ、後の名月。○初句　暗い所がない。本文「くもりなく」もある。○四句　うつるは「移る」。「映る」で鏡の縁語。▽「心うつらぬ」という縁語表現が特徴。月と鏡の関係は、「待得分明似ㇾ鏡時」(千載佳句・月)など、漢詩文に先例がある。

206 村雲が月のかげりをぬぐい取っているのだろうか。雲が晴れてゆくのにつれて、ますます照り輝いていくことよ。○初句　群がる雲。○くま　かげり。→二〇五。○のごふ　「ぬぐふ」の古形。ぬぐい取る。「ま袖もてのごへる空の清き上に磨ける月をすませてぞ見る」(散木奇歌集)。▽「のごふ」が俊頼らしい。月を曇らせるはずの雲が「月をのごふ」とする点が趣向。

207 こわれて途切れたまま人も通らない棚橋は、月だけが澄みとどまり照らし続けることよ。○棚橋　板を棚のように渡しただけの簡単な橋。万葉集に見える。○五句　「澄む」と「住む」の懸詞。「わたる」は継続の意だが、「と絶え」と対比して橋の縁語。「天の川雲のかけ橋かきたえて谷より月の澄み渡るらむ」(橋本公夏本金葉・秋・瞻西)。▽寂れた所の月で時代好みの設定だが、物語的情趣をも感じさせる。

208 月の光が射しているままに、棹さして行く舟は、明るい明石の浦が行き着く泊りなのであろうか。○さす　光が射す意に棹をさす意の懸詞。「みなれざをとらでぞくだす高瀬舟月の光のさすにまかせて」(後拾遺・雑一・源師賢)。○四句　→一七九。月の名所で、船の停泊所。明るい意を含む。▽明るいに寄せて明石の浦を詠む常套的手法。

題不知　大宰大弐長実

209 さらぬだに玉にまがひて置く露をいとゞみがける秋の夜の月

永承四年殿上歌合に、月心をよめる　藤原家経朝臣

210 よとともに曇らぬ雲の上なれば思ふことなく月を見るかな

月前ノ旅宿といふ事をよめる　修理大夫顕季

211 松が根に衣かたしき夜もすがらながむる月を妹見るらむか

独月をみるといふ事をよめる　藤原有教母

212 眺むればおぼえぬこともなかりけり月や昔の形見なるらん

行路ノ暁月といへることをよめる　権僧正永縁

213 もろともに出づとはなしに有明の月のみをくる山路をぞ行く

209 そうでなくてさえ玉と見まがうように置いている露を、いっそう磨きをかけて輝かせている秋の夜の月よ。○さらぬ　「さあらぬ」の略形。○玉　真珠。▽「月影の光そはれる白露ぞふたたびみがく玉と見えける」(輔尹集)。澄んだ光を強く放つ秋月が、露の輝きによって的確に表現されている。

210 終夜、永久に曇ることのない雲の上、すなわち殿上であるので、何の不安もなく月を見ることよ。○永承四年殿上歌合　永承四年(一〇四九)十一月九日内裏歌合。○初句　「よ」は夜と世の懸詞。世とともには、永久にの意。○曇らぬ「雲の上」にかかる。雲の上だから曇らない。○雲の上　宮中、殿上。▽内裏歌合の出詠歌なので、「雲の上」を詠み込み、「よとともに曇らぬ」という句に、御代の長く続く意をこめて祝意を表した。

211 松の根に衣を片敷いて夜通し眺めているあの月を、妻も見ているだろうか。○松が根　万葉語。歌題の「旅宿」を暗示する。○二句　自分の衣だけを敷く意で、一人寝のこと。○五句　万葉調の表現。底本「…らめか」。▽「松が根に尾花かり敷き夜もすがらかたしく袖に雪は降りつつ」(顕季集)。「夜もすがら磯の松が根かたしきて鹿島が崎の月を見るかな」(夫木抄・道因)。松が根や妹などの万葉表現に拠りつつ、旅中の寂莫たる心情を月に寄せて詠む。

212 月を眺めていると思い出されないこととてないよ。あの月というものは昔の形見なのだろうか。▽「月やあらぬ春や昔の春ならぬ我が身ひとつはもとの身にして」(古今・恋五・在原業平)。「ありしにもあらぬうき世にかはらねど月ぞむかしの形見なりける」(待賢門院堀河集)。昔と変らぬ月によって過去が追想される。

213 一緒に出立したというわけではないが、有明の月だけが見送っている山路を行くよ。○出づ　月が出る意に作者の出立の意を懸ける。○をくる　見送る。▽「親故適廻レ駕、妻奴未レ出レ関、鳳凰池上月、送レ我過二商山一」(新撰朗詠集・月・白楽天)に拠る。影響歌「ひきつらね雁は別れぬ有明の月のみ送る山路なりけり」(唯心房集)。友のない寂寥の旅路が想像される歌。

対レ山待レ月といへる事をよめる　　土御門右大臣（つちみかどうだいじん）

214 有明の月まつ程のうたゝねは山の端のみぞ夢に見えける

山家暁月をよめる　　中納言顕隆（あきたか）

215 山里の門田の稲のほの〳〵とあくるもしらず月を見るかな

月のあかゝりける頃、明石にまかりて月を見てのぼりたちけるに、都の人〻月はいかゞなどたづねけるを聞きてよめる　　平忠盛（ただもり）朝臣

216 ありあけの月も明石の浦風に波ばかりこそよると見えしか

月前落葉といへることを　　源俊頼朝臣

217 嵐をや葉守の神もたゝるらん月に紅葉のたむけしつれば

虫をよめる　　前斎院六条

218 露しげき野辺にならひてきり〳〵すわが手枕の下に鳴くなり

214 有明の月を待っている時のうたたねは、月の出る山の端だけが夢に見えることよ。○対山待月 →五三五。底本「対山行月」。○山の端　山の稜線で、月の出る場所。「宿ごとに変らぬものは山の端の月待つほどの心なりけり」(後拾遺・雑一・加賀左衛門)。▽今鏡(うたたね)に、三四を引いて、「又月の御歌こそ心にしみてきこえ侍りしか」とある。

215 山里の門田の稲の穂がほんのりと明るくなって、夜が明けていくのも知らずに月を眺めていることよ。○門田 →一七三。○三句　穂の意を懸ける。▽「天のとの明くるもしらず眺めつつ見れどもあかぬ夏の夜の月」(万代集・夏・曽禰好忠)。上二句が序詞として「ほのぼのと」を導きつつ、月の照らし出す情景をも表している。

216 有明月も明るい明石の浦を吹く風で、夜とも思えず波だけが寄ると見えたよ。○二句　明石 →一七九。「明し」を懸ける。「有明の月もあかしの浦波のうちおどろかす友千鳥かな」(忠通集)。○よる　夜に「寄る」を懸ける。→四六八。▽平家物語(巻一)に採られた。当時の都人たちの明石の月への関心が見て取れる。

217 嵐を葉守の神もたたるだろうか。嵐が吹いて紅葉を散らせて月に手向けてしまったので。○二句　樹木の葉を守る神。○たむけ　神の縁語。古今集以来、紅葉は神に手向けられる。▽「ならの葉の葉守の神のましけるを知らでぞをりしたたりなさるな」(後撰・雑二・藤原仲平)。嵐が紅葉を散らせて、神ではなく月に手向けてしまったという点が趣向。

虫　二首

218 露が繁く置いた野辺に慣れて、こおろぎは涙でぬれた私の手枕の下で鳴いていることよ。○三句　今のこおろぎ。○手枕の下　涙の露で濡れている。こおろぎが露の置いた野辺と勘違いした。「秋ならでおく白露は寝覚めするわが手枕のしづくなりけり」(古今・恋五・読人しらず)。▽「黒髪の別れを惜しみきりぎりす枕の下にみだれ鳴くかな」(待賢門院堀河集)。作者の涙は、虫の鳴声に代表される秋の哀れのため。

はたをりといふ虫をよめる

219 さゝがにの糸引きかくる草むらにはたをる虫の声聞ゆなり

顕仲卿母

題読人不知

220 玉梓はかけて来たれど雁がねのうはの空にも聞ゆなるかな

221 いもせ山峰の嵐や寒からん衣かりがね空に鳴くなり

春宮大夫公実

鹿をよめる

222 つま恋ふる鹿ぞ鳴くなるひとり寝のとこの山風身にやしむらん

三宮大進

暁聞レ鹿といへることをよめる

223 思ふこと有明がたの月影にあはれをそふるさを鹿の声

皇后宮右衛門佐

219 蜘蛛が糸を引きかけている草むらで、機を織るという名のきりぎりすの声が聞こえるよ。○はたをり　機織(はたおり)、きりぎりすの古名。○さゝがに　蜘蛛。▽ささがにの糸と機織の語の縁に基づく。「ささがにのすがく糸をや秋の野にはたおる虫のたてぬひにする」(和泉式部集)。

雁　二首

220 手紙を運び持っては来たが、雁の鳴き声ははるか上空でおぼろげに聞こえることよ。○初句　手紙。蘇武の雁書の故事による。「秋風に初雁がねぞ聞こゆなる誰が玉梓をかけて来つらむ」(古今・秋上・紀友則)。○三句　雁の鳴声。○四句　上空に不確かな状態を懸ける。▽「萩の上に露吹きそへし雁がねを上の空にも聞きてけるかな」(和泉式部集)。二二一とともに、二〇四の歌合での詠。

221 妹背山の峰を吹く嵐が寒いのであろうか。衣を借り難いといって、雁が空で鳴いているよ。○初句　紀伊国。和歌山県伊都郡かつらぎ町を流れる紀ノ川両岸の背山と妹山を合わせて言う。別に奈良県の吉野川沿岸にもある。○四句「雁がね」と「借りかね」の懸詞。衣を借りるという点で、妹背に寄せた。▽「夜を寒み衣かりがね鳴くなへに萩の下葉もうつろひにけり」(古今・秋上・読人しらず)。歌合で二二〇と番った。

鹿　五首

222 妻を恋い慕って鹿が鳴いている。ひとり寝の床に吹く鳥籠山の風が身にしみて寒いのだろうか。○とこの山　近江国。滋賀県彦根市の正法寺山。「鳥籠山」に「床」を懸ける。▽「妻恋ふととこの山なるさを鹿のひとりねを鳴く声ぞかなしき」(堀河百首・鹿・源国信)。万葉の歌枕を平安的な表現技巧によって詠みこなした。

223 もの思いをしている有明頃の月の光に、さらに悲しみを添えるさお鹿の声よ。○有明↓一七四。「思ふことあり」を懸ける。▽「いかにせむ今宵の月に妻恋ふる鹿の音をさへそへて聞くかな」(散木奇歌集)。自らの憂愁に、有明の月光と鹿の音までが加わって、秋の悲しみはますます深まってゆく。

夜聞鹿声といへる事をよめる　　内大臣家越後

224 夜半に鳴く声に心ぞあくがるゝわが身は鹿の妻ならねども

摂政左大臣家にて、旅宿鹿といへることをよめる　　源　雅　光(まさてる)

225 さもこそは都恋しき旅ならめ鹿の音にさへぬるゝ袖かな

鹿歌とてよめる　　藤原顕仲(あきなか)朝臣

226 世の中をあきはてぬとやさを鹿の今はあらしの山に鳴くらん

野花帯露といへることをよめる　　皇后宮肥後

227 白露と人はいへども野辺みれば置く花ごとに色ぞかはれる

太皇太后宮扇合に人にかはりて、萩の心をよめる　　僧正　行　尊(ぎやうそん)

228 小萩原にほふ盛りは白露もいろ〳〵にこそ見えわたりけれ

224 夜ふけに鳴く鹿の声に、私の心は引きつけられることだ。我が身が鹿の妻というのではないけれども。○三句　心が体から抜けてうわの空になる。▽下句は奇抜な表現だが、少しく説明的。二三の暁から夜に移る。

225 これほどに都を恋しく思う旅なのであろうよ。鹿の鳴く声につけてさえ、涙でぬれる袖よ。○摂政左大臣 →九二。○さも　然も。下句を指す。▽都恋しいとは、人恋しいということである。旅中の孤独が、鹿の鳴声によって助長される。

226 世の中に飽き、また秋も終ったというのだろうか。さお鹿がもう身を消すかのように、嵐山で鳴いているようだ。○二句　「飽きはてぬ」に「秋はてぬ」を懸ける。○あらしの山　嵐山。「有らじ」を懸ける。▽懸詞の技巧に走りすぎて実感に乏しい。「世の中にあきはてぬれば都にも今はあらしの音のみぞする」(新古今・雑上・藤原顕長)。

露　一首

227 白露と人は言うけれど、野辺を見ると、露の置いている花ごとに色が異なっていることよ。○野花帯露　一五七に野草帯露。▽白露が花によって色付いている様を詠んでいる。「うすくこく色ぞ見えける菊のはな露や心をわきて置くらん」(古今六帖・つゆ)のように、露が花の色や、木の葉を染めるとする例が古いが、二二七はその逆で写実的。

萩　二首

228 萩の花が今を盛りに咲き乱れている原では、白露も様々な色にきらめいて見えることよ。○太皇太后宮扇合 →二〇四。○にほふ　色鮮やかに咲く。○四句　「秋の露いろいろことに置けばこそ山の木の葉のちくさなるらめ」(古今・秋下・読人しらず)によるか。二二七と同趣向。▽花によって露が色付いたとするのは、二二七と同趣向。対象が萩に絞られて、野の色調が鮮明になっている。

萩をよめる

229 しらすげの真野の萩原つゆながら折りつる袖ぞ人なとがめそ

大宰大弐長実

女郎花をよめる

230 をみなへし咲ける野辺にぞ宿りぬる花の名立になりやしぬらん

隆源法師

顕隆卿家歌合に、女郎花をよめる

231 夕露のたまかづらしてをみなへし野原の風に折れやしぬらん

中納言俊忠

女郎花をよめる

232 白露や心をくらんをみなへし色めく野辺に人かよふとて

藤原顕輔朝臣

233 をみなへし夜のまの風に折れふして今朝しも露に心をかるな

摂政左大臣

229 白菅の真野の萩原で、露の置いたまま萩を折ってぬれた袖だよ。人よ、とやかく言わないでくれ。○初・二句　万葉集の「白菅の真野の榛(はり)原」を、ハギハラと読んだ。白菅は葉が白っぽいスゲ。ここでは真野にかかる枕詞。真野は播磨国、兵庫県神戸市長田区真野辺など諸説ある。○五句　恋の涙と誤解されるからである。▽「しののめにあかで別れし袂をぞ露や分けしと人はとがむる」(後撰・恋三・読人しらず)。

女郎花・藤袴　八首

230 女郎花が咲いている野辺に泊ってしまった。女郎花に悪い噂が立ってしまうであろうか。○四句　名立は噂、評判。ここでは女郎花にとってありもしない恋の噂の意。「秋の野の花の名立に女郎花かりにのみ来む人に折らるな」(拾遺・秋・読人しらず)。▽優艶な女性を思わせる旧来の女郎花の詠法に従う。

231 夕露の玉の美しい髪飾りをして、女郎花は野原を吹く風に折れてしまうのだろうか。○顕隆卿家歌合　保安三年(一一二二)以前秋顕隆歌合。○二句　玉鬘。玉を緒に抜いて作った髪飾り。○五句　風と露の重みのために。▽女郎花を着飾った女性と見た。影響歌「女郎花今朝は姿のまさるかな露のむすべる玉鬘して」(和歌一字抄・仲正)。

232 白露は遠慮しているだろうか、女郎花に。女郎花が色鮮やかに咲いている野辺に、思いを寄せて人が通ってくるというので。○心をく　心を隔てる。「置く」は露の縁語。○色めく　色がはっきりと表われる。異性に対して気のある様が見える。○人　女郎花の恋人。▽「女郎花にほふあたりにむつるればあやなく露や心置くらむ」(拾遺・秋・大中臣能宣)など類例が多い。

233 女郎花よ、夜来の風に折れ伏して、今朝になって露が置くのに遠慮されるな。○二句　↓二三五。○五句　↓二三一。「心置かるな」は、折れた女郎花では、露も置こうとしないの意か。「露にだに心置かるな夏萩の下葉の色よそれならずとも」(風雅集・恋五・藤原道信)。▽「露」「心置く」という同じ表現の二首を並列した。

摂政左大臣家にて、蘭(ふぢばかま)をよめる　　　源　忠季(ただすゑ)

234 佐保川のみぎはに咲ける藤袴波のよりてやかけんとすらん

蘭をよめる　　　右兵衛督伊通

235 かりにくる人もきよとや藤袴秋の野ごとに鹿のたつらん

神祇伯　顕仲(あきなか)

236 蜘蛛のとぢめやあだならんほころびわたる藤袴かな

鳥羽殿前栽合に、女郎花をよめる　　　春宮大夫公実

237 あだし野の露ふきみだる秋風になびきもあへぬ女郎花かな

野草留ムレ人ヲといふことをよめる　　　平忠盛朝臣

238 ゆく人をまねくか野辺の花薄こよひもこゝに旅寝せよとや

234 佐保川の汀に咲いている藤袴は、波が寄せて佐保川という竿にかけようというのでもあろうか。○摂政左大臣 →九二。○佐保川 →二〇四。佐保を棹に寄せ、藤袴を懸けると用いた。「色も香も深紫の藤袴佐保の川辺にぬぎぞかねける」(江帥集)。○藤袴　花は淡紫色。多く袴に寄せる。▽袴と棹の語に興じた歌。

235 かりそめに狩にやって来る人も着なさいといって、秋の野ごとに鹿が立って藤袴を裁っているのだろうか。○かり　「狩」に「仮」の意を懸ける。○たつ　「立つ」と「裁つ」の懸詞。▽影響歌「年をへて秋の野ごとににほへどもきる人もなき藤袴かな」(拾玉集)。

236 蜘蛛の糸で縫った綴じ目がもろいのだろうか。一面にほころんで花が咲いている藤袴よ。○二句　糸の縫い目。袴の縁語表現。○ほころび　蕾が開く。糸と袴の縁語。▽糸、ほころぶ、袴と語の縁の巧みな構成だが、実感に乏しい。「ささがにの糸にかかれる藤袴たれを主とて人のかるらむ」(橋本公夏本金葉・秋・源俊頼)。

237 あてにならないという名のあだし野の露を吹き乱す秋風で、なびき寄る間もなく散ってしまう女郎花よ。○鳥羽殿前栽合　嘉保二年(一〇九五)八月二十八日郁芳門院媞子内親王前栽合。○初句　山城国。京都市右京区。小倉山東北麓一帯。「あだし」は、あてにならないの意を懸ける。○なびき　女郎花を「あだし」女性と見立てているので「なびきもあへぬ」といった。▽「女郎花秋の野風にうちなびき心一つを誰に寄すらむ」(古今・秋上・藤原時平)。歌合は題「薄」で、下句も「招きもあへぬ花薄かな」とある。女性のイメージを強調して女郎花と改めたか。但し配列構成上は薄の方が自然。以下三首、野を吹く風。

薄　二首

238 通って行く人を招き寄せているのか、野辺の花薄よ、今夜もここに旅寝をしろというのか。○まねく　薄が風で揺れ靡くことの比喩表現。○三句　薄の穂を花に見る。▽「秋の野の草の袂か花薄ほにいでて招く袖と見ゆらむ」(古今・秋上・在原棟梁)。

堀河院御時、御前にて各題を探りて歌つかうまつりけるに、薄をとりてつかまつれる

239 うづら鳴く真野の入江のはまかぜに尾花なみよる秋のゆふぐれ

源俊頼朝臣

河霧をよめる

240 宇治川のかはせも見えぬ夕霧に槙の島人ふねよばふなり

藤原基光

郁芳門院根合に、菊をよめる

241 盛りなる籬の菊をけさ見ればまだ空さえぬ雪ぞつもれる

中納言通俊

鳥羽殿前栽合に、菊をよめる

242 千年まで君がつむべき菊なれば露もあだには置かじとぞ思ふ

修理大夫顕季

摂政左大臣の家にて、紅葉隔牆といへる心をよめる

243 もずのゐる櫨の立枝のうす紅葉たれわがやどの物と見るらん

藤原仲実朝臣

239 鶉が鳴く真野の入江の浜風で、尾花が波のように寄せている秋の夕暮よ。○初句　万葉集の句で、当代に流行。荒廃感や寂寥感を伴う。○二句　近江国。滋賀県大津市真野。俊頼の好んだ地名。○尾花　薄の別称。▽「浜風になびく尾花は朝ぼらけまがきに寄する波かとぞ見る」(為頼集)。「うるはしき姿なり。…釈阿はこれほどの歌たやすくはいできがたしと申されき」(後鳥羽院御口伝)。俊頼の代表歌。

霧　一首

240 宇治川の川瀬も見えない夕霧の中で、槙の島人が舟を呼び続けているよ。○初句　琵琶湖が源流、今は淀川に注ぐ。霧の名所。○槙の島　宇治川から巨椋(おぐら)の池への流入部分にあった中州。▽「宇治川は淀瀬なからし網代人舟呼ばふ声をちこち聞こゆ」(万葉集・巻七)。聴覚のみによりながら、霧の奥の情景を詠む。

菊　二首

241 今を盛りに咲いている籬の菊を今朝見ると、まだ空が冷えて降ったわけではない雪が積もっていることよ。○郁芳門院根合　→二九。○籬　目の粗い柴や竹の垣。○雪　白菊の比喩。漢詩に拠る。「疑三秋雪之廻二洛川一」(和漢朗詠集・九日付菊)。▽「秋の夜に雪むら消えと見ゆるかな籬に咲ける白菊の花」(顕綱集)。

242 千年の年を積んで君が摘むはずのめでたい菊ですから、露もはかなく置かないだろうと思います。○つむ　摘む意に年を積む意を懸ける。○あだ　はかなく。▽「ももとせを人にとどむる玉なればあだにやは見る菊の上の露」(古今六帖・一・九日・紀貫之)。菊の花を延命の瑞祥とする中国の伝承により、祝意を託す。

紅葉・落葉　十一首

243 百舌(もず)の止まっている櫨の立ち枝の薄紅葉は、誰が我が屋敷のものと眺めるのだろうか。○摂政左大臣　→九二。○墻　かき、垣根。○もず　鳥名。万葉集から見える。○櫨　山漆(やまうるし)の古名。ハゼノキ。紅葉が美しい。○三句　紅葉歌群の冒頭に配した。▽「よそながら

承暦二年内裏歌合に、紅葉をよめる

244 帚木の木ずゑやいづくおぼつかなみな園原はもみぢしにけり

源師賢朝臣

宇治前太政大臣、大井河にまかりわたりたりけるにまかりて、水辺紅葉といへる事をよめる

245 大堰川いはなみ高し筏士よ岸の紅葉にあからめなせそ

大納言経信

太皇太后宮扇合に人にかはりて、紅葉の心をよめる

246 音羽山もみぢ散るらし逢坂の関のをがはにしきを(お)りかく

源俊頼朝臣

紅葉をよめる

247 谷川にしがらみかけよ竜田姫みねのもみぢに嵐吹くなり

藤原伊家(これいへ)

大井御幸につかうまつれる

248 大堰川ゐせきの音のなかりせばもみぢを敷けるわたりとや見ん

修理大夫顕季

惜しき桜のにほひかな誰が我が宿の花と見るらむ」(後拾遺・春上・坂上定成)。歌材が新鮮。

---

244 帚木の梢はどこなのか、はっきりしないよ。園原は一帯に紅葉してしまったことだ。○承暦二年内裏歌合 ↓一三。二四四は撰外歌。○初句 ホウキグサの別名。遠くからは箒を立てたように見え、近づくと分らなくなるという。○園原 信濃国。長野県下伊那郡阿智村。「園原や伏屋に生ふる帚木のありとて行けどあはぬ君かな」(古今六帖・五・くれどあはず・在原元方)。

245 大堰川は岩にあたる波が高いことよ。筏士よ、岸の紅葉の美しさに目を奪われるなよ。○宇治前太政大臣 ↓三五。○初句 ↓一五一。○三句 木材を組んだ筏を操って下る川の民。○あからめ よそ見。「唐錦おりつむ峰のむら紅葉見そむる今日はあからめもせず」(恵慶集)。▽「大堰川浮けるもみぢ葉筏士の棹のしづくを時雨とやおもふ」(御所本能宣集)。経信は「無下棄歌也」と、後拾遺集から除かせたと伝える(袋草紙)。

246 音羽山で紅葉が散っているようだ。逢坂の関の小川に紅葉が錦を織り掛けたように散り敷いているよ。○太皇太后宮扇合 ↓二〇四。○初句 ↓一〇八。○逢坂 ↓二三四。○四句「関の小川」の初例。逢坂の関付近。○五句 古今集以来の表現。経信、俊頼が好んで用いた。奥義抄は、作者の父経信による二三を引く。▽「竜田川紅葉ば流る神なびの三室の山に時雨降るらし」(古今・秋下・読人しらず)。

247 谷川に柵(しがらみ)をかけてくれ、竜田姫よ。竜田山の峰の紅葉に嵐が吹いているよ。○しがらみ ↓一九〇。紅葉がとどまることを願う。○三句 竜(立)田山(↓一〇)に住み、秋を司る女神。▽「水上の山の紅葉ば散りにけりしがらみかけよ白河の水」(玄々集・藤原長能)。

248 大堰川の水を堰(せ)く音がなかったならば、一面に紅葉を敷いた所と見るだろうか。○大井御幸 寛治五年(一〇九一)十月一日、白河上皇の大堰川御幸。○初句 ↓一五一。○ゐせき 堰。水の流れをせき止めた所。▽大堰川の堰に紅葉がとまる例は少なくないが、ここでは歌題(家集に

深山紅葉といへる事をよめる

249 山守よ斧のをと高くひゞく也みねの紅葉はよきてきらせよ

大納言経信

紅葉をよめる

250 よそに見る峰の紅葉や散りくるとふもとの里は嵐をぞまつ

神祇伯顕仲

大井河逍遥に、水上紅葉といへる事をよめる

251 柞ちる岩間をかづく鴨鳥はをのが青羽もゝみぢしにけり

藤原伊家

落葉埋橋といへることをよめる

252 をぐら山峰の嵐の吹くからに谷のかけはし紅葉しにけり

修理大夫顕季

落葉蔵水といへることをよめる

253 大堰川ちるもみぢ葉にうづもれて戸無瀬の滝はをとのみぞする

大中臣公長朝臣

「落葉満水」)を聴覚と視覚によって表現している点が趣向。堰かれる紅葉が連続。

---

249 山守よ、斧の音が高く響いている。山の峰の紅葉は避けて手斧で切るようにさせよ。○初句　山の番人。万葉集以来の語。「足引の山の山守もる山も紅葉せさする秋は来にけり」(後撰・秋下・紀貫之)。○よきて　「避きて」に斧(よき)の意を懸ける。▽「春山に木こる木こりの腰にさすよきつつ切れや花のあたりは」(好忠集)。

250 遠くに眺めやる峰の紅葉が散って来るかと、麓の里では嵐が吹くのを待っているよ。○よそ　かけ離れた所。▽峰と麓とを対比して、紅葉からすれば厭うべき嵐を待つと詠んだ点が趣向。↓六三。「麓まで峰の嵐やさそふらん紅葉散りくる吉備の中山」(夫木抄・源経信)。

251 柞の葉が散っている川の岩の間をもぐる鴨鳥は、自らの青羽も紅葉がかかって紅いことよ。○大井河逍遥　大堰川(↓二五二)への遊山。○柞　ブナ科の落葉喬木。ナラ・クヌギなど。○かづく　水にくぐる。○三句　青羽とともに万葉語。▽青羽と紅葉の色彩の対比が趣向。「紅葉する秋は来にけり水鳥の青ばの山の色づく見れば」(古今六帖・三・みづとり)。

252 小倉山の峰の嵐が吹くとすぐに、谷に渡してあるかけ橋は散りかかる木の葉で紅葉したことだ。○初句　山城国。京都市右京区嵯峨亀ノ尾町。○三句　吹くとはやくも。○かけはし　崖などに板を渡して道とした橋。この頃から山中の橋が和歌の景物となる。▽「小倉山峰の嵐の吹くからにとなせの滝ぞもみぢしにける」(顕季集「於大井河、落葉水紅并恋」)という酷似の詠がある。いずれかが改作。

253 大堰川は散っている紅葉の葉に埋もれて、戸無瀬の滝は音だけがしているよ。○蔵　↓八四。○初句　↓二五一。○戸無瀬　山城国。京都市西京区の大堰川、嵐山辺の名称。▽「大堰川散るもみぢ葉に照らされて小倉の山の影も映さず」(範永集)。二五二注所引の顕季詠に近いが、音を詠む。↓二四八。

九月尽(ながつきじん)の心をよめる　中原経則(つねのり)

254 あすよりは四方の山べの秋霧の面影にのみたゝむとすらん

255 草の葉にはかなく消ゆる露をしもかたみに置きて秋の行くらん　源師俊朝臣

九月尽日、大井にまかりてよめる　春宮大夫公実

256 惜しめどもよもの紅葉は散りはてて戸無瀬ぞ秋のとまりなりける

九月尽　三首

254 明日からは四方の山辺の秋霧は、面影にばかり立って見えることだろう。○あす　十月一日。この日から冬。○四句　→二四五。秋霧に寄せて「立つ」と詠んだ。▽「霧の間に四方の山辺を今朝見れば秋の色ともなりにけるかな」(重之女集)。「あすよりは四方の山べをたづね見む宿の紅葉はけふ見くらしつ」(桂宮本系統赤染衛門集)。この歌から九月尽の歌群。秋との惜別の心情が詠まれるが、秋を霧によって象徴させるこの歌の手法は珍しいか。

255 草葉の上ではかなく消えてゆく露を特に形見として置いて、秋は去ってゆくのだろう。○三句「はかなく消ゆる露」では形見にならないのにあえて、の意。▽参考歌「暮れてゆく秋の形見に置くものは我がもとゆひの霜にぞありける」(拾遺・秋・平兼盛)。この歌が詠まれた長治二年(一一〇五)七月木工頭俊頼女子達歌合の判詞(俊頼)に「すべらかに詠まれたるうちに心有り」と見える。散木奇歌集にあり、俊頼の代作か。

256 いくら惜しんでも四方の紅葉はすっかり散り落ちて、それが積っている戸無瀬の滝が秋の終着点なのであったよ。○戸無瀬　→二三三。○とまり　行き着く所。▽「年ごとに紅葉ば流す竜田川湊や秋の泊りなるらむ」(古今・秋下・紀貫之)。「大堰川ゐせきに積るもみぢ葉は過ぎにし秋の泊りなりけり」(江帥集)。貫之の紅葉による秋の泊りの創出は、九月尽の一つの定型となった。

金葉和歌集巻第四　冬部

257

承暦二年御前（ごぜん）にて、殿上の御をのこども題を探（さぐ）りて歌つかうまつりけるに、時雨をとりてつかうまつれる

源師賢（もろかた）朝臣

神無月（かみな）しぐるゝまゝに暗部山（くらぶやま）したてるばかり紅葉（もみぢ）しにけり

258

従二位藤原親子（しんし）家造紙合に、時雨をよめる

修理大夫顕季（あきすゑ）

しぐれつゝかつ散（ち）る山（やま）のもみぢ葉をいかに吹（ふ）く夜（よ）の嵐（あらし）なるらん

259

奈良に人〻百首歌よみけるに、時雨をよめる

権僧正永縁（やうえん）

山川（やまがは）の水（みづ）はまさらで時雨（しぐれ）には紅葉（もみぢ）のいろぞ深（ふか）くなりける

冬一巻。時雨に始まり、紅葉(落葉)、網代、千鳥、氷、冬月、雪、鷹狩、神楽、歳暮などが主たる素材である。雪の歌が最も多い。

時雨　四首(紅葉との関連で詠む)

257 十月には時雨が降るのにつれて、暗部山も木の下が照り輝くほどに紅葉したことだ。○承暦二年　正しくは、承保二年(一〇七五)九月内裏歌合。○殿上の御をのこども　殿上人。○題を探りて　探題。いくつかの題から一つを探り取って詠む方法。○三句　山城国。京都市左京区鞍馬本町の鞍馬山のこと。暗いイメージを伴う。○したてる　下照る。▽「夕されば何かいそがむ紅葉ばの下てる山は夜も越えなむ」(詞花・秋・大江匡房)。「くらぶ山したてる道はみちとせに咲くなる桃の花にぞありける」(江帥集)。時雨が紅葉を促すという古来の詠法による。「したてる」と暗部山との対比が趣向。

258 時雨が降るその一方で散る山の紅葉を、さらにどうせよといって吹く夜の嵐なのだろうか。○従二位親子家造紙合　寛治五年(一〇九一)十月十三日に催された草子合。草子の装幀の美しさを競う物合。○かつ　一方で、同時に。○いかに　すでに散っているのに、その上どうせよといって。▽奥義抄(盗古歌証歌)が「日ぐらしに見れども飽かぬ紅葉ばをいかなる山の嵐なるらむ」(拾遺・冬・読人しらず、長能集―各小異あり―)を指摘。ただでさえ紅葉が散るのは惜しいのに、という気持を含んで嵐に対する恨みを詠んでいる。

259 時雨によって山川の水は増しもせずに、紅葉の色が深くなったことだ。○初句　山中を流れる川。○深く　川の縁語。▽「紅葉ばも時雨も降ればわたる瀬の色さへ深くなりまさるかな」(能宣集)。時雨で川の水が目に見えて増すほどではないが、紅葉の色は時雨によって確実に濃くなっていく。深まらない水と深まる紅葉の色との対比が趣向。

260　時雨をよめる

神無月しぐれの雨のふるたびにいろ〳〵になる鈴鹿山かな

摂政家参河

261　後朱雀院御時御前にて、霧蔵ス二紅葉ヲ一といへる事をよめる

もみぢ散る山は秋霧はれせねば竜田の川のながれをぞ見る

前中納言資仲

262　大井河にまかりて、紅葉をよめる

大堰川もみぢをわたる筏士は棹ににしきをかけてこそ見れ

平　致親

263　落葉をよめる

三室山もみぢ散るらし旅人の菅のを笠ににしきをりかく

大納言経信

264　竹風如シレ雨といへることをよめる

なよ竹の音にぞ袖をかづきつるぬれぬにこそは風と知りぬれ

中納言基長

260 十月、時雨が降るごとに、いろいろに染まっていく鈴鹿山よ。○初・二句　万葉集以来の定型句。○ふる　降る。「振る」が鈴の縁語。○なる　成る。「鳴る」が鈴の縁語。○鈴鹿山　伊勢国。三重県亀山市。近江(滋賀県)との境の辺りにある。▽「神無月いろいろになる鈴鹿山時雨のたえずふればなりけり」(三十人撰・大中臣能宣)。鈴の縁語が趣向。能宣詠と酷似。

霧　一首(紅葉との関連で詠む)

261 紅葉が散っている山は秋霧が晴れず見えないので、その紅葉の流れ込む竜田川の流れを見ることよ。○後朱雀院御時　後朱雀天皇在位(一〇三六―一〇四五)の時。○蔵　→八四・二五三。新撰朗詠集・霧に「秋霧籠㆓紅樹㆒」の詩題がある。○竜田の川　→一〇・二六六。▽「散りぬべき山の紅葉を秋霧のやすくも見せず立ち隠すらむ」(拾遺・秋・紀貫之)。「秋霧」は本来秋に部類される歌。

紅葉・落葉　二首

262 大堰川の水面の紅葉を渡る筏士は、棹に紅葉の錦をかけて見ることよ。○初句　→二五一。○三句　→二四五。衣架(衣桁、鳥居形の衣かけ)の意で、「錦」の縁語。▽「大堰川いかだの棹もさすまなく錦に見ゆる波の上かな」(恵慶集)。「風吹けば戸無瀬に落とす筏士の麻の衣に錦おりかく」(散木奇歌集)。衣架の語に興じた歌。

263 三室山では紅葉が散っているようだ。旅人の菅の小笠には紅葉の錦が織りかかっているよ。○初句　大和国。奈良県生駒郡斑鳩町の神南備山。→二六六。○四句　同時代の国基集にもある。○五句　→二四六。▽「菅の小笠」が新趣か。二四六に類想。

竹風　一首

264 細いしなやかな竹の音で思わず雨かと袖で頭を包んだが、濡れないので風の音と分ったよ。○竹風　詩語。「竹風鳴㆑葉月明前」(和漢朗詠集・秋興・白楽天)。「松もみな竹もあやしく吹く風はふりぬる雨の声ぞきこゆる」(貫之集)。○かづき　頭に被る。▽「蔭にとて立ち隠るれば唐衣ぬれぬ雨降る松の声かな」(新古今・雑中・紀

265 十月十日頃に、鹿の鳴きけるを聞きてよめる　　法印　光清

なに事にあきはてながらさを鹿の思ひ返して妻を恋ふらん

266 百首歌中に、紅葉をよめる　　源俊頼朝臣

竜田川しがらみかけてかみなびの三室の山のもみぢをぞ見る

267 網代をよめる　　皇后宮肥後

ひおのよる川瀬に見ゆるあじろ木はたつ白波の打つにやあるらん

268 月網代をてらすといふことをよめる　　大納言経信

月清みせゞの網代によるひおは玉藻にさゆる氷なりけり

269 旅宿ノ冬夜といへることをよめる

旅寝する夜床さえつゝ明けぬらしとかたに鐘の声きこゆなり

貫之)。江帥集に同題が見える。

鹿　一首

265 秋も終って、すっかり飽きてしまっていように、さお鹿は、どのような事で、思い返して妻を恋うて鳴くのだろうか。〇初句　四句に続く。〇二句「秋果て」に「飽き果て」を懸ける。▽冬に入って鳴く鹿に興趣を覚えた。蔵人君意尊が石清水八幡に参詣して、鹿の鳴くのを聞いて詠んだが、それを俊頼が別当光清の歌と錯覚して入集した(袋草紙)。

紅葉　一首

266 竜田川に柵を作って、神無備の三室山から流れてくる紅葉を見ることよ。〇百首歌 ↓一。〇初句 ↓一〇。〇しがらみ ↓一九〇。〇四句 ↓一六三。▽「竜田川紅葉ば流る神なびの三室の山に時雨降るらし」(古今・秋下・読人しらず)。二四六、二四七も同趣の歌で、秋歌を落葉で冬にとりなした。二六三も紅葉(落葉)詠だが、断続的な落葉によるる初冬の季節性を意図したものか。

網代　二首

267 氷魚が寄ってくる川瀬に見えている網代の杭は、立つ白波が打つのだろうか。〇ひお　氷魚、鮎の稚魚。〇三句　川を塞きる杭。一部から魚を通して捕る。「君が代にすむ宇治川の網代木にちとせにとにや波も打つらむ」(頼宗集)。▽網代木を打つに波の打つを懸けた。網代木にかかる白波を詠んだが、詞の技巧だけが趣向。

268 月の光が冷たく澄んでいるので、川の瀬ごとの網代に寄って来る氷魚(おひ)は、まさしく美しい藻に凍りついた氷だったよ。▽「風寒みたれも網代による氷魚を波に消えせぬ雪かとぞ見る」(経信集)。氷魚の白さに月光の白さが加わって、それを冬夜の氷と見立てた冷涼たる歌。

冬夜　一首

269 旅寝する夜の床は冷え冷えとしたまま、明けたようだ。遠くに鐘の音が聞こえるよ。〇とかた　外方、遠方の意。「どかた」で、何方と

関路千鳥といへることをよめる

270 淡路島かよふちどりのなくこゑにいく夜ねざめぬ須磨の関守

源　兼昌

氷をよめる

271 高瀬舟棹のをとにぞしられける蘆間の氷ひとへしにけり

藤原隆経朝臣

谷水結氷といへることをよめる

272 谷川のよどみに結ぶ氷こそ見る人もなき鏡なりけれ

内　大　臣

百首歌中に氷をよめる

273 しながどり猪名の伏原風さえて昆陽のいけみづこほりしにけり

藤原仲実朝臣

冬月をよめる

274 冬寒み空にこほれる月影は宿にもるこそとくるなりけれ

神祇伯顕仲

も。▽漢詩的で印象鮮明な歌。「枕上用心天未レ曙、北風吹出禁中鐘」(千載佳句・閑夜・章孝標)。

千鳥　一首

270 淡路島に飛び通っている千鳥の鳴く声のために、いく夜目をさましたことか、須磨の関守よ。○四句「疑問詞…助動詞終止形」は問いかけの構文。感嘆。底本「めざめぬ」。○須磨の関　摂津国。兵庫県神戸市須磨区。摂津と播磨の境の関所。○関守　関所の番人。▽「友千鳥もろ声に鳴くあかつきはひとり寝覚の床もたのもし」(源氏物語・須磨)。千鳥の物淋しさをよく捉えた。百人一首に入る。

氷　五首(冬月を含む)

271 高瀬舟の棹の音で知られることだ。蘆の間に氷が一重張ったよ。○初句　浅瀬を漕ぐ底の浅い舟。後拾遺集頃から見える。▽「さむしろはむべさえけらし隠れ沼(ぬ)の蘆間の氷ひとへしにけり」(後拾遺・冬・頼慶法師、奥義抄・盗古歌証歌)。氷を音で捉えた点が趣向。

272 谷川のよどんだ所に結んだ氷は、誰と言って見る人もいない鏡であるよ。○よどみ　水の流れが滞って氷が張りやすい。▽「冬は見つ二見の浦の朝氷とけぬほどこそ鏡なりけれ」(恵慶集)。氷の鏡は詩文表現に基づく。「水面氷如レ鏡」(新撰朗詠集・冬・氷・第三親王)。

273 猪名の伏原は風も冷たくなって、昆陽の池水も氷が張ったことだ。○初句「猪名」の枕詞。居並ぶので「ゐ」にかかるという。○猪名　摂津国。兵庫県川西市から尼崎市の猪名川流域。○伏原　柴のような背の低い雑木の原。○昆陽　同県伊丹市の野。▽「鴫こそ夜がれにけらし猪名野なる昆陽の池水うは氷せり」(後拾遺・冬・僧都長算)。

274 冬の寒さで空に凍った月の光は、宿に洩れてくるのが解けるということなのだったよ。○もる　洩る、光が射し込んでくる。▽影響歌「霜枯れの蘆間にやどる月影は明くれればとくる氷なりけり」(忠盛集)。一四一(顕仲詠)も類想で、

氷満ツ二池上ニ一といへることをよめる　　大納言経信

275 水鳥のつらゝの枕ひまもなしむべさへけらし十ふの菅菰

深山の霰をよめる　　大蔵卿匡房

276 はし鷹の白斑に色やまがふらんとがへる山に霰ふるらし

水辺ノ寒草といへることをよめる　　大中臣公長朝臣

277 高ねには雪ふりぬらし真柴川ほきの蔭草たるひすがれり

宇治前太政大臣の家歌合に、雪の心をよめる　　源頼綱朝臣

278 ころもでに余呉の浦かぜさえ〳〵て己高山に雪ふりにけり

橋上ノ初雪といへることをよめる　　前斎院尾張

279 白波のたちわたるかと見ゆるかな浜名の橋にふれる初雪

顕仲の好んだ趣向らしい。

---

275 水鳥が枕としている氷は隙間もない。なるほど寒いはずだ、我が床の十ふの菅菰も。〇つら、張った氷。〇五句　編み目が十筋ある菅製の菰。「ふ(生)」は「生えている」意か。陸奥の名産。「陸奥の十ふの菅菰七ふには君を寝させて三ふに我寝む」(俊頼髄脳、他)。平安後期、好まれた素材。▽二七二所引の頼慶詠参照。

霰　一首

276 はし鷹の白斑に色がまがうであろうか。鳥屋に戻り毛が抜け変わる鷹のいる山に霰が降っているようだ。〇初句　鷂、小形で鷹狩に使う。〇白斑　尾にある白い斑点。〇とがへる　「とやがへる」とも。夏から冬にかけて羽の抜け変わるまで、鳥屋に戻る。▽「はし鷹のとがへる山の椎柴の葉替へはすとも君は帰せじ」(拾遺・雑恋・読人しらず)。霰の白さと、はし鷹の白斑の取り合わせが趣向。

寒草　一首

277 高嶺には雪が降ったようだ。真柴川の崖の蔭に生えている草につららがさがっている。〇三句　所在地未詳。〇ほき　崖、山腹の険難な場所。〇蔭草　物蔭の草。〇たるひ　垂氷、氷柱。▽「み山には霰降るらしと山なるまさきのかづら色づきにけり」(古今・神遊歌)の類型歌。

雪　十六首(鷹狩・炭竈を含む)

278 袖に余呉湖の浦風が冷たく吹き渡って、己高山には雪が降ったことよ。〇宇治前太政大臣の家歌合 →四九。〇二句　近江国。滋賀県長浜市。琵琶湖の北。〇四句　同県同市木之本町木之本の東方。▽「夕されば衣手寒しみ吉野の吉野の山にみ雪降るらし」(古今・冬・読人しらず)。新しい歌枕への好尚が窺える。

279 白波が立ち渡っているかと見えることだ。浜名の橋に降っている初雪は。〇四句　遠江国。静岡県湖西市。浜名川の橋。「わたる」が橋の縁語。雪の例は珍しい。▽「浦ちかくふりくる

初雪をよめる

大納言経信

280 初雪は槙の葉しろくふりにけりこや小野山の冬のさびしさ

雪中鷹狩をよめる

源　道済

281 ぬれ〳〵もなを狩り行かんはし鷹のうはゞの雪をうち払ひつゝ

鷹狩の心をよめる

源俊頼朝臣

282 はし鷹をとり飼ふ沢に影見ればわが身もともにとやがへりせり

内大臣家越後

283 ことはりや交野の小野に鳴くきゞすさこそは狩の人はつらけれ

百首歌中に、雪の心をよめる

大蔵卿匡房

284 いかにせん末の松山波こさばみねの初雪消えもこそすれ

雪は白浪の末の松山こすかとぞ見る」(古今・冬・藤原興風)。雪と波の見立て。波の縁で浜名の橋を詠んだか。

280　初雪は槙の葉に白く降った。これが小野山の冬の寂しさなのか。○槙 →一七〇。○四句　山城国。小野は京都市左京区。そこにある山を漠然と指す。▽「都にも初雪降れば小野山の槙の炭がまたきまさるらむ」(後拾遺・冬・相模)。冬の大原や小野は、伊勢物語の惟喬親王の小野隠棲譚に端を発し、後拾遺集時代から顕著に詠まれるようになる。初雪が二首続く。

281　濡れながらもなお狩を続けてゆこう。はし鷹の上羽に降った雪を払いながら。○三句 →二七六。○うはゞ　表面の羽か。▽長能の「霰降る交野のみのの狩衣ぬれぬ宿かす人しなければ」(三奏本金葉・冬)と争い、公任に「「なほかりゆかむ」とよまれたるは鷹狩の本意もあり、まことにも面白かりけむとおぼゆ。歌がらも優にてをかし」(俊頼髄脳)と評されて道済は拝舞したという。新しい叙景性を示している。

282　はし鷹に餌を与える沢に映る影を見ると、我が身も、鷹の毛が抜け変って白くなるように、白髪になったよ。○とり飼ふ　「鷹のとりたる雉の片胸をとりて、水辺にてあらひて鷹にかふをば、取飼といふなり」(散木集注)。○五句 →二七六「とがへる」。▽「あしひきの山下水に影見ればまゆ白たへになりにけるかな」(能因法師集)。鷹狩に自身の老年を寄せた歌。雪歌群に三首の鷹狩詠が含まれる。

283　もっともなことよ、交野の小野で鳴いている雉子は。それほどに狩にくる人がつらく堪え難いのだ。○初句　当然。○交野　河内国。大阪府交野市。○さここそ　「鳴く」を指す。▽「ことわりやいかでか鹿の鳴かざらむ今夜ばかりの命と思へば」(古本説話集・和泉式部)は類想詠。狩猟される雉子の立場での詠。

284　どうしたものか、あの末の松山を波が越したなら、峰の初雪は消えもしように。○百首歌 →一。○二句　陸奥国。宮城県多賀城市八幡付近。▽二七九所引の興風の歌では雪を波に比喩するが、この歌では波が雪を消すと詠んでいる。

宇治前太政大臣家歌合に、雪の心をよめる

皇后宮摂津

285 ふる雪に杉の青葉もうづもれてしるしも見えず三輪の山もと

中納言女王

286 岩代の結べる松にふる雪は春もとけずやあらんとすらむ

大嘗会主基方、備中国弥高山をよめる

藤原行盛

287 雪ふれば弥高山のこずゑにはまだ冬ながら花咲きにけり

雪歌とてよめる

源俊頼朝臣

288 衣手のさえゆくまゝにしもとゆふ葛城山に雪は降りつゝ

雪の御幸にをそくまいり侍ければ、しきりにをそきよしの御つかひたまはりて、つかうまつれる

六条右大臣

289 朝ごとの鏡の影におもなれてゆき見にとしも急がれぬかな

二八〇に続いて初雪。

---

285 降って来る雪に杉の青葉も埋もれて、そこと示すしるしも見えない三輪の山もとよ。○宇治前太政大臣家歌合 →四九。○しるし 三輪は杉で著名。「しるしの杉」と詠まれた。○五句 大和国。奈良県桜井市三輪。三輪神社の神体の山の麓。▽「我が庵は三輪の山もと恋しくはとぶらひ来ませ杉立てる門」（古今・雑下・読人しらず）。「雪降ればまづぞ悲しき三輪の山しるしの杉の見えじと思へば」（元真集）。降る白雪の中で、杉の青葉の鮮明な情景を想像させる。

286 岩代の結び松に降る雪は、その名のとおり結ぼれたまま春になってもとけないのだろうか。○初句 紀伊国。和歌山県日高郡みなべ町西岩代。○二句 引き結んだ松。「結ぶ」が第四句の「とけず」と対応。▽「岩代の野中に立てる結び松心もとけず古（いにしへ）思ほゆ」（万葉集・巻二、拾遺・恋四・柿本人麿）。歌合判詞には、「いとをかしうよまれて侍るめり」とある。

287 雪が降ると弥高山の木々の梢には、まだ冬だというのに花が咲いたことよ。○大嘗会 保安四年（一一二三）十一月十八日。天皇即位後最初の新嘗祭。ここは崇徳天皇。○主基方 西方の祭場。○備中国弥高山 岡山県高梁市川上町高山。▽弥高（ますます高くなる）という名称と、「冬ながら花咲く」に祝意がこめられている。

288 袖のあたりが冷えていくのとともに、葛城山では雪が降り続いている。○初句 袖。○三句 葛の枕詞。しもとは細い枝で、葛（つる草）を結う。○四句 大和国。奈良県御所市金剛山の水越峠に連なる山脈。「しもとゆふ葛城山に降る雪の間なく時なく思ほゆるかな」（古今・大歌所御歌）。▽袖の寒気から遠山の雪を詠む。

289 毎朝鏡に映る我が白髪に馴染んで、わざわざ雪を見に行こうと急がれないのですよ。○初句・二句 影は自らの映る容貌。「うばたまの我が黒髪や変るらむ鏡の影にふれる白雪」（古今・物名・紀貫之）による。○ゆき見に 「雪見に」と「行き見に」の懸詞。▽「有明の月につもれる白雪は鏡の影におもなれにたり」（経信集）。老年の白髪を口実にして、遅参を弁解した歌。

すみがまをよめる

290 すみがまにたつ煙さへ小野山は雪げの雲に見ゆるなりけり

皇后宮権大夫師時

百首歌中に、雪をよめる

291 都だに雪ふりぬれば信楽の槙の杣山あとたえぬらん

隆源法師

292 道もなくつもれる雪に跡たえて故里いかに寂しかるらん

皇后宮肥後

選子内親王いつきにおはしましける時、雪の降りたりけるに月のあかゝりける夜まいりたりけれど、女房たち寝たりけるにや月も見ざりければ、殿上の御簾にむすびつけける歌

293 かきくらし雨ふる夜半やいかならん月と雪とはかひなかりけり

藤原兼房朝臣

290　炭がまから立っている煙までも、小野山では雪もようの雲と見えることだよ。〇初句　炭を焼く竈、後拾遺集頃からの冬の素材。〇三句　↓二八〇。炭の産地。〇四句　雪ぶくみの雲。この頃から歌語として定着。▽「山深み焼く炭がまの煙こそやがて雪げの雲となりけれ」(堀河百首・炭竈・源国信)。炭の産地と雪深い地という小野の特性が巧みに組み合わされている。

291　都でさえ雪が降ったのだから、信楽の槇の杣山ではもう人の訪れも絶えたであろうよ。〇百首歌　↓一。〇信楽　近江国。滋賀県甲賀市。〇四句　槇　↓二七〇。槇を伐り出す山。〇五句　雪深いため人の訪れが絶えた。▽「都にも道ふみまよふ雪なればとふ人あらじみ山べの里」(好忠集)。都の雪から山辺の雪を思いやる類型。「信楽の槇の杣山」という歌枕に新味。

292　道も見えなくなって積っている雪のために、人の訪れも絶えて、雪の降るあの故里はどんなに寂しいことか。〇三句　↓二九一。〇故里　旧都又は昔馴染みの地。二九一の、聖武天皇が紫香楽宮を営んだ信楽からの連想から言えば旧都だが、不明。いずれにしても今はさびれている地の印象がある。「ふる」に雪が「降る」意を懸ける。▽「我が宿は雪降りしきて道もなし踏み分けてとふ人しなければ」(古今・冬・読人しらず)に拠れば、故里は昔馴染みの里。

293　空を曇らせて雨の降る夜はいったいどうなのだろう。せっかくの月と雪も甲斐のないことよ。〇選子内親王　斎院(いつき)の在任期間は天延三年(九七五)—長元四年(一〇三一)。一大文化サロンを形成。〇初句　一面に曇らせて。▽同じ状況下で「むばたまの夜はの雪をば知らずとも寝ざめても見よ有明の月　かへし　うつつにはかはりやすると有明の月と雪とを夢に見つるぞ」(下野集)という贈答がある。

家経(いへつね)朝臣の桂の障子の絵に、神楽したる所をよめる

294 さかきばや立舞ふ袖の追風になびかぬ神はあらじとぞ思ふ

康資王母(やすすけわうのはは)

神楽の心をよめる

295 かみがきの三室の山に霜ふれば木綿四手かけぬ榊葉ぞなき

皇后宮権大夫師時

氷をよませ給(たまひ)ける

296 つながねど流れも行かず高瀬舟結ぶ氷のとけぬかぎりは

三宮(さんのみや)

池ノ氷をよめる

297 波枕いかにうき寝をさだむらんこほります田の池の鴛鳥

前斎宮内侍(さきのさいぐうのないし)

298 さむしろに思ひこそやれ笹の葉にさゆる霜夜の鴛のひとり寝

修理大夫顕季

神楽　二首

294 榊の葉を手にして立ち舞う袖によって起こる風で、心を寄せ従わない神はないと思うよ。○柱 →一九一。○神楽　十二月の内侍所の御神楽。○三句　背後から吹く風、または袖の香を吹き送る風。○なびかぬ　風の縁語。従わない意。▽「榊葉の春さす枝のあまたあればとがむる神もあらじとぞ思ふ」(拾遺・恋一・読人しらず)。

295 神域である三室山に霜が降っているので、白い木綿四手(ゆうしで)をかけない榊の葉はないよ。○初句　神垣の。瑞垣の意。三室山にかかる枕詞的用法か。○二句 →三六三。○木綿四手 →九七。白色。ここは、霜の比喩。▽「神がきの三室の山の榊葉は神のみまへに茂りあひにけり」(古今・神遊歌)。「瑞垣に降る初雪を白妙の木綿四手かくと思ひけるかな」(増基法師集)。

氷　二首

296 岸に繋いでいないのに流れても行かない高瀬舟、結んでいる氷がとけないうちは。○初句　通常、縄で繋ぐ。「結ぶ」「とけぬ」と縄の縁語。○三句 →二七一。▽「冬深み難波の舟はかよはじな蘆間の氷とくべくもなし」(堀河百首・氷・永縁)。氷を縄と見て、「結ぶ」の語で寄せた。

297 波の枕で、どのように水に浮いたまま寒い憂き寝を落ちつかせるのだろう。ますます氷が張って行く益田の池の鴛鳥は。○初句　水鳥が水上で寝るためにいう。○うき寝　「憂寝」に「浮寝」の懸詞。○ます田の池　大和国。奈良県橿原市西池尻辺の灌漑用池。「氷益す」を懸ける。▽主題は氷及び鴛。二九六と二九八を繋ぐ。

鴛　一首

298 この寒い狭筵で思いやるよ、笹の葉に冴え冴えと霜の降る夜の鴛の一人寝を。○初句　狭筵、幅の狭い筵。夜具。「寒し」を懸ける。○五句　雌雄相愛で、鴛は一人寝の寂寥が際立つ。▽「さかしらに夏は人まね笹の葉のさやぐ霜夜を我がひとり寝る」(古今・雑体・読人しらず)。冬の寒夜の凍てた雰囲気をよく表している。

依レ花待レ春といへることを

299 なにとなく年の暮るゝは惜しけれど花のゆかりに春を待つかな

内大臣

歳暮の心をよめる

300 人しれず暮れゆく年を惜しむまに春いとふ名の立ちぬべきかな

藤原成通(なりみち)朝臣

摂政左大臣(せつしやうさだいじん)家にて、各(おのおの)題どもをさぐりてよみけるに、歳暮をとりてよめる

301 数ふるに残り少なき身にしあればせめても惜しき年の暮かな

藤原永実(ながざね)

この歌よみて、年のうちに身まかりにけるとぞ

歳暮の心をよませ給ける

302 いかにせん暮れゆく年をしるべにて身を尋ねつゝ老は来にけり

三宮

303 年暮れぬとばかりをこそ聞かましか我が身の上につもらざりせば

中原長国(ながくに)

待春　一首

299　何となく年が暮れて行くのは惜しく思われるが、春には花が咲く、それをよすがとして春を待つことよ。○初句　この頃以後多用され、特に俊頼や西行に多い。▽「枯れはてぬ埋れ木あるを春はなほ花のゆかりに避(よ)くなとぞ思ふ」(貫之集)。歳暮への惜別の念と、花の咲く春への待望感を歌う。歳暮詠として次の歌に連接。

歳暮　五首

300　暮れて行く年を人知れず惜しんでいる間に、春の到来を厭っているという評判が立ってしまいそうだよ。○名　評判。▽「人しれず」と「名の立ち」は、「恋すてふ我が名はまだき立ちにけり人しれずこそ思ひそめしか」(拾遺・恋一・壬生忠見)のように、恋歌の表現。惜年と待春のテーマを恋歌ふうに詠んだ。

301　数えて見ればもう余命わずかな我身であるから、しきりに惜しく思われる年の暮であることよ。○摂政左大臣家にて　永久三年(一一一五)十月二十六日内大臣忠通前度歌合。○さぐりて↓三五七。○残り　余命。○せめても　非常に。○年のうちに　不明。▽老人惜春の類型歌。年齢は新年で加えるために、歳暮は老齢が実感された。以下に同趣の歌が続く。「はかなしや我が身も残り少なきに何とて年の暮を急ぐぞ」(堀河百首・除夜・紀伊)。

302　どうしたものか、暮れてゆく年を道案内として我身を尋ね求め、老年がやってきたよ。○しるべ　手引、案内。「けふみれば鏡に雪ぞふりにける老のしるべは冬にや有らん」(貫之集)○五句　老年の到来を擬人的に詠んだ。▽老年の到来を歳暮をしるべとして詠んだ点が趣向。歳暮と老年は当代の流行の詠風。

303　年が暮れたことを聞くだけで終ったろうに、もしこの年というものが私の身の上に積もらなかったならば。○五句　「つもる」は、年齢が加わる。▽「数ふれば我が身につもる年月を送り迎ふとなに急ぐらむ」(拾遺・冬・平兼盛)。年齢が加わるというのでなければ、もっと平然と歳暮を送るであろうに、というニュアンス。

304

なに事を待つとはなしに明けくれて今年も今日になりにけるかな

中納言国信(くにざね)

304　とりたてて何を待つというわけでもなく日を明け暮らして、今年も大晦日の今日になってしまったなあ。○今日　大晦日。▽「物思ふとすぐる月日も知らなくに今年は今日になりぬとか聞く」(敦忠集)。この詠以後、「今年も今日に」「なに事を待つとはなし」という表現が増えるが、それはこれらの表す歳暮感に普遍性があるためか。

金葉和歌集巻第五　賀部

長治二年三月五日内裏にて、竹不ㇾ改ㇾ色といへる事をよませ給へる

305 千代ふれどおも変りせぬかは竹は流れてのよの例なりけり

堀河院御製

郁芳門院の根合に、祝の心をよめる

306 万代はまかせたるべし石清水ながき流れを君によそへて

六条右大臣

賀一巻。天皇、皇后、中宮のほか貴顕の主催する歌会、歌合での祝意の歌を中心に収める。中間部に大嘗会の歌を含む。

305　千年を経ても様子を変えない川竹は、時が流れて久しく続く御代の先例であるよ。○長治二年　一一〇五年。「今夕於御前初有和歌興、遷御堀河院、初有此事　題竹不改色、江中納言献之」(中右記同年三月五日)。次の歌は同時詠か。「堀河院にうちわたらせおはしまして和歌ありしに、竹不改色題　すめらきの流れもたえず川竹の緑の色もいろづくまでに」(顕季集)。○三句　清涼殿の東庭に呉竹とともに植えられている竹。○流れてのよ　「流れて」「よ(節)」ともに川竹の縁語。▽「うつろはぬ名にながれたるかは竹のいづれの世にか秋をしるべき」(後撰・雑四・読人しらず)。竹に依る祝意は伝統的詠法。巻頭に堀河院御製を配し、巻末に俊頼詠を配していることは、編者俊頼の堀河院への格別の意識。

306　君の万代の栄えは、石清水の神にまかせておくのがよいだろう。その清水のいにしえから続く流れを、君になぞらえて。○郁芳門院の根合 →一二九。○石清水　山城国。石清水八幡宮。京都市八幡市。○君　根合の主催者である郁芳門院媞子。○よそへて　関連づける。石清水の永続性を君に反映させる。▽石清水での賀歌はすでに「石清水まつかげたかく影見えてたゆべくもあらず万代までに」(貫之集)などがある。石清水八幡宮の古い歴史を基として詠む。

堀河院御時、中宮はじめてわたりおはします時、松契遐年といへる事をよめる

大納言 俊実

307 水のおもに松の下枝のひちぬればちとせは池の心なりけり

於禁中翫花といへることをよめる

中納言 実行

308 九重にひさしくにほへ八重桜のどけき春の風としらずや

花契遐年といへることをよめる

源師俊朝臣

309 万代とさしてもいはじ桜花かざゝむ春し限りなければ

橘俊綱朝臣家歌合に、祝の心をよめる

藤原 国行

310 おのづから我が身さへこそ祝はるれたれが千世にもあはまほしさに

百首歌中に祝の心をよめる

源俊頼朝臣

311 君が代は松の上葉にをく露のつもりてよもの海となるまで

307　水面に松の下枝が浸っているところからすると、千年を契るのは池の心なのだったよ。○中宮はじめてわたりおはします　「中宮堀河院つくり、はじめて渡らせ給ひ」(三奏本)。長治元年(一一〇四)四月二十四日中宮御所堀河殿和歌管絃御会(中右記)の作か。○松契遐年　→四〇「花契遐年」。○ひち　→六五。○池の心　池の意志。▽「たれとかは池の心も思ふらむそこに宿れる松のちとせを」(冷泉家本恵慶集)。松が下枝を浸している池の恒久性によって宿ぼめの歌となっている。

308　宮中で長く咲きつづけよ、八重桜。ここを吹くのは穏やかな春の風だと知らないのか。○禁中　宮中の意。九重も同じ。▽八重桜の豪華さを宮中で長く咲かせようとする趣向で祝意を表す。「いにしへの奈良の都の八重桜けふここのへに匂ひぬるかな」(詞花・春・伊勢大輔)。

309　万代と限っては言いますまい。桜花を挿頭(かざ)して過ごす春は、これから果てなく続くのだから。○花契遐年　→四〇・四一・三二。○さして　限定しての意。「かざす」と縁語。「桜花こよひ挿頭しにさしながらかくて千年の春をこそへめ」(拾遺・賀・藤原師輔)。▽歌題も詠法も一般的で、祝の歌の一典型。

310　自然と、我が身までもが祝われてならないよ。誰の千世にも会いたいがために。○橘俊綱朝臣家歌合　永承五年(一〇五〇)十一月修理大夫俊綱歌合雑載。○三句　長寿が祈られる、の意。○たれが　歌合の主催者の橘俊綱を念頭におき、祝意をこめている。▽底本、和歌脱落。我身を祝うことで、間接的に他者への祝意を詠んでいる点で独自な詠風。

311　君の御代は、常磐(ときわ)の松の上葉に置く露が、積もり積もって四方の海となるまで、末遠く続くだろうよ。○百首歌　→一。○二句　松→八一。松の木の上方の葉。一説に枝先の葉とも言う。▽賀歌の方法としては、直接的には、「君が代は白雲かかる筑波嶺のみねのつづきの海となるまで」(長元八年頼通歌合・能因)に倣ったか。「松の上にかかれる露の消えずして緑の海となるまでもみむ」(相模集)。

祝の心をよめる

312 君が代の程をばしらで住吉の松をひさしと思ひけるかな

大納言経信

後一条院御時弘徽殿女御歌合に、祝の心をよめる

313 君が代は末の松山はる〳〵とこす白波のかずもしられず

永成法師

嘉承二年鳥羽殿行幸に、池上ノ花といへることをよませ給ける

314 池水の底さへにほふ花桜見るともあかじちよの春まで

堀河院御製

大嘗会主基方辰日参音声、鼓山をよめる

315 音高き鼓の山のうちはへて楽しき御代となるぞうれしき

藤原行盛

悠紀方、朝日郷をよめる

316 くもりなき豊のあかりにあふみなる朝日のさとは光さしそふ

藤原敦光朝臣

312　君の御代の長さを知らないで、住吉の松を長寿だとばかり思っていたことよ。○住吉の松↓八六。「我見てもひさしくなりぬ住の江の岸の姫松いくよへぬらむ」(古今・雑上・読人しらず)。▽住吉の松が長寿を表すことは伝統的知識。

313　君の御代は、末の松山をはるか遠く越す白波のように、数も知られないほど久しいであろうよ。○後一条院　正しくは「後朱雀院」(三奏本)。○弘徽殿女御歌合　↓七五。○末の松山　↓二八四。▽「君をおきてあだし心をわがもたば末の松山浪も越えなむ」(古今・東歌・読人しらず)。末の松山を白波が越える希有な例の重なりで長寿を予祝。

314　池水の底にまでも咲き映えている桜の花は、見飽きることはないだろう。千年後の春までも。○嘉承二年鳥羽殿行幸　嘉承二年(一一〇七)三月五日鳥羽殿行幸。鳥羽殿。↓九八。○二句　池の底に映った花までが美しく見える。「多祜の浦の底さへにほふ藤波をかざしてゆかむみぬ人のため」(万葉集・巻十九・大伴家持、拾遺・夏・柿本人麿)。▽堀河院の文雅の姿を彷彿させる一首。

315　鳴る音が高く、評判も高い鼓の山の、その鼓ではないが、うち続いて満ち足りた聖代と成ることが嬉しいことよ。○大嘗会　天皇即位で新穀を神々に献ずる儀式。十一月下の卯日より四日間。ここは、崇徳院の時、保安四年(一一二三)十一月十八日。○主基　大嘗会で悠紀とともに新穀を奉る国。○参音声　「参入音声(まいりおんじょう)」。節会で楽人が奏しながら参入する際の曲を言う。○鼓山　備中国。「経衡集」にも大嘗会での詠がある。一説、岡山県岡山市北区吉備津。○音　鼓の音に評判の意を懸ける。○楽しき　平安和歌で賀歌に多く用いられる語。▽「音高き」とともに「う(打)ち」「な(鳴)る」は、鼓の縁語。

316　くもりのない豊の明りの節会にめぐり会って、近江の朝日の里はその名のように一段と光が射し増さるよ。○悠紀　↓三一五。平安時代円融天皇以後は近江(滋賀県)に固定。○朝日郷　滋賀県長浜市。朝の光のめでたさから大嘗会で詠まれた地名。○二句　大嘗祭・新嘗祭の翌日、天皇が新穀を召し群臣に賜る宴。「あかり」は、「朝日」「光」と縁語。○あふみ　近江に「会

巳日楽破（みのひがくは）に雄琴郷（をごとのさと）をよめる

317 松風（まつかぜ）の雄琴（おごと）のさとにかよふにぞおさ（を）まれる代（よ）の声（こゑ）は聞（きこ）ゆる

後冷泉院（ごれいぜいゐん）御時大嘗会主基方、備中国二万郷（にまのさと）をよめる　　藤原家経（いへつね）朝臣

318 みつぎ物運（ものはこ）ぶよをろ（ほ）を数（かぞ）ふれば二万（にま）の郷人（さと）かずそひにけり

おなじ国（くに）いなゐといふ所（ところ）を人にかはりてよめる　　高階明頼（あきより）

319 苗代（なはしろ）の水（みづ）はいなゐにまかせたり民（たみ）やすげなる君が御代（みよ）かな

祝の心をよめる　　皇后宮肥後（くわうごうぐうのひご）

320 いつとなく風吹（かぜふ）く空（そら）に立（た）つちりの数（かず）もしられぬ君が御代（みよ）かな

花契ル二遐年ヲ一といへることをよめる　　大宰大弐長実（ながざね）

321 花（はな）もみな君（きみ）が千年（ちとせ）をまつなればいづれの春（はる）か色（いろ）もかはらん

ふ」を懸ける。▽三一五と同時詠。

317　松風が琴の音のように雄琴の里に吹き通うにつけて、治世安楽の御代の調べが聞こえるよ。○楽破　音楽を破(は)の調子で奏すること。○雄琴郷　近江国。滋賀県大津市雄琴。琴を懸ける。「琴の音に峰の松風かよふらしいづれのをより調べそめけむ」(拾遺・雑上・斎宮女御)。○おさまれる代の声　「治世之音安以楽」(詩経・大序)に拠る。▽三一五と同時詠。三一五の鼓とともに琴も奏楽に用いられるので、祝意を表す。

318　貢物を運んでいる役夫の数をかぞえると、二万の里人は里の名とした時より人数が増していることよ。○後冷泉院御時大嘗会　永承元年(一〇四六)十一月十五日。○二万郷　岡山県倉敷市真備町。○初句　租税の物。○よをろ　官に使役される成人男子。▽二万郷の地名起源は、皇極天皇六年百済への援軍の兵士に、備中国から精鋭二万人を得たことに拠る(意見封事)。この歌もこの慶事伝説に基づく。

319　苗代の水は、稲井から引くに任せている。民も安穏に過ごしている君の御代であるよ。○いなゐ　岡山県の地名だが所在不明。田に引く水を溜めてある所。○まかせ　水を引く意に任せる意を懸ける。○四句　民の様子による祝意。

320　いつと限らず風が吹いて空に立つ塵のように、数も知られないほど続く君の御代であるよ。○ちり　「…高き山もふもとのちりひぢよりなりて…」(古今・仮名序)。格別微少なものの喩えで、その集合する量が膨大であることを表す。▽「君が代は千代にひとたびゐる塵の白雲かかる山となるまで」(後拾遺・賀・大江嘉言)をもととする。賀歌の方法としては、三二三と類似。

321　花もすべて、君の千年の栄えを待っているので、いつの春に色も変わるだろうか、常磐の松のように変わることはあるまいよ。○花契遐年　→四〇・三〇九。○花も　人々だけでなく花も。○まつ　「待つ」に「松」を懸ける。○四句　反語で結ぶ成語。「春霞たなびく松の年あらばいづれの春か野辺にこざらん」(貫之集)。○色も　色までも、の意。▽命短い花を常磐の松によそえて千年を祈る。

摂政左大臣、中将にて侍ける頃、春日の使にてくだり侍けるに、周防内侍　女使　にてくだりたりけるに、為隆卿行事弁にて侍けるにつかはしける

周防内侍

322 いかばかり神もうれしとみ笠山ふた葉の松の千代のけしきを

題不知

藤原道経

323 君が代はいくよろづよかかさぬべき伊津貫川の鶴のけごろも

宇治前太政大臣家歌合に、祝の心をよめる

中納言通俊

324 君が代はあまのこやねの命より祝ひぞ初めし久しかれとは

大蔵卿匡房

325 君が代は限りもあらじ三笠山みねに朝日のさゝむかぎりは

新院北面にて、藤花久旬といへることをよめる

大夫典侍

326 藤波は君がちとせの松にこそかけて久しく見るべかりけれ

322　どんなにか春日の社の神もうれしく御覧になっているだろうか。三笠山の二葉の松のように千代を約束されている若々しい中将の御姿を。○摂政左大臣　藤原忠通。「中将(忠通)春日使定雑事、執筆為隆」(殿暦・天仁元年(一一〇八)十月九日)。祭は十一月二日でその折の詠。○春日の使　春日。→三。春日社は藤原氏の氏神で、陰暦二月と十一月の春日祭に近衛府から派遣される使者。○三句　→二〇〇。「見」を懸ける。○四句　二葉は芽を出して最初の葉。長寿の松に少年(十二歳)の忠通を喩えた。▽底本作者名脱。「これも又ちよのけしきのしるきかな生ひそふ松の二葉ながらに」(後拾遺・賀・源顕房)。

323　君の御代は、いく万代を重ねることだろうか。伊都貫川にいる千年をかねて遊ぶという鶴の毛衣が重なるように。○伊津貫川　美濃国。岐阜県南西部を南流して長良川に合流。「むしろ田のむしろ田のいつぬき川にや住む鶴の住む鶴のや住む鶴の千歳をかねてぞ遊びあへる」(催馬楽)。○五句　衣に慶賀の意をこめる。「かさぬ」と「ころも」は縁語。▽鶴の毛衣を重ねて、一層の賀意を示す。

324　君の御代は天のこやねの命の時代から、祝福を始めています。栄えが長かれとは。○宇治前太政大臣家歌合　→四九。○君　藤原師実。○あまのこやねの命　大和朝廷の祭祀を司った中臣氏の遠祖。藤原氏の氏神の春日大社の祭神。▽八雲御抄に、大江匡房が「あまのこやねおそろし」と難じ、「げにもいふところ其理あり」とする。祝に天のこやねの命は大げさとする。

325　君の御代は限りもなく続くことでしょう。三笠山の峰に朝日が射している間は。○限り　朝日との縁では「くもり」とする他本に従うべきか。○三句　→二〇〇・三三。○五句　「さゝむ」は笠の縁語。▽「君が代は限りもあらじ長浜の真砂の数はよみつくすとも」(古今・神遊歌)。

326　藤の花は、君の千年を約束している松にかけてこそ、幾久しく見ることができるでしょう。○新院北面　→七〇。○君がちとせの松　君の千年の栄えを保証する松。▽松にかけることで藤に祝意をもたせる。「家づとに折りは変はらじ藤の花まつに千年をかけてこそ見め」(嘉言集)。

祝の心をよめる

327 君がよは富雄川の水すみてちとせをふとも絶えじとぞ思ふ

源　忠季

実行卿家歌合に、祝の心をよめる

328 みづがきの久しかるべき君が代を天照る神や空にしるらん

藤原為忠

前〻中宮はじめてうちへ入らせ給けるに、雪降りて侍ければ、六条右大臣のもとへつかはしける

329 ゆき積もる年のしるしにいとゞしくちとせの松の花咲くぞ見る

宇治前太政大臣

返し

330 積もるべしゆき積もるべし君が代は松の花咲く千たびみるまで

六条右大臣

天喜四年皇后宮の歌合に、祝の心をよませ給ける

331 長浜のまさごの数もなにならずつきせず見ゆる君が御代かな

後冷泉院御製

327 君の御代は豊かで、富雄川の水が澄んで千年を経ても絶えないように、絶えることはあるまいと思うよ。○富雄川　大和国。奈良県生駒市。法隆寺東を流れ大和川に合流。富の意で祝意を示す。▽「いかるがや富雄川の絶えばこそ我がおほきみの御名をわすれめ」(拾遺・哀傷・うゑ人)。「万代を澄める亀井の水はさは富雄川の流れなるらん」(後拾遺・雑四・弁乳母)。富雄川の絶えない流れと清澄な流れを踏まえている。

328 久しく続くであろう君の御代を、天照る神は天空にいておしはかっていることであろうか。○実行卿家歌合 →九。底本「定行卿」。○初句　神社の垣根。「久し」の枕詞。○天照る神　天照大神。○空にしる →四〇。▽歌合判詞では、「天照る神などこそあまりおどろおどろしく」と評され、大仰な詠みぶりと批判された。→三二四。

329 雪が積もって、多く積んだ歳月の効果として、千年を約束する松がいっそう花咲くのを見ることよ。○前々中宮　白河帝中宮賢子。作者師実の養女。○はじめてうちへ入らせ給ける　賢子は延久三年(一〇七一)三月九日に東宮妃として入内。○六条右大臣　源顕房。賢子の実父。○初句　「雪」と「行き」の懸詞。「ゆきつもるおのが年をばしらずして春をば明日ときくぞうれしき」(拾遺・冬・源重之)。○松の花　雪を花に見立てた。松の花は千年または百年に一度咲くとされ、祝意をこめる。「松花之色十廻」(新撰朗詠集・帝王)。▽折からの雪に寄せて顕房に賢子入内の祝意を表す。

330 積もれよ。雪よ、もっと積もれよ。君の御代は、稀にしか見られないという松の花が咲くのを千回見るまでに。○君　藤原師実。▽贈歌に対して千倍の長さの師実の末遠い栄えを述べることで答えた。三〇所引の嘉言詠参照。

331 長いという名の長浜の真砂の数ものの数ではない。尽きることなく見える君の御代であるよ。○天喜四年皇后宮の歌合 →五五。○長浜　伊勢国。一説は三重県員弁郡。○まさご　細かい砂。数多いものの比喩。○君が御代　皇后宮(寛子)の御代。▽「君が代は限りもあらじ長浜の真砂の数はよみつくすとも」(古今・神遊歌)。

松上ノ雪をよめる

332 万代のためしと見ゆる松の上に雪さへつもる年にもあるかな　源頼家朝臣

前斎宮伊勢におはしましける頃、石な取合せさせ給けるに、祝の心をよめる

333 くもりなく豊さかのぼる朝日には君ぞつかへん万代までに　源俊頼朝臣

「長浜の真砂」による賀歌の例は少なくない。

---

332 万代の栄えの先例と見える松の上に、雪までも積もって、めでたさをそえる年であることよ。○初・二句 ↓三三三。▽雪は万葉集時代から豊穣の予兆と見られており、祝意を示すものだった。「新しき年のはじめに豊の年しるすとならし雪の降れるは」(万葉集・巻十七・葛井諸会)。「松の上に降りしく雪をあしたづの千代のゆかりにすむかとぞ思ふ」(古今六帖・四・祝・紀貫之)。

333 くもることなく美しく輝いて昇る朝日に、君はお仕えすることだろう、万代までも。○前斎宮　白河天皇皇女媞子。○石な取合　女児の遊戯。いくつかの小石をまき、一つを投げ上げて落ちないうちに、まいた石とともに取り、早く拾い尽くす遊び。○二句　延喜式の祝詞に「朝日の豊逆登(とよさかのぼり)に」とある。○朝日　伊勢神宮の祭神の天照大神を暗示する。○四句　斎宮が日の神に仕えること。▽斎宮が皇室の祖神である天照大神に仕えることを詠み、斎宮の長寿とともに国の繁栄を予祝した。賀の巻の末尾に相応しい歌。

金葉和歌集巻第六　別部

兼房朝臣丹後になりて下りける日、つかはしける　　大納言経長

334 君うしや花の都のはなを見で苗代水にいそぐこゝろよ

返し　　藤原兼房朝臣

335 よそに聞く苗代水にあはれわがおり立つ名をも流しつるかな

重尹帥になりて下り侍ける頃、餞し侍ける時よめる　　堀河右大臣

336 帰るべき旅の別となぐさむる心にたがふ涙なりけり

別部一巻。人との離別を主題とした巻だが、多くは国司などで地方に下る際の別れの歌で構成されている。十六首の小歌群。

334　あなたも心憂いことですね。この美しい花の都の花盛りを見ずに、鄙の苗代水に向けて急ぎ下る心は。○丹後　京都府北部。ここは丹後守の意。○二句　華やかな帝都を象徴した表現で、併せて現実に咲く桜花の絢爛たる美景も詠む。拾遺集から後拾遺集期の流行表現。○四句　鄙の風景を象徴。着任時の実景を想像する。花の都に対する語。▽花と苗代水で都鄙を対照し、その断層に離別の寂しさを表す。「藻塩やく海辺にゐてぞ思ひやる花の都の花の盛りを」(能因集)。

335　他人事と聞いていた鄙の苗代水に、何と私が下り立つという評判が立ち、世間に広まってしまいましたよ。○よそ　無縁なこと、他人事。○四句　「下り立つ」に「立つ名」(立つ評判)を懸ける。「下り立つ」は、田に関わって言う場合が多い。「根芹つむ春の沢田に下り立ちて衣の裾のぬれぬ日ぞなき」(好忠集)。○五句　世間に広まること。苗代水の縁語。▽国司赴任を苗代水に立つという農事の表現をすることによって、地方に下る嘆きが示される。

336　あなたもやがて戻って来る旅の別れなのだと自分を慰める心と裏腹に、流れ落ちる涙であったよ。○重尹　長久三年(一〇四二)正月二十九日大宰権帥(だざいのごんのそち)に任じた。大宰権帥は、福岡県で九州諸国を統治した大宰府での仮長官。○餞　餞別。また別れの宴。○初句　任が解けて帰京すること。任期は五年。▽重尹は五十九歳、作者頼宗は五十歳で、再会に不安を感じたものか。「帰るべき道とは聞くを我が涙いかで知るらむうつせみの世を」(林葉集)。

題読人不知

337 をくれゐてわが恋ひをれば白雲のたなびく山を今日や越ゆらん

経輔卿筑紫へ下りけるに具してまかりける時、道より
上東門院に侍ける人のがりつかはしける

338 かたしきの袖にひとりは明かせども落つる涙ぞ夜をかさねける

前大弐長房朝臣

これを御覧じてかたはらに書きつけさせ給ける

339 別路をげにいかばかり嘆くらん聞く人さへぞ袖はぬれける

上東門院

源公定大隅守になりて下りける時、月のあかゝりける夜、
別を惜しみてよめる

340 はるかなる旅の空にもをくれねばうらやましきは秋の夜の月

源　為成

対馬守小槻のあきみちが下りける時、つかはしける

341 沖つ島雲ゐのきしを行き帰りふみかよはさん幻もがな

為政朝臣妻

337 後に残って、私が恋い慕っていると、あなたは白雲がたなびいているあの山を、今日越えていくのだろうか。〇初句　夫が旅立った後に残って。〇三・四句　遠方の意(西王母伝説・白雲謡)。▽万葉集巻九で大宝元年(七〇一)十月の持統・文武両帝の紀伊国行幸で随行した者に故郷で詠んだ「後人歌二首」にある一首。▽拾遺集・別にも入集。

338 片敷く衣に一人寝て夜を明かすが、袖に落ちる涙ばかりが、夜を重ねて流れることよ。〇経輔卿　長房の父。天喜六年(一〇五八)大宰権帥に任。〇筑紫　福岡県の東部以外。〇上東門院　一条天皇中宮彰子。〇のがり　のもとに。〇初句　一人寝で衣を片側だけ敷く。〇袖　涙の縁語。〇五句　衣を重ねないことに対比する。▽恋人に送って旅中の一人寝を嘆いた。

339 別れをほんとにどれほどか嘆いていることでしょう。歌を耳にする私までも涙で袖が濡れますよ。〇かたはらに　長房の手紙の横に。〇別路　別れそのもの。〇聞く人　上東門院自身。▽「いかばかり空をあふぎて嘆くらむいく雲居とも知らぬ別れを」(後拾遺・別・読人しらず)。上東門院が長房の悲嘆を思いやった歌。「聞く人さへ」の表現に、上東門院が長房の悲嘆を思う心が示されている。

340 遥か遠くの旅路の空までも、あとに残されることなくついて行くので、羨しいのは秋の夜の月だなあ。〇源公定　未詳。〇大隅　鹿児島県東半分。〇三句　→三三七。▽秋の月が公定の旅路について行くことに羨望を示して、惜別の心を表した。拾遺集・別に平兼盛作として出る。源為成が拾遺集の歌を転用したか。金葉集編者の源俊頼が擬装したか。

341 沖にある対馬の空の彼方遠くの岸を往復し、手紙をやりとりできるような幻術士がいたらなあ。〇初句「対馬」を込める。〇雲ゐ　空の彼方。〇幻　幻術(士)。仙人。▽拾遺集・雑上に、「対馬守をのあきみちが女のおきが下り侍りける時に、……」として見える。幻術士は、長恨歌に見え、その影響。「たづねゆく幻もがなつてにても魂のありかをそこと知るべく」(源氏物語・桐壺)。

俊頼朝臣伊勢の国にまかる事ありていでたちける時、人〳〵餞し侍ける時よめる

342 伊勢の海ののをのふるえにくちはてで都のかたへ帰れとぞ思ふ

参議師頼

343 待ちつけん我が身なりせばいくちたび帰りこん日を君にとはまし

源行宗朝臣

百首歌中に別のこゝろをよめる

344 今日はさは立ち別るともたよりあらばありやなしやの情忘るな

中納言国信

345 秋霧の立ち別れぬる君により晴れぬ思ひにまどひぬるかな

藤原基俊

橘為仲朝臣陸奥へまかり下りける時、人〳〵餞し侍けるによめる

346 人はいさわが身は末になりぬればまた逢坂をいかゞ待つべき

藤原実綱朝臣

342 伊勢湾の小野の古江で、あの斧の柄の故事のように長居して朽ちることなく、都に帰って来るようにと思っていますよ。○伊勢の国　俊頼は一一一一年以後の某年と一一二二年の両度伊勢に下向している。→三三。○二句　小野古江。三重県伊勢市東大淀。大堀川河口の海岸一帯。地名に、四六にある晋の王質の故事を重ねる。○三句　生を終えないでの意。▽「故里は見しごともあらず斧の柄の朽ちし所ぞ恋しかりける」(古今・雑下・紀友則)。

343 あなたの帰りを待ち受けて会える我が身であるならば、何千回と帰る日をあなたに尋ねることでしょうに。○待ちつけん我が身　あなたの帰る日を、と上に補う。一一二二年の下向ならば、行宗は五十九歳の老境。○ちたび　千度、千回。▽老年をテーマとして離別を詠む類型。

344 今日はこうして立ち別れるにしても、もし伝(つ)があったら、私が無事でいるかどうかを尋ねてくれるくらいの情は忘れないで下さい。○さは　こうして。「立ち別る」を指す。○たより　つて、便宜。○四句　無事に生きているかどうか。▽「名にし負はばいざ言問はむ都鳥わが思ふ人はありやなしやと」(古今・羇旅・在原業平)。「ありやなしやの情」を用いた点が、業平歌をふまえての、作者の工夫。

345 秋霧の立つ頃立ち別れていったあなたのために、霧がかかるように晴れない思いに心を乱していることですよ。○初句　別れた時節を示しつつ、「立ち」を導く。「晴れぬ」「まどふ」と縁語。○四句　心が晴れず閉ざされた思い。▽「秋霧のともに立ち出でて別れなば晴れぬ思ひに恋ひやわたらむ」(古今・離別・平元規)。

346 他の人はどうか知らないが、我が身は余命も残り少なくなってしまったので、逢坂の関を越えて戻るあなたにまた会うことをどうやって待ったらよいのだろうか。○橘為仲　一説に承保三年(一〇七六)九月陸奥守。この年実綱は六十五歳。○陸奥　東山道の一国。福島・宮城・岩手・青森の四県。国府は宮城県多賀城市。○いさ　さあ、(知らない)。○四句　「また逢ふ」を懸ける。逢坂は、三四参照。為仲詠(後掲)の「衣の関」に応じる。▽橘為仲集によれば、この折

347 恋しさはその人かずにあらずとも都をしのぶ中に入れなん

藤原有定(ありさだ)

経平(つねひら)卿筑紫へまかりけるに具してまかりける日、公実(きんざね)卿のもとへつかはしける

348 さしのぼる朝日に君を思ひいでんかたぶく月に我を忘るな

中納言通俊(みちとし)

陸奥国へまかりける時、逢坂の関より都へつかはしける

349 われひとり急ぐと思ひし東路に垣根の梅はさきだちにけり

橘則光(のりみつ)朝臣

為仲は、「過ぎ来たる心は人も忘れじな衣の関をたちかへるまで」と詠んでいる。「みちのくに衣の関はたちぬれど　といひもはてぬに　また逢坂は頼もしきかな」(実方集)。

347　私への恋しさは、意中の人の数の中に入っていなくても、せめて都を思い懐しむ人の中に入れて下さい。○二句　恋しい人に数えられるべき人。▽三四六と同じ折の詠。「都をしのぶ中」という表現に、何とか自分を忘れないでほしいというささやかな願望が窺えるが、これも離別歌の一つの型。→三四四・三四八。「都なる人の数にはあらずとも秋の月見ば思ひいでなむ」(恵慶集)。

348　東に昇る朝日を見てはあなたを思い出しましょう。あなたも西に沈む月を見て私を忘れないで下さい。○経平卿　応徳二年(一〇八五)大宰大弐。作者の父。この時に作者が従ったか。○筑紫　→三三八。○公実卿　公実母が通俊の姉。○のぼる朝日　東方を示し、京を指す。○四句　西方を示し、筑紫を指す。▽朝日と月との対比が方角とともに君と我を暗示。「万里東来何再日。一生西望是長襟」(和漢朗詠集・餞別・小野篁)。なお公実の返歌は六八七。

349　私一人が急いで出立したと思っていた東路には、垣根の梅が私に先立って咲いていたことよ。○陸奥国　→三四六。則光は寛仁三年(一〇一九)陸奥守の任にある(小右記)。○逢坂　→一二四。○三句　東方立春の思想に基づき、春の到来が早いと考えているか。○五句　早くも咲いていることを、旅との関連で「先立つ」と詠んだ。▽「われひとり眺むと思ひし山里に思ふことなき月もすみけり」(後拾遺・雑一・藤原為時)。影響歌「われひとり急ぐ旅とぞ思ひつる夜をこめてのみ立つ霞かな」(清輔集)。「さきだつ」という語に趣向を求めた歌。詞書によって人との離別が知られるが、羇旅歌の性格が濃い。

金葉和歌集巻第七　恋部上

五月五日、はじめたる女のもとにつかはしける

350 知らざりつ袖のみぬれて菖蒲草かゝるこひぢに生ひん物とは

小一条院

女のがりつかはしける

351 しの薄上葉にすがく蜘蛛のいかさまにせば人なびきなん

大江公資朝臣

暁恋をよめる

352 さりともと思ふ限りはしのばれて鳥とゝもにぞ音はなかれける

神祇伯顕仲

恋部上一巻。片思いから始まり、相手に会えず、あるいは相手がつれないことに嘆き涙する恋の辛さが、自然の情景に寄せるなどして詠まれる。

350 知らなかったことよ。菖蒲が泥の中に生えているためそれを抜く袖が濡れるように、恋の涙に袖が濡れるばかりで、このような恋路に落ちてしまうとは。○五月五日　菖蒲の節。菖蒲を軒に挿すなどして、邪気払いとする。↓三七。○つかはしける　菖蒲に和歌を添えた。○二句　菖蒲を引き抜く時に袖が濡れることに、恋の涙で袖が濡れることを懸けた。○こひぢ　恋路と泥(こひぢ)を懸ける。▽恋部巻頭歌に相応しい「はじめたる恋」の歌。巻頭の菖蒲は、古今集に倣ったか。「ほととぎす鳴くやさつきの菖蒲草(あやめぐさ)あやめもしらぬ恋もするかな」(古今・恋一・読人しらず)。「菖蒲草かけし袂のねをたえてさらにこひぢにまどふころかな」(後拾遺・恋三・後朱雀院)。「浮き沈みねのみながるる菖蒲草かかるこひぢと人もしらぬに」(狭衣物語)。

351 風になびく篠薄の上葉に張られた蜘蛛の網(い)ではないが、いかにすれば人は私になびいてくれるのだろうか。○初句　篠と薄とも、まだ穂の出ない薄とも。「しのすすきとは、かるかやともいふ」(能因歌枕(広本))。○すがく　蜘蛛が巣をかける。○三句　ここまでが「い(網の意)」を導く序詞。○なびきなん　人が心を寄せることと、風に篠薄が靡くことを懸ける。▽「いもらがり我が通ひぢの篠薄我し通はばなびけ篠原」(万葉集・巻七)。

352 それでも訪れがあるかと思っている夜の間はこらえていたが、朝を告げて鳴く鳥とともに声を立てて泣かれてしまうことよ。○暁恋　平安末から好まれた歌題。○さりともと思ふ　恋人の訪れが途絶えつつも、わずかな望みを持っている心。○四句　鳥が夜明けを告げ、恋人の訪れないことがはっきりする。▽恋人を待って夜を明かした女にとって朝を告げる鳥の声は印象的であるが、その声に我が泣き声を重ねた。「人知れぬ身とし思へば暁の鳥とともにぞ音はなかれける」(一条摂政御集)。前の二首に対して逢不逢恋(逢ひて逢はざる恋)に転じている。

つれなかりける女のもとにつかはしける

353 これにしく思ひはなきを草枕たびにかへすはいな筵とや

春宮大夫公実

顕季卿家にて、恋歌人〳〵よみけるによめる

354 逢ふと見て現のかひはなけれどもはかなき夢ぞ命なりける

藤原顕輔朝臣

女のがりつかはしける

355 逢ふまでは思ひもよらず夏引のいとをしとだに言ふと聞かばや

源　雅光

従二位藤原親子家草子合に、恋の心をよめる

356 今はたゞ寝られぬいをぞ友とする恋しき人のゆかりと思へば

宣源法師

357 思ひやれ須磨のうらみて寝たる夜のかたしく袖にかゝる涙を

大宰大弐長実

353 これを越える恋心はないのに、何度も返すのは否(ない)の断りですか。○しく　まさるの意。敷くの意で、「かへす」とともに「筵」の縁語。○三句　旅の枕詞。○四・五句　稲筵は「田舎などに宿れるものは稲など……引き敷きなどして寝る心也」(奥義抄)で、旅宿の寝床に敷くもの。「度(びた)に返すは否」の意。▽稲筵が趣向。「最上川のぼれば下る稲舟のいなにはあらずこの月ばかり」(古今・東歌)。

354 恋人に会うと見ても現実への効果はないが、このたよりない夢が、私の命そのものだったのだよ。○二句　現実に会える効果。○五句　生そのものとの感慨。「今ははや恋ひしなましをあひ見むと頼めしことぞ命なりける」(古今・恋二・清原深養父)。▽「人は「うつつに」とこそ詠まん「の」の字、油瑩(あぶらみがき)の上に鼻あぶらひく所なり」と俊頼が絶賛(袋草紙・無名抄)。

355 あなたに会うことまで高望みはしません。せめて、気の毒とだけでも言っていると聞きたいのです。○よらず　縒るの意で糸の縁語。○三句　夏引きの糸(夏に紡いだ糸)の語から、「いと(ほし)」の枕詞。▽女に夏に送ったので「夏引きの」として、一首を構成したか。「さりとての甲斐はなけれど我が恋をあはれとだにも言ふと聞かばや」(経信集)。

356 今となっては、ただ眠れないことを友としているよ。恋しい人に縁のあることと思うので。○従二位藤原親子家草子合→二五八。○い　寝(い)。眠り。○五句　眠れないのは恋人を思うからなので、縁があるの意。▽「ねられぬい」には顕季の非難があった(袋草紙)。「夢ならでまたも会ふべき君ならば寝られぬいをも嘆かざらまし」(後拾遺・哀傷・左注・藤原相如)。

357 思いやって下さい。寂しい須磨の浦を見て寝た夜のように、あなたを恨んで寝た夜の片敷く袖にかかる、波ではない悲しみの涙を。○うらみて　「浦見て」に「恨みて」を懸ける。○四句　恋人と交わさず敷く袖。▽「わくらばに問ふ人あらば須磨の浦に藻塩たれつつ侘ぶと答へよ」(古今集・雑下・在原行平)や源氏物語に拠って、恋人のいない一人寝の寂しさを詠んでいる。

もの申(まうし)ける人の髪(かみ)をかきこしてけづるを見てよめる

津守国基(くにもと)

358 朝寝髪(あさねがみ)たが手枕(たまくら)にたはつけてけさは形見(かた)とふりこして見る

題読人不知

359 恋すてふ名をだにながせ涙川(なみだ)つれなき人も聞(き)きやわたると

360 なにせんに思(おも)ひかけけむ唐衣(から)恋(こひ)することはみさほ(を)ならぬに

361 逢(あ)ふことはいつとなぎさの浜千鳥(はまちどり)波(なみ)のたちゐにねをのみぞ鳴(な)く

中納言雅定(まささだ)

ある宮(みや)ばらに侍(はべり)ける人のしのびて屋(や)をいでて、あやしの所(ところ)にて物申てまたの日つかはしける

春宮大夫公実

362 思(おも)ひ出(い)づやありしその夜(よ)のくれ竹(たけ)はあさましかりし臥(ふ)し所(どころ)かな

358 朝寝髪を、いったい誰の手枕でつけた寝ぐせというのか、今朝はそれを形見だと肩越しに前に回して見ているのは。〇初句　朝寝起きの乱れ髪。万葉語。〇たが　誰(た)が。誰のでもなく、私の。〇たは　寝ぐせ。たわみ。曲がっている状態。▽「朝寝髪我はけづらじうつくしき人の手枕ふれてしものを」(万葉集・巻十一、拾遺・恋四・柿本人麿)。「忘れずも思ほゆるかな朝な朝なしが黒髪のねくたれのたわ」(順集)。

359 恋をしているという評判だけでも流してほしい、涙川よ。薄情な人も聞き続けるかと。〇三句　涙の流れることとの比喩。元来は漢語。「ながせ」「わたる」は川の縁語。▽恋の名が立つことを恐れるのが普通なのに、それすら厭わず思いを知らせたいというのが趣向。

360 どうするつもりであの人に思いをかけてしまったのだろう。恋をするということは、心を平静によそおいつづけていられることではないのに。〇三句　「かけ」「さほ(竿)」と縁語。「竿に唐衣をかける」という語の言いまわしで、人に思いを懸けることの比喩。〇みさほ　平然としている。▽唐衣の縁語構成が軸の歌。「みさをなる涙なりせば唐衣かけても人に知られましやは」(山家集)。

361 会うことがいつとないので、渚の浜千鳥が波の満ち干につけ鳴き声を立てるように、私も立ち居につけて泣いてばかりいるよ。〇二句　渚に「(いつと)無く」を懸ける。「会ふことのなぎさに身をし成しつれば髪も涙にぬれぬ日ぞなき」(古今六帖・三・なぎさ)。〇波の　「なぎさ」からここまでが序詞。〇たちゐ　波と自らの様子とを懸ける。▽恋人に会えない嘆きを浜千鳥の泣く様に寄せて滑らかに詠んでいる。

362 思い出しますか。あなたと会った先夜の竹で作った粗末な宿は、あきれるほどひどい寝屋だったですね。〇宮ばら　皇女の子。〇二句　三奏本では「物申して、二日ばかりありてつかはしける」とある。〇三句　淡竹(はちく)の異名。逢瀬の場が、竹で作った小屋だったか。「よ(節と節の間)」「ふし」は竹の縁語。▽今鏡(竹のよ)で、「碓(からうす)」の音して、当来導師などや拝みけむ」と記し、源氏物語(夕顔)を連想さ

顕季卿家にて、寄織女恋といふ心をよめる

363 たなばたはまた来ん秋もたのむらん逢ふ夜も知らぬ身をいかにせん

少将公教母

寄水鳥恋といへることをよめる

364 水鳥の羽風にさはぐさゞ波のあやしきまでもぬるゝ袖かな

源師俊朝臣

寄夢恋といへることをよめる

365 夢にだに逢ふとは見えよさもこそは現につらき心なりとも

左兵衛督実能

題不知

366 白雲のかゝる山路をふみみてぞいとゞ心は空になりける

中納言顕隆

たのめてあはぬ恋の心をよめる

367 逢ひ見んとたのむればこそくれはとりあやしやいかゞたち帰るべき

源顕国朝臣

せるとする。

---

363 織女は、まためぐり来る秋も頼みにしていることだろう。しかし、逢える夜もわからない我が身をどうしようか。〇寄織女恋　顕季集にもある。同時詠は散木奇歌集に二首。▽作者は顕季娘。父のもとでの詠。織女は一年に一度でも恋人に会えると決っているのだから羨しいとの心を詠む。「たなばたはまたこむ秋とちぎらずは飽かぬ別れに消(け)なましものを」(経信集)。

364 水鳥の羽風で立つ小波の水紋に濡れるように、不思議なほど涙で濡れる袖だよ。〇寄水鳥恋　同時詠は散木奇歌集に一首。→四五四。〇水鳥の羽風　「氷ゐる池のみぎはは水鳥の羽風に波もさわがざりけり」(中務集)。〇三句　「あやしき」の「文(あや)」を導く序詞。〇五句　恋人を思う涙で濡れる袖。▽「人とはば何によりとかこたへましあやしきまでも濡るる袖かな」(和泉式部続集)。

365 せめて、夢の中でだけでも会うと見えてほしい。それほどまでに、現実では冷たいあなたの心であっても。〇寄夢恋　→七〇〇。▽現実と対比して夢での交会を望む発想の歌は古来少なくない。「うつつにはただには会はず夢にだに会ふと見えこそ吾が恋ふらくに」(万葉集・巻十二)。「忘れじよゆめと契りし言の葉はうつつにつらき心なりけり」(拾遺・恋四・読人しらず)。

366 白雲がかかる山道を踏んでゆくときのように、あなたの手紙を見てから、私の心はますます空に上ったようになってしまいました。〇三句　「踏み」に文を懸ける。〇いとゞ　(手紙を見て)ますますの意。〇心は空　心が一点に奪われ、ぼーっとした状態。空は雲の縁語。「雨雲のうきたることと聞きしかど猶ぞ心は空になりにし」(後撰・雑二・女の母)。

367 会いましょうと、あてにさせたので来たのです。会わないとは変ですね。どのようにして帰れましょう。〇たのめてあはぬ恋　当代歌集などに見える題。〇三句　呉織。「綾の名なり。…或説には二人の綾織の名なり」(奥義抄)。「来れ」を懸ける。「あや(綾)」の枕詞。〇あやし

忍恋の心をよめる

368 谷川のうへは木の葉にうづもれて下にながると人しるらめや

中納言実行

月前恋といへる事をよめる

369 眺むれば恋しき人の恋しきにくもらばくもれ秋の夜の月

藤原基光

題読人不知

370 つらしともをろかなるにぞ言はれけるいかに恨むと人に知らせん

物申ける人の前〻中宮にまいりにければ、名残惜しびて月のあか〻りける夜、言ひつかはしける

371 おもかげは数ならぬ身に恋ひられて雲ゐの月をたれと見るらん

藤原知房朝臣

さはることありて久しくをとづれざりける女のもとより、いひつかはしてはべりける

372 あさましやなどかきたゆる藻塩草さこそは海人のすさびなりとも

読人不知

や　前言を違える恋人への不審。〇たち　「立ち」。「裁ち」で、呉織の縁語。

368 谷川の水面は木の葉に埋もれて、その下に水が流れているように、心の中で泣いていると、あなたは知っているのだろうか。〇木の葉にうづもれて　→二三三。〇四句　谷川の縁語「流る」に「泣かる」を懸ける。▽秘めた恋心を木の葉の積もる谷川の情景に喩える。「冬河の上は凍れる我なれや下にながれて恋ひわたるらむ」（古今・恋二・宗岳大頼）。

369 ながめていると、恋しい人が切ないほど恋しくなるので、いっそ曇るのなら曇ってくれ、秋の夜の月よ。〇月前恋　当代以後好まれた。〇五句　月に恋人の面影を見るという類型。「目をさめてひまより月をながむれば面影にのみ君は見えつる」（古今六帖・四・おもかげ）。▽「恋し」と「くもる」の繰り返しが趣向。

370 あなたの冷たさがつらいなどとは、いいかげんな恋心だからこそ言えるのです。いっそどれほど恨んでいるかとあなたに知らせたいことよ。〇をろか　おろそか。▽「つらし」などという甘え言を言っていられない激しい感情。「つらけれど人には言はずいはみがたうらみぞ深き心ひとつに」（拾遺・恋五・読人しらず）。

371 あなたの面影は、人数にも入らない私に恋しく思われて、一方あなたは今頃宮中で、空の月を誰と見ていることでしょうか。〇前々中宮　→三九。〇初句　月を見て、恋人の面影を思い浮かべる。→三六九。〇二句　相手に対して、作者自身を卑下する。〇雲ゐ　空に宮中の意を懸ける。▽内容は逢不逢恋。手の届かぬ所に去った恋人の心変わりを恐れる不安を詠む。

372 あきれたことですよ。どうして手紙も下さらないのですか。今までのことは、さだめてあなたの気まぐれだったとしても。〇さはること　差し障り。〇二句　「かき」は強調と「書き」で、藻塩草の縁語。〇藻塩草　元は焼いて塩を取る海藻だが、筆跡。〇海人　相手の比喩。藻塩草の縁で言う。〇すさび　気まぐれの慰み事。「び」は火の意で、藻塩草の縁語。▽相手の不実を藻塩草の縁語仕立てで非難。

文ばかりつかはして言ひ絶えにける人のもとにつかはしける

373 ふみそめて思ひ帰りし紅の筆のすさみをいかで見せけん

内大臣家小大進

実行卿家歌合に、恋の心をよみ侍ける

374 知るらめやよどの継橋よとゝもにつれなき人を恋ひわたるとは

長実卿母

375 恋わびておさふる袖や流れいづる涙の川のゐせきなるらん

藤原道経

376 流れての名にぞ立ちぬる涙川人めつゝみをせきしあへねば

少将公教母

題不知

377 涙川袖のゐせきも朽ちはてゝ淀むかたなき恋もするかな

皇后宮右衛門佐

373 恋の道に踏み入って、便りを始めながら、思い返してしまった気まぐれな紅の筆の跡を、どうして私に見せていたのでしょうか。○初句　文に「踏み」を懸ける。「そめ」は「初める」に、「染め」が紅の縁語。○紅の筆　彤管(とうかん)の訓読語。彤管は古代中国の女官用の赤い軸の筆(詩経・邶風)。ここは、文の贈答。○すさみ　すさび。→三七二。▽三七二と「文」で連接し、相手を非難する。紅の筆が新奇な語。

374 御存知でしょうか。淀の継橋の継板を次々と常に渡るように、寝屋では夜を継いで、いつも薄情なあなたを恋いつづけているとは。○実行卿家歌合→九。○二句　神戸市長田区真野か。「淀の」に夜殿を懸け、後の「よと」を引き出す。継橋。→一三八。○三句　いつも。○わたる　続ける。橋の縁語。▽「東路のなこその関はよとともにつれなき人の心なりけり」(顕季集)。

375 恋に苦しんで、涙をおさえる袖は流れ出る涙の川の堰なのだろうか。○二句　涙をおさえる袖。○ゐせき→二四八。涙を堰き止める。「涙河落つる水上はやければせきぞかねつる袖のしがらみ」(拾遺・恋四・紀貫之)。▽歌合の判詞には「「涙の川の堰」などめづらしく侍れば、勝つにこそ」と評されている。以下三首、涙川の堰を詠む。

376 世間に、恋をしているという評判が広く立ってしまったことです。川となって流れる涙を、人前で堰きとどめきれないので。○流れての名　名は評判。「流れて」は川の縁語。○四句　人に知られないようにすること。「つつみ」(堤)が川の縁語。▽「たぎつ瀬のはやき心をなにしかも人目つつみのせきとどむらむ」(古今・恋三・読人しらず)。歌合の判詞に「古今などを見ざりける人にや」との批判がある。

377 川となって流れる涙を堰きとどめていた袖もすっかり朽ちてしまい、涙がとどまりようもないように、とどめられない激しい恋をすることよ。○ゐせき→二四八。○朽ち　涙で濡れ朽ちたこと。○四句　涙と同時に恋心そのものがつのっていく状態。▽「おちたまり涙の河のはやければよどむまもなき恋もするかな」(六条斎院歌合・中務)。

378 かくとだにまだいはしろの結び松むすぼゝれたるわが心かな　源顕国朝臣

女のがりつかはしける

379 恋すてふもじの関守いくたびかわれ書きつらん心づくしに　藤原顕輔朝臣

380 命だにはかなからずは年ふとも逢ひ見んことを待たまし物を　左兵衛督実能

後朝ノ恋の心をよめる

381 つらかりし心ならひに逢ひ見てもなを夢かとぞ疑はれける　源行宗朝臣

堀河院御時艶書合に読る

382 思ひあまりいかでもらさん小野山のいはかきこむる谷の下水　春宮大夫公実

378 こんなにも恋しいのですとさえまだ言えず、岩代の結び松のようにうち解けず悶々としている我が心ですよ。○いはしろ ↓二八六。「岩」に「言はず」を懸ける。○三句 小枝を結んだ松。誓いや契りのしるし。四句を導く。○四句 心が晴れない状態。▽詞書を「初恋の心を」の写本もある。「わがことはえも岩代の結び松ちとせを経(ふ)とも誰か解くべき」(拾遺・雑下・曽禰好忠)。

379 あなたに恋しているという文字を手紙の中で何度私は書いたことか、心も尽きんばかりにして。○もじ 文字。門司(豊前国。福岡県北九州市門司区)を懸ける。「もじの関 海路也、フミニソフ」(和歌初学抄)。○五句 心をすりへらす意。筑紫を懸ける。↓五七二。▽恋という文字を守る身との意をこめるか。

380 命さえはかなくないのなら、何年経ったとしても、あなたに会うことを待っているのですが。○初句 恋情の強さが、命への不安を起こさせた。▽我が身の命への不安を訴え、恋情を詠んだ。

381 薄情だったあなたに馴れてしまった私の心のせいで、直に会っても、今もまだ夢の中かと疑われます。○後朝恋 恋人達が会った翌朝の恋。院政期以後、多く詠まれる題。○四句 今朝になっても、昨夜会ったことが夢だとの思いが消えない。▽やっと女性に会えたことを夢と思う男性の立場の歌。

382 あなたへの思いが溢れ出て、それをどのように表したらよいのだろう。小野山の岩垣に隠れ流れている谷の下水のような秘めている私の思いを。○堀河院御時艶書合 康和四年(一一〇二)閏五月二日、同七日。男性貴族と女房達の懸想文を番わせた歌合。底本「艶書会」。○二句「もらす」は「谷の下水」の縁語。○三句 ↓二八〇。流布本本文「奥山」。▽「みごもりに岩垣こめて年ふればもらさまほしき谷の下水」(堀河百首異伝歌・初恋・藤原公実)。

恋の心をよめる

383 年ふれど人もすさめぬわが恋や朽ち木の杣の谷のむもれ木　藤原顕輔朝臣

あるまじき人をおもひかけてよめる

384 いかにせん数ならぬ身にしたがはで包む袖よりあまる涙を　読人不知

院の熊野へまいらせおはしましたりける時、御迎へにまいりて旅の床の露けかりければよめる

385 夜もすがら草の枕にをく露は故郷こふる涙なりけり　大宰大弐長実

野分のしたりけるに、いかゞなどおとづれたりける人の、その後また音もせざりければつかはしける

386 荒かりし風ののちより絶えするは蜘蛛手にすがく糸にやあるらん　相模

国信卿家歌合に、夜半の恋の心をよめる

387 よとともに玉散る床のすが枕見せばや人に夜はのけしきを　源俊頼朝臣

383 年は経たが、人も心に留めない我が恋は、朽ち木の杣の谷の埋れ木か。○二句「人」は恋の相手。「すさむ」は心に留めて愛する意。「これを見よ人もすさめぬ恋すとて音をなく虫のなれる姿を」(後撰・恋三・源重光)。○四句 近江国。滋賀県高島市朽木。普通名詞とも。○五句 人に見捨てられた身。→五三。▽三八二の「谷の下水」に続けて「谷のむもれ木」で連接。

384 どうしたらよいのだろうか、ものの数にも入らない我が身に従わず、包み隠す袖からあまってこぼれる涙を。○二句 →三七一。「あるまじき人」(高貴な人)への恋であるため。▽三八三の「谷のむもれ木」と「数ならぬ身」とに共通性がある。「問はぬまは袖くちぬべし数ならぬ身よりあまれる涙こぼれて」(馬内侍集)。

385 一晩中、旅寝の枕に置いている露は、故郷の都を恋しく思って流す私の涙だったよ。○院の熊野へ 熊野は紀伊半島南部。険峻な峰と谷から成る修験道の霊場。白河院の熊野御幸は、寛治四年(一〇九〇)一月以下、十回ほどが知られる。○御迎へ 都からの迎え、または熊野に先着しての迎え。○二句 旅寝の枕。▽「故郷こふる」は、羇旅で、恋部は不審。都の恋人(妻)を念頭に置いたか。三八四とは涙が連続する。

386 激しく吹いた風の時以来、あなたの訪れが絶えたのは、蜘蛛が四方八方に広げて巣作りをした糸が風で切れるように、私との間がはかないものだからなのでしょうか。○野分 大風。台風。○三句「たえぬる」の写本もある。糸の縁語。○四句 四方八方に広がった様。男の多情を示唆するか。○糸 弱くたよりないことの比喩。▽訪れの途絶えた相手の不実を非難する。

387 いつも、恋しさゆえの涙が玉となって散る寝床の菅枕。見せたいものよ、あの人に夜ふけの我が一人寝の様を。○国信卿家歌合 康和二年(一一〇〇)四月二十八日源宰相中将国信歌合。○玉散る 涙を玉に喩えた。○三句 スゲを束ねて作った枕。万葉語。▽一人寝の寂しさを、「玉散る床のすが枕」と大胆な比喩で表したところに新味がある。

五月五日わりなくてもり出(い)でたる所に、菰(こも)といふ物ひきたりしも忘(わす)れがたさに言(い)ひつかはしける　　相模

388 菖蒲(あやめ)にもあらぬ真菰(まこも)を引(ひ)きかけしかりのよどのゝ忘(わす)られぬかな

閏五月はべりける年(とし)人をかたらひけるに、後(のち)の五月すぎてなど申(まうし)けければ　　橘季通(すゑみち)

389 なぞもかく恋ぢにたちて菖蒲草(あやめぐさ)あまりながびく五月(さつき)なるらん

人のがりつかはしける　　神祇伯顕仲

390 を(お)のづから夜(よ)がるゝときのさ筵(むしろ)は涙(なみだ)のうきになると知(し)らずや

人を恨(うら)みてつかはしける　　藤原惟規(のぶのり)

391 池(いけ)にすむわが名(な)をおし(を)のとりかへす物ともがなや人を恨(うら)みじ

388 菖蒲でもない真菰を引き被って共寝した仮の寝屋のことが忘れられないことです。○五月五日　菖蒲の節。→一三七。○わりなくてもり出でたる所　常の邸から事情があってこっそり出かけた所。○真菰　→一三五。菰筵（こもむしろ）。○三句　菰筵を夜具として引き被ったの意。菖蒲を五月五日に沼から引き抜き軒にかけるので、菖蒲と縁語。○四句「仮の夜殿」の「刈り・淀野」が菖蒲の縁語。▽寂れた卑賤な場での一夜の恋。三八七の菅枕に連接する配列。

389 どうして、このように恋路に身をおきながら、会う時が遠のくように、ひどく長く続く五月なのだろうか。○閏五月　作者の卒年―康平三年（一〇六〇）頃か―から見て万寿三年（一〇二六）か、寛徳二年（一〇四五）。○後の五月すぎて　下に「会はん」等を略す。○申ければ　主語は「人」。○かく　底本「かは」。○恋ぢ　恋路の意、「泥（こひぢ）（ぬかるみ）」で菖蒲草の縁語。○ながびく「長」は菖蒲の根を連想、「ひく」とともに菖蒲の縁語。▽泥の中で閏五月まで菖蒲を引く様を表に、恋人に会う時までの長さを嘆く。

390 あなたに会えない時の夜具は、自然と涙がたまって、つらさのために沼のようになるとは知らないのですか。○初句「涙のうきに…」にかかる。○二句　女性が男性の夜離れを嘆くのが一般だが、ここでは、作者が女性に会えない状況と見る。○うき　→一三。▽男性である作者の一人寝のつらさを相手に訴えたもの。または、夜離れを恨んできた恋人に対する弁解の歌か。三八八の淀野、三八九の、泥（こひぢ）から埿（うき）（沼地・どろ地）に連接。

391 池に住んでいる鴛鴦鳥ではないが、立ってしまった私の浮き名が惜しいので、それを取り返すものが欲しい。そうなればあなたを恨みはしませんが。○名　恋をしているという評判。○おし　鴛鴦に「惜し」を懸ける。○とり　鳥に「取り」を懸ける。○四句「もがな」は「～が欲しい」の意。▽「池にすむ名をおし鳥の水を浅みかくるとすれど現れにけり」（古今・恋三・読人しらず）。

392 女のがりまかりたりけるに、今宵は帰りねと申しければか
へりにける後、一夜はいかゞ思ひしなど申たりければ、い
ひつかはしける

藤原正家朝臣

あき風に吹き返されて葛の葉のいかにうらみし物とかはしる

かたらひ侍ける人のあながちに申さすることのありければ、
いひつかはしける

藤原有教母

393 したがへば身をば捨ててん心にもかなはでとまる名こそ惜しけれ

長実卿の家歌合、恋の心をよめる

藤原忠隆

394 つゝめども涙の雨のしるければ恋する名をもふらしつるかな

人を恨みてつかはしける

藤原惟規

395 島風にしば立つ波のやち返りうらみてもなをたのまるゝかな

392 秋風に吹き返されて葛の葉の裏をどのように見たか、そのように私に飽きたあなたに帰されて、どんなに恨んでいるか、御存知ないでしょう。○初句　秋に「飽き」を懸ける。○うらみし　「恨み」に「裏見」を懸ける。▽女に拒否された恨みを、秋風で裏返る葛の葉に寄せて詠む。折から秋風の立つ季節だったのだろう。上句は序詞的用法。「秋風に吹き返さるる葛の葉のうらみてもなほうらめしきかな」(古今六帖・六・くず・平貞文)。

393 あなたには従う私ですから、我が身をも捨てましょう。しかし、死後までも心にかなわないで残る評判こそが惜しいことですよ。○あながちに申さすること　具体的には不明。根拠のない浮気をなじるなど、無茶なことを言ってきたか。「心にもかなはで」とあるから、事実無根の非難であろう。▽「あながち」に言ってきたことに死をも辞さないとする一途さと、名を惜しむ自己へのこだわり。

394 人には隠しても、雨のような涙があまりに落ちるので、恋をしているという評判を、触れ広めてしまったことよ。○長実卿の家歌合↓一〇九。○初句　人目を忍ぶけれども。○五句「触らし」(触れ広める)の意。「降らし」で雨の縁語。「みゆきとか世にはふらせて今はただこずゑの桜散らすなりけり」(後拾遺・雑五・上東門院中将)。▽「涙の雨」と「降らし」の縁語が趣向。「ふらし」は後拾遺集の詠に拠ったか。

395 島風によってしきりに立つ波が繰り返し浦に寄せるように、繰り返し恨んでも、それでもやはり頼みに思ってしまうことよ。○　初句島を吹く風。○二句　しきりに立つ波。「堀江こぐ伊豆手の舟の楫つくめ音しば立ちぬ水脈(をみ)はやみかも」(万葉集・巻二十・大伴家持、五代集歌枕、袖中抄)。○三句　八千回。きわめて多くの回数。「八千返り杭間の水もかひなきによし見よ同じ影や見ゆると」(狭衣物語・巻二・狭衣)。○うらみても　「恨み」に「浦見」を添える。▽上句は用例の少ない語。新奇な詠風。

なき名立ちける人のがりつかはしける　　前斎宮内侍

396 あさましや逢ふ瀬も知らぬ名取川まだきに岩まもらすべしやは

遇不遇恋の心をよめる　　左京大夫経忠

397 一夜とはいつか契りし川竹の流れてとこそ思ひそめしか

俊忠卿家にて恋歌十首よみけるに、誓不遇といふ事をよめる　　皇后宮式部

398 逢ひ見ての後つらからば世ゝをへてこれよりまさる恋にまどはん

実行卿家歌合に、恋の心をよめる　　源俊頼朝臣

399 いつとなく恋にこがるゝわが身より立つや浅間の煙なるらん

恋歌とてよめる　　藤原成通朝臣

400 後の世と契し人もなきものを死なばやとのみ言ふぞはかなき

396 あきれたこと、逢ったこともないのに評判だけが立ちました。そんなに早くに世間に漏らしてよいものでしょうか。○逢ふ瀬　会う折。瀬は川の縁語。○三句　陸奥国。宮城県名取市。「名取」は評判を取るの意。○まだきに　早くも。○岩まもらす　世間に知られることを岩間を漏れる川の水に喩えた。「岩」は「言は(ず)」の懸詞か。▽会わないうちに二人の仲を漏らした相手の男を難じた。「人しれず思ひそめてし山河の岩間の水をもらしつるかな」(一宮紀伊集)。

397 一夜だけの逢う瀬とは、いつ約束したのだろうか。行く末長く続くようにと思って恋し始めたのに。○初句　「よ」(節)は竹の縁語。○三句　川の縁で「流れて」を導く枕詞。→三〇五。▽再度の逢う瀬と、さらに末長い恋を願う。「神も聞け思ひもいでよ呉竹のただ一夜とはいつか契りし」(堀河百首・逢不逢恋・藤原顕季)。

398 逢ってから後も、あなたがこんなに薄情であるならば、私はこの先ずっと今よりつらい恋に悩むことになるでしょう。○誓不遇　他に見えない歌題。題意は、絶対に愛を守ると誓ったのに会わないの意。○三句　長い時代を過ぎて。▽逢う前からの相手の冷たさに、将来への強い不安。「かくばかり憂きを忍びて長らへばこれにまさりて物もこそ思へ」(和泉式部続集)。

399 いつと限らず、恋の火に焦がれている我が身から立つのが、浅間山の煙なのだろうか。○実行卿家歌合　→九。○初・二句　浅間山は活火山。恋(こひ)に火を寄せる。○浅間　信濃国と上野国で、長野県北佐久郡軽井沢町と群馬県吾妻郡嬬恋村の境。▽浅間山は、富士山とともに恋の火を比喩する恰好の山。「いつとてかわがこひざらん千早振浅間の山はけぶり立つとも」(古今六帖・けぶり)。

400 来世で共にと約束した人もいないのに、死にたいとばかり言うことは、まったくむなしいことよ。○初・二句　この世では無理だから来世で結ばれようと契った人。○死なばや　叶わない恋に苦しみ、死ぬことを願う。▽来世で結ばれるなら死も厭われず、死の意味もあるが、その証もなく、結局恋の苦しみの遣り場のなさを詠んでいる。「会ふことのこの世なからば難

401 いはぬまは下はふ蘆の根をしげみひまなき恋を人知るらめや

摂政左大臣

かたらひける人のかれ〴〵になりて恨めしかりければ、つかはしける

402 待ちし夜のふけしをなにゝ嘆きけん思ひ絶えても過しける身を

白河女御越後

恋の心を人〴〵のよみけるに、よめる

403 命をしかけて契し仲なれば絶ゆるは死ぬる心ちこそすれ

律師実源

404 かき絶へて程もへぬるを蜘蛛の今は心にかゝらずもがな

皇后宮美濃

旅宿恋の心をよめる

405 見せばやな君しのび寝の草枕玉ぬきかくるたびの気色を

摂政左大臣

からば後の世とだに契りてしかな」(江帥集)。

401 言い出さない間は、ちょうど岩沼の底を這う蘆の根が茂ってすきまがないように、絶え間なく思いつづけている私の恋心をあの人は知っているだろうか。○初句　「言はぬ間」に岩沼を懸ける。○二・三句　「ひまなき」の序詞。▽岩沼の蘆の根の様子に忍ぶ恋を寄せて詠んだ。「津の国の難波の蘆のめもはるにしげき我が恋人知るらめや」(古今・恋二・紀貫之)。

402 あなたのおいでを待っていた夜が更けたくらいのことを、どうして嘆いたのでしょうか。あなたの気持ちがすっかり私から去ってしまっても生きている私なのに。○かれ〴〵　恋人の訪れの途絶え。○待ちし夜のふけし　過去の体験。○思ひ絶え　恋人の思いが作者から離れてしまった。▽無名抄の「代々恋歌秀歌事」によれば、顕輔がこの歌を金葉集恋歌の代表歌としている。上句が恋歌の表現では意表を衝いて詠み出され、下句には心の嘆きにかかわらず生きている我身を述べる。以下三首、絶恋。

403 命までもかけて約束した仲なので、二人の仲が絶えるということは、それこそ死んだ気持ちがするよ。○四句　現在、仲が絶えている実感がある。▽命がけの恋を、そのままに直叙した趣き。無技巧だが率直な真実味がある。

404 二人の仲が、すっかり途絶えて時も経ったのだから、今となってはもうあなたは私の心にかからないでほしいよ。○初句　蜘蛛の縁語。○三句　「い」(網)を導く枕詞。○五句　「かく」は蜘蛛の縁語。▽蜘蛛の縁語で構成。実際には相手への未練が残ることを余情として詠んでいる。「くもでさへかき絶えにける蜘蛛の命を今は何にかけまし」(後拾遺・恋三・馬内侍)。

405 見せたいものだ。あなたを偲ぶ旅寝の草枕には、涙の玉を貫きかけている、そのようなこの旅の様子を。○旅宿恋　→四八二。○三句　旅中、草を結んで枕としたもの。→三五三。○四句　旅宿での恋人を思う涙が露のように草の枕にかかり、その様が玉を貫くと見立てた。▽旅寝での涙は三八五でもあるが、涙から露、露から玉へと連想を進めていて、技巧が凝らされている。

堀河院御時艶書合によめる　　　皇后宮肥後

406 思ひやれとはで日をふる五月雨のひとり宿もる袖のしづくを

皇后宮にて人〳〵恋歌つかうまつりけるに、被レ返レ文恋
といへることをよめる　　　美　濃

407 恋ふれども人の心のとけぬには結ばれながら返る玉梓

人〳〵に恋の歌よませはべりけるに　　　摂政左大臣

408 心ざし浅茅が末に置く露のたまさかにとふ人はたのまじ

忍恋といへることをよめる　　　読人不知

409 しのぶれどかひもなぎさのあま小舟波のかけても今はたのまじ

恋の心をよめる　　　三宮大進

410 なぞもかく身にかふばかり思ふらん逢ひ見ん事も人のためかは

406 思いやって下さい。恋しい人の訪れが何日もなく、降り続ける五月雨の中で一人宿を守り、漏れる雨の雫のように、私の袖に落ちる涙の雫を。○艶書合 →三八二。底本「艶書会」。○ふる 「経る」と「降る」を懸ける。○もる 「守る」と「漏る」を懸ける。○しづく 涙の雫の意だが、五月雨の縁語。▽情景と心情とが、一体化して技巧的。「思ひやれむなしき床をうち払ひ昔を偲ぶ袖の雫を」(千載・哀傷・藤原基俊)。

407 いくら私が恋い慕っても、あなたの心がうちとけないのでは、その心のように、解かれずに結ばれたまま私のもとに返ってくる手紙ですよ。○皇后宮 →一六。作者は皇后家女房。○被返文恋 送った手紙をそのまま返される恋。○とけぬ 相手の心の状態と、手紙が開かれないことを懸ける。▽影響歌「結び目もかはらで返す玉梓にとけぬ心のほどをしるかな」(為忠家初度百首・被返書恋・源頼政)。

408 私への思いが浅く、浅茅の葉末に置いた露の玉ではないが、たまにのみ訪れる人は、頼りにはしませんよ。○二・三句 「浅茅」は「浅し」を懸ける。「露の玉」と続けて、「たまさか」以下を導く序詞。▽序詞に工夫がある。

409 恋心を秘めて慕っていたが、その甲斐もなかった。貝もない渚の蜑小舟に波をかけても、決して今はあてにはすまい。○二句 貝に甲斐を、渚に「無し」を懸ける。○波の 「かひも」からここまで序詞。○かけて 波をかける意に、心にかけて、決しての意を懸ける。「風ふけばいそぎしかひもなぎさにてこぎもやられぬ海士小舟かな」(堀河百首・海路・河内)。▽海の縁語仕立てだが、恋の断念は、忍恋の題意を越える。

410 どうしてこんなに、我が身の命にかえてもとばかりに思うのだろうか。会うこともあなたのためなのか、いや、私のためで、私が生きていてこそ意味があるのに。○二句 我が命を代償として、恋の成就を願う。○五句 人のためではない、自分のため。▽命と引き換えにしてもいい程に恋しいというのが真意。「いま見てんかく言ひ言ひて恋ひ死なば身にかふばかり思ひけりとは」(続詞花集・恋上・源行宗)。

寄花恋の心をよめる

411 あだなりし人の心にくらぶれば花もときはの物とこそ見れ

摂政左大臣

百首歌中に、恋の心をよめる

412 わが恋は烏羽にかく言の葉のうつさぬほどは知る人もなし

修理大夫顕季

摂政左大臣家にて、恋の心をよめる

413 あやにくに焦がるゝ胸もあるものをいかに乾かぬ袂なるらん

源　雅　光

寄山恋といへる事をよめる

414 恋ひわびて思ひ入佐の山のはにいづる月日のつもりぬるかな

大中臣公長朝臣

つれなかりける人のもとに、逢ふよしの夢を見てつかはしける

415 うたゝねに逢ふと見つるが現にてつらきを夢と思はましかば

藤　原　公　教

411 変りやすくあてにならなかったあの人の心に比べると、移ろいやすい花すらも永遠に変らないものと見るよ。○寄花恋 →六九三。○初句 変りやすい意。「ときは」と対比する。▽花ははかなく移ろい易いが、人の心はそれ以上にはかないとするのが趣向。「植ゑてみる人の心にくらぶれば遅くうつろふ花の色かな」(実方集)。

412 私の恋は、昔、烏の羽に書いた言葉が蒸して帛(ねりきぬ)に写さないうちは、わかる人がいなかったように、誰も知っている人はいないよ。○百首歌 →一。○二句 敏達天皇の代に高麗から烏の羽に書かれた表が献じられたが、それは湯気で蒸し、帛(灰汁(あく)などに浸して柔らかくした絹)に押しつけることで読み取ることができたという故事。▽烏羽の故事は日本書紀に基づくが、和歌童蒙抄や奥義抄にも引かれ、六条家歌学に代表される故事への強い興味の一端が窺える。「世の中に君なかりせば烏羽に書けるほどにはなほ消えなまし」(奥義抄)。

413 あいにくなことに、苦しい恋の火で焦がれる胸もあるというのに、どうして涙にぬれたまま乾かない袂なのだろうか。○摂政左大臣 →九二。○初句 筋が通らないことにも、の意。▽胸が焦がれるほどなら、袂の涙も乾くはず、とする。とめどなく流れる涙を強調している。

414 恋に苦しんで、望んで入った入佐の山の端から出る月や日が積もり重なって、時が経ったことよ。○入佐の山 →二一。「思ひ入る」(望んで入る)を懸ける。○いづる 「いる」と対照。○月日 空の月と日に、時の月日を懸ける。▽「つくづくと思ひ入佐の山の端にいづるは秋の夕月夜かな」(経信集)に基づいて作られたか。

415 うたた寝で、あなたに会えたと見たことが現実で、現実でのあなたのつれなさが、はかない夢だと思えるのなら良いのですが。○初句 うたた寝で恋人に会うとする歌は古来多い。○四句 甘美な夢と辛い現実を入れかえようと願う。▽夢での逢瀬を期待する歌は「うたたねに恋しき人を見てしより夢てふ物は頼みそめてき」(古今・恋二・小野小町)ほかあるが、もう一歩進めて不本意な現実と交換したいと願う。

416 俊忠卿家にて恋歌十首人々よみけるに、頓(にはか)ニ来リテ不レ留ラといへることをよめる

おもひ草葉末にむすぶ白露のたま〳〵来ては手にもかゝらず

源俊頼朝臣

417 女を恨みてつかはしける

蘆根はふ水の上とぞ思ひしをうきはわが身にありける物を

春宮大夫公実

418 重服(ちゆうぶく)になりたりける人の、立ちながら来んと申したりければ、つかはしける

たちながらきたりとあはじ藤衣ぬぎ捨てられん身ぞと思へば

橘俊宗女(としむねのむすめ)

419 恋の心を人にかはりて

石ばしる滝の水上はやくより音に聞きつゝ恋ひわたるかな

前中宮上総(さきのちゆうぐうのかづさ)

420 たのめ置く言の葉だにもなき物をなにゝかゝれる露の命ぞ

皇后宮女別当(くわうごうぐうのによべつたう)

416 人を思うという名の思い草の葉先に白露がやっと玉を結ぶように、たまさかにあなたは訪れたが、露の玉が手にも乗らず落ちるように、そっけなく帰ってしまうことよ。○初句　浅茅、露草など諸説。万葉語。○三句　ここまでが序詞。○五句　恋人がそっけなく帰ることに、露があっけなく落ちる意を添える。▽恋人のまれの訪れと、別れを詠むが、思い草と白露が、恋のはかなさと美しさを象徴している。

417 蘆の根が這い延びている水の上のこととばかり思っていたが、その根の生えている涅（きう）ならぬ憂きは、我が身にあったのに。○うき「涅」と「憂き」を懸ける。↓三三。「蘆根這ふうきは上こそつれなけれ下はえならず思ふ心を」（拾遺・恋四・読人しらず）。▽懸詞が趣向。

418 屋の外に立ったまま来たと言っても会わないつもりです。いずれ藤衣がぬぎ捨てられるように、捨てられることになる我が身だと思うので。○重服　重い喪に服すこと。特に父母の場合を言う。○立ちながら来ん　服喪中なので、穢れをおそれ室に入らない。○初・二句　「裁ち」「着たり」「合はじ」すべて衣の縁語。○三句　↓一六〇。○四句　忌中後に藤衣と同じく我が身の捨てられることを重ねた。▽底本作者「橘俊家女」。藤衣の縁語を並べ、「捨てられん」を二重に用いた。

419 滝の上流の流れが速いように、早く昔からあなたのことを噂に聞いては恋い続けて来ました。○初句　滝の枕詞。○はやく　「水上」までが序詞。流れと時の「はやく」を懸ける。○四句　音は滝の縁語。▽滝の上流の流れの激しさが、恋の激しさを象徴。「音に聞く伊勢の鈴鹿の山川のはやくよりわがこひ渡る君」（躬恒集）。

420 あてにさせてくれるようなあなたの言葉すらもないのに、いったい何にすがって生きるはかない露のような我が命なのでしょうか。○言の葉　「置く」「露」が葉の縁語。○露　はかなさの象徴。▽「言の葉」「露」の縁語は伝統的。心細く切ない思いは出ている。「慰むることの葉にだにかからずは今も消（け）ぬべき露の命を」（後撰・恋六・読人しらず）。

金葉和歌集巻第八　恋部下

はじめたる恋の心をよめる

良暹法師

421 かすめては思ふ心を知るやとて春の空にもまかせつるかな

公任卿家にて、紅葉、天の橋立、恋と三つの題を人〳〵によませけるに、遅くまかりて人〳〵みな書くほどになりければ、三つの題を一つによめる歌

藤原範永朝臣

422 恋ひわたる人に見せばや松の葉のしたもみぢする天の橋立

恋部下一巻。上巻同様に恋の状況と恋心の諸相を詠むが、巻末近い題読人不知の和歌以下は、日常的・俳諧的な作風で、本集が目指す特色が顕著。

421　我が恋心をほのかに言えば、あなたが我が思いを知ってくれるかと思って、春の空が霞むのにまかせて言ったことよ。○かすめ　かすかに言う。霞がかかる意の「霞む」の他動詞形。「すくも火の煙もいとどたつ春を燃ゆる嘆きとかすめてしかな」(能宣集)のような先例がある。「告げそめし思ひを空にかすめてもおぼつかなさのなほまさるかな」(元良親王集)。○まかせ　霞むままにしたの意。従ってかすかに恋を打ち明けたということ。○春の空　霞んでいることを前提とする。▽「霞む」という語の寄せが趣向だが、春霞がかかって茫漠とした感じが、「はじめたる恋」(初期段階の恋)にふさわしい。

422　ずっと恋している人に見せたいものだ。常磐木の松の葉も、下葉は紅葉している天の橋立を。○恋と三つの題　底本「恋と」脱。○初句「渡る」は「天の橋立」の橋の縁語。○三句常緑の松の葉ということを暗に言う。○四句下葉が紅葉すること。外に現われない激しい恋心の比喩。「さを鹿のつま恋ひ時になりにけり嵯峨野の花も下紅葉して」(伊勢集)。○天の橋立　丹後国。京都府宮津市の宮津湾北部の砂嘴。この歌以後、松がよく詠まれた。▽藤原公任家での歌会で詠まれた歌とされるが、橘為仲集(一〇〇一―一〇二三)にも「冬日三首、歌、中納言殿(藤原師実)の召す」として、「紅葉・天の橋立・懸想」題の歌があるが、関係は不明。歌は「松の葉のしたもみぢ」という句に、秘めている激しい恋心を比喩した点が趣向。

後朝(きぬぎぬ)ノ恋の心をよめる　　源師俊(もろとし)朝臣

423 しのゝめの明(あ)けゆく空(そら)も帰(かへ)るには涙(なみだ)にくるゝ物にぞありける

月増(ニス)恋といへることをよめる　　内大臣(ないだいじん)

424 いとゞしく面影(おもかげ)に立(た)つこよひかな月を見(み)よとも契(ちぎ)らざりしに

恋心をよめる　　藤原顕輔(あきすけ)朝臣

425 恋(こ)ひわびて寝(ね)ぬ夜(よ)つもれば敷妙(しきたへ)の枕(まくら)さへこそうとくなりけれ

鳥羽殿歌合に、恋の心をよめる　　藤原仲実(なかざね)朝臣

426 よとゝもに袖(そで)のかは(わ)かぬわが恋や敏馬(としま)が磯(いそ)によする白波(しらなみ)

晩ノ恋といへる心(こゝろ)をよめる　　中納言雅定(まささだ)

427 逢(あ)ふことをこよひと思(おも)はゞ夕(ゆふ)づく日入(い)る山(やま)のはもうれしからまし

423　早朝の明けてゆく東の空も、恋人の許から帰って行く時は、涙にくれて暗く曇って見えなくなるものだよ。○初句　夜が明けて東の空が白む頃。「しののめのほがらほがらと明けゆけばおのがきぬぎぬなるぞ悲しき」(古今・恋三・読人しらず)。○帰る　恋人(妻)の許から戻る。○四句　涙で曇って見えなくなる意。「明けゆく」に対比される。▽後朝の別れの悲しみを詠んだ歌だが、「明けゆく」と「くるる」の対比が趣向。「しののめの明けゆく空に帰るとて落つる涙や道芝の露」(後葉集・恋三・新院御製)。

424　ますます恋人の面影が目に浮かぶ今宵であるよ。月を見よと約束したわけでもないのに。○二句　姿が幻として目に浮かぶ。○四句　月を眺めて恋人のことを思い起しているのである。「月あかかりける夜、女の許につかはしける　恋しさは同じ心にあらずとも今夜の月を君見ざらめや」(拾遺・恋三・源信明)。▽月が二人の仲を結ぶ存在として詠まれている。恋人の訪れを待つ女の立場での詠か。

425　恋を嘆いて寝られない夜が重なっているので、あの人どころか枕までも縁遠くなってしまったよ。○三句　「枕」の枕詞。「しきたへは、……敷くといふ心にや。敷妙のむしろなどもよめり」(奥義抄)。▽枕は単に寝具としてのみあるわけではない。恋の象徴でもある。「我恋を人知るらめや敷妙の枕のみこそ知らば知るらめ」(古今・恋一・読人しらず)。

426　いつも涙で袖の乾くことのない我が恋は、敏馬の磯に寄せる白波ででもあるのか。○鳥羽殿歌合　→一〇四。○初句　いつも。○四句　摂津国。神戸市灘区岩屋付近。万葉集で「敏馬」には、「みぬめ」と「としま」の両訓がある。▽「敏馬が磯」は万葉摂取。「わが恋」の説明を下句の情景に託す。→三八三。

427　あなたに逢うことを今夜と思うのならば、夕日が入っていく山の端も嬉しく思われるだろうが。○三句　夕方の太陽。院政期に再発見された万葉語。「左歌「夕月日」こそ耳に立ちて聞こゆれ」(元永二年忠通歌合・顕季判)など、余り耳馴れた語ではなかったらしい。▽反実仮想で逢瀬のない夜を嘆く。底本「ゆふつくよ」。

恋の心をよめる

428 山(やま)のゐの岩(いは)もる水(みづ)に影見(かげみ)ればあさましげにもなりにけるかな

右兵衛督伊通(これみち)

皇后宮(くわうごうぐう)にて、人〻恋歌つかうまつりけるによめる

429 陸奥(みちのく)の思(おも)ひしのぶにありながら心(こゝろ)にかゝるあふの松原(まつばら)

大宰大弐長実(ながざね)

奈良の人〳〵百首歌よみ侍(はべり)けるに、恨(うらみ)の心をよめる

430 思(おも)はんとたのめし人の昔(むかし)にもあらずなるとの恨(うら)めしきかな

権僧正永縁(やうえん)

恋の心をよめる

431 暮(く)るゝ間(ま)もさだめなき世(よ)にあふ事をいつとも知(し)らで恋わたるかな

隆源(りゆうげん)法師

源家時(いへとき)かれ〴〵になりけるを、恨(うら)みていひつかはしける

432 人ごゝろ浅沢水(あさゝはみづ)の根芹(ねぜり)こそこるばかりにもつままほしけれ

前中宮越後(さきのちゆうぐうのゑちご)

428 山の井の岩から漏れてくる水に映った我が影を見ると、あきれる程やつれた姿になってしまったことよ。〇初句　山の湧き水をせき止めた所。〇四句　恋にやつれた様子。「あさ(浅)」が「井」の縁語。▽本とした「安積山影さへ見ゆる山の井の浅くは人を思ふものかは」(古今・仮名序)についての、「立ち出でて山の井にかたちをうつして見るに、ありしにもあらずなりにける影をはぢて」(古今著聞集)の説明が合う。

429 身は信夫の里で恋の思いに耐え忍んでいますが、心はあふの松原を思って会うことを期待しています。〇皇后宮　→一六。〇二句　「しのぶ」は、信夫(しのぶ)。陸奥国。→三四六。福島県福島市。「忍ぶ」意を懸ける。〇あふの松原　播磨国。兵庫県姫路市の市川河口付近、松原八幡神社の松原。「逢ふ」「待つ」を懸ける。▽恋に忍ぶ思いと、逢瀬への期待を歌枕に寄せて構成。

430 大切にしようとあてにさせた人が、昔とは打って変ってしまったことが恨めしいことですよ。〇奈良の人〳〵　興福寺関係の僧侶歌人たち。〇初・二句　「思はむとたのめし人はありと聞くいひし言の葉いづち去(い)にけむ」(後撰・恋二・右近)以下、類例は多い。〇四・五句　「鳴門の浦」に「成る」「恨めし」を懸ける。▽「見るままに人の心のありしにもあらずなるとのうらめしきかな」(堀河百首・浦・恨・永縁)。

431 日が暮れる間もあてにならない無常な世で、あなたに逢えるのをいつとも知らないで恋い続けていることよ。〇初・二句　無常な世の象徴的表現。▽仏教的無常感が基調。次の二首に拠る。「夢のごとなどか夜しも君を見む暮るる待つ間もさだめなき世に」(拾遺・恋二・壬生忠見)。「逢ふことをいつとも知らで君が言はむときはの山のまつぞ苦しき」(拾遺・恋一・読人しらず)。

432 あなたの私への心浅さのような浅沢水の根芹は懲りるほど摘みたいが、あなたを懲りるほど抓りたいです。〇二句　「(家時の)人心浅し」の意を含む。浅沢小野(摂津国。大阪市住吉区にあった低湿地)の水か。普通名詞とも。〇こる　懲りる。〇五句　根芹を摘む意に、抓む(つねる)意を懸ける。▽「抓ままほしけれ」に女性らしさが感じ取れる。根芹に添えた歌か。

恋歌十首人〳〵よみけるを、立聞恋といへる事をよめる

修理大夫顕季(あきすゑ)

433 わぎもこが声立ちきゝし唐衣その夜の露に袖はぬれにき

我をばかれ〴〵になりて、異人のがりまかるときゝてつかはしける

読人不知(よみびとしらず)

434 ことわりや思ひくらぶの山桜匂ひまされる春をめづるも

郁芳門院(いくはうもんゐん)の根合に、恋の心をよめる

周防内侍(すはうのないし)

435 恋わびてながむる空の浮雲やわが下もえの煙なるらん

人の恨みて、五月五日つかはしける

前斎宮河内(さきのさいぐうのかはち)

436 逢ふことのひさしに葺ける菖蒲草たゞかりそめのつまとこそ見れ

恋の心をよめる

大宰大弐長実

437 つらきをも思ひも知らぬ身の程に恋しさいかで忘れざるらん

433 恋い慕う人の声を立ち聞いた私は、唐衣の袖が、その晩の夜露で濡れたように、涙で濡れましたよ。○立聞恋　俊忠家での恋十首歌会。○わぎもこ　妻、万葉語。○立ち　「裁ち」で、唐衣の縁語。○露　涙を暗示。▽「わぎもこ」は顕季が多用、万葉風を好んだ。

434 もっともなことですよ。思いくらべて、暗部山の山桜が美しくまさっている春をあなたが愛するのも。○異人のがり　他の人のもとに。○思ひくらぶの山　「思ひ比ぶ」に暗部山(→三五七)を懸ける。○春　「はな」とする写本もある。▽別の女性を暗部山の桜にたとえて、男に恨みを言った。「我恋にくらぶの山の桜花まなく散るとも数はまさらじ」(古今・恋二・坂上是則)。

435 恋を嘆いて、物思いをしながら眺める空の浮雲は、私の胸の思いの火の煙だろうか。○郁芳門院根合　→三九。○下もえ　心の中で燃える意。○煙　空に上って雲になると考えられた。▽俊頼髄脳その他に、「この歌を世間では秀歌と評判したが、人の燃える煙が空にたなびくのは(火葬を連想させて)よくないと言っていたところ、郁芳門院崩御後、周防内侍も亡くなった」という話を伝える。四五六に類似の表現による歌がある。

436 逢ってから久しいので、庇に葺いた菖蒲を仮りの軒端とするように、私はほんの一時の妻と思っています。○人の　「人を」とする本に拠るべきか。○ひさし　庇に「久し」の意を懸け、逢って以後途絶えが久しいの意。○三句　五月五日の風習。→一三〇・一三三。○かりそめ　一時の。「刈り」で、菖蒲の縁語。○つま　端(軒端)と妻の懸詞。▽趣向は「君見てしほどのふるやのひさしには逢ふことなしの草ぞ生ひける」(古今六帖・六・ことなし草)に拠る。

437 あなたのつれないのも思い知らぬ我が身の程なのに、恋しさはどうして忘れないのだろうか。○つらき　相手が自分に対して冷淡。○身の程　人の冷淡さなど分らぬ鈍感で劣った身。▽冷たくされても恋を捨てきれない情を詠んだ。「つらしとは思ふものから恋しきは我にかなはぬ心なりけり」(拾遺・恋五・読人しらず)。

題不知

438 さきの世の契を知らではかなくも人をつらしと思ひけるかな

前中宮上総

恋歌よみける所にてよめる

439 忘れ草しげれる宿を来てみれば思ひのきより生ふるなりけり

源俊頼朝臣

人を恨みてよめる

440 今よりは思ひも出でじ恨めしと言ふもたのみのかゝる限りぞ

読人不知

遇不レ遇恋の心をよめる

441 思ひきや逢ひ見し夜はのうれしさに後のつらさのまさるべしとは

左兵衛督実能

人を恨みける頃、心地の例ならざりければよめる

442 逢はずともなからん世にも思ひ出でよわれゆへ命絶えし人ぞと

読人不知

438　前世の宿縁を知らないで、むなしくもあの人を薄情だと思ったことよ。○さきの世　前世。○契　前世の因縁、宿縁。▽前世と恋をテーマとする。「さきの世の浅き契りを知らずして人をつらしと思ひけるかな」(江帥集、広島大学本詞花・恋下・赤染衛門)は酷似する一首。「前の世のいかなる罪のむくひにてつれなき人を恋ひは初(そ)めしぞ」(江帥集)。

439　私を忘れるという名の忘れ草の茂っているあなたの宿を尋ね来てみると、あなたの「気持ちが退く」とわかる軒から生えているのだったよ。○初句　萱草、又は忍草ともいう。恋人などを忘れることの比喩に用いる。○思ひのき　思ひ退き(気持が遠ざかる)の意に軒を懸ける。↓五九一。▽「我が宿の軒のしのぶに言寄せてやがても茂る忘れ草かな」(後拾遺・恋三・読人しらず)。失う恋を、軒に生えた忘れ草の懸詞を用いて詠んだ。

440　これからは思い出しもすまい。あなたを恨みに思うと言うのも、あてにする気持があなたにかかるばかりなのだよ。○たのみ　相手を頼ること、期待。▽「思はずはつれなき事もつらからじ頼めば人を恨みつるかな」(拾遺・恋五・読人しらず)。愛憎を全く捨て相手と無縁になろうというのが主張だが、そのように相手に伝えること自体恨む心も深い。

441　思ったことだろうか。あなたに逢った夜の嬉しさのために、逢えなくなった後のつらさがいっそうつのるものとは。○遇不遇恋　一度逢って、その後逢わなくなる恋。堀河百首頃から諸歌集に見え始める歌題。↓三九七。▽嬉しさとつらさの対比が趣向。「逢ひ見しをうれしきことと思ひしはかへりて後の嘆きなりけり」(後拾遺・恋四・道命法師)。

442　たとえ逢ってくれなくとも、私が死んだ後でも思い出して下さい。自分のせいで命絶えた人なのだと。○心地の例ならざり　病状が思わしくない。○なからん世　自分の死後。○われ　自分、ここでは恋の相手の立場で言う。▽袋草紙(雑談)によれば、意尊という僧の詠。影響歌「恋ひ死なば我ゆゑとだに思ひ出でよさこそはつらき心なりとも」(千載・恋二・藤原実国)。

女のがりつかはしける

443 する墨(すみ)も落(お)つる涙にあらはれて恋(こひ)しとだにもえこそ書(か)かれね

藤原永実(ながざね)

家の歌合(うたあはせ)に、はじめたる恋の心をよめる

444 色見えぬ心(こゝろ)ばかりはしづむれど涙(なみだ)はえこそしのばざりけれ

中納言国信(くにざね)

題読人不知

445 逢(あ)ふことは夢(ゆめ)ばかりにてやみにしをさこそ見しかと人に語(かた)るな

446 蘆垣(あしがき)にひまなくかゝる蜘蛛(くも)のいの物むつかしくしげる我(わ)が恋(こひ)

大納言経信(つねのぶ)

447 を(お)さふれどあまる涙(なみだ)はもる山のなげきに落(お)つる雫(しづく)なりけり

藤原忠隆(たゞたか)

443　すっている墨も落ちる涙に洗われて、恋しいとさえ書くことができません。○三句　洗ふ。涙で墨が洗い落とされる。▽墨をすって手紙を書こうとするが、すぐに相手のことが思われて涙が落ちてくる。「寄書恋」の趣向。影響歌「墨染に思ひたちぬる衣手をまだき洗ふは涙なりけり」(続詞花集・雑下・賀茂成保)

444　表に出ない心だけは抑えているけれど、涙はこらえることができないよ。○家の歌合　国信卿家歌合　→三八七。○色見えぬ心　外に表われない心。○しづむ　鎮む。静まらせる。▽歌合では判詞に、「左の歌に「しづむれど」などよまれたる五文字もいかがと見給ふれば…」と批判があった。「しのぶれど心のほかにあくがれて人目も避(よ)かぬ涙なりけり」(重之女集)。

445　逢うことは夢ほどにはかなく終ってしまったけれど、いかにも逢ったなどと人に語らないでください。○二句　夢のようにはかない。但し夢だけで実際には逢わなかった意とも。○四句　いかにもはっきり逢ったと。または夢の逢瀬を現実のこととして言うとも。▽夢は現実から遠い恋の象徴。「人にだに語らざらなむうたたねの夢ばかりにて絶えぬとならば」(赤染衛門集)。

446　蘆の垣根にすき間なくかかっている蜘蛛の巣のように、もつれてつのる我が恋よ。○蘆垣　→六八。○蜘蛛のい　蜘蛛の巣。経信集の異本注記に「くずのはの」とある。それであれば「山里にくずはひかかる松垣のひまなく秋はものぞ悲しき」(好忠集)に拠る。○四句　厄介な、もつれた状態。○しげる　蘆の縁語。▽恋心を「物むつかし」と表現した点が、独特である。

447　押しとどめても溢れ落ちる涙は、漏るという名の守山の、投木(薪)という嘆きで落ちる雫であったよ。○もる山　守山。近江国。滋賀県守山市。「漏る」を懸ける。○なげき　嘆きの意に「投木」(薪)を懸ける。▽元永元年(一一八)十月二日内大臣忠通歌合の歌で、俊頼の判詞に「あまる涙はもる山の、などいへる、思ふ心なきにはあらず、さもと聞こゆれば」とある。

無き名立ちて嘆きける頃、よめる

448 いかにせんなげきの森はしげゝれど木の間の月の隠れなきよを

橘俊宗女

物申ける人の久しく音せざりければ、つかはしける

449 萱葺のこや忘らるゝつまならん久しく人のをとづれもせぬ

前斎宮肥前

恋の心をよめる

450 わが恋の思ふばかりの色に出でばいはでも人に見えまし物を

左兵衛督実能

もろともに郭公を待ちけるに、さはることありて入りにける後、鳴きつやなど尋ねけるをきゝてよめる

451 郭公雲ゐのよそになりしかばわれぞ名残の空になかれし

春宮大夫公実

冬恋といへることをよめる

452 水の面に降る白雪のかたもなく消えやしなまし人のつらさに

藤原成通朝臣

448 どうしたらよいのか。私の嘆きはなげきの森の繁る如く、尽きない程だけれど、木の間の月が葉に隠れない夜のようにはっきりしている二人の仲を。○二句　所在地未確定。一説に大隅国。鹿児島県始良(あいら)郡。地名に「嘆き」を懸ける。○月の隠れなき　月光で真実は明白だとした。▽恋の噂を嘆いて無実を訴えた。「そらに聞く隠れなきよの露にさへ濡れ衣着する人の心よ」(範永集)。この歌の形式は、相模集の「いかにせんくずの裏吹く秋風に下葉の露の隠れなき身を」ほかの連作九首による。→五五九。

449 これが妻の私が忘れられるはじめなのだろうか。もう長いことあなたは訪れてくれないことよ。○こや「是や」。小屋の意で萱葺に続く。○つま　端緒。それに妻を懸け、また軒端の意で小屋の縁語。○久しく　庇の意で、小屋の縁語。▽語の寄せは平凡だが、萱葺は珍しい用語。

450 私の恋心がその思いのままに外に現われるならば、口に出さずともあなたには分ろうものを。○三句　主に恋が外に現れることを言う。→四四四。○見えまし　色に寄せてこう表現した。▽秘めたる恋に悶々として、その思いの深さを訴えた歌。「いかでかは知らせそむべき人しれず思ふ心の色に出でずは」(拾遺・恋一・源邦正)。

451 郭公が雲の彼方に去ったように、あなたもいなくなったので、郭公ならぬ私が、去った跡の名残の空で泣いたことです。○さはること　支障。○入りにける　女が去った。○二句　遠く離れた所。郭公の鳴く場所。「雲ゐ」は宮中の意に、女の行く先も重ねた。▽郭公に寄せて、二人で郭公を聞くことができなかった口惜しさを相手に訴えている。「泣かれし」は誇張であろうが、郭公の縁でこう詠んだ。

452 水面に降る白雪が跡かたもなく消えるように、私も消え入って命が絶えてしまうであろうか、あなたの冷たい心のために。○初句「水の上に」という本文もある。「水の上に浮きたる泡を吹く風のともに我身も消えやしなまし」(重之集)。○二句　ここまでが序詞。▽表現、趣向とも旧来の詠法。「春風に氷とけては水の面に降りつむ雪ぞかひなかりける」(大斎院前御集)。

多聞といへるわらはを呼びにつかはしけるに、見へざりければ月のあかゝりける夜よめる

453 待つ人の大空わたる月ならばぬるゝ袂に影は見てまし

権僧正永縁

寄二水鳥一恋

454 逢ふことも奈呉江にあさる蘆鴨のうきねをなくと人は知らずや

摂政左大臣

人を恨みてよめる

455 さのみやはわが身の憂きになしはてゝ人のつらさを恨みざるべき

源盛経母

摂政左大臣家にて、恋の心をよめる

456 名に立てるあはでの浦の海人だにもみるめはかづく物とこそ聞け

源雅光

恨めしき人あるにつけても、昔を思ひ出づることありてよめる

457 いま人の心をみわの山にてぞ過ぎにしかたは思ひ知らるゝ

前斎宮甲斐

453 待っている人が大空を渡ってくる月であるならば、待ち侘びて涙に濡れている袂に影は映って見えるだろうに。○多聞　不詳。興福寺の雑役の少年か。○初句　多聞。○四句　涙がかかる袂に月が映る。○影　月光に多聞の面影が重なる。▽衆道(同性愛)の歌。勅撰集には、大嘗会で見た、「わらは」に送ったという「あまた見し豊の禊(みそぎ)のもろ人の君しも物を思はするかな」(拾遺 恋一・寛祐法師)などがある。

454 逢うこともなく、奈呉江で餌をあさる蘆鴨が浮き寝に鳴くように、私も憂き寝に声を立てて泣くと、あなたは知らないのか。○寄水鳥恋→三六四。○奈呉江　万葉集に出る。越中国、富山県射水市。または摂津国、大阪市住吉区海浜。蘆鴨を住吉で詠む例から、摂津か。「無し」を懸ける。○うきね　「浮き寝・憂き音」の懸詞。▽「冬の池の水にながるる蘆鴨のうきねながらにいく夜へぬらむ」(後撰・冬・読人しらず)。

455 そうとばかり、すっかり我身の不幸にしてしまって、あの人の薄情さを恨まずにいるなんて、できません。○初句　以下のことを反語表現で自問する表現形式。この頃から多く用いられ始める。▽自分の心を見つめ直して、相手を強く責める歌。「恋ひそめし心をのみぞ恨みつる人のつらさを我になしつつ」(後拾遺・恋一・平兼盛)。

456 有名な逢わないという名のあわでの浦の海人さえも、逢う(見る目)という名の海松布を水にもぐって採ると聞いています。○摂政左大臣→九二。○あはでの浦　粟手浦。所在地不明。初出例か。「逢はで」を懸ける。○みるめ　海藻の海松布(みるめ)に「見る目」(会う機会)を懸ける。▽粟手浦という地名に興じた歌。影響歌「朝夕にみるめをかづく海人だにも恨みはたえぬものとこそ聞け」(千載・恋五・藤原清輔)。

457 今あなたの本心を見て、昔の逢瀬が思い知られますよ。○みわの山→二六五。「見」を懸ける。底本「みやのやま」。○四句　昔の苦楽どちらとも解せる。三輪の景物「杉」を込める。▽下句がどのような思いか少々舌足らずだが、当人同士は通じたか。「逢ふことを今は限りとみわの山杉の過ぎにし方ぞ恋しき」(後拾遺・恋三・皇太后宮陸奥)。

458 物申ける人のかれ〴〵になりて後、思出でて文つかはしたりける返事に言ひつかはしける　　橘俊宗女

めづらしや岩間によどむ忘れ水いくかを過ぎて思ひ出づらん

459 山の歌合に、恋の心をよめる　　読人不知

たまさかに逢ふ夜は夢の心地して恋しもなどか現なるらん

460 いかでかと思ふ人のさもあらぬさきに、さぞなど人の申ければ　　中原章経

恋わぶる君に逢ふてふ言の葉は偽さへぞうれしかりける

461 伊賀少将がもとにつかはしける　　前師資仲

四方の海の浦〳〵ごとにあされどもあやしく見えぬ生けるかひかな

462 返し　　伊賀少将

たまさかに波の立ち寄る浦〳〵は何のみるめのかひかあるべき

458 珍しいことですね。岩の間に淀んでいる忘れ水のようにあなたに忘れられて、また何日を過ぎて思い出してくれたのでしょうか。○三句　野を絶え絶えに流れる水。「野中などにたえだえなる水をいふなり」(散木集注)。「なかたゆる事には、…ワスレミヅ…」(和歌初学抄・喩来物)。○いくか　幾日。「いくせ」とする写本もある。▽底本作者「橘俊家女」。離れ離れの状態を忘れ水に比喩したのが趣向。

459 たまに逢う夜は夢心地ではかなく、恋い慕って悶々としている時がどうして現実なのだろうか。○山　比叡山。近江国。大津市と京都市との境。山上の延暦寺の別称。○山の歌合　天仁二年(一一〇九)比叡山歌合。○初句　まれであること。○夢　現実感を伴わず、しかもはかない。▽夢と現との対比で詠む一般的な趣向。恋の苦しさばかりが現実という点に説得性がある。「現(うつつ)にて夢ばかりなる逢ふことを現ばかりの夢になさばや」(後拾遺・恋二・源高明)。

460 恋い焦がれているあなたに逢うという言葉は、嘘でも嬉しいことです。○さもあらぬさき　逢って恋仲になる前。○さぞ　恋仲になった。○人の　別の第三者が。○二・三句　詞書の「さぞ」の具体的内容。▽嘘でも逢ったという言葉は嬉しい、本当ならどんなにか、というのである。「偽のなき世なりせばいかばかり人の言の葉嬉しからまし」(古今・恋四・読人しらず)。

461 周りの海の浦々を探しまわったけれども、不思議にも見つからない生きている貝のように、私には何ら生き甲斐がありません。○四方　東西南北。○生けるかひ　生きている貝と生き甲斐を懸ける。▽恋人の反応のなさに生き甲斐すらないと訴える。「潮の間に四方の浦々もとむれど今は我身の言ふかひもなし」(和泉式部集)。

462 たまに波が寄せる浦々には、いったいどんな海松布のついた貝がありましょう。そのように稀に立ち寄るような所で、私と逢う甲斐などあるものですか。○波　資仲の比喩。○浦　私の比喩。○みるめ　海松布に「見る目」を懸ける。○かひ　貝に甲斐を懸ける。▽海の景物で構成し、相手への不信で切り返す。

題不知

463 あさましく涙に浮かぶわが身かな心軽くは思はざりしを

上総侍従

物へまかりける道に、端者のあひたりけるを問はせ侍ければ、上東門院に侍けるすまゐこそとなん申、と言ひけるをよめる

464 名聞くよりかねても移る心かないかにしてかは逢ふべかるらん

源縁法師

恋の心をよめる

465 恋ひわびて絶えぬ思ひの煙もやむなしき空の雲となるらん

民部卿忠教

女のもとへつかはしける

466 逢ふことはいつともなくてあはれ我が知らぬ命に年をふるかな

大納言経信

463 あきれることに、溢れる涙に浮いている我が身ですよ。心軽くは思ってもいなかったのに。〇涙に浮かぶ　涙は川の如くに流れるとされ、「涙川」という成語がある。→三五九・三七七。「あはれてふことに飽かねば世の中を涙に浮かぶ我身なりけり」（貫之集）のほか類例がある。〇四句　軽薄の意。相手を浮ついた気持ちで思うこと。▽「浮かぶ」と「心軽く」の連想が趣向で、涙に浮くという類型的詠法の中から着想されたもの。

464 「すまひ」という名を聞いてから、早くもあなたに引かれる我が心ですよ。いったいどうしたら逢うことができるのでしょう。〇端者　召使の女。〇上東門院　→三三八。〇すまゐ　相撲と「住まい」を重ねる。相撲は「合わす」というので、第五句の「逢ふ」が導かれてくる。「すまひ草あはする人のなければや」（実方集・連歌上句）。「住まひ」は男が女のもとに通って、一緒に住み結婚することを言う。〇かねても　逢って話す前から。〇移る　「住まひ」の縁語。▽「すまひ」という名に興じたもので、戯れ歌の一種。

465 恋に苦しんで、途切れることのない辛い思いの、その思いの火の煙があてもなく虚空の雲となるのだろうか。〇思ひの煙　「思ひ」に火を懸ける。その火の煙。〇四句　虚空の訓読語。大空の意。甲斐のないの意を懸けるか。〇雲煙が雲となると考えた。→四三五。▽火、煙、雲の一般的な取り合わせの趣向の歌で、「むなしき空」も表現としては類型的である。「限なき思ひの空にみちぬればいくその煙雲となるらむ」（拾遺・恋五・円融院）。

466 逢うことはいつとも知れず、ああ私は明日知らぬ命で年を経ることよ。〇あはれ　ああ。悲しみの嗟嘆。〇四句　明日知らぬ命の略形。「明日知らぬ我身と思へど暮れぬ間の今日は人こそ悲しかりけれ」（古今・哀傷・紀貫之）などに拠る。▽家集では「経年恋」題の歌合詠。「嘆きつつ言ひは立てじと思へども知らぬ命に年をやは経む」（経信集）。

人のもとにて、女房の長き髪をうち出だして見せければよめる

467 人しれず思ふ心をかなへなんかみあらはれて見えぬとならば　藤原顕綱朝臣

堀河院御時の艶書合によめる

468 人しれぬ思ひありその浦風に波のよるこそ言はまほしけれ　中納言俊忠

返し

469 音に聞く高師の浦のあだ波はかけじや袖のぬれもこそすれ　一宮紀伊

暮にはかならずとたのめたりける人の、二十日の月の出づるまで見えざりければよめる

470 契をきし人もこずゑの木の間よりたのめぬ月の影ぞもりくる　摂政家堀河

心がはりしたりける人のもとへ

471 目の前にかはる心を涙川流れてやとも思ひけるかな　江侍従

467 秘かに思っている私の恋心を叶えてほしいものよ。髪ならぬ神が示現して見えたというのならば。○髪をうち出だして　簾の外側に髪がこぼれ出ている。○かみ　髪と神の懸詞。○あらはれて　髪に加えて神が現れた。▽諧謔味のある即興歌。「女のもとにまかれりけるに髪洗ふ所なりとて逢はざりければ　今よりはゆふかけて来むちはやぶるかみあらはるる所なりけり」(続詞花集・雑中・藤原教通)。

468 人知れぬ恋の思いがあることを、荒磯の浦風で波が寄る、そんな夜にはぜひ打ち明けたいものです。○艶書合　→三八二。○ありその浦　荒磯の浦。越中国(八雲御抄)。富山県高岡市伏木港辺。普通名詞とも。「思ひあり」を懸ける。○四句「波の」までが序詞。「寄る」に夜を懸ける。▽前の歌に続いて人知れぬ思いの歌。「言はで思ふ心ありその浜風にたつ白波のよるぞ侘しき」(後撰・恋二・読人しらず)。

469 評判の高い高師の浦の徒(あだ)波はかけないつもりだが、有名なあなたの徒な恋心には関わりますまい。波ならぬ涙で袖も濡れると困るので。○初句　有名な。音が波の縁語。○二句　和泉国。大阪市高石市。波の高い意を含む。「和泉たかしの浜　ナミタカキニ」(和歌初学抄・所名)。○あだ波　いたずらに立って騒ぐ波。相手の浮気心の比喩。▽荒磯の浦の波に、高師の浦の徒波で巧みに切り返した。百人一首に入る。

470 約束しておいた人はやって来ず、梢の木の間から、あてにさせていたのでもない月の光が洩れてくることよ。○暮にはかならず　日が暮れたら必ず行く。○たのめたりける　期待させていた。○二十日の月の出づるまで　下弦の月の上る夜更けまで。○こずゑ　梢に「来ず」を懸ける。▽人と月の対比が趣向。発想の基に「今来むといひしばかりに長月の有明の月を待ち出でつるかな」(古今・恋四・素性法師)がある。

471 見ているうちに変っていく心を、ちょうど私の流す涙の川が流れていくように時が流れて、いずれ二人は結ばれるかと思っていたのですよ。○流れて　川の流れに時の流れを重ねる。▽心変りを見せ始めた男の行末に一縷の望みをつなぎながら恨みをかこつ。

国信卿家歌合に、初恋の心をよめる　　源　兼昌

472 今日こそはいはせの森の下紅葉色にいづればちりもしぬらめ

雪の朝に、出羽弁がもとより帰り侍けるに、をくりて侍ける　　出　羽　弁

473 送りては帰れと思ひし魂のゆきさすらひて今朝はなきかな

返し　　大納言経信

474 冬の夜の雪げの空に出でしかど影よりほかに送りやはせし

すみかを知らせざる恋といへる心をよめる　　前斎院六条

475 行方なくかきこもるにぞひき繭の厭ふ心の程は知らるゝ

世にあらん限りは忘れじと契たりける人の、久しく音せざりければよめる　　読人不知

476 人はいさありとやすらん忘られてとはれぬ身こそなき心地すれ

472 今日は打ち明けよう。岩瀬の森の下紅葉が色づくように、はっきりと表にあらわれたなら、人に知られて、紅葉が散るように恋も散ってしまうだろうけれど。〇国信卿家歌合 ↓三八七。〇二句　岩瀬森。大和国。奈良県生駒郡斑鳩町竜田。「言ふ」を懸ける。〇三句　下葉の紅葉。〇五句　世間に知れたら、恋が破れることを予想する。▽判詞で下句の時の短さを批判されたが、「歌がらのをかしう」と評価された。

473 あなたをお送りして帰って来るようにと思っていた私の魂が、行ったままさまよって今朝はなく、私は抜け殻同然です。〇三・四句　遊離魂をいう。「ゆき」に雪を添えるか。▽女性から遣わされた後朝の歌で、男性と別れた後の虚脱状態を詠む。「あかざりし袖の中にや入りにけむ我魂のなき心ちする」(古今・雑下・陸奥)。

474 冬の夜の雪もようの空の中を出て帰ったけれど、私の影以外に私を送ってくれるものなどあったでしょうか。〇雪げ　雪もよう。〇影　出羽弁の家から付いて来た経信自身の影。「鳴きつとも誰にか言はむ時鳥影よりほかに人しなければ」(詞花・夏・源俊頼)。▽後朝の贈答を魂と影とで応酬。異彩を放って、独創性に富む。

475 あなたが居場所も知らせずに閉じこもっていることで、あなたの私を嫌っている心の程度が知られますよ。〇すみかを知らせざる恋　珍しい歌題。〇行方　恋人が帰って行く場所。〇三句　一匹の蚕が作った繭。独繭。「こもる」の縁語で、「いと」の枕詞。「ひき繭のかく二籠りせまほしみくはこき垂れて泣くを見せばや」(後撰・恋四・藤原忠房)。▽「ひき繭」が、恋人の様子を歌題に従って比喩し、成功した。

476 あなたはさあどうでしょうか、平気で生きてゆけるのでしょうか。あなたに忘れられて訪れてももらえぬ我身は、死んだ心地がするのに。〇世にあらん限り　この世に生きている限り。〇初句　「人」は「あなた」、「いさ」は「さあどうか」の意の感動詞。下に「知らず」を補う。〇あり　生きている。下の「なき」に対応。▽詞書の「世にあらん限りは忘れじ」という約束を踏まえてのもの言いで、「ありとやすらん」という表現に痛烈な皮肉がこめられている。

としごろ物申ける人の、絶えてをとづれざりければつかはしける

477 はやくより浅き心と見てしかば思ひ絶えにき山川の水

題不知

478 もらさばや細谷川のむもれ水影だに見えぬ恋にしづむと

男のけふは方違に物へまかると言はせて侍りければ、つかはしける

479 君こそは一夜めぐりの神と聞けなに逢ふことのかた違ふらん

朝恋をよめる　藤原顕輔朝臣

480 梓弓かへる朝の思ひには引きくらぶべきことのなきかな

477 前からあなたの心は浅いと見ていましたので、浅い山川の水が絶えるように、もうやめたのですね。あなたはこの恋を。〇としごろ　数年来。〇初句　以前から。「はやく」は川の縁語。〇浅き　薄情な。川の縁語。〇絶え　川の縁語。〇五句　相手の男性の比喩。浅いとされた。「そこひなき淵やは騒ぐ山川の浅き瀬にこそあだ波は立て」(古今・恋四・素性法師)。▽山川を比喩に用いて、その縁語を駆使した技巧が目立つ。

478 打ち明けたいことよ。私の恋はあの細い谷川の埋れ水のように外に現れることもなく、その水に影が映ることがないように姿さえ見せないあなたへの恋に沈んでいると。〇初句　水の縁語。〇細谷川　細い谷川の意で、普通名詞。↓四。〇三句　もの陰に隠れた水。忍ぶ恋の比喩。また次の「影だに見えぬ」に状況説明のような形で続く。〇影　恋人の姿。〇しづむ　水の縁語。▽水をテーマとした、縁語仕立ての歌。

479 あなたこそが一夜めぐりの神と聞いていますよ。どうして私とは逢うことができず、方違えなどするのでしょう。〇方違　目的地に天一神がいる場合、一旦方角を変えて他所に宿ること。〇一夜めぐりの神　戦争や凶事を司り、毎日居所を変える神。陰陽道上の神で、太白神ともいう。〇五句　逢ふことの「難し」を懸ける。▽「一夜めぐり」に、男性の浮気心を喩え、あちこちの女性の所に出かけていくくせにという皮肉っぽい口吻がある。

480 あなたのもとから帰っていく朝のつらい思いには、他に比べるものとてないよ。〇初句「かへる」の枕詞。「引き」「競ぶ」(競う)が縁語。▽顕輔集では贈答歌の一部で、現実の恋での歌となっている。「慰むることこそなけれ梓弓かへる程なき今朝の恋しさ」(堀河百首・後朝恋・藤原公実)。影響歌「梓弓引きくらぶべきことぞなきもろ矢あたれる春のうれしさ」(経盛集)。

人のもとより、せめて恨みて袖のぬるゝさまを見せばや、と申ければよめる　　皇后宮少将

481 恨むとも見るめもあらじ物ゆへ（ゑ）になにかは海人の袖ぬらすらん

旅宿恋といへる事をよめる　　修理大夫顕季

482 恋しさを妹知るらめや旅寝して山のしづくに袖ぬらすとは

人の夕方まで来んと申たりければ、よめる　　一宮紀伊

483 恨むなよ影見えがたき夕月夜おぼろげならぬ雲まゝつ身ぞ

蔵人にて侍ける頃、内裏をわりなく出でゝ女のもとにまかりてよめる　　藤原永実

484 三日月のおぼろげならぬ恋しさにわれてぞ出づる雲の上より

481 いくら恨んでも逢うことなどないのに、海松布(みるめ)を採らない海人が袖を濡らすことがないように、あなたの袖がどうして濡れましょう。○せめて　非常に。○見るめ　逢う機会の意の「見る目」に、海松布を懸ける。▽男から会えずに恨んできたのを、会えないのは男のせいだから、涙を流すはずがないとした。懸詞の用法など類型的だが、拒絶の仕方が強い。参考歌「みるめかる海人とはなしに君恋ふる我衣手のかわく時なき」(拾遺・恋一・読人しらず)。

482 私の恋しく思う気持を妻は知っているだろうか。旅寝して山の雫に袖を濡らすように、涙で袖を濡らしているとは。○二句　万葉調。ただし古今集にも例がある。○四句　涙を比喩。万葉集に三例。「あしひきの山のしづくに妹待つと我が立ちぬれぬ山のしづくに」(万葉集・巻二・大津皇子)。▽万葉表現に拠った歌だが、語だけでなく内容も万葉の羇旅歌的である。

483 恨まないで下さい。夕月夜で月が見にくいように、今夕は逢い難く、月がはっきりと雲の切れ目から出るのを待つように、首尾よく逢える機会を待つ身なのです。○まで　「まうで」の略形。やって来るの意。○二句　影に自分を比喩し、逢えないことを暗示。○四句　ひととおりでない。月の縁語。○雲ま　雲の絶え間。▽夕方にやって来るという男の申し出を断った歌。おそらく交際は始まったばかりなのであろう。まだ男の愛を受け入れるにまで至っていないのである。

484 並々でないあなたへの恋しさのために、三日月が割れて雲から出るように、無理に心を砕きつつ宮中から出て来ました。○蔵人　天皇側近で秘書的役割の官。○わりなく　無理して。○初句　「おぼろげ」を導く。「われて」以下にもつながる。○おぼろげならぬ　→四八三。○われて　三日月が割れている様子に、「無理をして」「心を砕いて」の両意を懸ける。詞書の「わりなく」に対応。○雲の上　月のある場所に内裏の意を懸ける。▽「思へばぞ月のわれても出でつらむかばかり騒ぐ雲の上より」(古今六帖・一・雑の月)。

周防内侍したしくなりて後、ゆめ〳〵このこともらすなと申ければよめる　源信宗朝臣

485 逢はぬ間はまどろむことのあらばこそ夢にも見きと人に語らめ

題不知　左京大夫経忠

486 人しれずなき名は立てど唐衣かさねぬ袖は猶ぞつゆけき

人を恨みてよめる　大中臣輔弘女

487 あぢきなく過ぐる月日ぞ恨めしきあひ見し程をへだつと思へば

三井寺にて人〳〵恋歌よみけるに、よめる　僧都公円

488 つらしとも思はん人は思ひなん我なればこそ身をば恨むれ

かたらひける女のもとにまからんと申けれど、さはることありてまからざりければ、五月雨の頃送りて侍りける　読人不知

489 五月雨の空だのめのみひまなくて忘らるゝ名ぞ世にふりにける

485 逢っていない時は、うとうととするようなことがあるなら、夢の中でもあなたに逢ったと人に話しもしましょうが。○初句　一人でいる時。恋人のことを思って、まどろむなどない。▽四六時中まどろむことすらない恋人への思いを、仮定表現で切実に訴え、口外しないことを約束する。「見えぬまでまどろむことの難ければ我もはかなき夢をだに見ず」(和泉式部続集)。

486 あなたには知られずに、根も葉もない評判は立ってしまったけれど、衣を重ねて共寝をしていない我袖は、やはり涙で濡れているよ。○人　相手の人。○三句　「立て(裁て)」と縁語。○▽片思いで、噂だけが先行したための一層つのる恋心の悲しみが詠まれている。影響歌「いたづらにうき名は立ちて唐衣重ねぬ袖や朽ちてはてなむ」(嘉元百首・実冬)。

487 逢えずにやるせなく過している月日が恨めしいことよ。あなたに逢った時を遠くへと隔てると思うと。○初句　なかなか逢えず思うようにならない作者の心情表現。○四句　この前二人が逢った時。▽長い間逢瀬のないことを恨んだ詠。「あぢきなく」に作者の辛い心情が窺える。「立ちかはる春の霞ぞ恨めしき逢ひ見ぬ年をへだつと思へば」(永久百首・経年恋・大進)。

488 あなたを冷たい人だと思う人は、きっとそう思うだろう。私だからこそ我身を恨んでいるのですよ。○三井寺　近江国。滋賀県大津市園城寺。天台宗寺門派総本山。和歌活動が盛んであった。○つらし　薄情だ。相手のこと。○四句　私だからこそ。「思はん人」に対比。▽我は自分のせいと我身を恨み責めるというポーズだが、本音は相手の薄情さを嘆いている。

489 五月雨の降る空が止まないように、あなたのいい加減な約束ばかりが続いて、あなたに忘れられた評判ばかりが世間に広まりましたよ。○さはること　さしさわり、障害。○二句　あてにならぬ約束。「五月雨の空……」と続く。○三句　五月雨と、空だのめの続く様を重ねる。○ふりにける　五月雨が降る様と、評判が広まり渡る様。▽五月雨の降る中、男性への不信感を言い送った。「ひまなくて」からすると、男が訪れるのを取りやめたのは常のことか。

返し　　左兵衛督実能

490 忘(わす)られん名(な)は世にふらじ五月雨(さみだれ)もいかでかしばしをやまざるべき

題読人不知

491 雨雲(あまぐも)のかへしの風(かぜ)の音(をと)せぬはおもはれじとの心(こゝろ)なるべし

492 あしひきの山(やま)のまに〳〵たふれたるからきは一人(ひとり)ふせるなりけり

493 み熊野(くまの)に駒(こま)のつまづく青(あを)つゞら君(きみ)こそ我(われ)がほだしなりけれ

494 こり積(つ)むるなげきをいかにせよとてか君(きみ)にあふごの一筋(ひとすぢ)もなし

490　私に忘れられるという評判など、世間に立ちますまい。五月雨だって、どうして少しも降り止まないことがありましょうか。○五句「をやむ」はちょっと止む意。▽五月雨が止まないことはないというのは、止んだら行きましょうと暗に言っているのである。そうしたら「忘られん名」など立つわけがないと、恋人を慰撫。

491　雨雲を吹き返す風が音立てて吹かないのは、晴れないということだろうが、返しの手紙が来ないのは、私に思われたくないというあなたの心なのでしょう。○二句　雨雲を返す風。西風。○四↓五五。返事の意。○三句　返事が来ない。○四句　空が「晴れじ」の意に、「思はれじ」の意を懸ける。▽後拾遺集頃から流行した「返しの風」に、返書を比喩。以下の「読人不知」歌群はユニークな技巧の作が続く。俊頼の創作か。

492　山のどこにでもある倒れ伏した枯木、その枯木ではないが、つらいのはそのように横たわって一人寝することだよ。○二句　山のどこにでもの意。○三句　底本「れ」脱。○からき　枯木。「枯加良木」(新撰字鏡)。「辛き」(つらい意)を懸ける。「足引の山をさかしみ弓作るからきの枝を杖にきりつつ」(古今六帖・つゑ)。○ふせる　底本「ふるよ」。▽「からき」という比較的珍しい歌語の懸詞。

493　熊野の道で駒がつまずく青つづらのように、あなたは私のほだしとなって心をしばることよ。○初句　↓三六五。○つまづく　底本「つめつま」。○三句　青葛。蔓性の低木。蔓に馬の足が絡まる。○ほだし　馬の足をつなぐ縄。手かせ足かせ。▽拾遺集(雑恋・読人しらず)に、初句「みかりする」で入る。「送れとて添ふる心や道すがら駒のつまづくはしとなるらむ」(散木奇歌集)。

494　伐り集めた薪をどうせよというのか、それを荷う朸(おうご)がないように、積もった嘆きをどうせよというのか、あなたに逢う時が一度もないことよ。○こり　「伐り」と「凝り」。○なげき　投げ木(薪)と嘆き。○あふご　朸。天秤棒。「逢ふ期」。○一筋　一本。▽「あふごなき身とは知る知る恋すとて嘆きこり積む人はよきかは」(後撰・恋六・読人しらず)。

495 津の国のまろやは人をあくた川君こそつらき瀬ゞは見えしか

496 あふみてふ名は高島と聞ゆれどいづらはこゝにくるもとの里

497 笠取の山に世をふる身にしあれば炭やきもをるわが心かな

498 あふごなき物と知る〳〵なににかはなげきを山とこりは積むらん

499 はかるめる言のよきのみ多かれば空なげきをばこるにやあるらん

495 摂津の国の丸屋、その名のまろ(我)は、芥川の名のようにあなたに飽くことがあろうか。あなたこそ、しばしば薄情な時が見受けられたよ。○まろや　丸屋、粗末な小屋の意。蘆などで作った。摂津は、蘆の名所。我の意の「まろ」を懸ける。○三句「飽く」を懸ける。○瀬々「折々」の意。川の縁語。▽「人をとくあくた川てふ津の国のなにはたがはぬものにぞありける」(拾遺・恋五・承香殿中納言)。

496 あなたに逢う身という評判は、近江の高島の名のように高く聞こえていますが、ここに来るという近江の栗本の里はどこにあるのでしょう。○あふみ「逢ふ身」と近江の懸詞。○高島「高し」を懸ける。○くるもと　栗本。近江国。滋賀県。旧栗太郡。草津市・栗東市と大津・守山の各市の一部に及ぶ。「来る」を懸ける。▽訪れのない男を地名に寄せて誹った。「あふみてふ名は高島にたてれどもいづらはここにくる本の里」(御所本遍照集)。

497 炭竈のある笠取山に住んで世を過している身なので、炭焼く人がいるような焼け焦がれる我が心であるよ。○笠取の山　山城国。京都府宇治市。炭の産地。「炭竈　大原山・ヲノ山・カサトリ山」(和歌初学抄・読習所名)。▽炭焼きに恋の炎を比喩。笠取山の炭を詠んだ実例は珍しい。地名を詠む恋歌が連続。

498 朸(おうご)がないのに投木(薪)を伐り積むように、逢う時がないのを知りながら、どうして嘆きを山のように積んでいるのだろうか。○あふご・なげき→四九四。▽四九四・四九九と同じ技巧に拠る歌。「あふごなきなげきの積もるくるしさを負へかし人のこりはつるまで」(待賢門院堀河集)。

499 私を欺くような甘言ばかりが多いので、斧で投木を伐るという言葉のように、私は嘆いているふりを凝り集めるのでしょうか。○はかる　だます。○よき　斧(よき)に「良き」を懸ける。○空なげき　嘆くふりをすること。和歌にはないが、源氏物語(真木柱)に見える語。投木(薪)と嘆きの懸詞。○こる「伐る」と「凝る」の懸詞。▽四九四・四九八の懸詞に「斧・良き」が加わった。

500 逢ふことの今はかたみの目をあらみもりて流れんなこそ惜しけれ

501 逢ふ事はかたねぶりなるいそひたひひねりふすともかひやなからん

502 逢ふ事のかたのに今はなりぬれば思ふがりのみ行くにやあるらん

503 近江にかありといふなるかれい(ひ)山君は越えけり人と寝ぐさし

504 逢ふ事はながめふるやの板廂さすがにかけて年の経ぬらん

500 逢うことが今は難しくなって、ちょうど筐の目が粗いため菜が洩れて流れるように、私の評判が洩れて広がるのが口惜しいことです。○かたみ　筐。籠の一種。「難み」を懸ける。○な　「菜・名」の懸詞。▽菜摘みで二つの懸詞が技巧。「逢ふ事の今はかた野に食(は)む駒は忘れ草にぞなつかざりける」(三奏本金葉・恋、玄々集・交野女)。「我が涙忘れがたみの目をあらみ年つみあへずもりもこそすれ」(顕綱集)。

501 歌意不詳。(試訳)逢うことは難しく、一人寝で熟睡もできないが、反転して寝ても逢える甲斐はないだろうか。○かたねぶり　うたたね。「難し」の意。○三句　鯛の干物。磯と額は冠の部分名。磯の波のような皺の額など諸説。「ひねりふす」とつながり不明。「老の波いそひたひにぞよりにけるあはれ恋しきわかの浦かな」(梁塵秘抄・巻二)。○ひねりふす　反転して横になる。○かひ　甲斐と貝の懸詞。貝は磯の縁語。

502 今はなかなか逢ってくれなくなったので、交野に狩をしに行くように、あなたは思っている人のもとにばかり行っているのでしょうか。○かたの　交野。→二八三。狩場。○がり　「…のもと」の意に「狩」を懸ける。▽「逢ふ事の今はかたのとなりぬればかりに問ひ来し人も問ひ来ず」(元永元年内大臣家歌合・藤原道経)。

503 逢ふ身という名の近江にあるとかいう餉山を、あなたは越えた。私のもとから去って別の人と寝たようだ。○近江　「逢ふ身」を懸ける。○三句　餉山。近江国。滋賀県甲賀市信楽町。飯道山。「離(か)れ」を懸ける。○寝ぐさし　寝臭し。▽寝ぐさしという口語的用法が特徴。「近江にかありといふなるみくりくる人くるしめのつくまえの沼」(後拾遺・恋一・藤原道信)。

504 逢えずにもの思いにふけって、長雨が降る古屋に板庇をかけて年を経るように、それでもあなたに思いをかけて年を過ごすようだ。○二句「ながめ」は「な」に「無」の意、もの思いの眺めと長雨の懸詞。「ふるや」は古屋に「降る」。底本「なかめふるにや」。○板庇　「久し」を懸ける。○かけて　「庇をかける」と「思ひをかける」。▽「一人のみながめふるやのつまな

505 かしかまし山の下ゆくさゞれ水あなかま我も思ふ心あり

506 ぬす人といふもことはりさ夜中に君が心をとりに来たれば

507 はなうるしこやぬる人のなかりけるあな腹黒の君が心や

前斎院六条

寄石恋といふ心をよめる

508 逢ふ事をとふ石神のつれなさにわが心のみ動きぬるかな

源　雅　光

摂政左大臣家にて、恋の心をよめる

509 数ならぬ身をうぢ川のはし〳〵と言はれながらも恋ひわたるかな

れば人をしのぶの草ぞ生ひける」(古今・恋五・貞登)。

---

505 やかましいことよ。山の麓を流れる細れ水のようなあなたは。静かにしてくれ、私にも考えがあるのだ。○三句　細い流れ。恋人の比喩とも世間の評判とも考えられる。○あなかま　静かにと制する語。▽「音無しの山の下行くささら波あなかま我も思ふ心あり」(伊勢集)。

506 盗人と言うのももっともなことだよ。夜中になってあなたの心を取りに来たのだから。○ぬす人　泥棒。▽「心を取る」に寄せて「ぬす人」という語を用いたのが趣向。「門立てて戸は鎖(さ)したれどぬす人の掘れる穴より入りて見えけむ」(万葉集・巻十二)。

507 おやこれは花漆を塗る人がいなかったのでしょうか。寝た人がいないなどと、腹黒く汚いあなたの心よ。○初句　花塗漆。黒漆塗の上に透漆をかけ光沢を出す。○ぬる　「塗る」に「寝る」を懸ける。○腹黒　漆の色に寄せる。花漆をかけないので黒にも光沢がなくて汚い。▽「ぬる」の懸詞によって漆を詠んだのが趣向。「仲実　白妙にしれても見ゆる男かな　付く腹黒しとは名を得たれども」(散木奇歌集)。

508 逢うことがかなうかどうか占う石神の反応のなさに、私の心だけが動いたよ。○とふ　問う、占う。○石神　石に神霊がこもると考えた民間信仰。奇石、石剣などを対象とする。「神…イシ神」(和歌初学抄・物名)。○動き　心が動揺する。おそらく何かしるしがあれば石神が動いたのであろう。▽「寄石恋」という歌題から、石神という素材を選んだ点に機知が窺える。影響歌「逢ふことをとふ石神の揺るがねば得がたき恋とそらに知られぬ」(為忠家初度百首・卜恋・藤原為業)

509 ものの数にも入らない我身をつらく思って、あの宇治川の橋ではないが、はしくれと言われながらも恋いつづけることよ。○摂政左大臣　↓九二。○うぢ川　↓二四〇。憂を懸ける。○はし〲　端々、とるにたりぬもの。橋を懸ける。○わたる　橋の縁語。▽「はし〲」が独特の用語。「数ならぬ身をうぢ川の網代木に多くの

恋の歌十首人〳〵よみけるに、来れども留まらずといへることをよめる　　修理大夫顕季

510 玉津島岸うつ波のたち返りせないでましぬなごり寂しも

恋の歌とてよめる　　春宮大夫公実

511 逢ふことは船人弱み漕ぐ船のみをさかのぼる心地こそすれ

顕仲卿女

512 心からつきなき恋をせざりせば逢はでやみには惑はざらまし

見かはしながら恨めしかりける人によみかけゝる　　内大臣家小大進

513 かくばかり恋の病は重けれど目にかけさけて逢はぬ君かな

摂政左大臣家にて、時〳〵逢ふといふことをよめる　　源顕国朝臣

514 わが恋は賤のしけ糸すぢ弱み絶えまは多くゝるは少なし

ひをも過ぐしつるかな」(拾遺・恋三・読人しらず)。

---

510 玉津島の岸を打つ波が寄せては返すように、我が夫は立ち帰ってしまった。名残寂しいことよ。○玉津島　紀伊国。和歌山市和歌浦の玉津島神社周辺。万葉集に五例。○せな　夫または男。「若詠男時…又せなと云」(喜撰式)。和歌初学抄(物名)は男・夫に「セナ」とする。万葉語。○なごり　余波。波の縁語。○寂しも　万葉調。▽全体万葉風。「わたの原寄せ来る波の立ち返り見まくもほしき玉津島かな」(新撰和歌・恋)。

511 あなたに逢うことは、船頭の弱い力で漕ぐ船が流れを溯るように、大変に難しい気がします。○みを　水脈。船の通路。▽「堀江より水脈さかのぼる楫の音の間なくそ奈良は恋しかりける」(万葉集・巻二十)に基づく。

512 我が心からあてのない恋などしなかったならば、このようにあなたに逢えないで、月のない闇に惑うようなことはなかったろうに。○つきなき　手がかりのない。「月無き」を懸ける。○やみ　「月無き」に寄せた。底本「やま」。▽「つきなき」の用法が趣向。参考歌「世の中になほ有明のつきなくてやみに惑ふを問はぬつらしな」(後撰・恋六・読人しらず)。

513 これほどに恋の病は重いのだけれど、目を合わすのを避けて逢ってくれぬあなたよ。○見かはし　男女が逢う。○恨めし　訪れが絶えたため。○初句　秤を詠み込む。○重けれど　秤の縁語。○四句「さけて」は、避けてか。「下げて」で、見下す意か。「目」(秤の目盛)、「かけさぐ」は秤の縁語。▽秤の縁語が趣向。「はかりに寄する恋といふことを」という詞書を示す写本もある。「会ふばかりなくてのみふるわが恋を人目にかくることのわびしさ」(後撰・恋六・読人しらず)。

514 私の恋は、賤のしけ糸の繊維が弱くて切れ易く繰り難いように、すぐに訪れも途切れて、来ることは少ないことです。○摂政左大臣↓四三。○賤のしけ糸　絓(けし)糸。繭の上皮からとった粗末な糸。○すぢ　繊維。○絶えま　糸が切れることに訪れの途切れることを寄せる。○

恋歌人〳〵よみけるに、よめる

515 あさましやこは何(なに)事のさまぞとよ恋(こ)ひせよとても生(む)まれざりけり

源俊頼朝臣

くる「繰る」と「来る」の懸詞。▽同一歌題が忠通集に存する。影響歌「我が恋は賤のしけ糸くりかねていかなるふしに思ひ絶ゆらん」(新撰六帖・糸・藤原家良)。

515　あきれたことだ、これは一体何事のありさまだと言うのか。恋をせよといって生まれてきたわけでもなかったのだよ。○初句 →六四。○こは　これは。今の我が身。▽影響歌「空だのめ絶えて幾世になりぬらむ恋せよとても生まれたる身か」(拾玉集)。恋に苦しむ生の悔恨。巻末歌として恋を総括している趣がある。和泉式部の釈教歌(六四四)に拠ったのは、恋を罪障として意識することを暗示するか。

金葉和歌集巻第九　雑部上

むかし道方卿(みちかた)に具(ぐ)して筑紫(つくし)にまかりて、安楽寺に参(まゐ)りて見侍(はべり)ける梅の、わが任に参(まゐ)りて見ければ、木の姿(すがた)はおなじさまにて花の老木(おひき)にてところ〴〵咲(さ)きたるを見てよめる

大納言経信(つねのぶ)

516 神垣(がき)にむかしわが見し梅(むめ)の花(はな)ともに老木(おひ)となりにけるかな

山家鶯(ノ)といへる事(こと)をよめる

摂政左大臣(せつしやうさだいじん)

517 山里(やまざと)もうき世のなかを離(はな)れねば谷(たに)の鶯(うぐひす)ねをのみぞ鳴(な)く

雑上一巻。嘆老、述懐を主内容とし、旅宿、山家、絶恋などのほか、宮廷内での機知的応酬など多彩な内容を示す。

516　この神社の垣に、昔私が見た梅の花は、私が老いるのとともに老木になったことだよ。○道方卿に具して　道方は経信の父。長元二年(一〇二九)一月二十四日大宰権帥。経信十四歳。○安楽寺　福岡県太宰府市宰府。太宰府天満宮の神宮寺。○わが任　経信は大宰権帥に任官し、嘉保二年(一〇九五)七月に筑紫下向。この歌は翌永長元年春、経信八十一歳の時の作。○むかしわが見し梅　経信集の詞書に「往年参㆓安楽寺聖廟㆒、望㆓砌下梅花㆒、……今臨㆓暮年㆒又対㆓此花㆒」とある。▽経信集によれば、安楽寺の別当阿闍梨に送られた歌とされる。六十年余を経て再会した梅を見ての老いの感慨が主題。参考歌「昔見し松は老い木になりにけり我が年経たるほども知られて」(山家集)。編者俊頼にとっての、父と祖父への記念碑的意義を担って巻頭に配された。

517　山里もつらい俗世を離れているのではないので、谷の鶯はもの憂いまま声を立てて鳴いているよ。○初・二句　山里は憂き世から逃れる所とされている。「山里は物のわびしき事こそあれ世の憂きよりは住みよかりけり」(古今・雑下・読人しらず)。○鶯　「憂(し)」を懸ける。▽山里を憂き世の外とする通念に対して、この歌では山里も憂き世の中と見ている点に特色がある。「春立てど花も匂はぬ山里はもの憂かる音に鶯ぞ鳴く」(古今・春上・在原棟梁)。「谷の鶯」に不遇な我が身を寓するか。

円宗寺の花を御覧じて、後三条院御事などおぼし出でてよませ給ける
三宮

518 植へをきし君もなき世に年へたる花はわが身の心地こそすれ

花見御幸を見て妹の内侍のもとへつかはしける
権僧正永縁

519 ゆくすゑのためしと今日を思ふともいまいくとせか人に語らん

返し
内侍

520 いく千世も君ぞ語らん積りゐておもしろかりし花のみゆきを

大峰にて思ひがけず桜の花を見てよめる
僧正行尊

521 もろともにあはれと思へ山ざくら花よりほかに知る人もなし

518 植えおいた君も亡くなってしまったこの世に、何年も過ごしてきた花は、ちょうど父を失った我が身のような気がするよ。〇円宗寺　京都市右京区御室堅町・同小松野町付近。後三条天皇の御願寺。後三条天皇陵がある。〇後三条院御事　延久五年(一〇七三)の崩御。作者三宮は後三条天皇皇子輔仁親王。〇君　後三条天皇。▽主を失った円宗寺の花に、父を失った作者の身を重ね合わせて、悲哀を感じている。「植ゑおきし人なき宿の桜花にほひばかりぞ変はらざりける」(後拾遺・春上・読人しらず)。

519 将来へのめでたい例と今日の御幸を思うとしても、私はこのあと何年、今日のことを人に語れようか。〇花見御幸　→三〇。永縁は翌年七十八歳で没。〇妹の内侍　前斎宮内侍。媞子内親王家女房かとされる。▽四句の心情表出に、深い老年の感慨が読み取れる。慶事を祝いつつも、老いの嘆きがある。「籬(まがき)なる花につけても思ふかな今いくとせの秋か見るべき」(清輔集)。

520 この後、幾千年もあなたは語りつづけるでしょう。多く積もった歳月を過ごした上で、素晴らしかったこの花見御幸のことを。〇三句「積り」は歳月が積もる意。御幸の「ゆき(雪)」と縁語。▽五一九で「いまいくとせか」と短い老い先の不安を訴えたのに対し、「いく千世」と兄の長寿を予祝した。

521 私とともに互いをいとしいものと思ってくれ、山桜よ。花のほかには、この山奥では知った人もいないのだよ。〇大峰　奈良県吉野郡。大峰山脈全体、または山上ヶ岳のみを表すこともある。修験道の霊場。〇初・二句　私が山桜に思うと同じく、山桜も私に対して、「あはれ」と思え、の意。▽行尊大僧正集では、「折りふせて後さへ匂ふ山桜あはれ知れらん人に見せばや」に続いており、花に語りかけるしかすべのない修行時の孤独な作者の姿が思い浮かべられる。寛治元年(一〇八七)春の詠か。「狩らねどもまだ山なれぬ山伏ぞあはれと思へ群れ立てる鹿」(行尊集)。百人一首に入る。

堀河院御時、殿上人あまた具して花見に歩きけるに、仁和寺に行宗朝臣ありと聞きて、檀紙やあると尋ねはべりければ、つかはすそばに書き付けける

522 いく年に我なりぬらんもろ人の花見る春をよそに聞きつゝ

源行宗朝臣

山里に人ゝまかりて、花の歌よみけるによめる

523 みな人は吉野の山のさくらばなおりしらぬ身や谷の埋もれ木

源　定信

後三条院かくれおはしまして、又の年の春さかりなりける花を見てよめる

524 昨年見しに色もかはらず咲きにけり花こそ物はおもはざりけれ

左近府生秦　兼方

司召のころ、羨ましきことのみ聞えければよめる

525 年ふれど春にしられぬ埋もれ木は花の都にすむかひぞなき

藤原顕仲朝臣

522　すでに何年に、私はなっただろうか。多くの人が花見に興じる春を他人ごとと聞き続けて。○堀河院御時　→一。○仁和寺　京都市右京区御室大内。○行宗朝臣　行宗は嘉保二年(一〇九五)ごろ散位。堀河天皇崩御の嘉承二年(一一〇七)七月までの詠。○檀紙　檀(まゆみ)、又は楮(こうぞ)で作った厚手の白い紙。陸奥国紙(みちのくにがみ)。○四・五句　官位の不遇を比喩。▽無官で何年かを仁和寺ですごしている作者の訴嘆を詠む。「春来れど花に知られぬ埋れ木は花見る人をよそにこそ聞け」(実方集)。

523　人々は皆、吉野の山の桜の花のように晴々と華やいでいるが、その花の咲く折も知らず、花を手折ることもない我が身は、谷の埋れ木だよ。○初句　下句の「身」と対比する。○二句　→二九。桜の名所。人々の華やかなことへの比喩。○おりしらぬ　華やぐ時と手折ることを、ともに知らない意を表す。「をり知らぬ我が身なれども梅の花まだかばかりの匂ひをば見ず」(行尊集)。▽人々を桜花、我が身を谷の埋れ木として、不遇の身の述懐を詠む。

524　昨年見たのと、色も変わらないで咲いたことよ。花というものは悲しみなどというものを思わないのだなあ。○又の年　承保元年(一〇七四)。→五二八。○二・三句　「古里となりにし奈良の都にも色は変はらず花は咲きけり」(古今・春下・平城天皇)。▽悲しみと無縁の桜を羨みつつ、作者はさらに悲しみにくれる。袋草紙で「後拾遺究竟之歌三首漏」のうちの一首。「深草の野辺の桜し心あらば今年ばかりは墨染めに咲け」(古今・哀傷・上野岑雄)。

525　何年を過ごしても、春に縁のない埋れ木のような私は、晴やかなこの花の都に住んでいる甲斐などないことよ。○司召　春の除目(じもく)で、地方官の任官とされるが(→二三一・三四・三四九・五二六)、京官についても行われた(→六〇二・六〇三)。○羨ましきこと　周りの者などの昇進。○初・二句　何年も、司召に洩れている状態。○四句　後拾遺集初出の語。花ざかりと同時に華やかな都の意。○かひぞなき　花の都にいながら我が身は花咲くことがないからである。▽五二三とほぼ同想の述懐歌。「春ごとに忘られにける埋も

526 蔵人下りて臨時祭の陪従し侍りけるに、右中弁伊家がもと
に遣ける

藤原惟信朝臣

山吹もおなじ挿頭の花なれどくもゐの桜なをぞこひしき

隆家卿大宰帥にふたゝびなりて、のちのたび香椎社に参り
たりけるに、神主ことのもとと杉の葉をとりて帥の冠りに
挿すとてよめる

神主大膳武忠

527 ちはやぶる香椎の宮の杉の葉をふたゝびかざすわが君ぞきみ

源心座主になりて初めて山に登りけるに、休みける所にて
歌よめと申ければよめる

良暹法師

528 年をへてかよふ山路はかはらねど今日はさかゆく心地こそすれ

藤原基清が蔵人にて冠り賜はりて下りにければ、又の日つ
かはしける

藤原家綱

529 思ひかね今朝は空をやながむらん雲のかよひぢ霞へだてゝ

れ木は花の都を思ひこそやれ」(後拾遺・雑三・源重之)。

526　山吹も同じ挿頭の花だが、蔵人の頃舞人として挿した宮中の桜がやはり恋しいよ。○蔵人下りて　六位の蔵人の任が解かれ、殿上を下りて。巡爵。○臨時祭　臨時に行う祭。特に三月中の午日の石清水社、十一月下の酉日の賀茂社の祭を指す。○陪従　祭の東遊(あずまあそび)・御神楽での楽人・歌人。○初・二・三句　陪従は山吹を挿頭とした。「臨時祭、使藤花、舞人桜花、試楽日挿㆓小竹㆒、陪従山葺(やまぶき)」(西宮記)。○四句　宮中の桜と、舞人の挿頭の桜。▽底本作者「藤原雅信朝臣」。「同臨時祭使つとめて侍りける時、としごろ舞人加陪従などしけることを思ひ出でて…　君見ずや桜山吹かざしきて神のめぐみにかかる藤波」(続古今集・神祇・藤原隆信)。

527　この神威ある香椎の宮の杉の葉を、ふたたび冠に挿す我が君よ、君。○大宰帥にふたゝび　藤原隆家の再度の帥赴任は長暦元年(一〇三七)―長久三年(一〇四二)。○香椎社　筑前国。福岡市東区香椎。○ことのもと　昔からの習慣。○初句　神にかかる枕詞。神威ある意を含むか。ここでは「香椎の宮」にかかる。▽隆家再度大宰帥任官を、神木の杉の神威によって祝った歌。「ちはやぶる香椎の宮の綾杉はいく世か神のみそぎなるらむ」(檜垣嫗集)。

528　何年にもわたって通っている、この比叡の山路は変わらないが、今日はこの坂道を登ることで、一層栄えてゆく気持ちがすることよ。○源心　永承三年(一〇四八)八月二十四日天台座主。○山　比叡山。→四五九。○さかゆく　「坂行く」に「栄行く」を懸ける。「今こそあれ我も昔は男山さか行く時もあり来しものを」(古今・雑上・読人しらず)。▽源心の意を汲んで、天台座主就任への祝意を表した。

529　思いにたえ切れずに、今朝は空をながめて、物思いにふけっているのだろうか。天上への雲の通り道が霞で隔たっているように、殿上をはるかに離れてしまって。○蔵人　六位蔵人。○冠り賜はりて下り　従五位下となり(巡爵)、殿上を下りる。→五二六。○初句　殿上を下りる寂

一品宮天王寺に参らせ給て、日ごろ御念仏せさせ給けるに、御供の人〻住吉に参りて歌よみけるによめる

源俊頼朝臣

530 いく返り花さきぬらん住吉の松も神代のものとこそきけ

田家老翁といへる事をよめる

中納言基長

531 ますら男は山田の庵に老ひにけりいまいく千代にあはむとすらん

仁和寺にすませ給けるころ、いつまでさてはなど都より尋ね申たりければよませ給ける

三宮

532 かくてしもえぞ住むまじき山里の細谷川のこゝろ細さに

大峰の生の岩屋にてよめる

僧正行尊

533 草の庵なにつゆけしとおもひりん漏らぬ岩屋も袖はぬれけり

しさに堪え切れず。〇四句　天上への道に殿上を懸ける。▽基清の寂しさを思いやった歌。

530　まれに花が咲くという松が何回咲いたことだろうか。この住吉の松も神代からのものと聞いているよ。〇一品宮　後三条天皇皇女聡子。〇天王寺　大阪市天王寺区四天王寺。その西門は極楽浄土の東門に通じるという信仰があった。聡子は延久五年(一〇七三)二月二十日に後三条天皇・陽明門院に伴っての天王寺御幸があるが(栄花物語・松のしづえ)、別の時か。〇住吉　住吉大社。→八六。〇初・二句「松花之色十廻」(新撰朗詠集・帝王)に拠る。〇四句　松も住吉の神と同じく神代からのもの。▽古代から続く住吉大社を讃えた。「我問はば神代のこともこたへなん昔を知れる住吉の松」(拾遺・神楽歌・恵慶)。「遥なる君が御幸に住吉の松に花咲くたびとこそ見れ」(栄花物語・松のしづえ・一品宮女房)。

531　たくましい農夫は、山田の庵で農事にはげむうちに年老いてしまったよ。この後、何度実りの秋に会うことだろうか。〇田家老翁　経家集・拾玉集などに同題がある。〇ますら男　万葉語。好忠、伊勢大輔の歌を早い例として、院政期に流行した語。〇山田の庵　後拾遺集頃から用いられる語。歌題の田家に応ずる。〇千代　流布本本文「秋」によって解釈した。農夫にとって実りの時として、秋が相応しい。▽後拾遺集時代から院政期にかけての田園趣味による歌。

532　このようにして住みつづけることはできそうにありません。この山里を流れる細谷川のように、心細くて。〇仁和寺　→五三三。〇四句「細谷川」は普通名詞。「こゝろ細さ」の序詞。仁和寺辺の景を示す。→四・四七八。▽侘びしい住まいの心細さに堪えられないと詠み、知人の来訪を願う。「思ひやれ訪ふ人もなき山里のかけひの水の心細さを」(後拾遺・雑三・上東門院中将)。

533　これまで、草の庵ばかりをどうして露に濡れると思ったのだろう。雨露の漏らない岩屋でも、涙の露で袖は濡れるのだったよ。〇大峰　→五三一。〇四句　草葺のように雨露が漏れるはずがない岩屋。▽行尊には、こうした深山での修行の厳しさによる辛苦を訴えた作品が多い。

良暹法師うらむることありけるころ、睦月の一日に詣で来て、また久しく見えざりければつかはしける

534 春の来しその日つらゝは解けにしをまた何事にとゞこほるらん

律師慶範（きやうはん）

対レ山待レ月といへる事をよめる

535 この世には山の端いづる月をのみ待つことにてもやみぬべきかな

藤原正季（まさすゑ）

山家にて有明の月を見てよめる

536 木の間もる片割れ月のほのかにもたれか我身を思ひいづべき

僧正行尊

宇治前太政大臣（うぢのさきのだいじやうだいじん）の、時の歌よみを召して月の歌よませ侍けるにもれにければ、公実卿（きんざね）のもとに言ひつかはしける

537 春日山みねつゞきてる月影にしられぬ谷の松もありけり

源師光（もろみつ）

僧都頼基（らいき）光明山に籠りぬと聞きてつかはしける

538 うらやまし憂き世をいでていかばかり隈なき峰の月を見るらん

橘能元（よしもと）

「みたけの笙の岩屋にこもりてよめる　寂莫(じゃくまく)の苔の岩戸のしづけきに涙の雨の降らぬ日ぞなき」(新古今・釈教・日蔵上人)。

---

534 春が来たその日に、氷が解けるようにあなたはうちとけてやってきたが、またどうしたことで、氷が張るように、仲が冷えて訪れがとだえているのだろうか。○睦月の一日　元旦と同時に立春(＝解氷)。○二・三句　立春の解氷に、良運がうちとけたことを懸ける。「雲の上にさばかり射しし日影にも君がつららは解けずなりにき」(後拾遺・恋一・藤原公成)。○とゞこほる「凍る」と「滞る」が懸詞。▽立春解氷を人の心の状態によそえた。「とどこほるほどをぞ嘆く雪積もり解くるたよりの跡を待つ間に」(明王院旧蔵本系定頼集)

535 この世では、夜に山の端を出る月ばかりを待って、闇のうちに一生を終えてしまいそうだよ。○対山待月　↓二四。○初句　世に夜の懸詞。○二・三句　この世での迷妄を拭う真如の月を寓するか。○五句　「止み」に闇を添えるか。▽内容的には、釈教歌。不遇への述懐歌とも。「この世だに月待つほどは苦しきにあはれいかなる闇に惑はむ」(詞花・雑下・源顕仲女)。

536 木の間を漏れくる半月の光がほのかなように、かすかでも、誰が私の身を思い出してくれるだろうか。○二句　通常、七、八日頃の月で夜半に沈み、有明月と不整合。正しくは「われたる月の」(行尊集一写本)で二十日過ぎの月か。ここまでが序詞。▽山林修行の孤独を詠む。

537 春日山の峰づたいに照る月光の威光を受けず、知られない谷の松のような私もいるのです。○宇治前太政大臣　↓三五。○時の歌よみ　その時代の代表的歌人。○春日山　↓二〇四・三三。麓の春日大社に藤原氏の氏神を祭り、藤原氏を示唆する。松を多く詠む。○四・五句　召しに漏れた作者の比喩。▽選に漏れた身の述懐。「江帥集」は、初句「三笠山」。大江匡房の同時詠「ふるさとに今夜の月のかくしあらば錦を着ても帰るばかりぞ」に刺激されて詠んだとする。

538 羨ましいことよ。この憂き世を逃れて、光明山で、どれほど曇りない峰の月を見ているだ

返し

539 もろともに西(にし)へや行(ゆ)くと月影(かげ)の隈(くま)なき峰(みね)をたづねてぞ来(こ)し

僧都頼基

郁芳門院(いくはうもんゐん)伊勢(いせ)におはしましけるころ、あからさまに下(くだ)りけるに鈴鹿川(すゞかゞは)を渡(わた)りけるによめる

540 はやくよりたのみわたりし鈴鹿(すゞか)川おもふことなる音(をと)ぞ聞(きこ)ゆる

六条右大臣北方(ろくでううだいじんのきたのかた)

源仲正(なかまさ)がむすめ皇后宮(くわうごうぐう)に初(はじ)めて参(まい)りたりけるに、琴弾(ことひ)くと聞(き)かせ給て弾(ひ)かせさせ給ければ、つゝましながら弾(ひ)き鳴(な)らしけるを聞(き)きて、口遊(くちずさび)のやうにて言(い)ひかけける

541 琴(こと)の音(ね)や松ふく風(かぜ)にかよふらん千代(ちよ)のためしに引(ひ)きつべきかな

摂津(せっつ)

返し

542 うれしくも秋(あき)のみ山(やま)の秋風にうゐ(ひ)琴(こと)の音(ね)のかよひけるかな

美濃(みの)

ろうか。○僧都頼基　行尊の兄。「光明山の僧都」(今鏡)。○光明山　光明山寺。京都府木津川市山城町綺田(かばた)。○四・五句　真如の月を暗示。光明山の寺名に寄せる。▽俗世出離への羨望を詠む。「ながむれば曇らぬ月の羨ましいかで憂き世を出でてすむらむ」(公任集)。

539　月とともに西方浄土へ行けるかと思って、月の光が曇らない明るい峰を尋ねてやって来たのです。○三・四句　光明山。▽西へ行く月と、光明山の地名で西方浄土への思慕を詠む。「もろともに同じ憂き世にすむ月の羨ましくも西へ行くかな」(後拾遺・雑一・中原長国妻)。

540　以前から、頼みに思いつづけてきた鈴鹿川で、伊勢の神への願いが叶うと川音が聞こえますよ。○郁芳門院　白河天皇皇女媞子。斎宮は、承暦二年(一〇七八)―応徳元年(一〇八四)。作者は祖母。○鈴鹿川　伊勢国。三重県・滋賀県の県境の鈴鹿山脈から伊勢湾に注ぐ。○わたり　「渡る」「続ける」の意の懸詞。○なる　成就するの意。「鳴る」で、「音」とともに鈴の縁語。▽鈴鹿川を渡ることで、早くも伊勢の神への願い事が成就する吉兆を感じている。「思ふことなるといふなる鈴鹿山越えて嬉しき境とぞ聞く」(拾遺・雑上・村上天皇)。

541　琴の音は、松を吹く風の音に融け合うのだろうか。千年の松にあやかって、千年の佳例として引かれるように、弾くのが良いですね。○源仲正がむすめ　皇后宮美濃。○皇后宮　令子内親王。↓一六。○琴の音　「ね」は根で松の縁語。○引き　琴を弾く意に、例に引く意を懸ける。松の縁語。▽琴の音のすばらしさから、松風を連想し、その松によって皇后宮の長寿を予祝する。「琴の音に峰の松風かよふらしいづれのをよりしらべそめけむ」(拾遺・雑上・斎宮女御)。鈴から琴への連想、五四三まで続く。

542　嬉しいことにも、皇后様のもとで、秋の深山の松風に、私のはじめて弾いた琴の音が融け合いましたよ。○二句　長秋宮(皇后の宮殿・皇后)を略した秋宮の訓読語「秋の宮」の意を懸ける。○秋風　「松風」(流布本・三奏本)に拠る。○四句　「うひ」は初の意。初めて弾く琴の音。

月の明かりける夜、人の琴弾くを聞きてよめる

543 琴のねは月の影にもかよへばや空に調のすみのぼるらん

内大臣家越後(ないだいじんけのゑちご)

伊勢の国の二見の浦にてよめる

544 たまくしげ二見の浦のかひしげみ蒔絵にみゆる松のむら立

大中臣輔弘(すけひろ)

宇治前太政大臣布引の滝見にまかりたりける供にまかりて
よめる

545 白雲とよそに見つればあしひきの山もとどろに落つる激つ瀬

大納言経信

546 天の川これや流れのすゑならん空よりおつる布引の滝

読人不知(よみびとしらず)

「うひをとこ、うひたち、皆はじめたることなり」(奥義抄)。▽琴の音が皇后への祝意に通ずるという光栄に浴しての喜びを詠む。

543　琴の音は、月の光にも届き重なるからか、空に音色が澄んで上ってゆくようだよ。○二句　五四一注所引の斎宮女御の歌に基づき、峰の松風だけでなく、月の光にまで通うの意。○すみのぼる　→一八八。月と縁語。この時代以後流行。▽琴の調べと、月の光が空に広がる清澄な情趣を詠む。「琴の音も池のそこひも大空のさやけき月に引かれてぞ澄む」(元輔集)。

544　二見浦は貝が多くあるので、玉手箱を飾る螺鈿のようで、蒔絵のように見える群立つ松林だよ。○二見の浦　三重県伊勢市二見町。貝の名所でもあった。○初句　→一三三。手箱の美称。玉手箱。「ふたみ(蓋・身)」を導く枕詞。○三句　手箱の装飾に用いる螺鈿の貝を連想している。○蒔絵　手箱の装飾の連想による。▽初句が枕詞というだけでなく、二見浦の景を、すべて玉手箱の装飾かと一首全体にかかって想像させている。

545　白雲かとばかり遠目に見て気にせずにいたが、山に音を響かせてたぎり落ちる滝だったよ。○宇治前太政大臣…まかりたりける　関白藤原師実の布引の滝遊覧。承保二年(一〇七五)か(栄花物語・布引の滝)。○布引の滝　摂津国。神戸市中央区葺合町。生田川上流の滝。○二句　遠くに見る意と、関わりないものと見る意を懸ける。「…見つれど」のほうが意が通る。○四句　万葉語。「…秋されば　山もとどろに　小牡鹿はつま呼びとよめ…」(万葉集・巻六)。底本「やまもとこ(本)ろに」。▽万葉表現を用いて、滝のすさまじいまでの迫力を表している。「山分けて落ちくる滝を白雲のたなびくとのみ驚かれつつ」(貫之集)

546　天の川はこれが流れの行きつく先なのだろうか。空から流れ落ちるような布引の滝だよ。○四句　滝が高所から落ちることの比喩。空が天の川の縁語。○五句　布が七夕の縁。▽「紫の風ぞ吹きける藤の花空より落つる布引の滝」(道済集)。影響歌「織女の織り流しける布なれ

選子内親王(せんしないしんわう)斎におはしましける時、女房に物申さんとて忍びてまかりたりけるに、侍どもいかなる人ぞなどあらく申て問はせ侍ければ、畳紙に書きて侍に置かせ侍りける

藤原惟規(のぶのり)

547 神垣は木の丸殿にあらねども名のりをせねば人とがめけり

郁芳門院伊勢におはしましける時、六条右大臣北方あからさまに下りて侍けるときに、思ひがけず鐘の声のほのかに聞えければよめる

六条右大臣北方

548 神垣のあたりとおもふに木綿襷おもひもかけぬ鐘のこゑかな

前斎宮(さきのさいぐう)伊勢におはしましける時、寮頭保俊(やすとし)、御祭のほど宿直物の料に衣を借りて、ほど過ぎて返さざりけるを、と申たりける返事に言ひつかはしける

内侍

549 返さじとかねてしりにき唐衣こひしかるべき我が身ならねば

や空より落つる滝のけしきは」（永久百首・滝・源俊頼）。

547　この斎院の神垣は、朝倉の木の丸殿ではないのに、私が名乗りをしないので、人がとがめることよ。○選子内親王斎に　→二九三。作者惟規の蔵人時代の作（俊頼髄脳）とすれば、寛弘四年（一〇〇七）―同八年の間の詠。○侍　警固の役人。○畳紙　懐中にある畳んだ紙。○木の丸殿　丸木で作った粗末な御殿。▽著名な天智天皇詠に基づいての軽妙な戯れ歌。「朝倉や木の丸殿に吾が居れば名乗をしつつ行くは誰が子ぞ」（新古今・雑中・天智天皇、俊頼髄脳）。

548　ここ伊勢は、神垣に囲まれたあたりと思っていたのに、思いがけずも聞こえてくる鐘の音だよ。○郁芳門院伊勢に　五四〇と同時詠か。○神垣のあたり　伊勢神宮、または斎宮の近く。○三句　神事に奉仕する者がかける襷。「かけ」を導く枕詞。「かけたる事には、ユフダスキ」（和歌初学抄）。▽神域で、寺の鐘を聞く意外な心持ちの表白。

549　あなたが衣を返さないとは、前からわかっていました。唐衣を裏返して寝ることもないように、あなたにとって恋しいはずの私ではありませんから。○前斎宮　→三三三。媞子内親王。○寮頭　斎宮寮の長官。○借りて　主語は保俊。○ほど過ぎて…　流布本の詞書には「ほどすぎて、これをわすれて、今まで返さざりけることなど申たりけるかへりごとに、いひつかはしける」とある。○初句　「返す」は衣を返却する意と、寝る時に裏返す意を懸ける。後者は恋人を夢に見るとの俗信に基づく。「いとせめて恋しき時はむばたまの夜の衣を返してぞ着る」（古今・恋二・小野小町）。▽相手の情の薄さを難じているが、本心は小町詠に拠って軽く戯れたにすぎない。

和泉式部保昌に具して丹後に侍りけるころ都に歌合侍けるに、小式部内侍歌よみにとられて侍けるを、定頼卿局のかたに詣で来て、歌はいかゞせさせ給、丹後へ人はつかはしてけんや、使詣で来ずや、いかに心もとなくおぼすらん、などたはぶれて立ちけるを引きとゞめてよめる

550 大江山いくのの道のとをければふみもまだみず天の橋立　　小式部内侍

塩湯浴に西の海のかたへまかりたちけるに、海松といふ物を自ら取りて、都にある娘のもとにつかはしける

551 磯菜つむいり江の波のたちかへりきみ見るまでの命ともがな　　平康貞女

返し

552 ながゐする海人のしわざと見るからに袖のうらにもみつ涙かな　　娘

百首歌中に夢の心をよめる

553 うたゝ寝の夢なかりせば別れにし昔の人をまたも見ましや　　修理大夫顕季

550　大江山に行く、生野の道が遠いので、踏んでみることもまだしていませんよ、天の橋立は。そして、母からの手紙も見ていませんよ。○保昌に具して丹後に　藤原保昌の丹後守在任は、寛弘七年(一〇一〇)頃、治安三年(一〇二三)頃の両説がある。○大江山　丹波国。丹後半島の付け根で丹波・丹後の境をなす。京都府福知山市・宮津市・与謝野町にまたがる。○いくの　生野。丹波国。福知山市。「行く」を懸ける。○ふみ「踏み」に「文(手紙)」を懸ける。○天の橋立→四三。▽定頼の詰問に、即答した歌だが、地名を三か所も詠みこみ、懸詞の用法にもすぐれた、即興的機知の利いた歌。百人一首に入る。

551　磯の海藻を摘む入江の波が引いて戻るように、また都に戻ってあなたに会うまでの命があってほしいことよ。○塩湯浴　病気治療や無病息災祈願のために、海水に浴すること。○磯菜　磯にあって、食用になる海藻の総称。○二句　ここまで序詞。○きみ見る「見る」に海藻名の海松(みる)が詠みこまれている。▽病気治療のため、はるばる西の海まで来たのであろう。下句には、孤独と不安による心細さが表されている。

552　長く居ついて磯菜を摘むのが海人の仕事だと思うにつけて、私の袖の浦は、裏にまでも涙が満ちることよ。○二句　海人の仕事。前の歌によって母を海人に喩える。○三句「見る」に海松を詠みこむ。○袖のうら　出羽国。山形県酒田市宮野浦。「西の海」とあるが、それとは関わりなく、袖を海浜に寄せて言った。浦に裏を懸ける。▽「君恋ふる涙のかかる袖の浦は巌(いはほ)なりとも朽ちぞしぬべき」(拾遺・恋五・読人しらず)。

553　もしうたた寝で見る夢がなかったならば、別れた昔の人をまた見ることがあるだろうか。○百首歌→一。○昔の人　昔の恋人か。「五月まつ花橘の香をかげば昔の人の袖の香ぞする」(古今・夏・読人しらず)による語。▽現実には昔の人に会えないために、夢のみを頼りにするというのである。恋人とすれば、昔の恋人を夢に見るという詠法は珍しい。「うたた寝に恋しき人を見てしより夢てふものはたのみそめてき」(古今・恋二・小野小町)。

百首歌中に旅宿の心をよめる　参議師頼

554 さ夜中におもへばかなしみちのくの安積の沼にたび寝しにけり

この集撰し侍けるとき、歌請はれて送るとてよめる　藤原顕輔朝臣

555 いゑの風ふかぬ物ゆへはづかしの森のことの葉ちらしはてつる

和泉式部石山に参りけるに、人津に泊まりて夜ふけて聞きければ、人のけはひあまたしてのゝしりけるを尋ねければ、下人の米白げ侍るなりと申しければよめる　和泉式部

556 鷺のゐる松原いかに騒ぐらんしらげはうたて里響むなり

554 夜更けて、都を思うとしみじみ悲しく思われるよ。陸奥の安積の沼という、はるかな地で旅寝したことよ。○百首歌 ↓一。○三句 ↓三四六。○四句 ↓二九。「みちのくの安積の沼の花かつみかつ見る人に恋ひやわたらん」(古今・恋四・読人しらず)。▽ここで安積沼に特定される理由は不明確。「みちのく」(道の奥)にあるということに、さいはての地との意識がこめられ、旅情を強く感じたものか。あるいは古今詠によって、恋人の面影を見るか。

555 父祖以来の和歌の家の風が、私には吹かないので、羽束師の森の木の葉を散らすように、恥ずかしく拙い和歌を人に広めてしまいましたよ。○初句 家に伝えてきた伝統。特に隆経・顕季と続く六条藤家の歌よみの家柄としての伝統。○物ゆへ 順接。○はづかしの森 山城国。京都市伏見区羽束師水町の羽束師神社の森。「恥づかし」を懸ける。○ことの葉 和歌のこと。「葉」「ちらし」は森の縁語。▽金葉集撰集に際して奉る詠草への謙遜の意を詠んだ。「金葉集のはじめて出できたりける時、…参れと召しければ参れりけるに… 昔よりいかなる家の風なれば散ることの葉の絶えせざるらん」(続詞花集・雑上・宗子)。

556 鷺がとまっている松原では、どんなに騒がしいことだろうか。米を白げることは鷺の白毛と同じく不愉快にも、里では大騒ぎをしていることよ。○石山 石山寺。近江国。滋賀県大津市。○米白げ 玄米をつき精白する。○鷺のゐる松原 石山寺近辺の松原。鷺は樹上に集団で巣を作る習性がある。○しらげ 精白する意に、白毛を懸ける。○うたて里響む 詠歌主体の感想。「里響む」は万葉調の語。▽「しらげ」という奇抜な俗語によって珍しさを求めた俳諧調の歌。

藤原時房が公実卿のもとにまかりたりけるに侍らざりければ、出で居に置きたりける小弓をとりて侍にこれは下ろしつと触れて出でにけり。この卿かへりて弓尋ねければ、時房下ろしてまかり出でぬ、と申をききて驚きて、院の御弓ぞとて返せと言ひにつかはしければ、御弓に結びつけたりける

557 梓弓さこそは反りの高からめ張るほどもなくかへるべしやは　　藤原時房

男離れ〴〵になりて、程へてたがひに忘れて後、人に親しくなりにけりなど申を聞きて嘆きける人にかはりてよめる

558 なき名にぞ人のつらさは知られける忘られしには身をぞ恨みし　　春宮大夫公実

大弐資通忍びて物申けるを程もなく、さぞ、など人の申ければよめる

559 いかにせん山田にかこふ垣柴のしばしの間だに隠れなき世を　　相模

557 この梓弓は、さだめて反りが高く強いのでしょう。弦を張るまでもなく戻るように、すぐにあなたの手許に戻ってしまうことになるとは。○出で居　寝殿造の廂にある客間。○下ろしつ　お古をいただいた、の意。○触れて　知らせて。○張るほどもなくかへる　弓を張る間もなく、反りが戻るの意に、持ち帰ってすぐに相手の手元に戻るの意を懸ける。▽時房と公実の昵懇な交友を偲ばせる俳諧歌的な歌。弓の反り具合に寄せて返却の歌を詠んだところが趣向。「人の小弓を切に請ひしかば惜しみかねて　反り高き紀の関守が手束弓心弱くも張られぬるかな」(顕季集)。

558 ありもしない恋の噂で、あなたの情のなさがわかりましたよ。あなたに忘れられた時には、私自身のせいだと我が身をこそ恨んだのに。○男離れ〳〵になりて　恋仲の男が女から去って。○たがひ　底本「た」脱。○人に親しく…　女が別の男に親しくなったと、元の男が言う。○嘆きける人　女。○なき名　「人に親しくなりにけり」という、根も葉もない噂。▽別れた後に男がたてた噂で、男の薄情さをはっきりと理解し、男に恨み言を言いやったのである。代詠だが、女の心をよく捉えている。恋の破綻を自らのせいとするのは、一類型。「忘れぬる君はなかなかつらからで今まで生ける身をぞ恨むる」(拾遺・恋五・読人しらず)。

559 どうしたらよいのでしょうか。山田を囲む垣柴が少しもすきまがないように、少しの間ですら隠すことのできない、この二人の仲を。○さぞ　資通と恋仲になったということ。○三句　ここまでが序詞。垣柴の隙間がない様に比喩しながら、「しば」の同音の繰り返しで、「しばし」以下を導く。○世　男女の仲。相模集では「身」とする。▽相模集では、初句と第五句を予め決めておいて構成する詠法の連作九首中の一首。→四四八。

肥後内侍おとこに忘られて嘆きけるを御覧じてよませ給ける　　堀河院御製

560 忘られて嘆く袂を見るからにさもあらぬ袖のしほれぬるかな

水車を見てよめる　　僧正行尊

561 はやき瀬にたゝぬばかりぞ水車われも憂き世にめぐるとを知れ

例ならぬ事ありて煩ひけるころ、上東門院に柑子奉るとて人に書かせて奉りける　　堀河右大臣

562 仕へつるこの身のほどを数ふればあはれ梢になりにけるかな

御返し　　上東門院

563 過ぎきける月日のほども知られつゝこのみを見るもあはれなるかな

560 恋人に忘れられて嘆いている人の涙にぬれた袂を見るにつけて、関わりのない私の袖までが同情の涙のため、濡れしおれてしまうことよ。○初・二句　肥後の袂。▽初・二句の袂と、「さもあらぬ袖」との対照が一首の趣向。肥後の恋人との別離を天皇が慰めたのである。影響歌「浪の寄る磯の苫屋に旅寝してさもあらぬ袖を濡らしつるかな」(拾玉集)。

561 流れのはやい瀬に立っていないだけのことだ、水車よ、私もこの憂き世の中でせわしく廻っていると知ってくれ。○憂き世にめぐる　俗世の中を右往左往しつつ生き長らえる。「めぐる」は水車の縁語。▽休むことなく回りつづける水車と、憂き世に暇ない営みを続ける我が身との共通性を実感した歌。「ここに消えかしこに結ぶ水の泡の憂き世にめぐる我が身なりけり」(新撰朗詠集・無常・藤原公任)。「捨てられて憂き瀬に立てる水車世にめぐるとも見えぬ身なれや」(散木奇歌集)。

562 長い間、木の実を奉りなどしてはお仕えしてきたこの身の年月を数えると、木の実が梢になるように、なんと老いの末になってしまったことですよ。○煩ひける　病臥したの意。○柑子奉る　頼宗集詞書に「例の柑子、女院に奉り給ふとて」とある。毎年定期的に柑子(今のミカン)を送っていたらしい。上東門院(女院)は作者にとって母を異にする姉。○この身　自分自身の意に、「木の実」を懸ける。○梢　木の実の成る梢に、老年の意の末を懸ける。▽木の実を毎年送ってきたことの繰り返しが、仕えてきた歳月の長さと、知らぬ間の老年を気づかせ、作者の感慨を深めている。

563 これまでに過ごしてきた長い月日のほども思われて、お送りいただいた柑子の実を見ても、此の身を振りかえって、しみじみと思われますよ。○過ぎきける月日　過ごしてきた、あなたとの付き合いの年月。○このみ　頼宗が奉った柑子(木の実)に、上東門院自身の此の身を懸ける。▽贈られた柑子によって、五歳下の異母弟頼宗との関わりの長さを実感したのである。長い年月を思わせるに足る数多くの柑子が贈られたのであろう。

564　僧正行尊詣で来て、夜とゞまりてつとめて帰るとて、独鈷を忘れたりける返しつかはすとて

草枕さこそは旅のとこならめけさしもをきて帰るべしやは

大納言宗通

565　男心かはりて詣で来ずなりて後、置きたりける餌袋を取りにをこせたりければ、書き付けてつかはしける

のきばうつ真白のたかの餌袋に招餌もさゝでかへしつるかな

桜井尼

566　後冷泉院御時、近江の国より白鳥を奉りたりけるを隠して人に見せさせ給はざりければ、女房達ゆかしがり申けるを、各〳〵歌をよみて奉れ、さてよくよみたらん人に見せん、と仰せ言ありければ仕う奉れる

たぐひなく世におもしろき鳥なればゆかしからずと誰か思はん

少将内侍

564　さだめし、我が家はあなたにとって旅寝の床なのでしょうが、今朝に限って霜の置いている時に起き、独鈷を置き忘れて帰ってしまってよいのでしょうか。〇独鈷　金剛杵の一つ。密教の修法上の法具。〇旅の床　宗通邸。床に独鈷を懸ける。〇四・五句「けさ」は「今朝」に「袈裟」の懸詞。「しも」は強意。「霜」を懸ける。「をき」は「起き」に「置き」の懸詞。「思ひには消ゆる物ぞと知りながらけさしもおきて何に来つらん」（後撰・雑二・藤原興風）。▽行尊が夜訪れて、翌朝早々と独鈷を忘れて去ったことを、落ち着かない旅だと軽くなじった諧謔の歌。独鈷や袈裟の仏具による機知的詠風。

565　手元を離れて高く舞い上がる真白の鷹の餌袋に、呼び寄せるための餌もささずに返したことよ。（だからあなたももう私のところへ来ることはないでしょう。）〇餌袋　携帯食料用の袋。もとは鷹の餌を入れた。〇初句　鷹が鷹匠の手を離れて飛び立ち舞い上ること。〇二句　真っ白い鷹。目の上の毛が白く、目白の鷹との説もある。「！のきばうつ　真白の鷹の　そりはてて　置かれぬことの　かなしさに…」（散木奇歌集）。〇招餌　鷹を招き寄せるための餌。ここでは、男を呼び寄せるためのもの、の意をこめる。▽別れた男が、作者のもとに置き忘れた餌袋を求めたので、鷹に関する用語を駆使して詠んだ。作者の男との仲を諦める心は下句に見える。三奏本は四句が「招餌を置きて」で、全く異なる。

566　ほかに例がないほど、尾までも白くてすばらしい鳥なので、見たくない鳥だとは誰が思うだろうか。〇後冷泉院御時　→五五。但し、三奏本は「後朱雀院御時」。在位は長元九年（一〇三六）―寛徳二年（一〇四五）。〇白鳥　延喜式に祥瑞として、「白烏太陽之精也」とあり、朝廷に献上された。〇二句「面白き」が「尾も白き」の懸詞。〇四句　烏を懸ける。▽二種類の懸詞を趣向に詠まれた歌。日本紀略の長元七年（一〇三四）五月九日条に「近江国愛智郡献﹅白烏﹅」と見えるのが、記録上もっとも近い例。「限りなく世におもしろき鳥なれば嬉しからずと誰か思はむ」（兼載雑談）。

甲斐国より上りて、をばなる人のもとにありけるが、はかなき事にてそのをばが、なありそ、とて追ひいだしければよめる

読人不知

567 鳥の子のまだかひながらあらませばをばといふ物はをひいでざらまし

百首歌中に山家をよめる

修理大夫顕季

568 蜩の声ばかりする柴の戸は入日のさすにまかせてぞ見る

題不知

藤原仲実朝臣

569 年ふれば我がいたゞきにをく霜を草の上とも思ひけるかな

殿上おりたりけるころ、人の殿上しけるを見てよめる

源行宗朝臣

570 うらやまし雲の懸橋たちかへりふたゝびのぼる道を知らばや

殿上申けるころせざりければよめる

平忠盛朝臣

571 思ひきや雲ゐの月をよそに見て心の闇にまどふべしとは

567 鳥の雛がまだ卵のままであったなら、尾羽など生え出ないだろうに、私もまだ甲斐の国にいたなら、姨が追い出すこともなかったろうに。○なありそ　出ていけ。○かひ　卵(かひ)に甲斐を懸ける。○をば　尾羽に姨(おば)を懸ける。○をひ　「生ひ」に「追ひ」を懸ける。▽鳥の雛に寄せて我が身の有様を詠む。「いぬかひのみゆ　鳥の子はまだ雛ながら立ちていぬかひの見ゆるは巣守なりけり」(拾遺・物名・読人しらず)。

568 夕暮になって、蜩の鳴き声ばかりが聞こえる柴の庵では、戸を閉ざすこともなく、入日の射し込むのにまかせて、眺めていることよ。○百首歌　→一。○二句　音のない、山家の寂寥感。○三句　草庵の戸。題の山家を示す。勅撰集では初出で、後代好まれた歌語。○四・五句　「さす」は、戸を閉ざすに、日が射す意を懸ける。底本「て」脱。▽山家の閑寂とした趣きと夕陽の鮮やかさの調和。中世和歌の魁(さきがけ)の情趣。

569 年をとったので、私の頭は霜のような白髪となったが、霜は草の上の、私には無縁のものと思っていたことよ。○二・三句　霜は白髪の比喩。「いただきの霜うちはらひ鳴く鶴を我が身の外と思ひけるかな」(元輔集)。「満レ鑷(けぬき)霜毛送レ老来」(新撰朗詠集・老人・白楽天)。底本「く」脱。▽増えた白髪へのとまどいと嘆息。

570 うらやましいことよ。私も殿上のきざはしにすぐに戻って、もう一度上る道を知りたいものよ。○殿上おりたりける　巡爵によって殿上から下りる。→五六。○人　行宗集によれば、藤原宗忠。○二句　宮中の階段。殿上への道の比喩的表現。○三句　すぐにまた。「たち」は雲の縁語。○四句　殿上に再び上る。還昇。▽地下人から殿上への憧憬。

571 思いもしなかったよ。殿上を許されないで、宮中の月とは無縁のまま、まっ暗な心の闇に思い悩むことになろうとは。○二句　宮中に出る月。○四句　望みがかなわず晴れない思い。雲上の月の光が当たらず、闇に惑う。▽今鏡(宇治の川瀬)によれば、忠盛は白河院の殿上は許されたが、内裏への殿上は許されなかった(天治元年(一一二四)十一月七日)ころの詠。長承元年(一一三二)三月十三日に内裏昇殿を許された。

語らひ侍ける人の離れ〴〵になりにければ、こと人に付きて筑紫のかたへまかりなんとしけるを聞きて、男のもとよりまかるまじきよしを申たりければ言ひつかはしたりける

572 身のうさもとふ一もじにせかれつゝ心つくしの道はとまりぬ

内大臣家小大進

男のなかりける夜、こと人を局に入れたりけるに、もとの男詣で来合ひたりければ、騒ぎてかたはらの局の壁の崩れより潜り逃しやりて、またの日その逃したる局の主のがり、昨夜の壁こそうれしかりしか、など言ひつかはしたりければよめる

573 寝ぬる夜の壁騒がしく見えしかど我がちがふればことなかりけり

読人不知

源頼家が物申ける人の五節に出でて侍けるを聞きて、まことにやあまたかさねし小忌衣豊の明りのくもりなき夜に、とよみてつかはしたりける返事に

574 日蔭にはなき名たちけり小忌衣きて見よとこそいふべかりけれ

源光綱母

572 宇佐の方に下る我が身のつらさも、言葉をかけてくれたあなたの一文字によって、門司の関で止められたようで、悩んだ筑紫への旅は、思いとどまりました。○うさ　「憂さ」と宇佐が懸詞。宇佐は豊前国。大分県宇佐市南宇佐。○一もじ　文字に門司（→三七九）を懸ける。○四句　心をすり減らす。筑紫（→三三八）を懸ける。▽宇佐・門司・筑紫と地名尽くし的詠風が趣向。「つくしへと悔しく何に急ぎけん数ならぬ身のうさや変はれる」（重之集）。

573 昨夜、部屋の壁が夢の中のように騒がしく見えましたが、私が夢を外れさせるように、行き合わずに済ませたので、何事もなかったのですよ。○男のなかりける　男の訪れがない。○こと人　他の男。○来合ひたりければ　底本「…けるは」。○逃したる局の主のがり　境の壁が崩れている隣人のもとへ。○壁　夢の異名とも、「寝る」と「塗る」が同音だからとも言う。和歌初学抄に、夢に寄せる語として「ミル・アハス…カベ」とある。○ちがふ　悪い夢を良い夢に違えさせる意と、「もとの男」と「こと人」が行き合わないようにする意とを懸ける。▽「まどろまぬ壁にも人を見つるかなまさしからなん春の夜の夢」（後撰・恋一・駿河）。

574 身につけた日蔭蔓ではありませんが、蔭ではあらぬ噂が立ってしまいました。小忌衣を着て、やって来て確かめなさいと言いたいことですよ。○五節　大嘗祭や新嘗祭に行われた少女楽。ここではその舞姫。○まことにや…　後拾遺集・雑五に二句を「なべて重ねし」で入集。詞書は、「ものいひ侍りける女の五節に出でて、こと人にと聞き侍りければつかはしける」とあり、金葉集では、「こと人に」以下を欠く。○小忌衣　大嘗祭や新嘗祭で着る斎衣。○豊の明り　→三六。五節の日。○日蔭　日蔭蔓の意と、目立たない所の意を懸ける。日蔭蔓は、この時に冠の左右に垂らした組紐。○二句　頼家歌の多くの男性と共寝をしたことを指す。○きて　「着て」と「来て」を懸ける。▽五節の折は、舞姫が美しく着飾り、華やかな雰囲気があって男女の恋が生じるに相応しいうちとけた時であることが、源氏物語ほかに見られる。

経信卿が具して筑紫にまかりたりけるに、肥後守盛房、太刀のある見せん、と申て音もせざりければ、いかにと驚かしたりければ忘れたるやうに申たりければよめる

源俊頼朝臣

575 なき影にかけける太刀もある物をさや束の間にわすれはてける

大峰の神仙といふ所に久しう侍ければ、同行ども皆限りありてまかりければ心細さによめる

僧正行尊

576 見し人はひとりわが身にそはねども遅れぬ物は涙なりけり

たゞならぬ人の、もて隠してありけるに子を産みてけるが、もとより、熟みたる梅をおこせたりければよめる

読人不知

577 葉隠れてつはると見えし程もなくこはうみうめになりにけるかな

575 亡くなった人の墓にかけ供えた太刀もあるというのに、そんなに短い間に、太刀を見せるということを忘れてしまったのでしょうか。○筑紫にまかりたりける →五一六。○肥後守盛房 寛治六年(一〇九二)、同八年頃肥後守(為房卿記他)。○初・二句 史記の呉太伯世家にある「季札挂(カク)レ剣」の故事。呉の季札は、彼の剣を好んだ徐君の死後、その墓に件の剣を懸けたという。○四句 「鞘(さや)」、「柄(つか)」が太刀の縁語。▽漢籍の故事に基づき、「さやつかのま」という懸詞の用法が趣向。「小刀の束の間にだに逢はばやと思ふ身をしもさやは裂くべき」(散木奇歌集)。

576 親しくしてきた仲間は、一人として我が身とともにはいないが、私に遅れずついてくるものは、我が涙なのであったよ。○大峰 →五二一。○神仙 深仙。奈良県吉野郡下北山村。大峰山脈の中央の平坦地にある宿。○同行 修行をともにする人々。○限り 修行の厳しさ、下山が必要な事情のため。○初句 同行の人々。○遅れぬ物は涙 淋しさゆえの涙。人と対比する。▽修行の厳しさと人間的な心の弱さを詠んだ、行尊らしい歌。西行の詠風に通ずる。「世をそむき分けゆく野辺の露けさに止まらぬものは涙なりけり」(行尊集)。

577 木の葉に隠れて、芽が出たと見たのも束の間、これは熟した梅になっているように、隠していて悪阻(つわり)だと気付くまでもなく、あなたはもう子を産んでしまったことよ。○たゞならぬ人 妊娠している人。親しい人であろう。○つはる 芽が出る意に「悪阻る」を懸ける。「胚ツハリ」(名義抄)。○こは 「こ」は「これ」に「子」を懸ける。○うみうめ 「熟み梅」に「産み女」を懸ける。▽日常卑近な語を懸詞に用いて、金葉集時代、俊頼好みの俳諧歌的、連歌的な歌。影響歌「つはりせし双子の山のははそ原よにうみ過ぎて消えぬべきかな」(散木奇歌集)。

578 堀河院御時、中宮女房達を亮仲実紀伊守に侍りける時、和歌の浦見せんとて誘ひければあまたまかりけるに、まからでつかはしける

前中宮甲斐

人なみに心ばかりは立ちそひてさそはぬ和歌のうら見をぞする

579 保実卿ほかに移りて後、かの本の所常に見侍りける鏡を磨がせて侍りけるが、暗きよし申侍りけるを聞きてよめる

藤原実信母

ことわりや曇ればこそは真澄鏡うつれる影も見へずなるらめ

580 月の入るを見てよめる

源師賢朝臣

西へゆく心は我もあるものをひとりな入りそ秋の夜の月

581 橘為仲朝臣陸奥守にて侍ける時、延任しぬと聞きてつかはしける

藤原隆資

待つ我はあはれやそぢになりぬるをあぶくま川のとをざかりぬる

578 私も心だけは他の人と同じく、一行に加わりましたが、和歌の浦見に誘っていただかなかったことを恨んでいます。○堀河院御時 →一。○中宮 →五九。○亮仲実紀伊守に 仲実は中宮亮で、堀河天皇在位時、応徳三年(一〇八六)から寛治六年(一〇九二)まで紀伊守に重任。○和歌の浦 紀伊国。和歌山市。玉津島神社近辺。○初句 和歌の浦に行った者達と同じく。「なみ」は波の意が浦の縁語。○立ち 波の縁語。○うら見 「浦見」と「恨み」の懸詞。▽仲実は紀州まで頻繁に往還する折、女房達を誘ったか。「思ひやる心ばかりは桜花たづぬる人に遅れやはする」(後拾遺・春上・一宮駿河)。

579 もっともなことですよ。曇っているからこそ、澄んでいた鏡に映っていた影も見えず、あなたもよそに移って、私の所に見えなくなったのでしょう。○ほかに移りて 他の女に親しむようになった。○かの本の所 作者の許。○三句 澄み切った鏡。「ますかゞみは、ますみのかゞみを略したるなり」(奥義抄)。○四句 鏡に映った姿と他所に移った人を懸ける。▽鏡に添えて保実に贈った歌か。

580 極楽浄土のある、西へ向かう志は私にもあるのに、私をおいて一人で西に入ってしまうよ、秋の夜の月よ。○月の入るを見て 西に行く月に注目した歌は、後拾遺集頃から見える。▽時代的な月と仏教への関心の高まりを反映する歌。「もろともに同じ憂き世にすむ月の羨ましくも西へゆくかな」(後拾遺・雑一・中原長国妻)。

581 あなたの帰京を待っている私は、ああもう八十歳を迎えたというのに、あなたのいる阿武隈川が遠いように、会う時はまた遠くなってしまったよ。○橘為仲 為仲は承保三年(一〇七六)陸奥守任。その四年後ころの詠か。底本「橘為長」。○陸奥 →三四六。○延任 国守の任期延長。○あぶくま川 阿武隈川。陸奥国。福島県南部から仙台湾に注ぐ。「逢ふ」を懸ける。「よとともにあぶくま川の遠ければそこなるかげを見ぬぞわびしき」(後撰・恋一・読人しらず)。▽「花ゆゑに過ぎにし春を数ふればあはれ八十路に成りにけるかな」(続詞花集・春下・藤原時房)は作者も参加している高齢を祝う尚歯会での歌。

親しき人の春日に参りて、しかありつるよしなど申けるを聞きてよめる

藤原実光朝臣

582 三笠山神の験のいちじるくしかありけりと聞くぞうれしき

屏風の絵に志賀須賀の渡行く人たち煩らふ形描ける所をよめる

藤原家経朝臣

583 ゆく人もたちぞわづらふしかすがの渡や旅のとまりなるらん

題読人不知

584 身の憂さを思ひしとけば冬の夜もとゞこほらぬは涙なりけり

上陽人苦　最多少苦、老亦苦といふことをよめる

源　雅光

585 昔にもあらぬ姿になりゆけど嘆きのみこそ面変りせね

青黛画眉々細長といへることをよめる

源俊頼朝臣

586 さりともとかく黛のいたづらに心細くも老ひにけるかな

582 鹿に乗って垂迹(すいじゃく)したという三笠山の神の霊験があらたかで、そのように、神使の鹿がいたと聞くと、ことにうれしいことよ。○春日　春日大社。→三。○初・二句　→三〇〇。三笠山は春日大社の神体。○しか　然(しか)に鹿を懸ける。▽春日大社の氏神は鹿島社から鹿に乗って垂迹したので、神使の鹿によって、その霊験を讃美。

583 旅行く人も出発するのに困っているよ。この難所の志賀須賀の渡りは、さすがに旅の終わりなのだろうか。○しかすがの渡　三河国。愛知県宝飯郡小坂井町。東海道の豊川河口の渡し場。「さすがに」の意。▽「行けばあり行かねば苦ししかすがのわたりに来てぞ思ひ煩ふ」(中務集)。

584 我が身の辛さをよく考えてみると、冬の夜でも氷のようには流れることが滞らないのは、涙なのだったよ。○二句　解きほぐす意。「とけ」は氷の縁語。○四句　氷のようには滞らない、の意。▽作者は仁和寺の淡路阿闍梨の妹に仕えた女房(無名抄)。「詞の縁も自然によりきたりてまことにめでたき歌」(井蛙抄)。「身にしみて物の悲しき雪げにもとどこほらぬは涙なりけり」(和泉式部集)。

585 昔とはうって変わった姿かたちになってしまったが、我が嘆きだけは以前と少しも変わらないよ。○上陽人苦最多少苦老亦苦　「上陽白髪人」(白楽天・新楽府)の句。上陽人の苦しみははなはだしく、若い時も、老いても苦しむ、の意。上陽人は、唐代の玄宗皇帝の時、楊貴妃への寵愛の陰で、上陽宮で不遇のまま一生を送った女性。○初・二句　「上陽人、紅顔暗老白髪新」(新楽府)を指す。○五句　「昔にもあらぬ姿」に対応。詩では十六歳で宮中に入り、六十歳の姿を叙す。▽上陽白髪人は、源氏物語や、和歌に受容。上陽人の心になって詠む。

586 その甲斐がなくてもと思って、画く眉墨が細いように、心細いまま無駄に年老いてしまったことよ。○青黛画眉〻細長　出典は五八五に同じ。新楽府では、昔風の流行遅れの化粧という。○二句　ここまでが序詞。万葉集では恋人に逢える前兆。▽「いと退きて薄き眉根をいたづら

年ひさしく修行し歩きて熊野に験競しけるを、祐家卿参りあひて見けるに、ことのほかに痩せ衰へて姿も賤しげにやつしたりければ、見忘れて傍なりける僧に、いかなる人にか、ことのほかに験ありげなる人かな、など申けるを聞きて

僧正行尊

587 心こそ世をばすてしかまぼろしの姿も人に忘られにけり

大中臣輔弘、祭主あかざりけるころ、祭主になさせ給へ、と太神宮に申て寝入りたりける夜の夢に、枕上に知らぬ人の立ちてよみかけける歌

588 草の葉のなびくも待たず露の身のをきどころなく嘆くころかな

六条右大臣、六条の家造りて泉など掘りて、とく渡りて泉など見よ、と申たりければよめる

顕雅卿母

589 千年まですまん泉のそこによも影をならべんと思ひしもせじ

に画かしめつつも逢はぬ人かも」(万葉集・巻十二)。

587　心では、この世をすっかり捨ててしまったが、この世にとどまっている幻のような変わり果てた姿までも人に忘れられてしまったよ。○熊野　→三八五。○験競　修験者の通力を競う行事。○三句　幻影。「ことのほかに痩せ衰へて姿も賤しげにやつしたり」を指す。背景には維摩詰所説経の「是身如幻従顛倒起」と示される維摩経十喩の思想があるか。「維摩会の十の喩へ…この身まぼろしのごとし　この身をばあともさだめぬ幻の世にある物は思ふべしやは」(公任集)。▽心と姿の対比を趣向とし、他人の眼を通して出家の我が身の変りように気付いた感慨を詠む。

588　草の葉が風になびくのも待たず、露のようなはかない我が身は、露が置くのとは違って、落ち着く所もなく嘆くこの頃ですよ。○祭主　伊勢神宮の神職の長官。○三句　草葉の露なら、いずれ落ちても、置き所があるのだが、の意を含む。▽夢の中で、神が歌を詠む類型の一首だが、内容は輔弘自身の述懐。輔弘は後二条師通記の寛治五年(一〇九一)八月六日条に祭主の候補として挙げられてもいるが、晩年は大神宮放火の落書についての責めを問われ、佐渡に流罪となった。「葉を繁み山辺にかかる露の身を置き所なき世にも経るかな」(源賢法眼集)。

589　千年後までもあなたが住み、ずっと澄んだ水をたたえるであろう泉の底に、私の影も並べて映そうなどとは、とても思ってはいないでしように。○六条右大臣　→三九。顕雅卿母は顕房妻。○六条の家　六条北、室町西(拾芥抄)。○初・二句　新造の六条邸と顕房への祝意を示す。「澄む」に「住む」を懸ける。○影をならべん　夫妻で睦じく生活することの比喩。▽一応顕房に対して予祝を述べつつも、一方で夫への不信を詠むとも解せる。あるいは、自己を卑下することで邸宅の素晴らしさを強調したか。「かくてこそ夜をば明かさめのどかなる泉の水に影を並べて」(伊勢大輔集)。

宇治平等院の寺主になりて宇治に住みつきて、比叡の山のかたをながめやりてよめる

忠快法師

590 宇治川のそこの水屑となりながらなを雲かゝる山ぞこひしき

家を人に放ちて立つとて柱に書き付け侍ける

周防内侍

591 住みわびて我さへ軒の忍ぶ草しのぶかた〳〵しげき宿かな

賀茂成助に初めて会ひて物申けるついでに土器取りてよめる

津守国基

592 きゝわたる御手洗川のみづ清みそこの心をけふぞ見るべき

皇后宮弘徽殿におはしましけるころ、俊頼西面の細殿にて立ちながら人に物申けるに、夜のふけゆくまゝに苦しかりければ、土に居たりけるを見て、畳を敷かせばや、と女の申ければ、畳は石畳敷かれて侍り、と申を聞きてよめる

皇后宮大弐

593 石畳ありける物を君にまたしく物なしと思ひけるかな

590 宇治川の底の水屑のように、我が身はこの地に住みついてしまったが、やはり雲のかかっている比叡の山が恋しいことよ。○宇治　山城国。京都府宇治市。平安京の東南。○寺主　寺院中の寺務を司る三綱の一つ。○比叡の山　→四五九。○二句　現状への卑下と不遇感を比喩。○山　比叡山。→四五九。作者の修行の地。▽「涙川底の水屑となりはてて恋しき瀬々に流れこそすれ」(拾遺・恋四・源順)。

591 住みづらくなって、私までも去ってゆくこの家の軒のしのぶ草よ、その名ではないが偲び懐しむ事がいろいろとある、この家だよ。○家　周防内侍の家は、「冷泉堀河の北と西との隅なり」(無名抄)とある。○初句　周防内侍集によると、同居の親族がみな亡くなり、管理上でも住みづらくなった。○軒　「退き」を懸ける。○三句　四句を同音で引き出す。忍ぶ草は、古屋に生えるとされる。▽この歌は今鏡に「まだその家は残りて、その歌も侍るなり」とあり、後の世にも有名だった。

592 かねがね噂を耳にしていた御手洗川の水が清らかなのでその底がよく見えるように、あなたの清々しい御心を今日は十分に見せていただきます。○賀茂成助　賀茂社神主。○初句　噂で聞いている。「わたる」は川の縁語。○御手洗川　山城国。京都市北区上賀茂神社の境内を流れる川。○そこ　底と其処(あなた)を懸ける。▽初対面の成助に、交宜を求める挨拶の詠。神職の親近感も窺える。二人の交友は国基集にもある。「身を捨てて深き淵にも入りぬべしそこの心の知らまほしさに」(後拾遺・恋一・源道済)。

593 石畳があったのに、あなたには敷くものがないと思っていました。それにしてもあなたにまさる素晴らしい方はいないと思っていますよ。○皇后宮　→一六。○弘徽殿　内裏後宮の殿舎。妃達の居所。○西面の細殿　弘徽殿の西廂。○よめる　大弐集によれば、女への大弐の代作。○しく　「敷く」に「如(し)く」(まさる)を懸ける。→三三に既出の用法。▽「しく」の技巧が趣向の歌だが、返歌の、「名にし負はば身も冴えぬべし石畳片敷く袖に衣重ねよ」(大弐集)も、俳諧歌的な、当代好みの日常詠。

大原の行蓮(ぎやうれん)聖人のもとへ小袖つかはすとてよめる　天台座主仁覚(にんかく)

594 あはればむと思ふ心は広けれどはぐゝむ袖のせばくもあるかな

百首歌中に述懐の心をよめる　源俊頼朝臣

595 世の中はうき身にそへる影なれや思ひすつれど離れざりけり

男に付きて越中の国にまかりたりけるに、男の心かはりて常にはしたなめければ、都なる親のもとへつかはしける　読人不知

596 うち頼む人の心は有乳山こしぢくやしき旅にもあるかな

返し　おや

597 思ひやる心さへこそ苦しけれあらちの山の冬のけしきは

思ふ事侍りけるころよめる　参議師頼

598 いたづらにすぐる月日をかぞふれば昔を偲ぶねこそ泣かるれ

594　あなたを憐れむ心は広いのだが、あなたをつつみ育てるこの小袖は何ともせまいことよ。○はぐゝむ　大切にいたわって世話をする。行蓮は作者の弟子か。○袖のせばく　十分なものでないとの意。贈る物への謙遜の気持ち。▽天台座主の立場から行蓮を保護し励ます意図での詠。

595　世の中とは、つらい我が身に付いている影なのだろうか。思い捨てたつもりなのに、やはり離れずついてくるよ。○百首歌　→一。○四句平安後期、俗世を思い捨てると詠む歌が増える。「憂き世ぞと思ひ捨つれど命こそさすがに惜しきものにはありけれ」(相模集)。▽無名抄によると、鏡の傀儡(くぐつ)たちが歌ったとされる。時代的な無常観や仏教的厭世観において、共感を以て迎えられたか。

596　頼りにしていた人の心は荒れて、有乳山を越えて来た越路への道は、悔やまれる旅であったことですよ。○越中の国　富山県。流布本・三奏本は越前。○はしたなめ　冷たくあしらう。○有乳山　越前国。福井県敦賀市と滋賀県高島市の境。「荒(あ)る」を懸ける。○こしぢ　越路(北陸道)に「来し路」を懸ける。▽頼りとした男に捨てられた心細さを都の親に訴える。「人心あらちの山になる時ぞ契りこし路の道は悔しき」(古今六帖・二・山)に拠る。

597　あなたはもちろんのこと、思いを馳せる私の心まで苦しいことですよ。有乳山の冬の寒々とした景色のようなあなたの荒れすさんだ生活は。○あらちの山　「荒る」を懸け、娘の生活を象徴させる。有乳山の厳寒の冬は万葉集にある。▽娘の心の傷みを、京で思いやるほかない辛い親の心情。「思ひやる心さへこそ寂しけれ大原山の秋の夕暮」(後拾遺・雑三・藤原国房)。

598　空しく過ぎてきた月日を数えると、自然と昔がなつかしく恋しく思われ、声に立てて泣かれることよ。○思ふ事　官位の停滞からの悲しみ。または年齢的な老いの感慨か(五九九に連接)。○初・二句　世俗的栄達も精神的充実も得られないで過ごしてきた月日。▽老年の述懐とすれば、普遍的感情の典型的な一首。「老いてのち昔を偲ぶ涙こそここら人目を忍ばざりけれ」(詞

鏡を見るに影の変りゆくを見てよめる

599 かはりゆく鏡の影を見るたびに老蘇の森の嘆きをぞする

源師賢朝臣

前太政大臣家に侍りける女を、中将忠宗(ただむね)朝臣少将顕国(あきくに)とともに語らひ侍けるに、忠宗朝臣に会ひにけり。その後程もなく忘られにけりと聞きて女のがりつかはしける

600 小余綾のいそぎてあひしかひもなく波より来ずと聞くはまことか

源顕国朝臣

蔵人親隆(ちかたか)かうぶり給はりて、又の日つかはしける

601 雲の上になれにし物を蘆鶴の会ふことかたに下りゐぬるかな

藤原公教(きんのり)

堀河院御時、源俊重(としじげ)が式部丞申ける申文にそへて、中納言重資(しげすけ)卿の頭弁にて侍りける時つかはしける

602 日の光あまねき空の気色にもわが身ひとつは雲がくれつゝ

源俊頼朝臣

花・雑上・清原元輔)。

---

599 変わってゆく鏡に映った姿を見るごとに、老蘇の森ではないが、老いが嘆かれるばかりだよ。○初句　加齢で衰える。○老蘇の森　近江国。滋賀県近江八幡市安土町東老蘇の奥石(おいそ)神社の森。「老い」を懸ける。○五句「嘆き」の「き(木)」が森の縁語。「年を経て嘆くなげきの繁りあひて我が身老蘇の森となりぬる」(基俊集)。底本「そ」脱。▽漢詩表現に拠る。「白髪鏡中慙(ハズ)レ易レ老」(新撰朗詠集・老人・元稹)。

600 急いで会った甲斐もなく、その後、男は寄りつきもしないと聞いているのは本当なのですか。○前太政大臣　藤原忠実か。太政大臣在任は、天永三年(一一一二)十二月―翌四年四月。○中将忠宗　元永二年(一一一九)十一月中将に任ず。底本「忠家」。○小余綾のいそ　相模国。神奈川県小田原市国府津から大磯にかけての海岸。「急ぎて」を導く。「かひ(貝)」「波より」は磯の縁語。○五句　類型的表現。「生ひ立つを待つと頼めし甲斐もなく波越すべしと聞くはまことか」(後拾遺・雑二・藤原朝光)。▽女の軽々しさへの皮肉と解したい。「小余綾のいそぎて来つる甲斐もなくまたこそ立てれ沖つ白波」(拾遺・雑恋・読人しらず)。

601 殿上で、あなたと馴れ親しんですごしてきましたが、蘆鶴が雲の上から干潟に降りるように、あなたは殿上を下り、お会いすることも難しくなりましたよ。○蔵人親隆　六位蔵人在任は、保安四年(一一二三)正月二十八日―同年十一月十七日。○かうぶり給はりて又の日 →五二六。叙爵した翌日。蔵人も外れた。○初句　殿上。蘆鶴の縁語。○蘆鶴　親隆を喩える。○かた「難(し)」に「潟」を懸ける。潟は蘆鶴の縁語。▽叙爵によって殿上を下りる場合の一つの類型。

602 日の光が普くそそぐ空のように、帝の恵みが満遍ない御代に、私一人は雲におおわれたように、恵みに無縁でおります。○源俊重　俊頼の長男。○式部丞　式部省の三等官。○中納言重資卿　蔵人頭在任は康和二年(一一〇〇)七月―嘉承元年(一一〇六)十二月。○初句　帝の恵みの比喩。

これを奏しければ、内侍周防を召して、これが返しせよ、
と仰せ言ありければつかうまつれる

603 なにかおもふ春の嵐に雲晴れてさやけき影は君のみぞ見ん

周防内侍

「日の光藪し分かねば石の上ふりにし里に花も咲きけり」(古今・雑上・布留今道)。○四句　子の俊重のこと。俊重の立場で詠む。▽山上憶良の貧窮問答歌に発想は類似する。

603　何を思い嘆いていらっしゃるのですか。春の嵐によって雲が晴れて、さやかな日光に照らされるように、帝の恵みは、あなたこそが受けられるでしょう。○二句　散木奇歌集によると、春の除目の折なので、こう詠んだ。好忠や和泉式部などが先蹤か。「心より春の嵐に誘はれて解くる氷やいづちなるらむ」(好忠集)。○三句　通常月光に対して用いる。「さやけき影」も同じだが、ここは日の光で帝寵を表す。○五句　祝意を述べる場合の常套句。▽堀河天皇の意を代弁した歌。散木奇歌集の左注には「その度成りにけるとぞ」と俊重が式部丞に任官できた(康和三年二月)ことを記す。雑部上の巻末歌として、編者俊頼は、自家の光栄を材とした歌をわざわざ配置し、巻頭の経信詠と照応させたのであろう。

金葉和歌集巻第十　雑部下

公実(きんざね)卿かくれ侍(はべり)て後(のち)、かの家(いえ)にまかりけるに、梅(むめ)の花盛(はなさか)りに咲(さ)けるを見て枝(えだ)に結(むす)び侍(はべ)りける

藤原基俊(もととし)

604 むかし見し主顔(あるじがほ)にて梅(むめ)が枝(え)のはなだにわれに物語(ものがたり)せよ

返(かへし)

中納言実行(さねゆき)

605 ねにかへる花(はな)の姿(すがた)の恋しくはたゞこの下(もと)を形(かた)見とは見よ

雑下一巻。死別、官位停滞、貧苦、出家、葬送、神仏祈願、釈教など、人生の悲哀の断面や宗教上の事象をテーマとする。後半に連歌を付す。

604 昔見たこの家の主のような態度で、梅の枝の花よ、せめて私に話しかけてくれ。〇主顔　主は公実。「…顔」は、その様子を見せての意。梅に限らず、花と主の関係を詠む例は少なくない。▽人の死後花を形見と見る類型の歌。実際は遺族に語りかけているのである。「主身まかりにける人の家の梅花を見てよめる　色も香も昔の濃さに匂へども植ゑけむ人の影ぞ恋しき」(古今・哀傷・紀貫之)。

605 根に戻る花が恋しいならば、ただ木の下を形見と見るように、私の父が恋しいならば、子の私を形見と見て下さい。〇ねにかへる花　公実の比喩。「花悔レ帰レ根無レ益レ悔、鳥期レ入レ谷定レ延レ期」(和漢朗詠集・閏三月・清原滋藤)。〇この下　「木の下」に「子のもと」を懸ける。▽のちに基俊はさらに「恋しさにさはこの下に立ち寄らん昔に似たる匂ひあるやと」(基俊集)と返している。「この下にかき集めつることの葉をははその森の形見とは見よ」(詞花・雑下・源義国妻)。

人〳〵あまた具して花見歩きに帰りて後、風邪のをこりて臥したりけるに、人のもとより、何事かと尋ねて侍りければ言ひつかはしける

606 桜ゆへいとひしかぜの身にしみて花よりさきに散りぬべきかな

平基綱

北方亡せ侍りて後、天王寺に参り侍りける道にてよめる

607 難波江のあしの若根のしげゝればこゝろもゆかぬ舟出をぞする

六条右大臣

郁芳門院かくれおはしまして、またの年の秋知信がりつかはしける

608 憂かりしに秋はつきぬと思ひしを今年も虫の音こそなかるれ

康資王母

下臈に越えられて嘆き侍けるころよめる

609 せきもあへぬ涙の川ははやけれど身のうき草は流れざりけり

源俊頼朝臣

606　桜のために嫌った風が我身にしみ込んで、風邪をひいてしまい、花が散るより先に私の命が絶えてしまいそうです。○をこりて　病気の症状が表れる。○何事か　どうしたことですか。○かぜ　風に風邪を懸ける。○散りぬ　我身の死を比喩。▽風に散る花に寄せて我身の病状と頼りなさを詠んだ。「思ひきや春の宮人名のみして花よりさきに散らんものとは」(行尊集)。

607　難波江の蘆の若い根が茂っているので、思うにまかせない船出をするように、妻の死を悲しむ私の激しい泣声で気のすすまぬ船出をすることよ。○北方　源顕房の妻。○天王寺　→五三〇。○難波江　→一九七。○二句　「若根」に、泣く「我が音(ね)」を懸ける。「墨染の袂はいとどこひぢにてあやめの草のねやしげるらむ」(後拾遺・哀傷・美作三位)。○四句　満足しない、気の進まぬ。▽難波江は蘆の名所だが、若根は珍しい。泣く音を詠むための、「蘆の若葉」などからの転用。天王寺行は菩提を弔うためか。

608　去年の門院の崩御のつらさで秋の悲しみは果てたと思っていたのに、今年も秋になって虫が鳴くように、声を立てて泣かれます。○秋は　門院の崩御による悲しみの秋。○虫の音　秋になって鳴く虫の音に、我が泣き声を比喩した。めぐり来た秋に、再び悲しみをさそわれたのである。▽今鏡他によれば、知信は郁芳門院の乳母子で、門院の崩御によって出家し、この歌は知信が康資王母に遣わしたもので、金葉集は誤りとされ、それに拠るべきか。七〇六が今鏡等で康資王母によるとされる返歌。

609　せきとめられない我が涙は川となってたぎり流れているが、浮草のような我が身の憂さは流れずにそのままでいることよ。○下臈　官位の低い人。○越えられて　位を越されて。○四句　浮草に「憂き」の意を懸ける。底本「身を」。○五句　憂さの消えないことの比喩。▽官位昇進の遅れを嘆く述懐歌。俊頼の詠作の一特色。→六六五。「せきもあへず涙の川の瀬を早みかからんものと思ひやはせし」(後撰・恋六・読人しらず)。「わびぬれば身をうき草の根を絶えて誘ふ水あらば去なむとぞ思ふ」(古今・雑下・小野小町)。

律師実源がもとに、女房の仏供養せんとて呼ばせ侍りければ、まかりて見ければことも叶はずげなる気色を見て、いそぎ供養して立ちけるに、簾の内より、女房手づから衣一重と手箱とをさし出したりければ、従僧して取らせて帰りて見れば、銀の箱の内に書きて入れたりける歌

読人不知

610 たまくしげ懸籠にちりもすゑざりしふた親ながらなき身とを知れ

大路に子を捨てて侍りける押し含みに、書き付けて侍りける

611 身にまさる物なかりけり緑児はやらんかたなくかなしけれども

安房守基綱に後れて侍りけるころ、流されたりける人の許されて帰りたりけるを聞きてよめる

藤原知信

612 流れても逢瀬ありけり涙川きえにし泡をなににたとへん

610　この手箱の懸籠に塵もつけないように、子を大切に愛育してくれた両親が、二人ともいない身と知って下さい。○ことも叶はずげ　暮し向きが不如意である様子。○手箱　身近の道具を入れる箱。○従僧　お伴の僧。○初句　玉匣、手箱の美称。○懸籠　二重の箱の構造で、内箱を外箱の縁に懸ける。籠に子を懸ける。○ちりもすゑざりし　大切に愛育することの比喩。「塵をだに据ゑじとぞ思ふ咲きしより妹と我が寝る床夏の花」(古今・夏・凡河内躬恒)。○ふた親　両親。ふたは、「なき身」の身とともに玉くしげの縁語。▽後見してくれる親もないので、十分な御礼もできないと釈明している。袋草紙によれば、実源は翌朝、「今朝こそは開けても見つれ玉くしげ蓋より身より涙流れて」と返している。

611　我身にまさって大切なものはないことだ。この幼な子は慰めようもない程かわいいけれど。○大路　広い大通り。○押し含み　おくるみ。産着。○緑児　嬰児。○四句　心を晴らしようもなく。子をどこと言ってやる所もなくという意を含むか。○かなし　愛し。いとしい。四句に別意があるとすれば、悲しの意を含む。▽撰集抄(巻四・第二)では、志賀の中将頼実が忠通家の前に捨てられていた話とされる。

612　涙を流して別れ流罪の身で配所に赴いても、いずれ逢うことはあるものだよ。涙の中、川の泡のようにはかなくなってしまった人は、何にたとえたらよいのか。○安房守基綱　三奏本は作者の父阿波守知綱とし、それが正しいか。知綱は藤原惟経の子で、寛治七年(一〇九三)卒去。○後れて　作者が父と死別して。三奏本は作者を知綱母とし、母が子に死に後れたとする。○流され　流罪になること。○初句　「泣かれ」の意を懸け、涙川に呼応。○逢瀬　瀬は川の縁語。○四句　死んだ人の比喩で例は多い。泡は川の縁語で阿波守に寄せる。▽死別の悲しみを流刑の人と対照して、川に寄せて詠む。下句は類型的表現。「浮きながら消(け)ぬる泡ともなりななむ流れてとだに頼まれぬ身は」(古今・恋五・紀友則)。「秋風になびく草葉の露よりも消えにし人を何にたとへむ」(拾遺・哀傷・天暦御製)。

613
心地例ならぬころ、人のもとよりいかゞなど申たりければよめる　読人不知
呉竹のふししづみぬる露の身もとふ言の葉におきぞゐらるゝ

614
範永朝臣出家してけりと聞きて、能登の守にて侍けるころ国より言ひつかはしける　藤原通宗朝臣
よそながら世をそむきぬと聞くからに越路の空はうち時雨つゝ

615
律師長済みまかりてのち、母のその扱ひをしてありける夜、夢に見えける歌
垂乳女の嘆きをつみて我がかく思ひのしたになるぞ悲しき

616
顕仲卿、娘に後れて嘆き侍けるころ、程経て問ひにつかはすとてよめる　大蔵卿匡房
その夢を問はば嘆きやまさるとて驚かさでも過ぎにけるかな

613 病に臥し沈んでいた露のようにはかない我身も、私を見舞って下さるあなたの言葉で起きていられることです。○初句　「ふし」の枕詞。○三句　はかない身の比喩表現。○言の葉　葉が露と竹の縁語。○おき　「起き」の意で「臥し」と対照。また「置き」で、露の縁語。▽病中の女性を男性が見舞った、その返しか。あるいはその逆か。竹、節、露、葉などの縁語の使用が趣向。「露の身の思ひに堪へで消えにせば問ふ言の葉も聞かずやあらまし」(公任集)。

614 遠く離れて、あなたが出家したと聞くだけで、越路の空がしぐれるように、私は涙にくれることよ。○能登の守　通宗は延久年間(一〇六九―一〇七四)能登守。○よそ　遠地。ここでは能登。○二句　出家した。○越路　→六。○時雨　涙の比喩。ちょうど秋から冬の時雨の時節でもあったのであろう。▽知友の突然の出離を悲しんだ一首。時雨と涙は新味を欠くが、越路の時雨が現実感を帯びており、訴えるものがある。

615 母が私の死を嘆いて、木を積んで火葬するが、私がそのつらい思いの火の下になることは悲しいことよ。○扱ひ　処置。ここでは葬儀。○初句　母。タラチヲの対語。「若(しも)詠レ母時たらちめと云」(喜撰式)。○嘆き　投げ木(薪)を懸ける。「積む」の縁語。「嘆きをば凝りのみ積みてあしひきの山の甲斐なくなりぬべらなり」(古今・雑体・読人しらず)。○我思ひ　我が子を葬る母の悲しみ。「火」を懸け、投げ木と縁語。▽母の夢に現れた死んだ子の歌。

616 娘を亡くしたという夢のような出来事について、もし尋ねたなら、嘆きが増さるかと思って、何も申し上げないで過ごしたことですよ。○顕仲卿　源顕仲。江帥集によれば、娘の死は顕仲の左京大夫在任期中で、康和四年(一一〇二)―保安五年(一一二四)の間。○その夢　娘の死を現実とは思えないだろうと、顕仲の気持を察した。人の死を夢と表現する例は古来多い。○四句　「驚かす」は訪れる、または手紙を遣わす。夢を覚ます意を含んで、夢と縁語。▽六一五とともに子が親に先立って死んだ折の歌。江帥集では、「ある人に代はりて」と代作になっているので、歌には真実味がある。

従三位藤原賢子例ならぬ事ありて、よろづ心細うおぼえけるに、人のもとよりいかゞなどと言ひて侍ければよめる

617 いにしへは月をのみこそながめしか今は日を待つわが身なりけり

藤原賢子

身まかりて後久しくなりたる母を夢に見てよめる

618 夢にのみ昔の人をあひ見ればさむる程こそ別れなりけれ

権僧正永縁

人の娘の母の物へまかりたりける程に、重き病をして隠れなんとしける時、書き置きてまかりける歌

619 露の身の消えもはてなば夏草の母いかにしてあらんとすらん

読人不知

小式部内侍亡せてのち、上東門院より年ごろ賜はりける衣を亡きあとにもつかはしたりけるに、小式部と書き付けられて侍けるを見てよめる

620 もろともに苔の下にも朽ちもせで埋まれぬ名を見るぞ悲しき

和泉式部

617 昔は月ばかりを待ち眺めて過ごしたことよ。しかし今は月ならぬ臨終の日を待っている我が身でしたよ。〇例ならぬ事　病気。〇月　天空の月。下句の日で、暦日の月の意に対比。〇日　命終える日。月と対す。▽「いにしへ」と「今」、「月」と「日」の対照が趣向。「今は日を待つ」表現に切迫感がある。「病ひにわづらひける頃、雪の消え残れるを見て　木がくれに残れる雪の下消えて日を待つ程の心地こそすれ」（続詞花集・雑中・藤原定頼）。影響歌「いつまでと日を待つ身にも秋の夜の月に心のとまりぬるかな」（六条院宣旨集）。

618 夢の中でだけ昔の人に会うので、夢の覚める時が別れであるよ。〇二句　故人。母。▽永縁は九歳で父と死別、母に育てられたという（元亨釈書）。亡き母を慕う真情によって、夢を現実の如くに思ったところから発想された歌。目覚めてからの辛さが余韻となる。→五五三。「昔ものなど言ひ侍りし女の亡くなりにしが、暁方に夢に見え侍りしかば　命にもまさりて惜しくあるものは見はてぬ夢の覚むるなりけり」（忠岑集）。

619 露のようなはかない我が身が命絶えてしまったならば、母はどのようにして生きてゆくのでしょうか。〇母の物へまかり　母が某所に出かける。〇まかりける　死んだ。〇露　はかなさの比喩的表現。「消え」「夏草」と縁語。〇夏草の　葉を導き、同音の「はは」を導く。〇あらん　生きてゆく。▽母に先立ち死ぬ娘の心を詠む。四・五句に万感の思いが込もる。「はかなくて消ゆるものから露の身の草葉に置くと見えにけるかな」（古今六帖・一・露・伊勢）。

620 娘とともに苔の下で朽ちもせず、埋もれないでいる娘の名を見るのは悲しいことよ。〇小式部内侍　和泉式部の娘。万寿二年（一〇二五）逝去。〇亡せてのち　和泉式部集によれば死の翌年七月。〇二句　墓の下。底本「に」脱。〇四句「竜門原上土。埋レ骨不レ埋レ名」（和漢朗詠集・文詞・白楽天）。▽不意にそして久々に、亡くなった娘の名に接して、突き上げる悲しみを吐露した一首。「埋もれぬかばねを何に尋ねけむ苔の下には身こそなりけれ」（更級日記）。

親しき人に後れて業の事はてゝ帰りけるによめる　　平忠盛朝臣

621 いまぞしる思ひのはては世の中のうき雲にのみまじる物とは

陽明門院かくれおはしまして、御業の事も果てゝ又の日雲のたなびけるを見てよめる　　藤原資信

622 さだめなき世をうき雲ぞあはれなるたのみし君がけぶりと思へば

白河女御かくれ給ひて後、家の南面の藤の花盛りに咲きたりけるを見てよめる　　僧正行尊

623 草木までおもひけりとも見ゆるかな松さへ藤の衣きてけり

兼房朝臣重服になりて籠り居たりけるに、出羽弁がもとより、訪ひたりけるを返しせよ、と申ければよめる　　橘元任

624 悲しさのその夕暮のまゝならばありへて人に問はれましやは

621 今わかったことよ。眼のあたりにした火葬によって、人の思いの火は燃えて煙となって上り、その果ては、世を厭う浮雲に混じるばかりのものだと。○業の事　葬送。○思ひ　亡き人の思いの火が火葬の火に重なる。○うき雲「思ひ」の火が燃え、煙が雲になる。「憂き雲」の意を懸ける。▽葬送直後、人は死後も生前に変わらない憂苦に包まれると気づいた思い。「限りなき思ひの空に満ちぬればいくその煙雲となるらむ」(拾遺・恋五・円融院)。

622 無常な世を憂く思って眺めやると、空の浮雲がしみじみと哀れをさそうことだ。頼りに思っていた方の火葬の煙と思うと。○又の日　翌日。○うき雲「浮き」に「憂き」を懸ける。→六二一。○四句　頼りに思っていた門院。作者は門院に仕えていたものか。▽表現、詠歌状況とも六二一に近いが、葬送の煙と雲の叙景に中心がある。「さだめなき」が、世だけではなく浮雲にまで響くように構成されている。「あはれ君いかなる野辺の煙にてむなしき空の雲となりけむ」(新古今・哀傷・弁乳母)。

623 草木までが崩御を悲しんでいると見えることよ。常緑の松までも藤の花を咲かせて、藤衣を身につけている。○家　白河女御の里邸か。○おもひけり　女御の崩御を思って悲しむ。○四句　藤は松にかかって咲く。松は長寿の象徴、享年九十一歳の女御からの連想か。○藤の衣　喪服。藤の花を藤衣と比喩した。▽松までが藤衣をまとって喪に服しているとの趣向。ましてや人はと思う。「藤衣あひ見るべしと思ひせば松にかかりて慰めてまし」(拾遺・哀傷・大江為基)。

624 悲しみが、あの死に会った夕暮のまま続いたならば、このように生き長らえて人に弔問を受けるようなことがありましょうか。○兼房父兼隆は天喜元年(一〇五三)薨去。○重服　父母の死などの重い喪。○訪ひ　弔問する。○その夕暮　親の死に会った日の夕暮。「岩陰の煙を霧に分きかねてその夕暮の心地せしかな」(栄花物語・いはかげ・藤原資業)に拠ったか。○ありへて　あり経て、生き長らえての意。▽代作歌だが実感がこもっている。作者は父能因を通じて

範国朝臣に具して伊予国にまかりたりけるに、正月より三四月までいかにも雨の降らざりければ、苗代もえせで騒ぎければ、よろづに祈りけれど叶はで堪えがたかりければ、守、能因を歌よみて一宮に参らせて祈れ、と申ければ参りてよめる

能因法師

625 天の川苗代水にせきくだせあま下ります神ならば神

神感ありて大雨降りて、三日三夜をやまざるよし家の集に見えたり

心経供養して、その心を人〱によませ侍りけるに

摂政左大臣

626 色も香もむなしととける法なれど祈るしるしはありとこそ聞け

法文のありけるを、里なる女房のもとより、宮に申さずとも忍びて取りてをこせよ、と人のもとに言ひ送りて侍りければ、聞きてよませ給ける

三宮

627 見しまゝにわれは悟りを得てしかばしらせで取ると知らざらめやは

兼房や資業と知己であったと推定される。

625　天の川から苗代水を堰いて地に落して下さい。天から降臨して、雨を降らせもする神様ならば、その神よ。○範国　平範国。他に実綱、実国などと伝えるものもあるが、史的事実としては藤原資業が正しい。○一宮　伊予国一宮の三島明神（大山祇神社）であろう（袋草紙）。愛媛県今治市大三島町。○四句　「天下り」で天から降臨する意。それに「雨降り」の意を懸ける。▽書陵部本金葉集（飛鳥井雅章筆本二十一代集）の注文によれば、藤原資業主催の歌合における「竜宮祈雨」題の詠歌で、資業も「天の川水せき下す神なれば天の下には仰ぐとを知れ」と詠じている。影響歌「淡路島あはれと見てやそのかみに天下りまし跡も垂れけむ」（橘為仲集）。「苗代にせき下されし天の川止むるも神の心なるべし」（山家集）。

626　色も香もすべて虚と説いている仏法だけれども、それを祈る効験はあると聞いているよ。○心経　般若心経。○供養　法会を営むこと。○色も香もむなし　「色即是空、空即是色、…無色声香味触法」（般若心経）。▽この歌から仏道詠、釈教詠歌群が始まるが、その冒頭に心経詠を置いた。「色にのみ染めし心の悔しきをむなしと説ける法ぞうれしき」（続詞花集・釈教・大宮小侍従）。

627　法文を見たのに従って私は悟りの境地に達したので、私に隠れて経文を手に入れようとして気づかないでしょうか。お見通しですよ。○法文　経典。○里なる　宿下りしている。○宮三宮。○忍びて　秘かに。○をこせよ　届けて下さい。○二句　法力を授かっていることを暗示する。▽仏道詠としてはくだけた調子で、戯れの気分で詠まれたものである。

月の明かゝりける夜、瞻西聖人のもとへ言ひつかはしける

628 いさぎよき空の気色をたのむかな我まどはすな秋の夜の月

僧正行尊

実範聖人山寺に籠り居ぬと聞きてつかはしける

629 心には厭ひはてつと思ふらんあはれいづくもおなじ憂世を

静厳法師

八月ばかり月の明かゝりける夜、阿弥陀聖人の通りけるを呼ばせさせ給て、里なりける女房のもとへ言ひつかはしける

630 阿弥陀仏ととなふる声に夢さめて西へながるゝ月をこそみれ

選子内親王

題不知

631 教へをきて入りにし月のなかりせばいかで思ひを西にかけまし

皇后宮肥後

628 きれいに澄んでいる空の様子を眺めて頼りにしているのですよ。私の迷妄の心を取り除いて下さい、秋の夜の月のようなあなたよ。○瞻西　雲居寺上人として尊崇を集めた。○初句　清澄な。本来漢文訓読語。○まどはす　闇夜となって四方が分らなくなることに、心の迷いを比喩。○月　闇夜を照らす月に仏性を見るのとともに、瞻西を比喩。▽月に高僧を比喩する類型の歌。「いさぎよき池の泊まりに宿りてぞ心の月は澄み果てにける」(冷泉家本行尊集異本)。

629 あなたのお心では世を厭い果てたと思っていることでしょう。ああ、どこに行っても同じ憂世なのに。○山寺　不詳。大和中川寺か。○二句　山寺に籠ったので世と絶縁できた。▽先達の修行僧としての口吻が感じられる。↓五九五。「山里も同じ憂き世の中なれば所替へても住み憂かりけり」(古今六帖・二・山里)。

630 阿弥陀仏と名号を唱える声に迷妄の夢も覚めて、西方浄土を約束する、西に流れ落ちて行く月を見るよ。○阿弥陀聖人　空也の教えを受け、阿弥陀の名号を唱えて市中に教えを広め歩いた僧。○里なりける　里に下っていた。○夢　迷妄の夢。○西へ　月の行く方角であるのとともに、西方浄土を示す。○月　仏性を持つものとして詠まれている。▽大斎院と称され神に仕えつつも、発心和歌集を残すなど、仏教に傾倒した作者の側面を物語る一首。「月影の傾くままに池水を西へ流ると思ひけるかな」(後拾遺・雑一・良暹法師)。以下三首西方浄土思想による詠が続く。↓六四七。

631 教えを残して、月が西方に入る如く入滅した釈迦がいなかったならば、どうして西方浄土を心にかけて思おうか。○題不知　肥後集や新古今集後出歌(切出歌)にも入っているが、「釈迦の遺教により弥陀を念ず」との歌題で詠んだとする。○初句　歌題の「遺教」。○二句　釈迦の比喩。西方浄土に導く存在。▽釈迦の教えによって西方浄土への思いを詠んだものだが、西に傾く月を釈迦自身と見る点が特徴。「まことにぞ西に心をかけしより秋を忘れぬ身となりぬべき」(赤染衛門集)。

清海聖人、後生なを恐れ思て眠り入りたりける枕上に、僧の立ちてよみかけける歌

632 かくばかり東風てふかぜの吹くを見て塵の疑ひをおこさずもがな

普賢十願文に願我臨欲命終時といへる事をよめる　覚樹法師

633 命をも罪をも露にたとへけり消えばともにや消えんとすらん

弟子品の心をよめる　僧正静円

634 吹きかへす鷲の山風なかりせば衣のうらの玉をみましや

提婆品の心をよめる　瞻西上人

635 法のためになふ薪にことよせてやがて憂世をこりぞはてぬる

皇后宮権大夫師時

636 けふぞしる鷲の高嶺にてる月を谷川くみし人のかげとは

632 これほどに東風が、こちらへ来るようにと西に向かって吹くのを見ているのだから、この俗世の塵ほどの疑いも起こさないでほしいことよ。○後生　来世。○東風　東からの風。「此方(こち)」を懸ける。○塵　ほんの少し。俗世、塵界。風の縁語。▽「是は少将聖人と云人、後生の事を思ひて寝たる夢に見る歌也」(袋草紙)。

633 命をも罪をもはかない露にたとえていることよ。命が消えれば、ともに罪も消えるのだろうか。○普賢十願文　華厳経の普賢行願品に説く普賢菩薩の十大願。○願我臨欲命終時　以下に「尽除二一切諸障礙一、面見二彼仏阿弥陀一、即得三往二生安楽刹一」と続く。○罪　底本「つゆ」。○露に「衆罪如二霜露一」(観普賢菩薩行法経)。↓七〇八。▽臨終に際しての滅罪と極楽浄土の願望。「つくりおける罪をばいかで露霜の朝日にあたるごとく消してん」(発心和歌集・普賢品)。

634 衣を吹き返す霊鷲山の風がなかったならば、衣の裏の玉を見ることがあっただろうか、いやなかっただろう。○弟子品　法華経の五百弟子受(授)記品。○初句「かへす」が衣の縁語。○鷲の山　霊鷲山。釈迦が仏法を説いた。○衣のうらの玉　友人が入れた衣の裏の宝珠に気付かず、あとで知って貧から免れた。過去には悟れなかったが、釈迦の教えに接して悟れたことの比喩。▽著名な説話で、「衣のたま」は栄花物語の巻名にもある。法華経の歌が六四〇まで続く。

635 釈迦が仏法を得るために荷った薪にこと寄せて、木を樵るではないが、私はすぐにこの憂世に懲り果てたことよ。○提婆品　法華経の提婆達多品。釈迦が阿私仙という仙人に従って、水を汲み薪を拾って修行し、法華経を得た。○になふ　底本「にほふ」。○こり「樵り」と「懲り」の懸詞。「樵り」は薪の縁語。▽「法華経を我が得しことは薪こり菜つみ水くみつかへてぞ得し」(拾遺・哀傷・大僧正行基)。

636 今日分ったことよ。鷲の高嶺に照る月を、谷川の水を汲んで仙人に仕えて修行した釈迦の姿だと。○二句　鷲の山。↓六三四。○月　自分を迷妄の闇から導いてくれるもの。○四句　↓六三五「提婆品」。○人　釈迦。▽前歌の薪から水汲みに転じた。

涌出品の心をよめる

637 たらちねは黒髪ながらいかなればこの眉白き人となるらん

権僧正永縁

不軽品の心をよめる

638 あひがたき法を広めし聖こそうらみし人も導かれけれ

懐尋法師

薬王品の心をよめる

639 うき身をしわたすときけば海人小舟のりの心をかけぬ日ぞなき

人のもとにて経供養しけるに、五百弟子授記品の心を説きけるに、繋宝珠の喩ひ説きけるを聞きて尊とかりけるよしの歌をよみて、被け物の裏に結び付けて侍りけるを見て返しつかはしける

640 いかにして衣の玉を知りぬらん思ひもかけぬ人もある世に

権僧正永縁

637　親は若く黒髪なのに、どうしてこのように子が眉の白い人となるのだろうか。○涌出品　法華経の従地涌出品。○たらちね　親。○黒髪「譬如下有レ人、色美髪黒、年二十五、指二百歳人一、言二是我子一、其百歳人、亦指二年少一、言三是我父、生二育我等一、是事難レ信　…」(涌出品)。○この「此の」に「子の」を懸ける。○人と　底本「いと、」。▽著名な一節で、和歌にもよく詠まれた。「たらちねの親よりこそは老いにけり年あらがひを人もしつべし」(公任集)。

638　めぐり逢い難い仏法を広めた菩薩によってこそ、初めは恨んでいた人々も導かれたよ。○不軽品　法華経の常不軽菩薩品。常不軽菩薩が人々から軽んじられても熱心に法華経を説き、臨終に及んで不可思議な力を得て経説を説いたので、人々が信伏するようになった。○聖　常不軽菩薩。○うらみし「於レ時増上慢四衆、比丘、比丘尼、優婆塞、優婆夷、軽二賤是人一」とある。○五句「聞二其所説一皆信伏随従」とある。▽初句を「ありがたき」とする本文もあるが、用例から見て底本に従う。

639　我が憂身を彼岸に渡し済度してくれると聞いているので、法華経という小舟に乗るように心をかけない日はないよ。○薬王品　法華経の薬王菩薩本事品。両臂を焼いて修行した薬王菩薩の話を伝え、すべての経典の中で法華経が最も優れていることを説く。○初句　俗世の我身。○三句「宿王華、此経能救二一切衆生一者、…如二子得レ母、如二渡得レ船」。○のり　仏法、ここでは法華経。「乗り」で船の縁語。「小舟のり」の如く連接する。▽焼身の話を材料とする薬王品の詠歌が多い中で、この一首は目立つ。

640　あなたはどのようにして尊い衣の玉の喩え、すなわち仏法の真理を知ったのだろう。そんなことには思いも至らない人もいる世に。○五百弟子授記品　→六三四。○繫宝珠　六三四の「衣のうらの玉」に同じ。○いか「衣架」の意で「衣・かけ」と縁語。○四句　繫宝珠の「繫」を詠み込む。▽施主に対する挨拶の要素が濃いが、詞書を含めて、説法という場での釈教歌の具体的なあり方が示されていて興味深い。

依他の八の喩ひを人〳〵よみけるに、この身陽炎の如しと
いへる事をよめる

641 いつをいつと思ひたゆみて陽炎のかげろふほどの世をすぐすらん

懐尋法師

常住心月輪といへる心をよめる

642 世とともに心のうちにすむ月をありと知るこそ晴るゝなりけれ

澄成法師

醍醐の桜会に花の散るを見てよめる

643 今日もなを惜しみやせまし法のためちらす花ぞと思ひなさずは

珍海法師母

地獄絵に剣の枝に人の貫かれたるを見てよめる

644 あさましや剣の枝のたはむまでこは何の身のなれるなるらん

和泉式部

641 死を一体いつのことと気をゆるめて、陽炎がほのめく程にはかない間のこの世を過すのだろうか。○依他の八の喩ひ　依他は因縁によって生じ、散ずれば滅する法。摂大乗論に説く幻事・陽焔・夢境以下、八つの喩。○陽炎の如し　金葉集の他伝本「幻の如し」。陽焔に同じ。○初句　死をいつのことと思って。「思ひ知る人もありける世の中をいつをいつとて過ぐすなるらむ」（拾遺・哀傷・藤原公任、後拾遺・雑三・同）ほかに例がある。▽かげろふを蜉蝣という昆虫と解する説もあるが、陽炎の方がよいであろう。

642 常に変らず心の中にあって澄んでいる月をあると知ることこそ、迷妄の闇が晴れるということだよ。○心月輪　自分の心を清浄な円月と観想すること。「凡夫所二観一菩提心相、猶如二清浄円満月輪一」（心地観経）。○初句　常に。「世」に「夜」を懸けるか。○すむ　「澄む」と「住む」の懸詞。▽「…月輪といふことをおぼえてあはれに　山の端に出で入る月もめぐりては心のうちに澄むとこそ聞け」（成尋阿闍梨母集）。

643 今日もいつも通り花を惜しむことでしょうか。仏法のための散華と思わないならば。○醍醐　醍醐寺。京都市伏見区醍醐伽藍町。延喜七（九〇七）年醍醐天皇勅願寺。○桜会　舎利会で、観桜宴を伴って催された。桜会は元永元年（一一一八）三月十六日が初見か（密宗血脈鈔）。舎利会はすでに永久元年（一一一三）三月二十五日に所見がある（長秋記）。○四句　法会において行われる散華。紙製の花。▽実際の落花を散華に見立て、落花を惜しむ気持を仏法への尊崇の念に転化。

644 あきれたことよ。剣の枝がしなう程に体を刺し抜かれて、これはいったい、枝の実が生るのではなく、どういう因果の身がこうなったのだろう。○地獄絵　地獄の諸相を描いた絵。枕草子や栄花物語に屏風絵が見える。○二句「また再び獄卒地獄の人を取りて刀葉の林に置く。…即ちかの樹に上るに、樹の葉、刀の如くその身の肉を割き、次いでその筋を割く」（往生要集・第一・地獄・衆合地獄）。○身のなれる　実が生る意を懸ける。枝の縁語。▽影響歌「いかにせん剣の枝のたわむまで重きは罪のなれるなりけり」（弁乳母集）。

人のもとに侍けるに、にはかに絶え入り亡せなんとしければ、蔀のもとに入て大路に置きたりけるに、草の露の足にさはりける程に時鳥の鳴きければ、息の下に

田口重如(しげゆき)

645 くさの葉に門出はしたり時鳥しでの山路もかくやつゆけき

かくて、つゐ(ひ)に落入るとてよめる

646 弛みなく心をかくる弥陀仏ひとやりならぬ誓たがふな

屏風絵に、天王寺西門に、法師の舟に乗りて西ざまに漕ぎ離れ行く形かきたる所をよめる

源俊頼朝臣

647 阿弥陀仏ととなふる声をかぢにてや苦しき海をこぎ離るらん

645 草のもとでこの世からの門出をしたことだ。時鳥よ、死出の山路もこのように露にぬれているのか。○亡せなんとしければ　底本「し」脱。○蔀のもとに入て　蔀は一般に格子組の板戸に裏を張ったもの。上下二枚なので、下の蔀に載せて運び出したのであろう。○大路に　大通りに。死の触穢を避けた。○門出　あの世への旅立ち。○三句　「しでのたをさ」という異称がある。時鳥が死出の山路の道案内をする。▽俊頼髄脳によれば、藤原伊周のもとでのこととなっている。「先立てば藤の衣を裁ち重ね死出の山路は露けかるらむ」(安法法師集)。

646 弛むことなく心に念じている弥陀仏よ、御心みずからの誓いを違えないでくれ。○落入る　息が絶える。○ひとやり　他人がそうさせる。○誓　西方浄土に導くこと。阿弥陀四十八願のうち、とくに念仏往生願。▽阿弥陀仏に「人やりならぬ」と強く迫っているところに、極楽往生への強い願望が読み取れる。

647 阿弥陀仏と唱える声を道案内の楫として、苦しいこの世の海を漕ぎ離れていくのだろうか。○天王寺西門　→五三〇。西に沈む夕日を見て西方浄土を思う日想観による信仰を集め、阿弥陀の来迎を体感しようとする人々が参集した。保延六年(一一四〇)、僧西念は西門から舟出して入水往生した。「西大門にて月のいとあかかりしに　ここにして光を待たむ極楽に向かふと聞きし門に来にけり」(赤染衛門集)。○初句　→六三〇。○四句　苦海。苦の際限ないことを海に喩えたもので、三界を言う。絵に描かれている海を、比喩的に表現した。▽西方浄土思想を示す詠が連続する。

連歌

648 居たりける所の北の方に、声なまりたる人の物言ひけるを聞きて

東人の声こそ北にきこゆなれ

永成法師

陸奥よりこしにやあるらん

権律師慶範

649 桃園の桃の花を見て

もゝぞのの桃の花こそ咲きにけれ

頼慶法師

648 東国の人のなまった声が、北の方で聞こえるよ。陸奥の国ではなく越の国から来たのであろうか。○居たりける所　滞在していた所。○北の方　寝殿造りの北の対の方。北の対には主人の妻が住む。○東人　東国の人。東国は東海道、東山道以東の国で、陸奥国まで含むこともある。東国の人の訛った発音は、都人の注意を引いた。「東にて養はれたる人の子は舌だみてこそ物は言ひけれ」(拾遺・物名・読人しらず)。○陸奥　→三四六。○こし　「来し」(来た)の意に、国名「越」を懸ける。越前、越中、越後の北陸道諸国の総称。▽東人と東国の陸奥、北と北国の越とが対応している。国名の洒落に興じた応酬。

649 桃園にある桃の花が咲いたよ。梅津の里の梅はもう散ってしまっただろうか。○桃園　京都市上京区栄町。天皇供御のため皇室菜園に桃が植えられていたことが由来。藤原行成建立の世尊寺があり、ここも桃で著名であった。○咲きにけれ　付句「散りやしぬらむ」と対している。桃は梅の後に開花する。○梅津　→一七三。▽「桃園の桃」と「梅津の梅」の対比が興味の中心で、地名に興じた連歌が連続している。なお金葉集他伝本及び俊頼髄脳では、作者名を「頼経法師」とする。

梅津のむめは散りやしぬらん

公資朝臣

賀茂の社にて物搗く音のしけるを聞きて

神主成助

650 標のうちにきねの音こそ聞ゆなれ
いかなる神のつくにかあるらん

行重

宇治にて田の中に老ひたる男の臥したるを見て

僧正深覚

651 春の田にすき入りぬべき翁かな
かの水口にみづを入ればや

宇治入道前太政大臣

650　境内で、巫覡(ねき)ならぬ杵の音が聞こえるよ。巫覡に神が憑くというのではないが、どのような神が搗(つ)いているのだろう。〇賀茂　京都市北区上賀茂本山の上賀茂神社(賀茂別雷神社)と、左京区下鴨泉川町の下鴨神社(賀茂御祖神社)の総称。〇物搗く音　米を精するために杵を打ち搗く音。俊頼髄脳には「よねのしろむる音」とある。〇標　注連縄。神域を示す。〇きね　杵に「巫覡」を懸ける。巫覡は、神に仕える人。「きねといふは、かんなぎの名なり」(俊頼髄脳)。〇つく　「搗く」に「憑く」を懸ける。▽神おろしをするかんなぎ、すなわち巫覡は、神が憑くので、それを搗く行為に懸けた点が趣向。「神まつる卯月に咲ける卯の花は白くもきねがしらげたるかな」(拾遺・夏・凡河内躬恒)。

651　春の田に「鋤を入れる」のではなく、水を飲ませたほうがよい翁だよ。水口に水を入れるように、翁の気付けに口に水を入れたいものよ。〇宇治　→五九〇。〇臥したる　横になっている。俊頼髄脳には、「あやしの翁の立てりけるを見て」とある。〇すき入り　「鋤を入れる」意、すなわち耕す意に、「食入」(すきいる)を懸ける。食入るとは、湯・水などを口に流しこむこと。〇水口　水田に水を引く入口。これに人の口の意を懸ける。▽「すき入る」と「口に水を入る」という二種の懸詞の応酬が妙味。

日の入るを見て　　観暹（くわんせん）法師

652 日の入るは紅にこそにたりけれ

茜さすとも思ひけるかな　　平　為成（ためしげ）

田の中に馬の立てるを見て　　永源（やうげん）法師

653 田に食む駒はくろにぞありける

苗代の水にはかげと見えつれど　　永成法師

瓦屋を見て　　読人不知

654 かはらやの板葺にても見ゆるかな

652 日が沈んで行くのは紅花の色に似ているなあ。あかねさす日とばかり思っていたことだよ。○紅　紅花、ベニバナ。染料に用いる。日没の空を比喩。○茜さす　日の枕詞。それに蔓草の茜を懸ける。茜は根から赤色の染料を採取する。▽紅と茜に染料の意を含めて、日の赤いのは茜を加えたからだと思い込んでいたことを思い返した。紫を染める場合に灰を加えるが、それを「灰さす」というのに倣って、枕詞「あかねさす」を用いている点が技巧である。

653 田の中で草を食べている馬は、畔(くろ)の近くだから黒毛なのだなあ。苗代の水に映った影は、鹿毛に見えたけれど。○食む　かんで食べる意。○くろ　馬の毛の名の黒毛に、畔(あぜ道)を懸ける。○かげ　馬の毛の名の鹿毛(かげ)に、水に映る影を懸ける。この懸詞は、「逢坂の関の清水にかげ見えて今や引くらむ望月の駒」(拾遺・秋・紀貫之)の用法に拠ったか。▽馬の毛名を田の風物に寄せての応酬だが、巧妙である。俊頼髄脳にも、「田には畔と申す所のあるに、馬にも黒毛と申す馬のあるに、苗代水にかげと見えつるは、くろにぞありけるといへることば、まことにたくみなり」と評されている。

654 瓦を焼く家が、瓦でなく板で屋根を葺いているのが見えるなあ。瓦を土くれ(土塊)というくれ(榑)で作り始めたからだろうか。○瓦屋　瓦を焼いて作る小屋。瓦葺きの建物をも言う。○板葺　屋根を板で葺くこと。○土くれ　土塊。瓦の原料。それに皮のついたままの材木の意の榑(くれ)を懸ける。▽瓦屋の板葺を、土くれの懸詞で説明したのが趣向。俊頼髄脳には、「くわうりやう(一説、広隆寺)寺に参りける道にて、瓦屋を見てしけるとぞ」とある。

土くれしてや造りそめけん　助俊

655 筑紫の志賀の島を見て

つれなく立てるしかの島かな　為助

弓張の月のいるにもおどろかで　国忠

656 宇治へまかりける道にて、日ごろ雨降りければ水の出でて、鴨川を男の袴脱ぎて手に提げて渡るを見て

鴨川を鶴脛にてもわたるかな　頼綱朝臣

かり袴をばおしと思ふか　信綱

655 そ知らぬふりで立っている鹿のような志賀の島よ。鹿を射る弓ではないが、弓張月が入るのにも驚かないで。○志賀の島　筑前国。福岡市東区志賀島。万葉集以後、歌枕として定着。○つれなく　何の変りもなく超然とした様。○しか　志賀という地名に「鹿」を懸ける。「秋来れば恋するしかの島人もおのが妻をや思ひ出づらむ」(重之集)。○弓張の月　弦月。弓の意をきかせて下に続く。○いる　月が「入る」意に、弓を「射る」意を懸ける。▽上下の句の懸詞は一般的に用いられるもので、際立った技巧とは言えない。俊頼髄脳に「しげまさの帥の時に、博多といへる所にて、酒などたべけるついでにしけるとぞ」とあり、藤原重尹(一〇四二年、大宰権帥に任ず)の在任時の作と思われる。

656 鴨川を、鶴脛のまますねを出して渡ったよ。狩(雁)袴が濡れるのが惜し(鴛鴦)いと思っているのか。○宇治　→五九〇。俊頼髄脳には宇治殿とあり、頼通邸のこと。○鴨川　山城国。京都市北区雲ヶ畑から南流し、両賀茂神社近くを通って下鳥羽辺で桂川に合流する。地名に鳥名「鴨」を懸ける。○鶴脛　衣服の裾が短く、すねが長く現れていること。鶴の脚を連想させることから言う。鳥名「鶴」を懸ける。○かり袴　狩袴で、狩衣の下に用いる袴。「借袴」と解く説もある。鳥名「雁」を懸ける。○おし　惜し。鳥名「鴛鴦」を懸ける。▽鳥の名四種を、物名歌的に詠み込んだ点が趣向。俊頼髄脳には、「二人車に乗りて宇治殿に参りけるに、雨の降りける頃にて、鴨川のいたく水の増さりたりけるに、男の袴を脱ぎて捧げて渡りけるを見て、しけるとぞ」とある。

657 鮎を見て　　読人不知

何にあゆるを鮎といふらん

鵜舟にはとりいれし物をおぼつかな　　匡房卿妹

和泉式部が賀茂に参りけるに、藁沓に足を食はれて、紙を巻きたりけるを見て　　神主忠頼

658 ちはやぶるかみをば足にまく物か

これをぞ下の社とはいふ　　和泉式部

657 何にこぼれ落ちるのを、鮎というのだろうか。鵜舟には取り入れたのに、よく分りませんね。○あゆる　落(あ)ゆ。落ちこぼれる。「肖(あ)ゆ」(あやかる意)に解釈する説もある。これに魚名の鮎を懸ける。○鵜舟　鵜飼舟。鮎漁をしている舟。○とりいれし　「とり」に鳥を懸け、鵜と縁語か。▽「あゆる」は、「肖ゆ」よりも「落ゆ」と解した方が、「とりいれし」との対応が分り易い。俊頼髄脳には、「人の鮎といへるものをおこせたりけるを見て、前にありける人のいひけるとぞ」とある。

658 神と同じ名である紙を、足に巻いてよいものか。神は上とは限らず、足下でも良いのです。ここは下の社というではありませんか。○賀茂↓六五〇。ここでは下賀茂神社。○藁沓　藁で作った草履。○足を食はれて　足を擦り痛めて。○ちはやぶる　神の枕詞。○かみ　神に紙を懸ける。○下の社　「かみ」を上に取りなして、賀茂神社が上下に分れていることから、下の社と詠んだ。それに体の下の方の意を懸ける。▽「かみ」の意を変えて、社名で応じている点など、式部の答句は巧妙である。

659

源頼光が但馬守にてありける時、館の前にけた川といふ川のある、上より舟の下りけるを、蔀開くる侍して問はせければ、蓼と申物を刈りてまかるなり、と言ふを聞きて、口遊みに言ひける

源頼光朝臣

蓼かる舟のすぐるなりけり

これを連歌にきゝなして

相模母

朝まだきから櫓の音のきこゆるは

660

相撲草といふ草の多かりけるを、引き捨てさせけるを見て

読人不知

引くにはつよき相撲草かな

取る手にははかなくうつる花なれど

659　蓼を刈る舟が過ぎて行くのだなあ。朝早くから、辛い蓼を積んでから櫓を漕ぐ音が聞こえるのは。○但馬　兵庫県北部。○館　国守などの官舎。但馬国府は、兵庫県豊岡市日高町祢布。○けた川　気多川。兵庫県朝来市太盛山の西方、円山に発し、豊岡市津居山で日本海に注ぐ円山川の部分名。○蓼　やなぎたで（ほんたで）の類。食用。辛味料として用いた。「八百蓼も河原を見ればおいにけり辛しや我も年を積みつつ」（好忠集）。○口遊み　詩歌などを思うままに口にすること。○朝まだき　朝早く。○から櫓「空櫓」と「唐櫓」の二説ある。前者は櫓を水中に浅く入れて漕ぐこと。後者は中国風に作った櫓か。いずれにせよ「辛し」（からし）を懸けてある。▽から櫓の実体が不明だが、単に「辛し」に添えたもので秀逸とは言い難い。連歌のかけ合いを意図して作られたものではないからであろう。

660　引くことには強い相撲草だよ。抜き取る手には、すぐに色が移る花だけれど。○相撲草　小車（おぐるま）の異名とも、雄日芝（おひしば）の異名とも言う。色が移り易かったらしく、源順集に「言の葉はこはく見ゆれど相撲草露には移るものにざりける」とある。俊頼髄脳に「菊の花相撲草にぞ似たりける」という連歌の一部があり、小車がキク科であることからすると小車か。しかし「おひしば」は力草とも言い、根が抜き難い。その点から言えば雄日芝か。「すまひ」は、争う・抵抗する意の「争（すま）ふ」の名詞だから、「つよき」や「こはく」と結びつく。また、「住まひ」で「移る」の縁語か。○引く「取る」と対語で、いずれも相撲の縁語。○つよき「はかなき」と対語。相撲の縁語。○取る　抜き取る。「取る手」は相撲の縁語。▽強い草、はかなく移ろう花という対照が趣向。雄日芝は緑色の花穂をつけるが花はつけないので、小車とすべきか。小車は黄色の美花が咲く。

661
鳥を軒に差したりけるが、夜雨に濡れけるを見て
雨降れば雉もしとゞになりにけり
鵲ならばかゝらましやは

662
蓑虫の梅の花の咲きたる枝にあるを見て
律師慶暹(きやうせん)
梅の花笠きたるみのむし
前なる童の付けける
雨よりは風ふくなとや思ふらん

663
滝の音の夜まさりけるを聞きて
読人しらず
夜をとすなり滝の白糸

661 雨が降ったので、雉子も鵐(しとと)ならぬしとどにぐっしょりと濡れてしまったよ。「かさ」を持つかささぎならば、こんなこともあるまいに。○差したりける　突き差してつるしておいた。他の金葉集伝本に「鳥を籠に入れて侍けるが」とある。○しとゞ　ぐっしょりと濡れる様。それに「鵐」(しとと、ホオジロの類)を懸ける。「雨降れば垣根の鵐そほ濡れてさへづりくらす春の山里」(夫木和歌抄・源仲正)。○鵲　笠の意を懸ける。カラス科。今のカチガラスか。▽鳥の名に興じたもので、六五六に同じである。

662 梅の花を笠として身につけている蓑虫よ。雨よりも、梅を散らせる風が吹かないようにと思っているだろうか。○梅の花笠　梅花の比喩表現。「青柳を片糸に縒りて鶯の縫ふてふ笠は梅の花笠」(古今・神遊びの歌・読人しらず)。○みのむし　笠に加える形で蓑の意をきかせている。○雨よりは風　風は梅花を散らせるものなのでこう詠んだ。▽俊頼髄脳によれば、この童の名を薬犬丸と言い、慶暹はこの童を「心ありける童」と思い、法師にして好ましい従僧として用いたという後日談が伝えられている。「雨降らば梅の花笠あるものを柳につける蓑虫のなぞ」(和泉式部集)。

663 夜に音を立てて落すよ、滝の白糸は。何度も昼間も盛んに水が流れると見えるけれど。○夜　静けさの中で音が高く聞こえるのである。「縒る」の意で、糸の縁語。○をとす　「音す」と「落す」の懸詞。○くりかへし　「繰り」が糸の縁語。○わく　沸く。水が盛んに起って流れる様子を言う。それに「枠(わく)」(綛(かせ)糸を巻き返す道具)を懸けて糸の縁語。▽底本詞書作者脱。滝の白糸という表現に基づいて、糸の縁語で構成して詠み合った点が趣向。「水底のわくばかりにやくくるらむよる人もなき滝の白糸」(拾遺・雑下・読人しらず、忠見集)。「よるは見えけり滝の白糸　月影に落ちくる水の流れをば」(下野集)。

くりかへし昼もわくとは見ゆれども

664 はしらを見て

奥なるをもやはしらとは言ふ

成光（しげみつ）

見渡せば内にもとをば立ててけり

観暹法師

665 七十になるまで司もなくて、よろづにあやしき事を思嘆きてよめる

七十にみちぬる潮の浜楸ひさしく世にもむもれぬるかな

源俊頼朝臣

664　奥にあるものをも、端(はし)ならぬ柱と言うのか。見渡してみると、内側にも外(と)ならぬ戸を立てているよ。○はしら　柱。「はし」に端を懸ける。底本「ら」脱。○と　戸に外を懸ける。▽奥―端、内―外の対照の中で、柱と戸という建築物に寄せて洒落ているのが趣向。

665　七十歳の年波も満ちて、潮の満ちてくる浜辺の楸ではないが、久しく潮に埋もれているように、私は世に埋もれていたことよ。○七十　俊頼は天喜三年(一〇五五)生。二度本奏覧は天治二年(一一二五)。○浜楸　浜辺に生えている楸。楸はアカメガシワというが、海浜に自生するか。「久し」の序詞としてかかっていく。▽散木奇歌集には、「金葉集の奥に、御覧じあはれべとおぼしくて書きつけて侍りける」とあり、身の不遇を天皇に直訴しているわけだが、勅撰集奉献の態度としては他に例を見ない。長歌や定数歌では例がある。「浪間より見ゆる小島の浜楸久しくなりぬ君に逢はずて」(拾遺・恋四・読人しらず)。

補遺歌

百首歌の中に子日(ねのひ)の心をよめる

666 春霞立(た)ちかくせども姫小松(ひめこ)ひくまの野べに我は来(き)にけり

大蔵卿匡房(まさふさ)

山寒(ク)花遅(シ)といふことを

667 山(やま)桜木ずゑの風の寒(さむ)ければ花の盛に成(なり)ぞわづらふ

左京大夫経忠(つねただ)

顕季(あきすゑ)卿の家にて、桜(さくら)の歌十首人〳〵によませ侍(はべ)りけるによめる

668 春の日ののどけき空にふる雪は風に乱(みだ)るゝ花にぞありける

大宰大弐長実(ながざね)

666 春霞がたって隠しているけれども、姫小松を引く引馬野の野辺に私はやって来たことだ。〇百首歌 →一。〇子日 →三。〇春霞立ちかくせ 「誰しかもとめて折りつる春霞たち隠すらむ山の桜を」(古今・春上・紀貫之)。〇三句「姫」はきゃしゃ、小さいの意。〇ひくまの 三河国。愛知県豊川市御津町御馬。「引く」を懸ける。▽「引馬野ににほふ榛原入り乱れ衣にほはせ旅のしるしに」(万葉集・巻一・長奥麿)。万葉集の影響歌。「千年といふ松を引きつつ春の野の遠さも知らず我は来にけり」(貫之集)。正保四年版二十一代集本(以下同)、三の次。

667 山桜は梢を吹く風が寒いので、なかなか満開になれないでいることよ。〇山寒花遅 同一歌題は基俊集・顕季集に見え、後者は同時詠か。〇二句 金葉集時代の新語か。「山桜木ずゑの風を厭ふとて折れども花は残らざりけり」(江帥集)。〇五句 山桜の擬人表現。▽満開の遅い山桜の叙景。「吉野山桜が枝に雪散りて花遅げなる年にもあるかな」(新古今・春上・西行)。三八の次。

668 春の日ののどかな空に降る雪は、吹く風に乱れ散る花であったよ。〇春の日ののどけき「久方の光のどけき春の日にしづ心なく花の散るらむ」(古今・春下・紀友則)に拠るか。〇三句 花の雪への見立ては伝統的詠法。▽「秋の夜に雨ときこえてふりつるは風に乱るる紅葉なりけり」(後撰・秋下・読人しらず)に拠る歌か。友則詠とほぼ同じ情景だが、散り乱れる花の叙景に中心がある。五六の次。

花をよみ侍りける　　右兵衛督伊通

669 白雲と峰には見えて桜花散ればふもとの雪とこそみれ

題しらず　　盛経母

670 花のみや暮ぬる春の形見とて青葉の下にちり残るらむ

卯花をよめる　　源　盛清

671 卯花を音無河の波かとてねたくも折らで過にけるかな

卯花をよめる　　大中臣定長

672 卯花の青葉も見えず咲ぬれば雪とは名のみかはるなりけり

人〳〵十首歌よみけるに、郭公を　　中納言実行

673 稲荷山尋や見まし子規待つにしるしのなきと思へば

669 咲く様は白雲のように峰にある時は見えて、桜の花は、散ると麓に降る雪とばかりに見ることよ。○白雲と峰には　峰の桜を白雲に比喩。「山桜咲きぬる時は常よりも峰の白雲たちまさりけり」(後撰・春下・読人しらず)。○散ればふもとの雪　散る桜は雪に比喩。▽峰と麓を対比し、桜を白雲と雪に見立てる。六八の次。

670 花だけが、暮れてしまった春の形見として青葉の下に散り残るのだろうか。○二・三句　春に花を見つつ、夏の様を想像。○四・五句　青葉の陰で散らずに咲き残っている様。青葉の中の桜は平安後期から詠まれ始めた。「桜花青葉の中に見ゆるかな春の残りもいくかならねば」(為仲集)。→九五。▽残りの花によって惜春の心を慰めようとした歌。八八の次。

671 卯の花を、音をたてずに流れる音無川の波かと思って、口惜しいことに折らずに通り過ぎてしまったことよ。○音無河　紀伊国。和歌山県三越峠付近に発し、熊野本宮前で熊野川に注ぐ。「音がない川」の意を懸ける。○波　卯の花の白さから譬えた。▽卯の花を音無川の波として、音がないとした点が工夫。「白波の音せで立つと見えつるは卯の花さける垣根なりけり」(後拾遺・夏・読人しらず)。一〇三の次。

672 卯の花が青葉も隠れて見えないほど咲いたので、雪とは名だけが違っているのだったよ。○四句　底本「雪ぞ花のみ」を誤写と推定。▽卯の花を雪に比喩した類型の歌だが、雪が青葉を隠し埋める詠法。「卯の花の青葉まじらず咲きぬれば雪もて結へる垣根とぞみる」(堀河百首・卯花・源師頼)。六七一の次。

673 杉のある稲荷山をたずねてみようか。時鳥をいくら待っても、松では杉のような効験がないと思うので。○初句　山城国。京都市伏見区深草藪之内町。「和歌初学抄」に「神ます杉あり」とある験(しるし)の杉のある、伏見稲荷大社の裏山。○待つ　松を懸け、暗に杉と対比。▽時鳥を求めて、験の杉の縁で稲荷山をたずねようという、知的趣向を主とした詠風。「我が宿は松にしるしもなかりけり杉むらならば尋ね来なまし」(赤染衛門集)。一一四の次。

郭公をよめる

674 子規(ほととぎす)一声なきて明(あけ)ぬればあやなく夜の恨めしき哉(かな)

藤原成通(なりみち)朝臣

待ツ二草花ヲ一といへることをよめる

675 藤袴(ばかま)はやほころびてにほはなむ秋の初風吹(ふき)たゝずとも

皇后宮美濃(くわうごうぐうのみの)

後冷泉院(ごれいぜいゐん)御時殿上の歌合に、月の心をよめる

676 月影のすみわたるかな天の原雲吹はらふ夜半のあらしに

大納言経信(つねのぶ)

月をよめる

677 ながむれば更(ふけ)ゆくまゝに雲晴(はれ)て空ものどかにすめる月かな

藤原忠隆(ただたか)

月の心をよめる

678 今よりは心ゆるさじ月影の行方も知らず人さそひけり

藤原家経(いへつね)朝臣

674　時鳥が一声鳴いただけで夜が明けてしまったので、わけもなく夜が恨めしいことよ。○初句「夏の夜の臥すかとすれば時鳥なく一声に明くるしののめ」(古今・夏・紀貫之)。○あやなく　むやみに。○夜　夏の短夜。▽時鳥の一声に満たされない心を詠む。「ほととぎす夏の夜さへぞ恨めしきただ一声に明けぬと思へば」(堀河百首・郭公・藤原顕季)。一三の次。

675　藤袴は、早く花開いて美しい色を見せてほしい。まだ秋の初風が吹きはじめないにしても。○待草花　顕季集に同題、同時詠か。○ほころび　袴の縁語。○三句　色映えた美を望むの意。○五句「吹立たず」だが、「裁たず」で袴の縁語。▽金葉集では秋部、続詞花集では夏部に入る。一五七の次。

676　月の光が澄んでひろがっているよ。天空の雲を吹き払いのける夜半の嵐によって。○後冷泉院御時殿上の歌合　永承四年(一〇四九)十一月九日内裏歌合。→二一〇。○五句　夜更けの強い風。▽類想の歌は多い(→一九九)。特に一点の曇りもない冷やかな夜更けの空での月光の清澄美を詠む。→一九四。「こがらしの雲吹きはらふ高嶺より冴えても月の澄みのぼるかな」(堀河百首・月・源俊頼、散木奇歌集)。一七五の次。

677　眺めていると、夜が更けていくのにつれて雲も晴れて、空もおだやかに澄んでいる月だよ。○三句　雲が晴れて月が澄むという詠法は一般的。→一九九・六七六。○五句「澄める」に「住める」を懸ける。「などてかく雲隠れけむかくばかりのどかにすめる月もある夜に」(後拾遺・哀傷・命婦乳母)。▽夜更けにゆったりと空にかかっている月の叙景歌。二〇一の次。

678　これからは気を緩めないでおこう。月の光がどこへと行方も定めず人を誘ったのだよ。○二句　普通は人事上に用いる語句。月の魅力を強調。○四句　月にあこがれ、行くあてもわからない。→一八九。▽この頃の、月の観賞に出かけるという、風雅な行事の流行による歌か。影響歌「夜もすがら人を誘ひて月影のはてては行方も知らで入りぬる」(清輔集)。二〇六の次。

鹿の歌とてよめる　　藤原行家(ゆきいへ)

679 秋ならで妻よぶ鹿(しか)をきゝしかな折(おり)から声の身にはしむかと

思(フ)二野花(ヲ)一といへることをよめる　　藤原伊家(これいへ)

680 今(いま)はしも穂(ほ)に出(いで)ぬらむ東路(ぢ)の岩田の小野(をの)のしのゝをすゝき

河霧(ぎり)をよめる　　藤原行家

681 河霧(ぎり)のたちこめつれば高瀬舟分(わけ)ゆく棹(さほ)の音のみぞする

落葉随(フ)レ風(ニ)といへる事をよめる　　大宰大弐長実卿母(ながざねきやうのはは)

682 色深(ふか)きみ山がくれの紅葉(もみぢ)ばをあらしの風のたよりにぞ見(み)る

奈良(なら)に人〳〵の百首歌よみけるに、時雨をよめる　　源　定信(さだのぶ)

683 音(をと)にだに袂(たもと)をぬらす時雨哉(かな)まきの板屋(や)の夜(よる)のね覚(ざめ)に

679 秋以外の時に、妻を呼んで鳴く鹿の声を聞きたいものよ。秋という季節のせいでこのように声が身にしみるのかと。○二句　万葉集以来の伝統的発想。○折から　秋はすべてにつけもの悲しいという一般的な考えを背景にする。▽鹿の鳴き声に誘われる悲しみの深さを、秋のせいかと疑うことで表している。「こころみにほかの月をも見てしかなわが宿からのあはれなるかと」（三奏本金葉・秋・花山院）に拠る。二二六の次。

680 今はきっと穂が出ていることだろう。東路の岩田の小野の篠薄は。○思野花　後拾遺集・秋上、道済集に同題。○三・四句　所在地未詳。○五句　篠薄に同じ。ここでは篠に特に意味はないか。↓三五一。▽遠い地の風景を、都から想像するという類型的詠法に拠った歌。二三七の次。

681 川霧が立ちこめたので、高瀬舟が水を分けてゆく棹の音だけが聞こえてくるよ。○三句↓二七一。○棹の音のみぞする　霧のため舟が見えない状態。▽霧の中の棹音を詠む着想は新しい詠風。「秋霧の杣山川に立ちぬれば下す筏の音のみぞする」（堀河百首・霧・源師時）。二四〇の次。

682 深い奥山の隠れて見えない色濃い紅葉の葉を、嵐の風をつてにして見ることよ。○落葉随風「散木奇歌集」等に同題がある。○初句　紅葉が色濃いことと同時に山深いことをいう。○二・三句　人里近くに比べて寒さも厳しいため、紅葉の色も濃くなる。○四句　山奥のほうから強く吹く風で、紅葉を運んでくる。▽「谷川に網代木さして神無月深山隠れの紅葉をぞみる」（能宣集）。二五三の次。

683 ほんの雨音だけで袂を涙で濡らす時雨だよ。真木の板屋の夜の寝覚の時に。○奈良に人〳〵の百首歌　誤り。出典は元永元年（一一一八）十月二日内大臣忠通歌合。○初句　時雨の音への注目は後拾遺時代以降。○二・三句　時雨のために悲しみをさそわれ袂を涙で濡らす。「神無月時雨にぬるる紅葉葉はただわび人の袂なりけり」（古今・哀傷・凡河内躬恒）。○四句　檜などで葺いた家。この時代以後の歌語。▽「寝覚する真木の板屋におとづれて涙もよほす初時雨かな」（忠盛集）。二五九の次。

684 関路ノ千鳥といへる事をよめる

風はやみとしまが崎を漕ぎ行けば夕なみ千鳥立ゐ鳴くなり

神祇伯顕仲

685 冬ノ月をよめる

あらち山雪ふりつもる高嶺よりさえても出づる夜半の月かな

源　雅光

686 水鳥をよめる

中〻に霜のうはぎを重ねてもをしの毛衣さえまさるらん

前斎院六条

687 返し

朝日とも月とも分かずつかのまも君を忘るゝ時しなければ

春宮大夫公実

688 後朝の心をよめる

我恋はおぼろの清水いはでのみせきやる方もなくて暮しつ

俊頼朝臣

684　風がはやく吹くので、舟も速くとしまが崎を漕いでゆくと、夕暮れの波に千鳥が飛びつ浮かびつ鳴いているよ。○としまが崎　敏馬が磯付近。→四二六。○四句「近江の海夕なみ千鳥汝が鳴けば心もしのにいにしへ思ほゆ」（万葉集・巻三・柿本人麿）。▽当代流行の万葉集の摂取による抒情的一首。「滋賀の浦の松吹く風のさびしさに夕なみ千鳥立ちゐなくなり」（堀河百首・千鳥・藤原公実）。二七〇の次。

685　有乳山の雪が降り積もっている高嶺から冷たく白々として出た夜半の月よ。○あらち山→五九六。多く雪が詠まれる。「やたの野の浅茅色づく有乳山峰のあわ雪寒く降るらし」（万葉集・巻十）。▽六六六に引く俊頼歌と、万葉集の摂取による一首。二九三の次。

686　寒さを凌ごうと霜を上着として重ね着ても、かえって鴛鴦の毛衣は冷えまさっているだろう。○二句「下さゆる草の枕のひとり寝に霜のうはぎをたれかかさねん」（堀河百首・霜・源顕仲）。父顕仲の造語を利用したか。○四句「冬の夜の池の水際にうき寝せし鴛鴦の毛衣さもや冴えなん」（康資王母集）。▽「霜のうはぎ」「をしの毛衣」の語に依存する。二九六の次。

687　あなたのように朝日とも月とも、私は区別しませんよ。わずかでもあなたを忘れる時はないのですから。○初・二句　贈歌（三四八）の、上る朝日と沈む月に応ずる。▽贈歌の内容を逆手にとって、離れ離れにいる寂しさを強調した常套的な応答の歌。三四八の次。

688　私の恋は、朧の清水が岩を越えるのをせき止められないように、おぼつかないまま口にも出せず、思いをせきとめようもなくて日を過ごしたことよ。○二句　山城国。京都市左京区大原草生町の名水。「いはで」を引き出す序詞。○いはで「言はで」に清水の縁語の岩を懸ける。○せきやる　清水の水をせき止める意に、溢れる恋心を抑える意を懸ける。▽言葉に表せない恋心のせつなさ。歌題の「後朝の心」より、出典の元永元年（一一一八）六月二十九日実行歌合での「寄泉恋」題の方が適う。三五三の次。

忍恋の心をよめる

689 知らせばやほの見しま江に袖ひちて七瀬の淀に思ふ心を　　神祇伯顕仲

そら事いひて久しう音せぬ人のもとにいひつかはしける

690 ありふるもうき世なりけり長からぬ人の心を命ともがな　　相模

人にかはりて

691 白菊のかはらぬ色も頼まれず移ろはでやむ秋しなければ　　春宮大夫公実

寄三日月恋をよめる

692 宵のまにほのかに人を三日月の飽かで入(いり)にし影ぞ恋しき　　藤原為忠(ためただ)

摂政左大臣家にて、寄花恋といへる事をよめる

693 吹(ふく)風にたえ(へ)ぬ梢の花よりもとゞめがたきは涙なりけり　　源雅光

689　知らせたいものよ。ほのかに会ったことで、ちょうど三島江で袖を濡らすように、涙で袖を濡らし、七瀬の淀に水が澱むように、幾重にも滞って思う私の心を。○見しま江　三島江。摂津国。大阪府高槻市。淀川右岸の地。「見し」を懸ける。○四句　多くの瀬が澱んでいる所。恋に躊躇煩悶する心。「松浦川七瀬の淀はよどむとも我はよどまず君をし待たむ」(万葉集・巻五)。▽三島江と七瀬の淀に拠って忍ぶ恋の心を滑らかに詠む。三六五の次。

690　生きながらえることも辛いこの世ですよ。長続きしなかったあなたの心を、私の短い命としたいことですよ。○初句　生き続けること。相模集には「ありふれば」とある。▽男を恨み責めつつ、死をも願って、この恋への一途さを訴える。「生くべくも思ほえぬかな別れにし人の心ぞ命なりける」(和泉式部続集)。三九〇の次。

691　白菊のまだ移ろっていない色も当てにはなりませんよ。そのまま色が変わらないで終える秋はないのですから。あなただってあてになりませんよ。○人　詞花集では堀河天皇女御藤原苡子の女房。○初・二句　贈歌「霜置かぬ人の心は移ろひて面変はりせぬ白菊の花」(詞花・恋上・源家時)の、四・五句を受ける。白菊は「人」の相手(源家時)を比喩。○四・五句　白菊も秋が深まれば紫に変色すると贈歌の主張に反論した。▽贈歌に対し、移ろわないという白菊も頼りにならないと応酬した。三九四の次。

692　宵のうちにちらっとあなたに会いはしたものの、ちょうど三日月がすぐに入って惜しまれるように、もの足りなく別れてしまったあなたの姿が恋しいのですよ。○三日月　宵のうちに西に沈む。「見」を懸ける。▽夜早くに没する三日月の特性を恋人の振舞に比喩。恋の初めの趣。「久方の天の戸ながら見し月の飽かで入りにし空ぞ恋しき」(実方集)。四〇八の次。

693　吹く風に堪えず散る梢の花よりも、抑え難いのは涙であるよ。○摂政左大臣　→六二一。○梢の花　桜。散りやすいもの。○涙　恋の嘆きの涙。▽涙のもろさを花の散りやすさに比較。「いとどしくとどめ難きはひたみちの惜しまれぬ身の涙なりけり」(和泉式部続集)。四一五の次。

恋の心をよめる

694 人しれぬ恋(こひ)をしすまの浦(うら)人は泣(なき)しほたれて過(すぐ)す也(なり)けり　皇后宮権大夫師時(もろとき)

皇后宮(くわうごうぐう)にて、山里ノ恋といへる事をよめる

695 山里の思(おも)ひかけぢにつらゝゐてとくる心のかたげなるかな　左京大夫経忠

忍(ブ)恋の心をよめる

696 物をこそしのべば言(い)はね岩代のもりにのみもる我(わ)が泪(なみだ)かな　源　親房(ちかふさ)

物思(おも)ひ侍りける頃月のあかゝりける夜、あかざりし面影(おもかげ)つねよりもたえ(へ)がたくてよめる

697 つれ〴〵と思ひぞ出(いづ)る見(み)し人を逢(あ)はでいく月ながめしつらん　橘俊宗女(としむねのむすめ)

寄(スル)レ関(ニ)恋をよめる

698 な来(こ)そといふ事をば君がことぐさを関の名ぞとも思ひける哉　源俊頼朝臣

694 人に知られぬ恋をしている須磨の浦人は、藻塩を垂らすように、涙の雫を垂らして泣き暮らしているのですよ。○すま　須磨。→二七〇。恋を「す」と懸ける。○しほたれ　塩水の雫が垂れる。泣く意を懸ける。▽「わくらばに問ふ人あらば須磨の浦に藻塩たれつつ侘ぶと答へよ」(古今・雑下・在原行平)に拠る。四二九の次。

695 思いはかけたものの、山里の懸路に氷が張ってとけにくいように、私にうちとける心の難しそうなことよ。○皇后宮　→一六。○二句　「思ひかけ」に「懸路(かけぢ)」(険しい崖道)を懸ける。○つらゝ　氷。○とくる　氷の縁語。氷が解けることと、心がうちとけることとの懸詞。▽山里の懸路は氷が解けにくく、それを相手のうちとけない心に比喩。四五八の次。

696 堪え忍んでいるので何も口に出さないのだが、漏れてとどまることのない我が涙であるよ。○言はね　底本「いはぬ」。○岩代のもり　岩代の森。→二八六。「いは」が同音の繰り返し。○四句　はげしく漏れる意。「もり」が「森」に「漏り」を懸ける。▽「岩代の森」が上の「言はね」と下の「漏り」とにかかる。「岩代の森の言はじと思へども雫に濡るる身をいかにせん」(後拾遺・恋四・恵慶法師)。四六二の次。

697 もの寂しいままに思い出されるよ。あの人に逢ってからいく月の間、逢わずに月を眺めてはもの思いにふけってきたことだろうか。○三句　前に会った恋人。○いく月　暦月に天空の月を懸ける。○ながめ　もの思いにふけって、ぼんやり眺める意。▽明るい月に恋人を思い浮かべ、隔たった月日を偲ぶ。「世に経るに物思ふとしもなけれども月にいくたびながめしつらん」(拾遺・雑上・具平親王)。六九六の次。

698 「来ないで下さい」という言葉をあなたは口癖にしていたが、それを私はただ関の名だとばかり思っていたよ。○な来そ　「来るな」の意に、勿来関を懸ける例は多い。陸奥国。福島県いわき市。○ことぐさ　言種。言い癖。▽第二句は家集では「ことばは君が」とある。この方がよい。勿来の語に興じた歌。四七六の次。

題しらず　　読人しらず

699 うとましや木の下陰の忘れ水いくらの人の影を見つらん

寄レ夢恋をよめる　　源行宗朝臣

700 つらかりし心ならひに逢ひ見ても猶夢かとぞ疑はれける

俊忠卿家にて恋の歌十首人〻よみけるに、おとしめて逢はずといへる事をよめる　　源俊頼朝臣

701 あやしきも嬉しかりけりおとしむるその言の葉にかゝると思へば

山寺に月のあかゝりけるに、経の尊きを聞きて涙のおちければよめる　　平康貞女

702 いかでかは袂に月のやどらまし光待とる涙ならずは

（題しらず）　　皇后宮美濃

703 夜な〳〵はまどろまでのみ有明のつきせず物を思ふ比哉

699 いやなことよ。木の下影の忘れ水のように、私はどれほど人の姿を見ては、忘れられたことでしょう。〇三句 →四五八。「はるばると野中に見ゆる忘れ水絶え間絶え間を嘆く頃かな」(後拾遺・恋三・大和宣旨)。▽「あさましや木の下蔭の石清水いくその人の影を見つらん」(拾遺・恋四・読人しらず)の改作歌、又は異伝歌。恋人に忘れられた我が身の嘆きの歌。但し、心変りの激しい恋人を恨んだ歌とも読み得る。四九八の次。

700 三八一に重出。五一五の次。

701 我が身の賤しいことも嬉しいよ。さげすんで言うその言葉に我が身が懸っていると思うので。〇俊忠卿家にて →三九八。〇おとしめて 軽蔑する。散木奇歌集には「厭レ賤恋」とある。〇あやしき 身が卑賤なこと。▽見下げられても、それによって関心が持たれているなら良いという逆説的な内容。我が身の卑下は俊頼詠の一特徴。「君だにも人伝てならでおとしめば我が身のとがも嬉しからまし」(久安百首部類本・恋上・崇徳院)。七〇〇の次。

702 どうして袂に月が宿ろうものか。そこに月の光を待ちうけて映す涙でなければ。〇二句 涙が袂にたまることの類型表現。〇光 天空の月光。仏性を比喩することもある。▽尊い経によって感激を覚えた作者には、月光も一層清澄な輝きを放って見え、そこに仏性が感ぜられたかもしれない。五三六の次。

703 毎晩まどろむこともないまま過ごし、有明月のかかる頃まで尽きることのないもの思いをしているこの頃ですよ。〇三句 「まどろまでのみあり」と懸かる。〇つきせず 「月」を懸ける。▽懸詞の用い方が趣向になっているが、次の歌に拠ったか。「更級やをば捨て山の有明のつきずも物を思ふころかな」(新古今・恋四、伊勢集)。五八四の次。

返し

704 住吉のまつかひありて今日よりはなにはの事も知らずばかりぞ

賀茂成助

後三条院かくれおはしまして後、五月五日一品宮の御帳に菖蒲ふかせ侍りけるに、桜のつくり花のさゝれたりけるを見てよめる

藤原有祐朝臣

705 あやめ草ねをのみかくる世の中におりたがへたる花桜哉

返し

藤原知陰

706 虫の音はこの秋しもぞ鳴まさるわかれの遠く成心ちして

例ならぬ事ありける頃、いかゞなど思ひつゞけて心ぼそさに

源行宗朝臣

707 いかにせん憂き世の中にすみがまの果は煙となりぬべき身を

704　住吉の松のおかげで待つ甲斐があって、御目にかかれましたが、今日からはどんなことでも御話したい気持でいっぱいです。〇住吉のまつ　↓八六。住吉は松で著名。贈歌の作者津守国基が住吉神社の神主であることから、住吉の松を詠んだ。「待つ」を懸ける。〇四句　どのような事も。「難波」を詠み込む。↓一九七。▽贈歌(五九二)で作者に縁のある賀茂の御手洗川を詠んできたので、住吉、難波を以て応じた。「恋しきになにはの事も思ほえず誰住吉のまつと言ひけむ」(後拾遺・恋三・大江匡衡)。五九二の次。

705　菖蒲草の根をかけては、泣く音ばかりを立てている世の中で、折節に合わず折り挿した花桜よ。〇五月五日　端午の節句で菖蒲を葺く。〇御帳　後三条院崩御の翌年、承保元年(一〇七四)。〇御帳　御座所の帳。帳台。〇ね　菖蒲の根に、泣く音(ね)を懸ける。〇おり　「折る」に時節の意の折を懸ける。▽「神無月紅葉に触れる初雪はをり違へたる山桜かな」(弁乳母集)。作者藤原有祐(有佐)は、今鏡によれば後三条院の実子。諒闇の中、いっそう華やかな桜の造花をとがめたくなったのであろう。六〇六の次。

706　折からの虫の鳴声の如き悲嘆の泣声は、この秋一段とまさることです。院との別れがいっそう遠くなる気持がして。〇藤原知陰　知信(六〇八)の誤りか。今鏡他は康資王母。〇初句　死を悲しんで泣く音を、秋なので虫の音に比喩した。▽六〇八への返歌。贈歌の「今年も…なかるれ」に対して、「この秋しもぞ鳴まさる」と詠んで、悲しみがこの秋にいっそう深まっていく心情を表している。六〇八の次。

707　どうしたらよいのか。この憂世に住んで、ついには炭竈の煙のように、煙になってしまうにちがいないこの身を。〇例ならぬ事　病気が思わしくないこと。〇すみがま　炭竈に「住み」を懸ける。〇煙　荼毘の煙を暗示。▽辛い生の果ての死へのやるせない心情を詠むが、行宗の家集の詞書には「無常心を」とあって、題詠歌である。「長らへて世にすみがまと思へども果ては煙となるぞ悲しき」(夫木抄・炭竈・僧都源信)。「厭へども憂き世の中にすみがまのくゆる煙を消つよしもがな」(元良親王集)。六二八の次。

衆罪如霜露といへる文をよめる　覚誉法師

708 罪はしも露も残らず消ぬらん長き夜すがらくゆる思ひに

竜女成仏をよめる　勝超法師

709 わたつ海の底のもくづと見し物をいかでか空の月と成らん

極楽を思ふといへる事を　源俊頼朝臣

710 よもの海の波にたゞよふ水屑をも七重の網に引なもらしそ

読人しらず

711 花くぎは散るてふことぞなかりける

前太政大臣家木綿四手

風のまに〳〵打てばなりけり

708 罪業は霜露の如く少しも残らず消えてしまうだろう。長い夜の間、燻ゆり火のように悔いてきた思いの火のために。○衆罪如霜露「若欲二懺悔一者端座思二実相一、衆罪如二霜露一慧日能消除」(観普賢菩薩行法経)。○初句 しも(強意)に「霜」を懸ける。○露も 露に「つゆ」(少しもの意)を懸ける。○四句 無明長夜を暗示。○くゆる「燻ゆる」と「悔ゆる」の懸詞。○思ひ 火を懸ける。▽懸詞が多用された一首。「おき明かす霜とともにや今朝はみな冬の夜深き罪も消ぬらん」(拾遺・冬・能宣)。↓六三。六三

709 竜女は海の底の藻屑と思っていたのに、どのようにして空の月の如き仏となるのだろうか。○竜女成仏 文殊が海中で法華経を説いた時、それを聞いた八歳の沙竭羅(しゃから)竜王の娘が男子に変化して成仏したという(法華経・提婆達多品)。○二句 藻屑はとるにたらぬものの比喩。○月 実際には月となったのではないが、海底に対比して空の月を用い、仏性を暗示する。▽経文に忠実な一首だが、その霊妙さに対する感懐が感じられる。六三六の次。

710 四海の波に漂う水屑の如き私をも、仏の七重の網に引き洩らさないで下さい。○二句「ちぬの海波に漂ふ浮き海松(みる)のうきを見るはたゆゆしかりけり」(散木奇歌集)。○四句「一一樹上、有二七重網一」(観無量寿経)。○引来迎引接(いんじょう)を言う。網の縁語。▽「水底に沈める底のいろくづを網にあらでも掬ひつるかな」(公任集)。六四二の次。

711 花釘は、花という名でも散ることがないよ。風が吹くのに従って、打ちつけたからですね。○花くぎ 頭部に花形の飾りがある釘。長押などに打つ。隠し釘とも。○四句 風が吹くのに従って。花なら散るが、ここでは打ちつけた釘だから散らないと言う。▽付句が少し分り難い。風に別意が懸けられているのか。また「まにまに」に「一間一間に」を懸けるか。単に「花―散る」「釘―打つ」という言葉の上だけの趣向か。六五九の次。

鵜(う)の水にうかべるを見て　頼算(らいさん)法師

712 あらうと見れど黒(くろ)き鳥(とり)かな

さもこそはすみの江ならめよとともに

読人しらず

摂政左大臣家にて、恋の心をよめる　藤原為真(ためざね)朝臣

713 逢(あ)ふ事のなきをうき田の森に住(すむ)よぶこ鳥(どり)こそ我(わ)が身なりけれ

頼めて不ルㇾ逢ハ恋　藤原親隆(ちかたか)朝臣

714 恋しなで心づくしに今(いま)までも頼(たの)むればこそいきの松原(まつばら)

在水鳥の下、夢にだにの上

712 「洗う」という名の荒鵜だけれど、黒い鳥だよ。いかにも墨という名の住の江に住んでいるのだろう。ずっと昔から。○あらう　荒鵜。野性の鵜。「洗ふ」を懸ける。○すみの江　→八六。「すみ」に「墨」と「住む」意を懸ける。○よとともに　ずっと。▽「あらう」「すみ」の懸詞が趣向。影響歌「沖つ島波の間もなくあらうとや干せど翼の乾かざるらむ」(新撰六帖・三・鵜・知家)。六六二の次。

713 逢うことがないのを辛く思っているが、浮田の森に住んで人を呼び鳴いている呼子鳥こそ我が身なのだなあ。○摂政左大臣　→九二。○うき田の森　山城国。京都市左京区静市市原町、または伏見区淀本町。万葉集以来の歌枕は奈良県五條市。「憂」を懸ける。「ほのめかす浮田の森のほととぎす思ひ沈みて明かしつるかな」(散木奇歌集)。○四句　かっこう、またはほととぎすとも。「呼ぶ」意を懸ける。→二六。▽二つの懸詞が趣向だが、いずれも一般的な用法である。「人知れぬ思ひを常にするがなる富士の山こそ我が身なりけれ」(古今・恋一・読人しらず)。八代集抄本巻末付載異本歌(以下同)、三六四の次。

714 恋い死にせず心をすり減らすだけで、これまでもあなたが頼みに思わせてきたので生きて来れたのですよ。○頼むれば　あてにさせる。○二句　心労。「筑紫」を詠み込む。○五句　筑前国。福岡市博多湾の海岸にある。「生き」を懸ける。▽二つの懸詞は、「ちとせまで生の松原いく君を心づくしに恋ひや渡らむ」(伊勢大輔集)のように、よく組み合わせて用いられる。歌合判詞(基俊)に「恋の心も歌の姿もまさりてぞおぼえ侍る。左歌すこぶるよろしく侍り」とあって勝判。「君をのみ恋ふる心を命にて今までこそは生の松原」(康資王母集)。「恋ひしなでいきの松原いきたりと告げだにやらぬ道のはるけさ」(永久百首・隔遠路恋・源顕仲)。七一三の次。

715

山の歌合に、恋の心を　　隆覚(りゅうかく)法師

身の程(ほど)を思(おも)ひ知(し)りぬる事のみやつれなき人(ひと)の情(なさけ)なるらん

在面影下、浅ましや上

716

恋の心を　　琳賢(りんけん)法師

あくといふ事(こと)を知(し)らばや紅(くれなゐ)の涙(なみだ)にそむる袖やかへると

在逢見ての下、いつとなく上

717

題しらず　　読(よみ)人しらず

いとせめて恋しき時は播磨(はりま)なるしかまにそむるかちよりぞ来(く)る

在逢事の下、逢事は上

715 我が身の程を思い知ったことだけが、冷たい人の情けなのだろうか。○山　比叡山。→四五九。○身の程　相手に比べての我が身の程度。散木奇歌集に例が多い。▽我が身の程を知らされることを、せめて恋の情けと思うというのは、皮肉をこめているとも、無縁ではなかっただけ良かったと思っているとも解される。「来ぬ人を恨みも果てじ契りおきしその言の葉も情けならずや」(詞花・恋下・藤原忠通)。三七一の次。

716 灰汁(あく)ならぬ「飽く」ということを知りたいものだ。紅涙で染まった我が袖も、元の色に戻るかと。○あく　飽きる意に「灰汁」を懸ける。灰汁は染色や色抜きに使う。○紅の涙　血涙。○かへる　元に戻る。▽「あく」の懸詞は古来ある。「紅に染めし衣の頼まれず人をあくにしかへると思へば」(古今六帖・五・くれなゐ)。「限りなく思ひ染めてし紅の人をあくにぞかへらざりける」(拾遺・恋五・読人しらず)。三九八の次。

717 どうにも恋しくてならない時は、播磨の飾磨で染める褐(かち)ではないが、徒歩(かち)ででもやってくるよ。○初句　心に迫って。「いとせめて恋しき時はむばたまの夜の衣を返してぞ着る」(古今・恋二・小野小町)。○しかま　飾磨。播磨国。兵庫県姫路市飾磨区。褐染(かちぞめ)で著名な地。○かち　褐に徒歩を懸ける。▽古今の小町の歌の上二句に、次の二首を加えて一首に仕立てたもの。「播磨なる飾磨の市に染むと聞きしかちよりこそは我は来にしか」(藤六集)。「播磨なる飾磨に染むるあながちに人をつらしと思ふ頃かな」(好忠集、詞花・恋上)。五〇〇の次。

解　説

柏木由夫
伊倉史人

一　『金葉集』への招待

『金葉集』(『金葉和歌集』の「和歌」を略す。他の歌集も倣う)には、『百人一首』に入った歌が五首あるが、そのうちの三首を紹介する。五首の中で最も知られているのは次の歌だろうか――『百人一首』の四句は「まだふみもみず」だが、『金葉集』に従う。

大江山いくのの道のとほければふみもまだみず天の橋立(雑上・五五〇・小式部内侍)

作者の母は有名歌人の和泉式部で、今は夫の任地の丹後にいるが、作者が都で歌合の作者に選ばれたのを、やはり有名歌人の藤原公任を父とする定頼が、作者に母親からの教えを受けているかと宮中でからかったのに対して、作者が定頼を引きとどめて応じた歌である。「大江山・生野・天の橋立」という丹波・丹後の名所を詠み込み、「踏みもまだ見ず天の橋立」に「文もまだ見ず」と掛詞を使って、母の手紙などなく習ってませんと、突っぱねたのである。その場の情景まで思い浮かぶ当意即妙で見事な切り返しである。平安貴族文化の雅の香をそのまま伝える一首とも言える。『金葉集』の雑下・六二〇には、母に先立ち世を去った小式部内侍への和泉式部の哀傷歌もあって、合わせて見れば、なお味わい濃い一首である。

『百人一首』からの二首目は次の歌である。

　音に聞く高師の浦のあだ波はかけじや袖のぬれもこそすれ（恋下・四六九・一宮紀伊）

康和四年（一一〇二）に催された「堀河院艶書合（けそうぶみあわせ）」で、藤原俊忠が詠んだ「あなたに人知れぬ思いがあるが、荒磯に浦風が吹き寄せ波が寄る夜に思いを打ち明けたい」（恋下・四六八）という歌への返歌で、「名高い浦のすぐ引き返す波のように浮気なあなたの誘いはお断りします。悲しい涙で袖が濡れもしましょうから」といった断りの歌である。

小式部内侍の歌が平安貴族の日常会話そのものの美なら、紀伊の歌は、虚構の恋を美的に楽しんでいる歌である。小式部内侍は『後拾遺集』（一〇八六年成立）時代の歌人で、紀伊の方が現実に縛られず、より和歌の雅を深く追求しているとも言える。『金葉集』

と同時代作品の『堀河百首』が恋を「初恋・不被知人恋・不遇恋・初逢恋・後朝恋・会不逢恋・旅恋・思・片思・恨」の十題に詠み分けていることにも通じる時代性を表しているのだろう。

『百人一首』からの三首目は次の歌である。

夕されば門田の稲葉おとづれてあしのまろ屋に秋風ぞふく（秋・一七三・大納言経信）

この歌は、「田家秋風」という題で、京都の桂川東岸の梅津という地にある貴族の別荘での歌会で詠まれた。秋の夕暮れに、門前の田では稲穂を吹いて葉が音を立て、蘆葺きの小屋には秋風が吹くよ、という内容である。後述するが、『金葉集』を代表するとも見なされた一首である。作者の経信は撰者俊頼の父で、『後拾遺集』時代で実質的に第一の歌人である。

歌中の「門田」は万葉語で、この時代の『万葉集』摂取の流行を反映した一首と言えるが、田を渡る秋風は『古今集』から詠まれている。

昨日こそ早苗とりしかいつのまに稲葉そよぎて秋風の吹く（秋上・一七二・読人しらず）

この歌と経信詠との差は、『古今集』歌が農夫の視線からの季節の推移と収穫への思いが籠められているのに対して、経信詠は、夕日の光に風が加わってきらめく田園の光景の描写そのものに主眼があることだろう。『金葉集』には「田・苗代」を詠んだ歌も少なからずあり、農事への関心は高いと見られる。しかし、田園風景を好んで和歌に詠むことは『後拾遺集』以来の傾向であって、こうした叙景歌は『後拾遺集』に始まる新しい自然への詠み方で、『金葉集』は、この新しさをなお進めようとしていることも注目される。

二 『金葉集』までの時代

『金葉集』が成立するまでの歴史的背景をごく簡略に素描する。桓武天皇の平安京遷都に始まる平安時代の初めは漢風の律令体制と漢詩文が重んじられた。それが九世紀中頃から国(和)風重視に変化する。成立を延喜五年(九〇五)~同十四年とする第一勅撰和歌集の『古今集』が編纂されたことも、その潮流をいっそう促した。続けて『後撰集』『拾遺集』が成立し、まとめて三代集と称される。この三代集の時代を支えた政治体制は藤原氏による摂関政治だが、十一世紀半ばに入り藤原氏を母としない後三条天皇が即位してから、あらためて天皇親政が唱えられるようになる。そうした機運を支えに『拾遺集』から八十年近くを隔てて、後三条天皇を継いだ白河天皇の命によって、四番目の勅撰集『後拾遺集』が成立した。この『後拾遺集』は、背景の変化とともに、和歌の内容面についても三代集とは一線を画す和歌を含む歌集となった。その後、白河天皇が退位して院となって、『金葉集』は編纂されたが、革新の芽はいよいよ育ち、なお新たな特色を持つ勅撰和歌集として成立した。

三　名称

「金葉」の由来について、藤原清輔著『袋草紙上巻』(平治元年(一一五九)成立)の「雑談」には、「仏は涅槃に入らむと欲するの時、世間に金葉の花雨ふると云々」とみえ、成立のわずか二年後の大治四年(一一二九)に下命者白河院の崩御、編者源俊頼の死があったから不吉だとする。清輔が指摘する出典は大般涅槃経にある「其華純真金を以て葉と為す」とされるが、「金」は藤原公任撰の『金玉集』を前例とし、「葉」は当時歌人達に強い関心が持たれていた『万葉集』に倣って「言の葉」を表し、金の如く優れた和歌の意を込めたものとする考えもある。こうした理解は近世の北村季吟等から見られるという(松田武夫『金葉集の研究』)。

『金葉集』の異称として、藤原盛経が「臂突(ひじつき)あるじ」と称したとされる。それは、「独断的で強引なやり方を嘲った言葉か。あるいは形ばかりで中身は無内容のことをいうか」(『袋草紙』新大系脚注)という批判と解される。別に、『金葉集』の最終成立を待たず、大治元年(一一二六)十二月に藤原顕仲は『金葉集』を批判して、『良玉集十巻』(散佚、序文・奥書のみ伝存)を編纂した(『袋草紙』『和歌現在書目録』『八雲御抄』)とも伝わるが、こうしたことは、直前の『後拾遺集』での『難後拾遺』に見られるように、和歌及び歌集への論難の高まってきた時代相の反映で、『金葉集』全体が提示する革新性に対する敏感な反応でもある。つまり、大きく見れば平安和歌が変革の時代の中に入っていることを示している。

四 成立

下命者は白河院だが、院はすでに在位末年の応徳三年(一〇八六)に『後拾遺集』の成立を見ている。それは藤原摂関家依存の政治体制から天皇親政への復権を果たした記念碑的勅撰集と見なされる。『金葉集』は、その白河院にとって再度の勅撰集撰集の企画だった。それは退位後も政界に君臨したことを、文華の象徴たる勅撰集で改めて記念しようとの意図だったのかもしれない。『金葉集』に序文はなく、成立について委しく記されている『袋草紙』の「故撰集子細」から主要な部分のみを抜き出すこととする。

流布本では和歌が六百五十四首、他に連歌十六首を含む(底本＝和歌六百四十八首・連歌十七首)。白河院が「御譲位之末」天治元年(一一二四)四月三日から年末までに発した院宣によって、源俊頼が単独で編纂し、同年末までのうちに初奏本、同二年四月までに二度本として最終段階の精撰本を上奏したとおぼしい。奏覧に際して院は、上記の二度ともに再奏を命じたため、俊頼は、『拾遺集』や『玄々集』からも入集歌を求め、大治元年(一一二六)から二年の間に出した三度目の草案が受納された。そのため最終の奏覧に供した本は撰者俊頼の許になく、院が幼くから養女としていた待賢門院の許に置かれたが、門院の兄で前の太政大臣だった藤原実行が申し出て書き写し、他には広まらなかったという。その本には、兼盛・能宣の歌及び上記の勅撰・私撰二歌集の歌なども含まれるが、『拾遺集』が作られて時を経、斧の柄が朽ちるように棄て置かれていると言われているので入れたのである。第一首は源重之の「吉野山峯の白雲いつ消えて」の歌である。しかし、世の中に流布した本は第二度本で、それは近代・当代の人の歌等が主である。第一首は故修理大夫藤原顕季の「打ち靡き……」の歌である。三度目の奏覧本は正式の巻子本ではない冊子本で、俊頼自ら書いたと言われる。(以下略)

『袋草紙』では、続けて次の勅撰集『詞花集』について記述するが、その中に、『金葉集』については流布された二度目の本を主と見て、三度目に編纂された『金葉集』と重複する歌は除かないとある。確かに最終奏覧本で新たに加わった六十首余りの和歌は

『詞花集』に重なっている。これを、三奏本が『拾遺集』とは二十首余り、私撰集の『玄々集』とは八十首重なることと合わせて考えると、この時期から『金葉集』としては二度本が独自性という面で評価されていたと推測される。

五　初奏本・二度本・三奏本

成立に初奏本から三奏本まで要したことについては、『今鏡』の「むらかみの源氏第七・武蔵野の草」にも内情がほの見える。俊頼は初奏本で春冒頭を紀貫之の歌としたが、白河院から「貫之もめでたしと言ひながら、三代集に漏れきて、あまり古びたる……」と、三代集の残滓だとされ、「古き上手ども入るまじかりけり」と判断して近代歌人を中心に改作したが、それも受納されず、三度目に源重之を冒頭とした改作が院に留められたとある。しかし、それは、「隠れて世にも広まらで、中たびのが、世には散れる」と、『袋草紙』に同じく、世の中に流布したのは二度本だと説いている。以上は、『八雲御抄』にもほぼ同趣旨が記述されている。

具体的には後文に示すが、白河院が最終的に受納したもの以上に当代重視の内容の二度本が流布することになる。しかし、『金葉集』が三度の編纂と奏上にまで及んだこと自体も注目される。この後の『詞花集』『千載集』で、奏上された歌集について下命者が修正を命じることに通じ、大局的に言えば、成立後の間断ない切継ぎを命じた『新古今集』での後鳥羽院の登場にまで連なったのかもしれない。白河院は八代集中で唯一人の二度にわたる勅撰集下命者で、それほど勅撰集編纂に強い意欲と関心を持っていた。結果として、白河院が勅撰集の成立は撰者の力量だけでなく、下命者の和歌観と時代・社会への認識に深く結びついた営みであることを改めて確認させたとも言えるだろう。

初奏本・二度本・三奏本に収載される各和歌の情報については『金葉集研究基礎資料稿』(後藤重郎・杉戸千洋編)に詳しいが、収載歌人の大まかな時代差を見るために、各歌人が初めて作者となった勅撰集で分け、その人数及び和歌数を以下に掲げてみる。

すべて「読人不知」を除いての結果だが、まず初奏本(伝冷泉為相筆残欠本)は巻五「賀部」までで、古今集＝六人・十九首、後撰集＝四人・十一首、拾遺集＝十四人・二十六首で、三代集としては、二十四人・五十六首(A)。後拾遺集＝五十八人・百三十首(B)。金葉集＝百三十二人・二百七十二首(C)となる。ここまでの計は、二百六人・四百五十八首。

二度本(底本及び補遺歌を含む)は、拾遺集＝五人・七首(A1)、後拾遺集＝七十一人・二百三首(B1)。金葉集＝百六十二人・四百四十七・五首(C1)。計は二百三十八人・六百五十七・五首。

三奏本（伝後京極良経筆三奏本）は、後撰集＝五人・十三首、拾遺集＝三十一人・七十四・五首で、三代集としては、三十六人・八十七・五首（A^2）。後拾遺集＝八十二人・二百二・五首（B^2）。金葉集＝百四十九人・三百十三首（C^2）。計は二百六十七人・六百三首。以上となる。

　これらの数値は作者名表記への判断次第で若干の誤差が生ずることは理解しておく必要がある。また、残欠本の初奏本以外は連歌を含み、連歌一首は作者一人にとって〇・五首とした。以上の各集の歌数計を百パーセントとして、各集でのA・B・Cの歌数の率を示すと以下のようになる。

初奏本＝A（12.2％）・B（28.4％）・C（59.4％）
二度本＝A^1（1.1％）・B^1（30.9％）・C^1（68.1％）
三奏本＝A^2（14.5％）・B^2（33.6％）・C^2（51.9％）

　初奏本が巻五までであること、二度本は精選本に補遺まで加えた歌数としたことなど、単純に比べることには、なお慎重であるべきだが大要は知られるだろう。二度本で後拾遺・金葉を初出とする歌人の和歌が圧倒的なことは予想通りだが、大きいだろうと予想された初奏本での三代集の比率が、意外にも三奏本の方が若干勝り、かつ三奏本での時代に偏らないバランス重視も確認できる。

個々について見ると、初奏本は現存の四百七十八首中の六十四首が二度本・三奏本のどちらにも削除されたが、別に三十一首は三奏本で復帰している。このように、これら三集の編纂方針については、なお詳細な検討が必要だろう。

六　編　者

編者である源俊頼は、父経信が後拾遺時代の最大の歌人であり、俊頼の子俊恵も平安末の歌人結社とされる歌林苑を主催し、『百人一首』では、俊頼を含めて、親・子・孫の三代の歌人すべてが選ばれた唯一の家系でもある。俊頼は、天喜三年(一〇五五)生、大治四年(一一二九)末以前の没とされる。現存歌合での出詠は三十一回、そのうち判者だったのが十一回で、まさに歌界の重鎮として重んじられていた。『堀河百首』『永久百首』を主導し、歌論書『俊頼髄脳』の著、晩年『金葉集』編纂の後、勅撰集に倣った部立構成の家集『散木奇歌集』を編んだ。後に続く藤原俊成・定家にとって直前の最も仰ぐべき重要な歌人と言える。『金葉集』も編者俊頼の和歌に対する姿勢が支配的とも見なされるが、彼の真骨頂は和歌革新にあった。父経信の時代に、三代集的世界の継続に限界を見て新たな和歌が求められてきたが、俊頼にとっての和歌の現状への思いは次のようなものだった。

……詠み残したる節もなく、続け漏らせる詞も見えず。いかにしてかは、末の世の人の、めづらしき様にもとりなすべき。……あはれなるかなや。この道の目の前に失せぬる事を。俊頼のみひとり、このことを営みて、いたづらに歳月を送れども、わが君もすさめ給はず、世の人もまた、憐れぶともなし。……(『俊頼髄脳』)

和歌の現状に慨嘆を漏らす箇所で、要点は俊頼が「末の世」に自分「ひとり」で、和歌の世界で奮戦していることを主張しているように読むことができる。

俊頼が求めた和歌革新の一面に、庶民性や日常性を和歌の世界に取り込むということがある。一例を挙げると、ある晩秋、別荘のある近江の田上の地を訪れた俊頼が、刈り取った稲の穂が積まれている様を見て問うた答えが「法師子の稲なり」とあったことと、翌朝出された「みそうづ」と呼ばれる雑炊にちなんで、

昨日見し法師子のいね夜のほどにみそうづまでになりにけるかな

と詠んだというものである(『古今著聞集』)。これは、「法師子」という稲の名と雑炊について、「法師」と「僧都」を掛詞で詠んだことが一首の面白さになっているのだが、貴

族世界の雅びに閉じられていた和歌の範囲を庶民の日常性にまで広げようとするものと見られる。それは『金葉集』の雑下部に連歌をまとめて収載した連歌の世界観とも通じる。

また、ある時、藤原忠通邸での和歌の会で俊頼が和歌に署名をせず、講師の源兼昌が不審を漏らすが、俊頼は構わずに詠ずるよう促すので兼昌は、それに従い、

卯の花の身の白髪とも見ゆるかな賤が垣根もとしよりにけり

と読んで、「年寄り」に俊頼の名が掛けられていると気づくという話である（『無名抄』）。卯の花の白い花を日常卑近な白髪と見立て、老い人に例えた内容だが、同時に年老いた俊頼自身を連想させるペーソスが籠められた一首である。

俊頼が藤原忠実邸に参上していた時、近江の鏡の宿の傀儡（くぐつ）（芸人）が来て、歌謡を歌ったが、それは、

世の中は憂き身に添へる影なれや思ひ捨つれど離れざりけり（雑上・五九五）

というもので、元は俊頼による『堀河百首』の無常題で詠んだ長歌の反歌だったが、傀儡の歌う声を聞いた俊頼は「俊頼、至り候ひにけりな」と満足しきりだった（『無名抄』）。

この和歌は、世の中と自己との切るに切れない関係の真実を詠んだものだが、傀儡という貴族とは対極の庶民層まで含めて自作の世界が認められたことに大きな満足を感じたのだろう。俊頼の和歌革新とは、こうした和歌世界の広がりを目指すものだった。

七　主要歌人と出典

底本に補遺を含めて、歌数が十首を越える歌人を挙げると次のようになる。

源俊頼(35首)、源経信(27首)、藤原公実(25首)、藤原顕季(20首)、藤原忠通(15首)、藤原長実(15首)、藤原顕輔(14首)、永縁(13首)、源顕仲(10首)、行尊(10首)

まず撰者である俊頼の歌が一番多く、次に多いのが経信である。経信は俊頼の父で、『後拾遺集』時代を代表する歌人であり、その撰者となる実力を備えながらも、白河院の信任を得た藤原通俊が撰者となって、不当に冷遇されたのだった。その父の名誉回復を俊頼は企図したのだろう。これは、『金葉集』を単独で任されたがゆえの、本集全体を覆う俊頼の自己主張の一端と見ることができる。

次の公実は権大納言に至った権門で、妹や娘は天皇の女御・中宮で天皇母。公実に次ぐ顕季は白河院近臣で正三位・修理大夫に至り、歌道家六条藤家の祖。次の忠通は藤原摂関家の氏長者、従一位で太政大臣。ここまでの人物を見ると、筆頭の俊頼父子の後、皇室周辺と権力・財力の頂点で文化を重んじる人々が並ぶ。続く長実・顕輔は顕季を継ぐ者。永縁は行尊とともに僧正となり出家歌人を代表する。顕仲は当時藤原氏に並んで勢力を持っていた村上源氏の代表とも思われる。これら十人の中で、経信・公実・顕季は『後拾遺集』が勅撰集初出、他の七人は『金葉集』初出で、当代重視は露わである。出典で見てもそれは明らかで、『堀河百首』の四十一首が最も多く、当代歌合からの入集が続き、それはすべて『後拾遺集』成立後に行われたものである。

八　構　成

『金葉集』の部立と、底本での歌数（%）を整理すると以下のようになる。

春＝93（14）　夏＝62（9.3）　秋＝101（15.2）　冬＝48（7.2）

賀＝29（4.4）　別＝16（2.4）　恋上＝71（10.7）　恋下＝95（14.3）　雑上＝88（13.2）　雑下＝62（9.3）

『金葉集』以前の勅撰集の部立が二十巻であることと比べると半分の規模の十巻で、きわめて単純になっている。こうした勅撰集での伝統に『金葉集』が外れていることについては、『古来風体抄』に「拾遺抄ぞ抄なれば、十巻に抄せるを、金葉・詞花は拾遺抄を存じけるにや、二の集は十巻に撰じたるなり」と解釈されていて、各巻の構成まで、『金葉集』と『拾遺抄』は一致している。俊成は、現在のほぼ定説化した『拾遺抄』先行説とは逆に、『拾遺集』を抄出したのが『拾遺抄』だと理解し、「近き世の人の歌詠む風体、多くはただ拾遺抄の歌をこひねがふなるべし」と、『拾遺抄』が重んじられていたことを背景に『金葉集』は『拾遺抄』を実質的な意味で踏襲したと考えたようだ。

以下、具体的に『金葉集』の各巻を見てゆくが、編者であり最多歌数でもある俊頼の和歌が、いくつもの巻で要所に配され、全体を括る枠となっていることも注意される。

まず第一巻から四巻までの四季で詠まれる題材は、『古今集』以来の勅撰集で、季節ごとに注目されるものとして選ばれた伝統に従いつつ、新しさを加える。「春」は、二十八首の「桜」歌群、十四首の「落花」と「春」の半数に近い「桜」に、「苗代」の二首が勅撰集に新たに加わった点が注意される。「夏」は、二十三首の「時鳥」に、新たな題材「鵜川」が加わった。特に歌数が多い「秋」は、「七夕」の十首、実りの田園、秋の草花に「紅葉」。四十四首の「月」、「虫・雁」の鳴き声に、「露・霧」という天候の変化で、題材も最も豊富。「冬」は、風物としての「網代・神楽」もあり、「千鳥」の声、「氷・霰」を経て、最多の十六首が「雪」で、「歳暮」に至る。

第五巻「賀」は、宮中・貴族宅での歌会での題詠の外、後冷泉・崇徳の両天皇の大嘗会での悠紀・主基も含む。長寿を祝う歌は含まないことが特色。巻末は俊頼の和歌。

第六巻「別」は、地方に赴任する者への都の人からの和歌が主だが、都を離れる人物が都の人に送った和歌も四首ある。

第七・八巻の「恋上・恋下」では、冒頭付近は恋の初期の歌だが、直後につれない相手に涙し、相手を恨む和歌が並ぶ。他の勅撰集にある恋の進行を配列に反映させるという伝統には従わず、配列基準は明らかではない。「恋下」四九一からの「題読人不知」の十七首は、特定の古歌を本とした特徴的な詠風で注目される。また、「恋下」巻末は俊頼の和歌で、二巻の総括と見なせる。

第九巻の「雑上」の和歌は、様々な人生の出来事に応じた感懐のほか、対人関係での戯れのやりとりや込み入った恋、名所の叙景もあり様々である。この巻末も俊頼関係の二首で閉じられる。第十巻の「雑下」の前半は大部分が人の死に関わる和歌で、後半は雨乞いの一首以外は仏教関係歌が占め、巻末は連歌群となる。その連歌のほとんどは『俊頼髄脳』に収められたもので、その直前直後は、俊頼の和歌が配され、歌集全体の綴じ目となっている。

九　評価・歌風

『金葉集』に近い時代での評価として、藤原俊成は、『金葉集』二度本について、「撰者のさほどの歌人に侍れば、歌どももみなよろしくは見え侍るを、少し時の花をかざす心の進みにけるにや、当時の人のみ初めより続き立ちたるやうにて、少しいかにぞ見え侍るなるべし」(『古来風体抄』)と、まず編者俊頼への敬意から全体への高評価を示す。ここまでは、俊成が編纂した『千載集』で俊頼を歌数第一位にしたことに見合っている。しかし、当代歌人中心の新しさのみが続いて目立つことに疑問を呈す。ほぼ同時代の『無名抄』では、「金葉は又わざとをかしからむとして、軽々なる歌多かり」と、和歌の新奇さを意欲的に目指した結果、軽々しく勅撰集らしい重みに欠けると批判する。もう少し下って、順徳院の『八雲御抄』では、「後拾遺・金葉集のころより後ざまの歌、おほく平懐なる体なれど、ぬけてよき歌は又おほし」とする。「平懐」とは、日常の実用語でしかなく新鮮味がないということだろう。他に阿仏尼の著『夜の鶴』では、「金葉・詞花などは歌の姿かはりて、ひとふしをかしき所ある歌のみ多く侍る。今めきたる事がちにや候やらむ」とあるが、これも新奇さをねらった表現を批判している。要するに当代歌人が新しい詠風を意欲的に示すことに、和歌としての重みや風趣がないと批判されていると見るべきだろう。こうした批判の底には伝統的な和歌世界へのこだわりがあり、その道筋に沿う範囲内での進化を望む意識が強くあるのではないだろうか。一方、編者の俊頼と同時代の意欲的な歌人達は、伝統から新たな道筋を求め、どのように発展させられるかを課題として進もうとしていたのではないか。そう見ると、これらの評には俊頼が意図した『金葉集』の方向性が真には捉えられていなかったように思われる。

俊成の俊頼への評価もあり、「ぬけてよき歌は又おほし」(『八雲御抄』)ともあるが、では、『金葉集』の秀歌とは、どのような歌とされるのか。新大系版付録の他出一覧で、後の秀歌選等に十回以上選ばれたものは次の歌々である。

山桜さきそめしよりひさかたの雲ゐに見ゆる滝の白糸(春・五〇・源俊頼)
夕されば門田の稲葉おとづれてあしのまろ屋に秋風ぞふく(秋・一七三・源経信)
うづら鳴く真野の入江の浜かぜに尾花なみよる秋のゆふぐれ(秋・二三九・源俊頼)
おもひ草葉末にむすぶ白露のたま〳〵来ては手にもかゝらず(恋上・四一六・同)
大江山いくのの道の遠ければふみもまだみず天の橋立(雑上・五五〇・小式部内侍)
もろともに苔の下にも朽ちもせで埋まれぬ名を見るぞ悲しき(雑下・六二〇・和泉式部)

五・六首目は、小式部内侍の説話と和泉式部の名声が結びつき格別に話題性を得た結果と思われる。この二首を別にすれば、『金葉集』の和歌で最も評価されたのは、解説冒頭に紹介した経信の一首と俊頼作の三首の和歌だということになる。歌柄の大きさ、情緒の深さ、用語の適格性が高い評価を得たと言うべきだろうか。

しかし、『金葉集』の特性は、後の評価とは別に考えるべきだろう。以下では、そうした観点から、『金葉集』の和歌とは、どのような特質があり、どのような方向性を持っているのかについて見てゆく。

『金葉集』だけに限るのではなく、この時代の和歌の特色として顕著なことの第一には『万葉集』からの影響・摂取が挙げられる。『万葉集』を和歌の形態や内容によって分類した藤原敦隆編の『類聚古集』の成立が、長治二年（一一〇五）～永久六年（一一一八）で、『金葉集』と同時期ともされ、『万葉集』自体の研究が深化する時代でもあった。『金葉集』の各和歌について、『万葉集』との関わりが想定されるものは六十首近くを指摘できる。以下では、それらに見られる「万葉語」に注目してみる。

- 地名と結びつくもの＝春霞たつたの山（一〇）、かほやが沼のかきつばた（七二）、神無備川～山吹の花（七八）、ま葛這ふあだの大野（一五七）、岩代の結べる松（二八六）
- 人＝わぎもこ（一二四）、妹（二一一、四八二）、せな（五一〇）
- 生活＝黛（五八六）、菅枕（三八七）、朝寝髪（三五八）
- 家と周囲＝葦火たく屋（一〇三）、槙の伏屋（一七〇）、芦垣のほか（八八）
- 野外＝早蕨（七一）、鴫（七四）、うづら（二三九）、もず（二四三）

・春秋＝底さへにほふ花桜（三一四）、七夕〜花のかづら（一六五）、下照るばかり紅葉（二五七）、菅の小笠に錦織りかく（二六三）
・自然の激しさ＝山もとどろに落つる（五四五）、鷺の〜里とよむなり（五五六）
・卑俗さ＝うばひて（九八）、ぬす人（五〇六）

『万葉集』は、三代集にはない新たな世界を広げる上で大きな刺激となったはずで、右の語を見るだけでも、野外への親しみや庶民性・日常性・卑俗性は窺える。

この時代に、なぜ『万葉集』が注目され好まれたのかは十分考究すべき問題だが、一つには平安時代の貴族中心の平穏さに包まれた安定が崩れ、武力を要として、身分の上下を問わず穏やかさのベールが剝ぎ取られてゆく時代相の反映として、平安王朝以前の穏やかならざる時代への関心ということもあったのかもしれない。

しかし、また『万葉集』からの学びだけがすべてではないとも思われる。次には、「万葉語」ではないが、『古今集』以来の勅撰集の歴史の中で『金葉集』で初めて入れられた語に注目し、総体として『金葉集』の和歌が目指した方向性を考えたい。

以下に、『八代集総索引　和歌自立語篇』によって、『金葉集』で初出する語の多くを、内容が特殊で後にも触れる恋下の四九一〜五〇七の「題読人不知」とされた歌群と連歌を除いて掲げる。その際、当該歌番号とともに、『詞花集』から『新古今集』までの和歌で、その語が用いられている数も示した。

- 自然〈美〉の発見＝花の梢（五一 1）、櫨（はじ）（二四三 1）、蔭草（二七七 3）、思ひ草（四一六 3）、たるひ（二七七 1）、四方の海（三一一・四六一・七一〇 0）、しば立つ波（三九五 0）、夕くれなゐ（八〇 0）、夕づく日（四二七 1）、むら雲（二〇六 6）
- 自然の細部への注視＝つらゐる（四・六九五 3）、ゐぐひ（六二 0）、延枝（はひ）（八五 0）、葉広（九七 1）、葉隠る（五七七 0）、ほき（二七七 0）、うみうめ（五七七 0）
- 庶民＝賤の女（一〇三 1）、民（三一九 5）
- 住まい＝外面（そとも）（七五・一七二 3）、波枕（二九七 3）、草の庵（いほ）（五三三 2（「いほり」を含めれば6））、柴の戸（五六八 8）
- 生活＝夏引きの糸（三五五 2）、藻塩草（三七二 4）、賤のしけ糸（五一四 0）、蒔絵（五四四 0）、反り（五五七 0）、鞘（さや）（五七五 0）、束（つか）（五七五 0）
- 農事＝水口（一三九 0）、根芹（四三一 0）、ますら男（を）（五三一 1）、水車（五六一 0）
- 意識・感覚＝かをる（五九・一二八 10）、なにとなく（二九九 6）、心ならひ（三八一 4）、身の程（四三七・五六二 5）、束の間（五七五 2）

・動作＝すがる（一五〇・二七七 1）、手すさみ（一五四 1）、這ひかかる（一七〇 1）、行きさすらふ（四七三 0）、方違ふ（四七九 0）、かけさぐ（五一三 0）、つはる（五七七 0）

・祝意＝豊さかのぼる（三三三 0）

・古代＝信楽（二九一 1）

・仏教＝説く（六二六 6）、唱ふ（六三〇・六四七 0）、剣の枝（六四四 0）

・新たな掛詞＝しら沼（一三四 0）、ひさしに葺ける（四三六 0）

以上、試みに分類して掲げたが、語によっては前代までの漏れを補う程度にしか感じられない語もある一方、新しい語を用いて、分類したそれぞれの方面で和歌世界を深化させたり拡大するという、新たな意欲的まなざしも確実に受け止められる。

そうした中で、(A)『詞花集』以下で多くの歌が受け継いだ語を含む和歌と、(B)まったく継承されず『金葉集』だけの入集で終えた語を含む和歌のそれぞれの典型例を次に示し、具体的に確認したい。傍線部が前掲の『金葉集』初出語である。

（A）

木ずゑには吹くとも見えで桜花かをるぞ風のしるしなりける（春・五九・源俊頼）

なにとなく年の暮るゝは惜しけれど花のゆかりに春を待つかな（冬・二九九・内大臣）

蜩の声ばかりする柴の戸は入日のさすにまかせてぞ見る

（雑上・五六八・修理大夫顕季）

（B）

高ねには雪ふりぬらし真柴川ほきの蔭草たるひすがれり

（冬・二七七・大中臣公長朝臣）

なき影にかけける太刀もある物をさや束の間にわすれはてける

（雑上・五七五・源俊頼）

葉隠れてつはると見えし程もなくこはうみうめになりにけるかな

（同・五七七・読人不知）

まず（A）最初の「かをる」を詠む歌のもう一首は経信作で、この二首を先鞭として『詞花集』以下で十首に詠まれた。その中には、

風かよふねざめのそでの花のかにかをるまくらの春の夜の夢
（新古今集・春下・一一二・俊成女）

うちしめりあやめぞかをる時鳥鳴くやさ月の雨のゆふぐれ
（同・夏・二二〇・藤原良経）

といった名歌もある。『金葉集』で、嗅覚の美をいち早く評価し、それが以後の歌人達に歓迎された事がわかる。二首目の「なにとなく」は、『千載集』で四例、『新古今集』で二例が詠まれている。私家集まで含めれば西行が特に好んで用いたことが知られる。意味は、茫漠とした未分明な心を表現する語として重んじられようになると思われる。三首目の「柴の戸」は、出家者・隠遁者の生活を詠む語として多く詠まれるようになる。「草のいほ」の用法にほぼ重なると思われるが、時代的に仏教の社会的浸透に合う語とされたのだと思われる。このように、これらの語は『金葉集』を経過して、言わば和歌世界の表舞台で多く詠まれるようになったと見ることができるだろう。

（B）最初の和歌は、一首のうちに『金葉集』初出語を多く含んでいるので注目した。中では「ほき」が『金葉集』独自の語で、「蔭草」「たるひ」「すがる」は、それぞれ『詞花集』以下でも例がある。二首目は注解にも示したように、漢籍の故事に関わらせて詠んでいるが、「太刀」と、その縁語の「鞘」と「柄」を掛詞に用いて一首にしたもので、この意での用法としては独自である。三首目は用いられた「葉隠る」「つはる」「うみうめ」のすべてが『金葉集』独自である。

この(B)に属す歌にほぼ同類かと思われるのが、上記の初出語調査で除外した恋下の四九一～五〇七の「題読人不知」とされた歌群である。以下に数首を例示する。

逢ふ事はかたねぶりなるいそひたひ　ひねりふすともかひやなからん(五〇一)
近江にかありといふなるかれひ山君は越えけり人と寝ぐさし(五〇三)
はなうるしこやぬる人のなかりけるあな腹黒の君が心や(五〇七)

右の三首の傍線部が『金葉集』初出で以後用いられなかった語である。この歌群での他の同様の語には、「たふる・からき」(四九二)、「くるもとのさと」(四九六)、「空なげき」(四九九)、「思ふがり」(五〇二)、「さざれ水」(五〇五)もある。

夙にこの歌群については川村晃生氏の論述(「金葉集の一方法」『摂関期和歌史の研究』第二章に所収)がある。手短に必要な結論のみを援用すれば、上記歌群の和歌は、口語的・俗語的・俳諧的な作品群で連歌の世界にきわめて近く、ほぼ先行歌があって再生されたもので、俊頼作の可能性があるといった指摘である。こうした歌は、当代歌人作が続く恋下末尾まで含まれるとされる。実際それは限られた歌群内や連歌にとどまらず、まさに(B)で挙げたものが、その典型だと言えるが、『金葉集』全体の特色として指摘できることと思われるのである。

『金葉集』の和歌について、まず後代で高く評価されもの、次いで後代の和歌に影響を与えたもの、最後に後代には受け入れられ難かった独自なものの三種に分けられるとして述べてきた。その世界全体についての統一的な方向性を言い表すことはきわめて困難なことに見えるが、『古来風体抄』や『無名抄』などでの批判の矛先は、最後に挙げた、独自歌語が多く口語的・俗語的と判断される歌々に向けられたものかと推測できる。しかし、川村氏が明らかにしたように、それらの和歌も先行歌が存在し、和歌のあり方として認め重んじようとの判断が俊頼と当代歌人の考えだったのではないだろうか。実証はできないが、源俊頼の私家集の名称が卑下、あるいは謙遜の意を込めた『散木奇歌集』とある「奇歌」の意味も『金葉集』の世界に重なる自らの和歌世界への評価を予測していたのかもしれない。しかし、例えば恋下の巻末に配された俊頼の和歌

あさましやこは何事のさまぞとよ恋ひせよとても生まれざりけり(五一五)

という、恋することの不思議を日常語だけで、ひたすら率直に詠むことに深い感慨を込めていることを見ると、『金葉集』の目指した方向性として、伝統美と定まった歌語の殻を破り、庶民まで含む日常語や俗語の世界をも包み込んだ和歌を目指す革新のための模索という面が強く思われるのである。

（柏木由夫）

十　底本と伝本

成立の概観は前項に述べたが、現存する諸本について以下に詳述する。

白河院の意に適わず、返戻された初奏（度）本はさすがに流布することがほとんどなかったらしく、現存する伝本は巻五までの残欠本である静嘉堂文庫蔵伝冷泉為相筆本が知られるのみである。

この伝冷泉為相筆本の巻頭二首は貫之と覚雅法師詠であり、前述の『今鏡』の伝える「俊頼の君、金葉集撰び奉りたりけるはじめに、貫之「春立つ事を春日野の」といふ歌、その次、覚雅法師とて入り給へりける……」というところと合致する。しかしながら、平瀬陸蔵伝後京極摂政良経筆本（二奏本）の奥書によれば、「初度進覧之本」の巻頭には輔仁親王の「年のうちに春立ちくればひととせにふたたび待たる鶯の声」が置かれていたという。またその輔仁親王の表記について、『今鏡』（みこたち第八・源氏の御息所）は

「木工の頭(俊頼)の撰び奉れる集に、輔仁の親王と書きたりければ、白河院は『いかにここに見むほど、かくは書きたるぞ』と仰せられければ、三宮とぞ書き奉れる」と伝えている。とすれば、巻頭ではないが作者名を「三宮」とする伝為相筆本は白河院の命を受けて修正した後の形態を示していることになる。初奏本の編纂にもなお紆余曲折があったことがうかがわれる。

初奏本棄却の後、俊頼は切継ぎ作業に着手した。吉田幸一旧蔵伝兼好法師筆本、静嘉堂文庫蔵伝甘露寺経元筆本の奥書に「天治二年四月日依　院宣撰之」(経元本＝宣旨撰之)とあり、これを信じれば、最初の院宣が天治元年(一一二四)に下った後、極めて短期間のうちに完成させたようだ(右奥書を初奏本のものとし、二度本の成立を大治元年(一一二六)の夏頃とする説もある(加畠吉春氏))。この度は当代歌人の詠を主体に変更した。これが二度本であり、現存する『金葉集』諸本はほぼこの系統に属する。ただし、その歌員、排列は一様ではなく、平澤五郎『金葉和歌集の研究』、平澤、橋本不美男、赤羽淑氏らの『新編　国歌大観』の解題等によれば、二度本現存諸本は初撰二度本系と再撰二度本系に大別されるという。

初撰二度本系は二度本の草案として成立したと推測される伝本群で、『続群書類従』(巻三六七)所収『金葉和歌集初度本』の他、数本が伝存する。歌数はノートルダム清心女子大学正宗文庫蔵橋本公夏筆本で和歌七四六首、連歌十九首で、本書に比して百首程多い。また続群書類従初度本系諸本といわゆる二度本諸本との間に位置する伝本も数本確認されており、中でも天理大学附属天理図書館吉田文庫蔵本は、「三宮」と「輔仁親王」の表記が混在している等注意すべき伝本である。さらに、伝後鳥羽院筆『金葉集』断簡「玉藻切」には、確認できた六十数葉、約百七十首のうちに新出歌が数首含まれている。例えば鶴見大学図書館蔵「玉藻切」に見える「はじめたるこひの心をよめる　藤原資光　心にはしがらみかけておもへどももらしがたきはせきかはのみづ」は『金葉集』諸本及び他の撰集に見えないものである。「玉藻切」は昭和二三年（一九四八）に分割された新名物であり、続群書類従初度本系諸本よりさらに前段階の形態を示すと推測される。今後も多くの断簡が発見され、同本の位置づけがさらに明らかになることが期待される。

つぎに再撰二度本系は、(a)精撰本系（一類＝終稿本系、二類及び三類＝草稿本系）、(b)中巻本系、(c)流布本系に分類される。(c)→(b)→(a)と切り継がれていったものと思われ、(c)流布本の代表的伝本の正保版は和歌六百九十三首、連歌十九首、(b)中巻本の代表的本である天理図書館蔵（室町中期）写本は和歌六百七十二首、連歌十九首、(a)精撰本系の中でも終稿本系のノートルダム清心女子大学正宗文庫蔵伝二条為明筆本（本書底本）は和歌六百四十八首、連歌十七首となっている。伝為明筆本の歌数は『袋草紙』、『和歌現在書目録』に載る和歌六百五十四首、連歌十六首に近い。

こうして数次にわたる改訂作業を経て俊頼は二度目の奏覧を果たしたが、「これもげにとも覚えず」(『今鏡』)とまたしても白河院により却下されることになる。

そこで俊頼は二度本編纂時の方針を変更し、三度目の編纂を行った。そして、大治元、二年(一一二六〜一一二七)頃、俊頼はひとまず「中書草案」を白河院に進覧したところ、あっさりとそのまま嘉納されたという(『袋草紙』)。二度本から三奏本の変更点の多くは四季の部に偏っているが、「中書草案」であったことと関係があるかもしれない。

前述のように三奏本は、「余所になし」という状態であった(『袋草紙』)。実際、天保九年(一八三八)松田青兄が平瀬家蔵伝後京極摂政良経筆本の模刻本を刊行するまで人の目に触れることはほとんどなかったと思われ、現存伝本も、伝良経筆本と吉田幸一旧蔵伝二条為遠筆本の二本に加えて後者と同系統とされるノートルダム清心女子大学図書館蔵黒川真道旧蔵本と国立歴史民俗博物館高松宮旧蔵本が伝わる程度である(江戸末期の写本はこれらの転写本)。

以上のように、『金葉集』は短期間のうちに三度の奏覧を繰り返すという、勅撰集としてはかなり異例な編纂過程を経た。のみならず最終的な三奏本ではなく、二度本が広く流布し、一般に『金葉集』という場合二度本を指すようにもなった。本書の底本にも二度本中、終稿本で精撰本系の善本である前掲ノートルダム清心女子大学正宗文庫蔵伝二条為明筆本を採用したのもそのためである。

伝為明筆本の原本は南北朝期の写本二帖で、為明筆の確証はないものの、両冊末の「正徹(花押)」の署名と「清岩」「正徹」印により、室町時代中期の歌僧正徹(一三八一〜一四五九)の旧蔵本であったことが知られている。

(伊倉史人)

主要参考文献

赤羽淑『金葉和歌集』(黒川家旧蔵三奏本) ノートルダム清心女子大学古典叢書 第一回 同刊行会 昭和四十一年

同『金葉和歌集』(公夏筆本) 同叢書 第三回 同刊行会 昭和四十二年

同『金葉和歌集 上・下』(伝為忠筆本) 同叢書第二期 6・7 同刊行会 福武書店 昭和五十二年

同『金葉和歌集』(伝為忠筆本) 同叢書第三期 3 同刊行会 福武書店 昭和五十七年

片岡智子『金葉和歌集』(伝為忠筆本) 同叢書第三期 16 同刊行会 福武書店 昭和五十九年

増田繁夫・居安稔恵等編『金葉和歌集総索引 本文索引』清文堂 昭和五十一年

後藤重郎・杉戸千洋編『金葉集研究基礎資料稿』和泉書院 昭和五十六年

新編国歌大観編集委員会『新編 国歌大観 第一巻勅撰集編』角川書店　昭和五十八年
ひめまつの会編『八代集総索引 和歌自立語篇』大学堂書店　昭和六十一年
久保田淳・川村晃生編『合本 八代集』三弥井書店　昭和六十一年
北村季吟『八代集抄』（山岸徳平編『八代集全註』有精堂　昭和三十五年）
正宗敦夫『金葉和歌集講義』自治日報社　昭和四十三年
川村晃生・柏木由夫・工藤重矩校注『金葉和歌集 詞花和歌集』（新日本古典文学大系9）岩波書店　平成元年
錦仁・柏木由夫著『金葉和歌集／詞花和歌集』（和歌文学大系34）明治書院　平成十八年
松田武夫『勅撰和歌集の研究』日本電報通信社出版部　昭和十九年、パルトス社　平成元年復刊
松田武夫『金葉集の研究』山田書院　昭和三十一年、パルトス社　昭和六十三年復刊
橋本不美男『院政期の歌壇史研究』武蔵野書院　昭和四十一年
橋本不美男『王朝和歌史の研究』笠間書院　昭和四十七年
平澤五郎『金葉和歌集の研究』笠間書院　昭和五十一年
川村晃生『摂関期和歌史の研究』三弥井書店　平成三年
柏木由夫『平安時代後期和歌論』風間書房　平成十二年
加畠吉春「金葉集の撰進」『国文学研究』149　平成十八年
岡崎真紀子『やまとことば表現論――源俊頼へ』笠間書院　平成二十年

初句索引

一、『金葉和歌集』七一七首の、初句による索引である。句に付した数字は、本書における歌番号を示す。
二、表記はすべて歴史的仮名遣いによる平仮名表記とし、五十音順に配列した。
三、初句を同じくする歌がある場合は、更に第二句を示した。

あ

い

う

お

か

ま

み

む

人名索引

1)『金葉和歌集』の作者と詞書・左注等に見える人物について簡単な略歴を記し，該当する歌番号を示した．作者名は立体の洋数字で，詞書・左注等に見える人物名は斜体の洋数字で示した．

2) 人名の表示は原則として本文記載の名による．人物名の読みは，原則として男性と女性は訓読みだが，訓読み不明の女性と僧などは音読みとした．本文が官職名等の表記の場合，男性は実名で本項目を立て，適宜参照項目を立てた．

3) 人名は，現代仮名遣いの五十音順によって配列した．

4) 生没年のうち，生年は多くの場合，没年からの逆算による．没年に異伝がある場合，生年を記さないこともある．

5) 歌を召す人や歌を奉られる人が誰であるか明示されていないような場合も，その人物名を提出した．

6) 資料は多く「勅撰作者部類」「尊卑分脈」「公卿補任」勅撰集勘物等によったが，その他にも，各種辞典，『平安朝歌合大成』等々を参考にした．ただし特別の場合以外は出所を記さない．

あ

安芸 あき →郁芳門院安芸 いくほうもんいんのあき

顕国 あきくに 源．永保3年(1083)生，保安2年(1121)5月29日没．39歳．父は権中納言国信．左少将，皇后宮権亮．四位．金葉初出． 367, 378, 514, 600／*600*

顕季 あきすえ 藤原．天喜3年(1055)生，保安4年(1123)9月6日没．69歳．父は美濃守隆経．母は藤原親国娘(白河院乳母)親子．藤原実季の養子．『詞花集』撰者顕輔の父．諸国の守を歴任．正三位．六条修理大夫と称せらる．人麿影供を創始，六条藤家隆盛の基をなした．

家集『六条修理大夫集』. 後拾遺初出. 1, 7, 12, 47, 72, 86, 104, 144, 211, 242, 248, 252, 258, 298, 412, 433, 482, 510, 553, 568／***205, 354, 363, 668***

顕輔 あきすけ　藤原. 寛治4年(1090)生, 久寿2年(1155)5月7日没. 66歳. 父は修理大夫顕季. 『詞花集』撰者. 美作守, 保安4年(1123)譲位にともない鳥羽院別当. 大治2年(1127)昇殿を止めらる. 大治4年白河院が崩じ, 5年2月中宮亮(中宮は忠通娘聖子), 保延3年(1137)従三位, 左京大夫等を兼ねた. 久安4年(1148)正三位. 久安百首の作者. 歌合の開催多く, 判者をも勤めた. 家集『顕輔集』. 金葉初出. 10, 14, 41, 82, 93, 111, 203, 232, 354, 379, 383, 425, 480, 555

顕隆 あきたか　藤原. 延久4年(1072)生, 大治4年(1129)1月15日没. 58歳. 父は参議為房. 蔵人頭, 右大弁, 権中納言. 正三位. 金葉のみ. 155, 215, 366／***231***

顕綱 あきつな　藤原. 生没年未詳. 一説に嘉承2年(1107)頃没. 父は参議兼経. 母は弁乳母. 和泉・丹波・但馬・讃岐守. 正四位下. 讃岐典侍長子の父. 『万葉集』を書写. 家集『讃岐入道集』. 後拾遺初出. 142, 467

章経 あきつね　中原. 五位. 伝未詳. 金葉のみ. 460

顕仲[1] あきなか　藤原. 康平2年(1059)生, 大治4年(1129)正月没. 71歳. 父は権中納言資仲. 陸奥守基家の養子. 左兵衛佐. 従四位下. 保安元年(1120)出家. 佐顕仲・勝間田兵衛佐と称された. 堀河百首の作者. 『良玉集』(佚書)の撰者. 金葉初出. 3, 138, 226, 525

顕仲[2] あきなか　源. 康平元年(1058)生, 保延4年(1138)3月29日(4月3日)没. 81歳. 康平7年(1064)生. 75歳没とも. 父は右大臣顕房. 待賢門院堀河・兵衛の父. 神祇伯. 従三位. 笙の名人. 歌合に多く出詠, 主催. 堀河百首の作者. 金葉初出. 87, 141, 147, 236, 250, 274, 352, 390, 684, 689／***616***

顕仲母 あきなかのはは　源顕仲の母は藤原定成の娘. 定成は応徳3年(1086)出家, 73歳. なお, 伝本により「顕仲卿女」とする. 金葉初出. 219

顕仲女 あきなかのむすめ　源顕仲の娘には，散位重通妾，待賢門院堀河，大夫典侍，待賢門院(上西門院)兵衛がいるが，金葉・詞花集の作者表記の書き分けにより，この娘は重通妾とある者か．陽明文庫蔵金葉集書き入れの顕仲女の項に「散位源重道妻也……改号信綱」とある．信綱(重道)の父は源基綱(俊頼兄)．金葉初出．177, 512／***616***

顕房 あきふさ　源．長暦元年(1037)生，寛治8年(1094)9月5日没．58歳．父は右大臣師房．母は道長娘尊子．堀河院の母后賢子の父．右大臣従一位．贈正一位．六条右大臣と号す．後拾遺初出．289, 306, 330, 607／***329, 589***

顕雅母 あきまさのはは　父は信濃守藤原伊綱．右大臣源顕房の妻．顕雅は顕房の6男．覚樹の母．嘉承2年(1107)9月21日出家(中右記)．金葉のみ．589

あきみち あきみち　小槻．伝未詳．対馬守(詞書)．***341***

明頼 あきより　高階．五位．金葉のみ．319

敦光 あつみつ(あつてる)　藤原．康平6年(1063)生，天養元年(1144)10月28日没．82歳．父は文章博士，出雲守明衡．兄敦基の養子．文章博士，式部大輔．正四位下．『柿本影供記』の筆者．漢詩文が多く残る．金葉のみ．316, 317

あまてる神 あまてるかみ　天照大神．記紀神名．伊邪那岐命の左目から成った神．高天の原を治める．皇祖神．***328***

あまのこやねの命 あまのこやねのみこと　天児屋根命．記紀神名．天照大神が天の石屋に籠ったとき，祝詞言禱を行った．中臣・藤原氏の祖先神．***324***

有定 ありさだ　藤原．本の名，有房．長久4年(1043)生，寛治8年(1094)3月18日(2月2日)没．52歳．父は式部大輔実綱．淡路守．従五位上．金葉のみ．347

有祐 ありすけ　→有佐 ありすけ

有佐 ありすけ　藤原．有祐とも．天承元年(1131)9月20日没(分脈)．しかし，天永元年(1110)9月2日に近江守辞退(殿暦)とあり，間もなく没したか．父は讃岐守顕綱とされるが，実父は後三条院．母は侍従

内侍(経国娘)．近江等の守．皇后宮亮．正四位下．金葉のみ．　705

有教母（ありのりのはは）　父は右衛門佐清綱．権大納言藤原忠教の妻で有教・親忠を産む．金葉の作者は賀茂神主成継の娘が正しいともされる(今鏡)．金葉のみ．　212, 393

有仁（ありひと）　源．康和5年(1103)生，久安3年(1147)2月13日没．45歳．父は輔仁親王．後三条天皇の孫．白河天皇の養子．元永2年(1119)源姓を賜わる．保安3年(1122)内大臣，保延2年(1136)左大臣．従一位．花園離宮を賜わり，花園左大臣と号す．琵琶・笙・書に優る．故実書『春玉秘抄』『秋玉秘抄』，日記『園記』あり．金葉初出．
37, 39, 91, 110, 127, 164, 272, 299, 424

家綱（いえつな）　藤原．ほぼ同時代に同名が2人いる．一人は，父が甲斐守章経(章経の母は大中臣輔親の娘)．文章生，雅楽助(頭)．従四位下．もう一人は，父が藤原実範(母橘義通娘)で，兵庫頭．正五位下．金葉のみ．　529

家経（いえつね）　藤原．正暦3年(992)生．天喜6年(1058)5月18日没．67歳．父は参議広業．累代の儒者．文章博士，式部権大輔．正四位下．『新撰朗詠集』等に漢詩句．家集『家経集』．後拾遺初出．　210, 318, 583, 678／***294***

家時（いえとき）　源．父は淡路守盛長．蔵人，上野介．正五位下．康和4年(1102)内裏艶書合に出詠．永久6年(1118)生存(作者部類)．詞花のみ．　***432***

伊賀少将（いがのしょうしょう）　父は従五位上縫殿頭藤原顕長．伊周の孫．伊賀は父の官．後朱雀天皇の中宮嫄子に仕え，その没後に嫄子の産んだ祐子内親王家女房となった．後拾遺初出．　462／***461***

郁芳門院（いくほうもんいん）　媞子内親王．承保3年(1076)生，嘉保3年(1096)8月7日没．21歳．白河天皇皇女．母は中宮賢子．承暦2年(1078)伊勢斎宮，応徳元年(1084)退下．堀河天皇の准母となり中宮と尊称された．寛治7年(1093)院号を賜わる．白河院に鍾愛され，郁芳門院根合を主催する他，院とともに歌壇の中心を担った．　***129, 241, 306, 435, 540, 548, 608***

郁芳門院安芸 いくほうもんいんのあき　父は安芸守藤原忠俊．白河皇女媞子内親王(郁芳門院)に仕え，歌合等に活躍．康資王母の養女との説あり．大中臣家六代相伝の歌人．家集『郁芳門院安芸集』．金葉初出．　66

和泉式部 いずみしきぶ　父は越前守大江雅致．雅致女式部，江式部とも．和泉守橘道貞と結婚し，小式部内侍を儲ける．為尊親王，弟の敦道親王と恋愛．寛弘 6 年(1009)ごろ中宮彰子に出仕．のち藤原保昌に再嫁．『和泉式部日記』(自作他作両説あり)の主人公．家集『和泉式部集』．拾遺初出．　556, 620, 644, 658／***550, 556, 658***

一宮紀伊 いちのみやのきい　父は散位平経重(作者部類)とも平経方(尊卑分脈)とも．母は祐子内親王家女房の小弁．藤原重経(紀伊入道素意)の妻(妹とも，最新説は姪)．後朱雀天皇皇女祐子内親王に仕えた．堀河百首の作者．家集『一宮紀伊集』．後拾遺初出．　196, 469, 483

一品宮 いっぽんのみや　聡子内親王．永承 5 年(1050)生，天承元年(1131)9 月 4 日没．82 歳．後三条天皇第 1 皇女．母は贈皇太后茂子．治暦 4 年(1068)内親王宣下．一品．父院崩御の日に出家．仁和寺の一品宮と称された．　***530, 705***

出羽弁 いでわのべん　父は出羽守平季信．長徳・寛弘の頃の生か．後一条天皇の中宮威子に，中宮没後はその娘章子内親王に仕えた．天喜 3 年(1055)物語合の六条斎院歌合に参加，「あらばあふよのと嘆く」物語(散佚)を提出した．家集『出羽弁集』．後拾遺初出．　473／***473, 624***

院 いん　→白河院 しらかわいん

右衛門佐 うえもんのすけ　→皇后宮右衛門佐 こうごうぐうのうえもんのすけ

宇治前太政大臣 うじのさきのだいじょうだいじん　→師実 もろざね

宇治入道前太政大臣 うじのにゅうどうさきのだいじょうだいじん　→頼通 よりみち

永縁 えいえん　→永縁 ようえん

永源 えいげん　→永源 ようげん

永成 えいじょう　→永成 ようじょう

永成 えいせい　→永成 ようじょう

越後[1] えちご　→前中宮越後 さきのちゅうぐうのえちご

兼昌(かねまさ)　源．生没年未詳．父は摂津守俊輔．前斎院尾張の父．皇后宮少進．従五位下．大治3年(1128)顕仲住吉社歌合に兼昌入道とある．永久百首の作者．家集は散佚．金葉初出．　270, 472

河内(かわち)　→前斎宮河内(さきのさいぐうのかわち)

寛子(かんし)　→皇后宮[2](こうごうぐう)

観暹(かんせん)　法師．伝未詳．金葉のみ．　652, 664

紀伊(きい)　→一宮紀伊(いちのみやのきい)

慶暹(きょうせん)　正暦4年(993)生，康平7年(1064)4月24日没．72歳．父は宇佐大宮司大中臣公宣(作者部類)．伊勢国の人，神祇伯輔親の養子(僧綱補任)．比叡山権律師．百光房と号す．後拾遺初出．　662

行尊(ぎょうそん)　天喜3年(1055)生，長承4年(1135)2月5日没．81歳．父は源基平．12歳で園城寺平等院の明行親王に入室．園城寺長吏，天台座主，法務大僧正．平等院大僧正と号す．鳥羽天皇の護持僧．寺門中興の祖．歌合の判者．家集『行尊大僧正集』．金葉初出．　54, 228, 521, 533, 536, 561, 576, 587, 623, 628／***564***

慶範(きょうはん)　長徳3年(997)生，康平4年(1061)5月1日没．65歳．父は越前守藤原安隆(僧綱補任)．長元6年(1033)権律師，康平3年(1060)僧正．金葉のみ．後拾遺，千載の慶範法師(右京亮中原致行の子–作者部類–)は別人．　534, 648

行蓮(ぎょうれん)　大原の聖人．伝未詳．　***594***

公定(きんさだ)　源．大隅守．伝未詳．　***340***

公実(きんざね)　藤原．天喜元年(1053)生，嘉承2年(1107)11月14日没．55歳．父は大納言実季．実行の父．妻は従二位光子(堀河・鳥羽天皇の乳母)．権大納言．正二位．堀河百首の作者．歌合を主催するなど歌壇の庇護者．家集の断簡が存する．後拾遺初出．　2, 8, 13, 24, 36, 98, 130, 132, 149, 156, 179, 186, 192, 221, 237, 256, 353, 362, 382, 417, 451, 511, 558, 687, 691／***154, 348, 537, 557, 604***

公資(きんすけ)　→公資(きんより)

公任(きんとう)　藤原．康保3年(966)生，長久2年(1041)1月1日没．76歳．父は太政大臣頼忠．権大納言．正二位．詩歌管絃に優れて，三舟の

賢子（従三位藤原賢子） けんし（じゅさんみふじわらのけんし） 父は山城守宣孝．母は紫式部．高階成章の妻．後冷泉天皇の乳母．上東門院彰子に仕えた．越後弁，弁乳母，大弐三位，藤三位とも．承暦2年(1078)生存．家集『大弐三位集』．後拾遺初出． 617／***617***

源心 げんしん 天禄2年(971)生，天喜元年(1053)11月11日（一説，10月10日）没．83歳．父は平基衡，民部大輔源信とも．天台座主．大僧都．院源弟子．西明房．後拾遺初出． ***528***

小一条院 こいちじょういん 敦明親王．正暦5年(994)生，永承6年(1051)1月8日崩．58歳．三条天皇第1皇子．母は左大将藤原済時娘娍子．寛仁元年(1017)8月皇太子を辞し，特に太上天皇に准じて院号を賜わる．後拾遺初出． 350

後一条院 ごいちじょういん 諱敦成．第68代天皇．寛弘5年(1008)生，長元9年(1036)4月17日崩．29歳．一条院第2皇子．母は上東門院彰子．寛弘8年(1011)立太子，長和5年(1016)即位． ***313***

公円 こうえん 天喜元年(1053)生，長治2年(1105)2月20日没．53歳．父は藤原公任の孫の権中納言経家．母は関白教通と小式部内侍との娘．権少僧都．園城寺．心如院と号す．金葉のみ． 488

弘徽殿女御 こうきでんのにょうご 藤原生子．長和3年(1014)生，治暦4年(1068)没．55歳．後朱雀天皇の女御．父は関白教通．母は藤原公任の娘．長暦3年(1039)入内．従一位．准三后．天喜元年(1053)出家．梅壺の女御とも称す．詞書に「後冷泉院御時」「後一条院御時」とあるのは誤伝． ***75, 313***

皇后宮[1] こうごうぐう 令子内親王．承暦2年(1078)生，天養元年(1144)4月21日没．67歳．白河天皇皇女．母は中宮賢子．寛治3年(1089)賀茂斎院，承徳3年(1099)退下．嘉承2年(1107)宗仁親王（鳥羽天皇）の准母となる．鳥羽天皇即位により皇后と尊称す．長承3年(1134)太皇太后．大治4年(1129)出家．二条大宮と号す． ***16, 407, 429, 541, 593, 695***

皇后宮[2] こうごうぐう 藤原寛子．長元9年(1036)生，大治2年(1127)8月14日没．92歳．後冷泉天皇の后．父は関白頼通．永承5年(1050)後

江侍従 ごうのじじゅう　父は式部大輔大江匡衡．母は赤染衛門．丹波守高階業遠の妻．業遠死後，藤原兼房との間に少輔を産んだ．長久2年(1041)弘徽殿女御歌合他多くの歌合に参加．後拾遺初出．　100, 471

光清 こうせい　紀．永保3年(1083)生，同2年とも．保延3年(1137)9月24日没．55(56)歳．法印頼清の子．永久2年(1114)法印，のち権大僧都．石清水別当．金葉のみ．　265

後三条院 ごさんじょういん　諱尊仁．第71代天皇．長元7年(1034)生，延久5年(1073)5月7日崩．40歳．後朱雀天皇第2皇子．母は三条天皇皇女陽明門院禎子．母が摂関家から離れ，院政への道を拓いた．寛徳2年(1045)立太子，治暦4年(1068)即位，延久4年(1072)退位．*518, 524, 705*

小式部内侍 こしきぶのないし　万寿2年(1025)11月没．父は橘道貞．母は和泉式部．上東門院彰子の女房．関白教通との間に静円僧正及び公円の母を産む．藤原公成との間に頼仁を出産後没(28歳前後か)．後拾遺初出．　550／*550, 620*

後朱雀院 ごすざくいん　諱敦良．第69代天皇．寛弘6年(1009)生，寛徳2年(1045)1月18日崩．37歳．一条天皇第3皇子．母は藤原道長の長女上東門院彰子．寛仁元年(1017)立太子，長元9年(1036)即位，寛徳2年1月16日退位．後拾遺初出．　*261*

御前 ごぜん　→白河院 しらかわいん

小大進 こだいしん　→内大臣家小大進 ないだいじんけのこだいしん

伊家 これいえ　藤原．長久2年(1041)，あるいは永承3年(1048)生，応徳元年(1084)7月17日没．44(37)歳．父は周防守公基．母は範永の娘．五位蔵人，民部大輔，右中弁．正五位下．白河院歌壇メンバー．後拾遺初出．　247, 251, 680／*526*

後冷泉院 ごれいぜいいん　諱親仁．第70代天皇．万寿2年(1025)生，治暦4年(1068)4月19日崩．44歳．後朱雀天皇第1皇子．母は贈皇太后嬉子(道長娘)．寛徳2年(1045)即位．後拾遺初出．　331／*55, 69, 75, 79, 158, 183, 318, 566, 676*

惟信 これのぶ　藤原．父は皇(太)后宮(権)亮資良．(正)四(五)位(下)少納

言(主殿頭)〈作者部類を主，括弧内は分脈〉．永久元年(1113)生存．金葉のみ．　526

惟規 これのり　→惟規 のぶのり

伊房 これふさ　藤原．長元3年(1030)生．嘉保3年(1096)9月16日没．67歳．父は参議行経．母は土佐守源貞亮の娘．権中納言正二位に至ったが，堀河朝の寛治2年(1088)大宰権帥，同8年遼と私貿易を行い降位解官，没する直前，正二位に復す．行成の孫にして能書．後拾遺初出．　178

伊通 これみち　藤原．寛治7年(1093)生，長寛3年(1165)2月15日没．73歳．父は権大納言宗通．母は修理大夫顕季の娘．太政大臣．正二位．九条大相国，大宮太政大臣と号す．『古事談』『今鏡』等に逸話が残る．金葉初出．　61, 171, 235, 428, 669

さ

相模 さがみ　中宮進源頼光の養女．実父未詳．母は慶滋保章の娘．橘則長と結ばれたが，後に相模守大江公資の妻となり，相模に下った．もとは乙侍従の名で三条天皇中宮妍子に出仕，後に一条天皇皇女脩子内親王に仕えた．歌合に多く出詠．家集『相模集』．後拾遺初出．386, 388, 559, 690

相模母 さがみのはは　父は慶滋保章．保章は文章博士，能登守．従四位上．金葉のみ．　659

前斎院尾張 さきのさいいんのおわり　父は皇后宮少進源兼昌．前斎院令子内親王家の女房．金葉のみ．　26, 279

前斎院六条 さきのさいいんのろくじょう　→待賢門院堀河 たいけんもんいんのほりかわ

前斎宮 さきのさいぐう　姰(恂・佝)子内親王．白河天皇皇女．母は木工権頭季実の娘．天仁元年(1108)卜定，天永元年(1110)群行，保安4年(1123)退下．長承元年(1132)10月16日没．樋口斎宮と号す．　***333, 549***

前斎宮甲斐 さきのさいぐうのかい　未詳．白河天皇皇女姰(恂・佝)子内親王に仕えた女房か．金葉初出．　457

前斎宮河内 さきのさいぐうのかわち　僧正永弥，あるいは永縁の妹．堀河天皇女御苡子に仕え，百合花とも称された．後三条天皇皇女斎宮俊子内親王家の女房．金葉初出．　161, 436

前斎宮筑前乳母 さきのさいぐうのちくぜんのめのと　父は筑前守高階成順．母は伊勢大輔．康資王母と姉妹．後三条天皇が東宮の時の女房，後三条皇女俊子内親王の乳母．後拾遺初出．　53

前斎宮内侍 さきのさいぐうのないし　父は大蔵大輔藤原永相．永縁・前斎宮河内の妹．媞子内親王家の女房．金葉のみ．　5, 297, 396, 520, 549／***519***

前斎宮肥前 さきのさいぐうのひぜん　未詳．前斎宮を前斎院とする伝本もある．前者なら俊子内親王家か姰(恂)子内親王家の女房，後者なら令子内親王家の女房．　金葉のみ．　449

前太政大臣 さきのだいじょうだいじん　→忠実 ただざね

前太政大臣家木綿四手 さきのだいじょうだいじんけのゆうしで　未詳．藤原忠実家の女房．新古今に見える高陽院木綿四手と同一人物か．金葉のみ．　711

前中宮越後 さきのちゅうぐうのえちご　未詳．堀河天皇中宮篤子内親王家の女房．前斎宮とする伝本もある．金葉のみ．　432

前中宮甲斐 さきのちゅうぐうのかい　未詳．堀河天皇中宮篤子内親王家の女房．金葉のみ．　578

前中宮上総 さきのちゅうぐうのかずさ　未詳．堀河天皇中宮篤子内親王家の女房．永長元年(1096)から天治元年(1124)の間の歌合，及び『肥後集』に名がみえる．家集『上総集』一部あり．金葉初出．　419, 438

桜井尼 さくらいのあま　伝未詳．金葉のみ．　565

貞亮 さだすけ　源．父は播磨守国盛．土佐守．従四位上．娘が源経信の妻．俊頼の外祖父．金葉のみ．　42

定長 さだなが　大中臣．康治元年(1142)12月9日没．父は祭主公長(実父は公長長兄の定登)．神祇権大副．従四位下．金葉のみ．　672

定信 さだのぶ(さだざね)　源．父は右中将信宗．刑部大輔．従五位上．康和4年(1102)出家(法名道舜)．忠通家歌合で活躍．金葉初出．　124, 523, 683

定通 さだみち　藤原．応徳2年(1085)生，永久3年(1115)没．31(一説，

21)歳．父は権中納言保実．中納言通俊の養子．のち大納言宗通の養子．任右少弁の七日後に死んだので，七日弁と称された．正五位下．金葉初出．　136

定頼（さだより）　藤原．長徳元年(995)生，寛徳2年(1045)1月19日没．51歳．父は権大納言公任．妹は関白教通の妻で後朱雀天皇女御生子の母．左大弁，権中納言．四条中納言と号す．家集『定頼集』．　***550***

実綱（さねつな）　藤原．長和元年(1012)生，永保2年(1082)3月23日没．71歳(一説，長和2年生．70歳)．父は式部大輔資業．東宮学士，大学頭，大内記，文章博士，式部大輔．正四位下．『本朝続文粋』等に詩文がある．後拾遺初出．　346

実信母（さねのぶのはは）　父は讃岐守藤原顕綱．弁乳母の孫．『讃岐典侍日記』作者の長子は妹．権中納言藤原保実(康和4年(1102)没．42歳)の妻．実信は備後守従四位上，大治5年(1130)没．金葉のみ．　579

実光（さねみつ）　藤原．延久元年(1069)生．久安3年(1147)5月21日没．79歳．父は右中弁有信．文章得業生，左大弁，権中納言．従二位．鳥羽・崇徳天皇の侍読．出家(法名西寂)．『本朝無題詩』等に漢詩．金葉のみ．　208, 582

信宗（さねむね）　→信宗（のぶむね）

実行（さねゆき）　藤原．承暦4年(1080)生，応保2年(1162)7月28日没．83歳．父は権大納言公実．鳥羽天皇中宮待賢門院璋子の兄．妻は顕季の娘．太政大臣．従一位．八条入道相国と号す．歌合の主催，判者．金葉初出．　102, 115, 308, 368, 605, 673／***9, 144, 151, 328, 374, 399***

実能（さねよし）　藤原．永長元年(1096)生，保元2年(1157)9月2日没．62歳．父は大納言公実．左大臣．従一位．徳大寺左大臣と号す．金葉初出．　38, 58, 139, 365, 380, 441, 450, 490／***127***

三宮（さんのみや）　→輔仁親王（すけひとしんのう）

三宮大進（さんのみやのだいしん）　後三条天皇第3皇子輔仁親王家の女房．大治3年(1128)顕仲西宮・南宮歌合に名が見え，菅原在良の妻，小大進の母かとされる．金葉のみ．　222, 410

式部（しきぶ）　→皇后宮式部（こうごうぐうのしきぶ）

重資 しげすけ　源．寛徳2年(1045)生，保安3年(1122)10月10日没．78歳．父は権中納言経成．蔵人頭，参議，左大弁，勘解由長官，権中納言，兼大宰権帥．従二位．　*602*

重尹 しげただ(しげまさ)　藤原．永観2年(984)生，永承6年(1051)3月8日没．68歳．父は大納言懐忠．左大弁，勘解由長官，権中納言．長久3年(1042)1月権中納言を辞し大宰権帥．従二位．　*336*

成光 しげみつ(なりみつ)　伝未詳．金葉のみ．　664

成元 しげもと(なりもと)　橘．永保元年(1081)近江少掾．従五位下．和歌橘大夫と号す．天喜6年(1058)から寛治5年(1091)の間の歌合に名が見える．後拾遺初出．　108

重如 しげゆき　田口．陽明文庫蔵金葉集書き入れに「山口重如也，号河内重如，河内国人也」とあり，後拾遺の作者「山口重如」についての「六位．山口，河内国人」(作者部類)とほぼ同じくし，金葉645は『俊頼髄脳』で「河内重之」作，646は『袋草紙』『十訓抄』『古今著聞集』等で「河内重如」とする．これらから，後拾遺・金葉の「重如」は同一人とみる．後拾遺初出．　645, 646

実源 じつげん　万寿元年(1024)生，嘉保3年(1096)1月23日没．73歳．肥後の人．比叡山．権律師．後拾遺初出．　403／*610*

実範 じっぱん　法師．父が参議藤原顕実で，中川上人と号された実範は，天養元年(1144)没．別に木工権頭藤原季実の子に小野阿闍梨実範がいる．　*629*

下野 しもつけ　四条宮下野．父は下野守源政隆．後冷泉天皇皇后四条宮寛子家の女房．家集『四条宮下野集』．後拾遺初出．　69／*69*

静円 じょうえん　長和5年(1016)生，延久6年(1074)5月11日没．59歳．父は関白教通．母は小式部内侍．法成寺権別当，権僧正．木幡権僧正と号す．後拾遺初出．　634

証観 しょうかん　治暦3年(1067)生，保延3年(1137)2月11日(一説，17日)没．71歳．勝観・澄観とも．父は堀河左大臣源俊房．園城寺．権大僧都．大治2年(1127)事に坐し離京，4年帰京．金葉初出．　89

静厳 じょうごん　父は延暦寺の僧仁季(分脈). 比叡山. 興福寺四室得業(和歌色葉). 別に, 永承7年(1052)生で, 父を後拾遺作者の橘資成(すけしげ)とする静厳もいる(僧綱補任). 金葉初出.　629

少将 しょうしょう　→皇后宮少将 こうごうぐうのしょうしょう

少将内侍 しょうしょうのないし　藤原保子(儀子). 父は能登守藤原実房. 母は大中臣輔親の娘. 従四位下. 後冷泉天皇から出仕, 後は白河院の女房. 後拾遺初出.　566

勝超 しょうちょう　治暦元年(1065)生. 興福寺の僧. 竪者(りっしゃ). 南京講師. 天治元年(1124)花林院歌合の香雲房は同一人. 金葉のみ.　709

上東門院 じょうとうもんいん　藤原彰子. 永延2年(988)生, 承保元年(1074)10月2日(一説, 3日)没. 87歳. 道長の娘. 一条天皇の中宮. 後一条・後朱雀天皇の母后. 万寿3年(1026)出家, 院号を賜わる. 後拾遺初出.　339, 563／***338, 464, 562, 620***

白河院 しらかわいん　諱貞仁. 第72代天皇. 天喜元年(1053)生, 大治4年(1129)7月7日崩. 77歳. 延久4年(1072)即位, 応徳3年(1086)譲位. 以後, 堀河・鳥羽・崇徳の3代に渡って院政を行う. 歌合歌会を多く催す. 勅判あり. 『後拾遺集』『金葉集』勅撰の下命者. 後拾遺初出.　23, 35, 96, 116, 180／***257, 385, 557***

白河女御 しらかわのにょうご　藤原道子. 長久3年(1042)生, 長承元年(1132)8月17日没. 91歳. 父は内大臣能長. 延久元年(1069)東宮(後の白河天皇)に入る. 5年女御(承香殿). 天皇とは打ち解けず, のち里に出で再び参内しなかった. 准三宮.　***623***

白河女御越後 しらかわのにょうごのえちご　未詳. 白河天皇の女御には上記白河女御藤原道子と祇園女御(白河殿, 東御方)と世に称された者とがいる. おそらくは白河女御の女房であろう. 金葉のみ.　402

新院 しんいん　→鳥羽院 とばいん

深覚 しんかく　天暦9年(955)生, 長久4年(1043)9月14日没. 89歳. 父は右大臣藤原師輔. 母は醍醐天皇皇女康子内親王. 東寺長者. 禅林寺門跡. 法務大僧正. 高徳の験者. 後拾遺初出.　651

親子 しんし　藤原. 治安元年(1021)生, 寛治7年(1093)10月21日没.

73歳．父は河内・大和守親国．藤原隆経の妻．修理大夫顕季の母．白河天皇乳母．従二位．寛治5年(1091)草子合を主催． ***258, 356***

季通 すえみち　橘．季道とも．父は陸奥守則光．駿河守．従五位上．光朝法師・則長が兄弟．長元8年(1035)関白左大臣頼通歌合に方人で参加．康平3年(1060)生存(作者部類)．後拾遺初出． 389

周防内侍 すおうのないし　平仲子．長元末(1037)頃生，天仁頃(1108–9)没か．父は周防守棟仲．後冷泉・白河・堀河天皇に仕える．掌侍．正五位下．家集『周防内侍集』．後拾遺初出． 322, 435, 591, 603／***322, 485, 603***

祐家 すけいえ　藤原．長元9年(1036)生，寛治2年(1088)7月28日没．53歳．父は権大納言長家．道長の孫．中納言，皇后宮大夫．正二位．小野中納言と号す． ***587***

助俊 すけとし　伝未詳．『俊頼髄脳』に「木土助助俊」と見える．金葉のみ． 654

資仲 すけなか　藤原．治安元年(1021)生，寛治元年(1087)11月没．67歳．父は大納言資平．顕仲の実父．権中納言．正二位．承暦4年(1080)大宰権帥に遷る．応徳元年(1084)出家．後拾遺初出． 261, 461

資信 すけのぶ　藤原．父が越前守懐尹の右馬頭従四位下資信か．母は大中臣輔親娘．ほぼ同時代に，父が大蔵大輔永相で，初音の僧正永縁の兄弟の従五位下資信がいる．金葉のみ． 622

輔仁親王 すけひとしんのう　延久5年(1073)生，元永2年(1119)11月28日没．47歳．後三条天皇第3皇子．母は女御源基子．無品．三宮(さんのみや)と号す．『本朝無題詩』等に漢詩が多い．金葉初出． 134, 140, 162, 207, 296, 302, 518, 532, 627／***627***

輔弘 すけひろ　大中臣．長元元年(1028)生．父は神祇大副輔宣．母は大江公資の娘．神祇権大副．従五位上．康和5年(1103)豊受宮の放火・落首事件のために佐渡国に配流(76歳)．後拾遺初出． 544／***588***

輔弘女 すけひろのむすめ　大中臣輔弘の娘．伝未詳．金葉のみ． 487

資通 すけみち　源．寛弘2年(1005)生．康平3年(1060)8月23日没．56歳．父は近江守贈従三位済政．左大弁，大宰大弐，参議，勘解由長官．

従二位．鞠，管絃の名手．源経信の琵琶の師．後拾遺初出．　*559*
すまゐ すまい　未詳．　*464*
清海 せいかい　法師．寛仁元年(1017)10月7日没．常陸国人．初め興福寺僧，後超昇寺に移る．『拾遺往生伝』に載る．　*632*
摂政家堀河 せっしょうけのほりかわ　未詳．摂政忠通家の女房．摂政家堀河と待賢門院堀河とは同一人で，神祇伯顕仲の娘との説もある．金葉のみ．470
摂政家参河 せっしょうけのみかわ　父は兵庫頭源仲政．源三位頼政の妹．二条院讃岐が姪．摂政忠通家の女房．歌合への出詠多い．金葉初出．　80, 260
摂政左大臣 せっしょうさだいじん　→忠通 ただみち
摂津 せっつ　→皇后宮摂津 こうごうぐうのせっつ
宣源 せんげん　阿闍梨．金葉のみ．　356
瞻西 せんさい　大治2年(1127)6月20日没．出自未詳．鎮西の人という．比叡山．雲居寺上人．声明・説経に巧み．雲居寺で歌合を催す．和歌曼荼羅を描く．金葉初出．　635／*628*
選子内親王 せんしないしんのう　応和4年(964)生，長元8年(1035)6月22日没．72歳．村上天皇皇女．母は中宮安子．12歳から68歳まで，円融朝から後一条朝までの5代にわたって賀茂斎院．大斎院と称された．斎院では歌合も催され文芸サロンの趣があった．斎院の人々の歌集『大斎院前御集』『大斎院御集』，家集『発心和歌集』．拾遺初出．630／*293, 547*
前々中宮 ぜんぜんちゅうぐう　藤原賢子．天喜5年(1057)生，応徳元年(1084)9月22日没．28歳．延久3年(1071)東宮(後の白河天皇)に入る．承保元年(1074)中宮．父は右大臣源顕房．関白師実の養女．堀河天皇・郁芳門院媞子・令子内親王等の母．三条内裏に没した時，天皇はなきがらを抱きて去らずという．堀河天皇が即位して太皇太后を追贈された．　*329, 371*
増覚 ぞうかく　保安2年(1121)5月28日没．63(61)歳．父は中納言藤原経季(あるいは右中弁藤原有信か)．園城寺派．法勝寺・尊勝寺上座．権律師．金葉のみ．　83

た

待賢門院中納言 たいけんもんいんのちゅうなごん　父は右京大夫藤原定実(陽明文庫本金葉集書き入れ)．金葉のみ．　40

待賢門院兵衛 たいけんもんいんのひょうえ　父は神祇伯源顕仲．堀河の妹．待賢門院没後は皇女の上西門院統子に仕え上西門院兵衛と称された．久安百首の作者．金葉初出．　33

待賢門院堀河 たいけんもんいんのほりかわ　父は神祇伯源顕仲．初め白河天皇皇女媞子内親王，あるいは斎院令子内親王に仕え，前斎院六条(金葉集)と称され，のち待賢門院璋子に仕えた．久安百首の作者．摂政家堀河も同一人とする説がある．家集『待賢門院堀河集』．金葉初出．　119, 187, 218, 475, 508, 686.

太皇太后宮[1] たいこうたいごうぐう　→皇后宮[2] こうごうぐう

太政大臣 だいじょうだいじん　→雅実 まさざね

大進 だいしん　→三宮大進 さんのみやのだいしん

大弐 だいに　→皇后宮大弐 こうごうぐうのだいに

大夫典侍 たいふのすけ　父は神祇伯源顕仲．待賢門院堀河の姉妹．金葉のみ．81, 326

隆家 たかいえ　藤原．天元2年(979)生，長久5年(1044)1月1日没．66歳．父は関白道隆．母は高階貴子．伊周・定子の弟．長徳2年(996)中納言より出雲権守に左降．4年帰京．兵部卿，中納言，兼大宰権帥を経て治安3年(1023)中納言を辞す．長暦年中(1037–8)大宰権帥再任．大炊帥と号す．　*527*

高真 たかざね　中原．五位．金葉のみ．　122

隆資 たかすけ　→隆資 たかより

隆経 たかつね　藤原．父は右中弁頼任．修理大夫顕季の父．春宮大進．延久3年(1071)正四位下．美濃守．後拾遺初出．　183, 198, 271

孝善 たかよし　藤原．生没未詳．寛治7年(1093)生存．父は長門守貞孝．左衛門尉．五位．「青衛門」の呼称，国基との争いが『袋草紙』に載る．後拾遺初出．　112, 129

隆資 たかより(たかすけ)　藤原．父は右将監頼政(一説，頼政とは兄弟，父は安隆)．母は出雲守相如の娘(一説，斉信娘)．永保3年(1083)没．兵庫頭，越前・武蔵守．従五位下．武蔵入道観心と称した．後拾遺初出．75, 581

武忠 たけただ　大膳．香椎宮神主．金葉のみ．527

忠実 ただざね　藤原．承暦2年(1078)12月生，応保2年(1162)6月18日没．85歳．父は関白師通．関白忠通の父．長治2年(1105)関白．次いで摂政，太政大臣．永久元年(1113)大臣を辞し再び関白．保安2年(1121)関白を辞し宇治に籠居，保延6年(1140)出家．知足院禅定殿下，富家殿と号す．***600***

忠季 ただすえ　源．本の名，忠房．父は神祇伯顕仲．宮内大輔．正五位下．永久3年(1115)から久安2年(1146)の間の多くの歌合に名が見える．金葉初出．21, 234, 327

忠隆 ただたか　藤原．父は能登守基兼．範永の曽孫．資基と改む．能登大夫と号す．刑部少輔．従五位下．永久3年(1115)から久安5年(1149)の間の歌合に名が見える．金葉のみ．52, 175, 394, 447, 677

忠教 ただのり　藤原．承保3年(1076)生，永治元年(1141)10月25日(一説に11月)没．66歳．父は京極関白師実．大納言，中宮大夫．正二位．金葉初出．182, 465

忠通 ただみち　藤原．承長2年(1097)生，長寛2年(1164)2月19日没．68歳．父は関白忠実．母は源顕房の娘．摂政，関白，太政大臣．従一位．法性寺関白と号す．詩会歌会歌合等多く催す．詩集『法性寺関白御集』，家集『田多民治集』．金葉初出．29, 46, 77, 101, 106, 153, 195, 233, 401, 405, 408, 411, 454, 517, 626／***92, 141, 143, 175, 225, 234, 243, 301, 322, 413, 456, 509, 514, 693, 713***

忠宗 ただむね　藤原．寛治元年(1087)生，長承2年(1133)9月1日没．47歳．父は左大臣家忠．元永2年(1119)11月左中将，蔵人頭，大治5年(1130)参議(中将如元)，天承元年(1131)12月権中納言，中宮権大夫．従三位．***600***

忠盛 ただもり　平．永長元年(1096)生，仁平3年(1153)1月15日没．58歳．

父は讃岐守正盛．清盛の父．白河院・鳥羽院の北面武士．播磨等数国の国守，刑部卿．正四位上．久安百首の作者．家集『忠盛集』．金葉初出． 216, 238, 571, 621

忠頼 ただより　賀茂．神主．五位．金葉のみ． 658

竜田姫 たつたひめ　秋の女神．五行説により，大和の西方(秋の方角)にある竜田山を人格化して姫にとりなしたもの． ***247***

為真 ためざね　藤原．為実とも．父は信濃守永実．肥前守．従五位下．出家して生西と号す．永久3年(1115)から承安3年(1172)まで10数回の歌合に出詠．金葉初出． 713

為成 ためしげ　源．五位．金葉のみ． 340

為成 ためしげ　平．五位．金葉のみ． 652

為助 ためすけ　伝未詳．『鳩嶺集』の詩人に平為助あり．金葉のみ． 655

為隆 ためたか　藤原．延久2年(1070)生，大治5年(1130)9月8日没．61歳．父は参議為房．参議，左大弁，勘解由長官．従三位． ***322***

為忠 ためただ　藤原．保延2年(1136)没．父は皇后宮少進知信．安芸・三河・丹後守，木工権頭．正四位下．常磐に別荘があり，常磐丹後守と称された．大原三寂の父．白河院・鳥羽院近臣．歌合や百首歌を主催．金葉初出． 328, 692

為仲 ためなか　橘．応徳2年(1085)没．父は筑前守義通．蔵人，陸奥守，太皇太后宮亮．正四位下．和歌六人党の一人．家集『為仲集』．後拾遺初出． ***346, 581***

為政妻 ためまさのつま　未詳．いくつかの伝本に「共政(友政)」とあり，同じ歌が『拾遺集』では「ともまさ朝臣のめ肥前」とある．「為」は「共(友)」の誤りか．共政妻は村上天皇乳母，寛弘4年(1007)3月4日没(御堂関白記)．共政は父が藤原佐衡，正四位下美濃守．共政妻は拾遺初出． 341

多聞 たもん　伝未詳． ***453***

親隆 ちかたか　藤原．康和元年(1099)生，永万元年(1165)8月21日没．67歳．父は大蔵卿為房．母は法成寺執行隆尊の娘で，関白忠通の乳母讃岐宣旨．参議．正三位．四条宰相と称す．久安百首や忠通家歌合

などに出詠．家集『親隆集』．金葉初出．　714／***601***

親房 ちかふさ　源．父は淡路守仲房．神祇伯顕仲の孫．遠江権守．従五位上．顕仲主催他の歌合に出詠．久安5年(1149)生存．金葉初出．　152, 185, 696

筑前 ちくぜん　→二条関白家筑前 にじょうかんぱくけのちくぜん

筑前乳母 ちくぜんのめのと　→前斎宮筑前乳母 さきのさいぐうのちくぜんのめのと

忠快 ちゅうかい　父は周防守平棟仲．平等院座主．周防内侍の兄．金葉のみ．　590

中宮[1] ちゅうぐう　堀河天皇中宮篤子内親王．康平3年(1060)生，永久2年(1114)10月1日没．55歳．後三条天皇皇女．母は贈皇太后茂子．祖母陽明門院禎子の養女．延久5年(1073)賀茂斎院．寛治5年(1091)女御．7年中宮(関白師実を以て仮父とす)．長治元年(1104)堀河院を御所にする．のち出家．堀河中宮と称せらる．鳥羽天皇の継母．　***59, 65, 307, 578***

中宮[2] ちゅうぐう　後冷泉天皇中宮章子内親王．万寿3年(1026)生，長治2年(1105)9月17日没．80歳．後一条天皇皇女．母は道長娘中宮威子．長暦元年(1037)東宮に入る．永承元年(1046)中宮．のち皇太后，太皇太后．承保元年(1074)二条院の院号を賜わる．　***69***

中納言 ちゅうなごん　→待賢門院中納言 たいけんもんいんのちゅうなごん

中納言女王 ちゅうなごんのにょおう　父は小一条院敦明親王(或は小一条院の女房とも，また女御とも)．母は伊賀守源光清の娘(関白教通家女房，号源式部)．権中納言藤原通任(敦明の母の兄)の猶子．源頼綱との間に仲正を産んだ．関白師実家女房．後拾遺初出．　118, 286

忠命 ちゅうみょう　寛和2年(986)生．天喜2年(1054)没．治安3年(1023)内供．長久2年(1041)法橋．園城寺．後拾遺初出．　176

長済 ちょうさい　万寿元年(1024)生，永保2年(1082)4月没．59歳．父は文章博士式部権大輔藤原家経．東大寺．承暦4年(1080)律師．後拾遺初出．　615／***615***

長済母 ちょうさいのはは　父は中宮大進藤原公業(本の名，景能)．文章博士式部大輔藤原家経の妻．　***615***

澄成 ちょうせい　父は越前守藤原頼成．藤原忠実の帰依を受けた．醍醐寺．阿闍梨．金葉のみ．　642

珍海法師母 ちんかいほうしのはは　父は左馬権頭藤原資経．珍海は内匠頭藤原基光（本の名，盛光）の子で，東大寺の僧．已講．絵師．金葉のみ．　643

土御門右大臣 つちみかどうだいじん　→師房 もろふさ

経成 つねしげ（つねなり）　高階．寛仁3年（1019）（一説，治安元年（1021））生，天永2年（1111）没．93（91）歳．父は美濃守業敏．備後守（今鏡），常陸介．正四位下．藤原忠実家の政所職員として活躍した．金葉のみ．　68

経輔 つねすけ　藤原．寛弘3年（1006）生，永保元年（1081）8月7日没．76歳．父は大宰権帥隆家．左大弁，勘解由長官，中宮大夫，大宰権帥（1058–63），権大納言．正二位．延久元年（1069）致仕，翌年出家．　*338*

経忠 つねただ　藤原．承保2年（1075）生，保延4年（1138）7月16日没．64歳．父は修理大夫師信．中納言．従二位．堀河中納言と号す．白河院・鳥羽院の院司として活躍した．金葉初出．　109, 397, 486, 667, 695

経長 つねなが　源．寛弘2年（1005）生，延久3年（1071）6月6日没．67歳．父は権中納言道方．経信の兄．権大納言，皇太后宮大夫．正二位．郢曲，篳篥の上手．金葉のみ．　334／***191***

経成 つねなり　→経成 つねしげ

経信 つねのぶ　源．長和5年（1016）生，永長2年（1097）閏正月6日没．82歳．父は権中納言道方．俊頼の父．大納言．正二位．大宰権帥を兼ね，任地に没す．桂大納言と号す．博学多才．『難後拾遺』を著す．『本朝無題詩』等に詩文多し．家集『経信集』．後拾遺初出．　19, 62, 73, 85, 97, 103, 126, 128, 170, 173, 181, 191, 204, 245, 249, 263, 268, 269, 275, 280, 312, 446, 466, 474, 516, 545, 676／***575***

経則 つねのり　中原．五位．平安京の東の市正（いちのかみ）．金葉のみ．　254

経平 つねひら　藤原．長和3年（1014）生，寛治5年（1091）7月3日没．78歳．父は権中納言経通．応徳2年（1085）大宰大弐に再任，その賞で

従三位．『後拾遺集』撰者通俊の父．　***348***

経通（つねみち）　藤原．天元5年(982)生，永承6年(1051)8月16日没．70歳．父は権中納言懐平．権中納言．正二位．金葉のみ．　28

経頼（つねより）　源．寛和元年(985)生，長暦3年(1039)8月24日没．55歳．父は参議左大弁扶義．長元2年(1029)右大弁，3年参議，長暦2年(1038)左大弁．正三位．日記『左経記』．　***17***

節信（ときのぶ）（としのぶ）　藤原．出自未詳．寛徳元年(1044)冬没．その年(長久5年)正月に河内権守．従五位下．賀古也帯刀(加久夜長帯刀)と号す．能因が長柄の橋のかんな屑を自慢したのに対し，井手の蛙を示した数寄者(袋草紙)．後拾遺初出．　105

時房（ときふさ）　藤原．父は上野介(守)成経．母は紀伊守源致時の娘．蔵人，皇后宮大進．従五位上．後拾遺初出．　557／***557***

土左内侍（とさのないし）　治暦2年(1066)寛子歌合に名あり．父は土佐守源貞亮(栄花物語勘物)．俊頼の母と姉妹．金葉のみ．　158

俊実（としざね）　源．永承元年(1046)生，元永2年(1119)6月8日没．74歳．父は権中納言隆俊．母は但馬守源行任の娘(号美濃)．権大納言．正二位．金葉初出．　307

俊重（とししげ）　源．父は木工頭俊頼．式部大夫(丞とも．中右記)，伊勢守．従五位上．能書．　***602***

俊忠（としただ）　藤原．保安4年(1123)7月9日没．51(53)歳．父は大納言忠家．俊成の父．定家の祖父．権中納言，大宰権帥．従三位．家集『俊忠集』．金葉初出．　148, 231, 468／***117, 138, 142, 398, 416, 701***

俊綱（としつな）　橘．長元元年(1028)生，寛治8年(1094)7月14日没．67歳．讃岐守俊遠の養子．実父は関白頼通．母は従二位祇子．のち藤原氏に復したと伝えられる．源俊頼の養父．修理大夫．正四位上．伏見の修理大夫と号す．『作庭記』を著す．後拾遺集初出．　***310***

節信（としのぶ）　→**節信**（ときのぶ）

俊宗女（としむねのむすめ）　橘．父は太皇太后宮少進俊宗，俊宗は従五位下，永保3年(1083)8月22日没．待賢門院安芸は姉妹．金葉のみ．　418, 448, 458, 697

俊頼 としより　源．天喜3年(1055)頃生，大治4年(1129)没(一説，3年)．75歳．父は大納言経信．母は土佐守源貞亮の娘．一時期橘俊綱の養子．俊恵の父．少将，左京権大夫，木工頭．従四位上．天永2年(1111)辞官．堀河朝歌壇に活躍．堀河百首・永久百首の作者．歌合の判者を数多くつとめた．白河院の院宣により『金葉集』撰進．歌学書『俊頼髄脳』，家集『散木奇歌集』．金葉初出．16, 50, 59, 92, 114, 145, 150, 188, 194, 206, 217, 239, 246, 266, 282, 288, 311, 333, 387, 399, 416, 439, 515, 530, 575, 586, 595, 602, 609, 647, 665, 688, 698, 701, 710／***342, 593***

鳥羽院 とばいん　諱宗仁．第74代天皇．康和5年(1103)生，保元元年(1156)7月2日崩．54歳．堀河天皇皇子．母は贈皇太后藤原苡子．嘉承2年(1107)即位，保安4年(1123)譲位．白河院に対して新院と称された．金葉初出．30／***40, 70, 326***

知陰 ともかげ　→知信 とものぶ

知信 とものぶ　藤原．承保3年(1076)生．父は阿波守知綱．母は郁芳門院媞子内親王の乳母(資経娘)．為忠(号常磐)の父．蔵人，検非違使．従五位下．承徳元年(1097)出家．706の知陰は誤．金葉のみ．612, 706／***608***

知房 ともふさ　藤原．永承元年(1046)生，天永3年(1112)2月没．67歳．実父は越中守源良宗．太政大臣藤原信長の養子．美濃守，民部少輔．正五位下．漢詩が『本朝無題詩』等に残る．金葉のみ．371

な

内侍 ないし　→前斎宮内侍 さきのさいぐうのないし

内大臣 ないだいじん　→有仁 ありひと

内大臣家越後 ないだいじんけのえちご　父は越後守藤原季綱．刑部大輔源定信の妻．内大臣(花園左大臣)有仁の乳母．金葉のみ．88, 166, 224, 283, 543

内大臣家小大進 ないだいじんけのこだいしん　父は式部大輔菅原在良(一説，前式部丞家能)．母は三宮輔仁親王家女房大進．石清水別当光清の妻．小侍従の母．久安百首の作者．金葉初出．373, 513, 572

長国（ながくに）　中原．天喜2年(1054)12月没．父は大隅守重頼．文章生，但馬介，周防介，大外記，肥前守．正四位下(五位)．後拾遺初出．303

仲実（なかざね）　藤原．天喜5年(1057)生，永久6年(1118)3月26日没．62歳．父は越前守能成．参河・備中・紀伊・越前守，中宮亮，宮内大輔．正四位下．堀河百首の作者で，永久百首を勧進した．歌合の出詠多し．康和2年(1100)仲実女子根合を主催し，判者となる．編著に『綺語抄』『古今和歌集目録』(佚文のみ)『類林抄』(佚書)がある．金葉初出．　243, 273, 426, 569／***578***

長実（ながざね）　藤原．承保2年(1075)生，長承2年(1133)8月19日没．59歳．父は修理大夫顕季．顕輔の兄．鳥羽后美福門院得子の父．権中納言．正三位．贈左大臣正一位．歌合の主催，出詠多し．金葉初出．6, 11, 32, 45, 78, 157, 205, 209, 229, 321, 357, 385, 429, 437, 668／***109***, ***394***

永実（ながざね）　藤原．父は太皇太后宮大進清家．母は橘季通の娘．祖父は範永．堀河朝蔵人，永久2年(1114)従五位上．信濃守．藤原忠通家の家司で，内大臣忠通家歌合に出詠した．金葉初出．　64, 301, 443, 484

長実母（ながざねのはは）　父は大宰大弐従三位藤原経平．後拾遺撰者の通俊は兄弟．顕季の妻．顕輔等の母．金葉初出．　60, 374, 682

長房（ながふさ）　藤原．本の名，師光．長元3年(1030)生，康和元年(1099)9月9日没．70歳．父は権大納言経輔．参議，大蔵卿，大宰大弐．正三位．後拾遺初出．　18, 79, 338

仲正（なかまさ）　源．仲政とも．父は参河守頼綱．源三位頼政の父．兵庫頭，下野守．従五位上．長治元年(1104)から保延2年(1136)の間の歌合に名が見える．為忠家両度百首の作者．家集『蓬屋集』(佚書)．金葉初出．　146, 184

仲正女（なかまさのむすめ）　***541***　→皇后宮美濃（こうごうぐうみの）

成助（なりすけ）　賀茂．長元7年(1034)生，永保2年(1082)没．49歳．父は賀茂別雷社最初の神主成真(成実)．神主．天喜4年(1056)外従五位

下に叙された．大池神主と号す．家集断簡あり．後拾遺初出．　650，704／***592***

成通（なりみち）　藤原．本の名，宗房．承徳元年(1097)生，没年未詳．永暦元年(1160)生存．父は権大納言宗通．母は藤原顕季の娘．大納言．正二位．平治元年(1159)出家，法名栖蓮．竜笛・郢曲・蹴鞠の名人．家集『成通集』．金葉初出．　27, 63, 300, 400, 452, 674

成光（なりみつ）　→成光（しげみつ）

成元（なりもと）　→成元（しげもと）

二条関白（にじょうかんぱく）　→師通（もろみち）

二条関白家筑前（にじょうかんぱくけのちくぜん）　未詳．関白教通家の女房．筑前と称される者は四条宮筑前・筑前乳母などおり，異同がはっきりしない．康資王母と同一人，或は姉妹とする説もある．金葉初出．　117

女御（にょうご）　堀河天皇の女御藤原苡子．承保3年(1076)生，康和5年(1103)1月25日没．28歳．父は大納言贈太政大臣実季．承徳2年(1098)女御．皇子(鳥羽天皇)の産褥で没．贈従二位．贈皇太后．
53

女別当（にょべっとう）　→皇后宮女別当（こうごうぐうのにょべっとう）

仁覚（にんかく）　寛徳2年(1045)生，康和4年(1102)3月27日没．58歳．父は右大臣源師房．法性寺座主，天台座主，大僧正．一乗坊和尚，梶井座主と号す．金葉のみ．　594

能因（のういん）　俗名，橘永愷．永延2年(988)生，没年未詳．永承5年(1050)生存．父は長門守元愷(一説，肥後守為愷)．文章生(号肥後進士)．出家して融因，のち能因．古曽部入道と称された．長能を歌の師とする．中古三十六歌仙．歌学書『能因歌枕』，私撰集『玄々集』，家集『能因法師集』．後拾遺初出．　159, 625／***625***

信綱（のぶつな）　藤原．父は定成か．大江挙周の子となる．蔵人．従五位下．蔵人入道とも号し，康平元年(1058)34歳で出家して，叡覚となった人物ともされる．金葉のみ．　656

惟規（のぶのり（これのり））　藤原．寛弘8年(1011)没．父は越後守為時．紫式部の兄弟．蔵人．従五位下．「極キ和歌ノ上手」(今昔物語)．家集『惟規

集』. 後拾遺初出.　391, 395, 547

信宗 のぶむね(さねむね)　源. 延元6年(1074)6月30日(分脈)没, 承保元年(同)8月30日(部類)没, 承徳元年(1097)8月30日(部類)没の三説ある. 父は小一条院敦明親王. 左中将. 正四位下. 院中将と号す. 後拾遺初出.　485

範国 のりくに　平. 父は武蔵守行義. 文章生, 蔵人, 右衛門権佐, 伊予・甲斐・美作守, 春宮大進. 正四位下. 日記『範国記』 ***625***

範永 のりなが　藤原. 正暦3. 4年(992. 3)頃生, 承暦元年(1077)7月以前没. 父は尾張守仲清. 道綱母は祖母の妹. 長和5年(1016)蔵人, 摂津等の守. 頼通・師実家司. 延久2年(1070)頃出家. 津入道と号す. 和歌六人党の一人. 家集『範永集』. 小式部内侍との娘が尾張(尊卑分脈等). 後拾遺初出.　422／***614***

則光 のりみつ　橘. 父は駿河守敏政. 陸奥守. 従四位上. 清少納言との間の子に則長がいる. 金葉のみ.　349

は

肥後 ひご　→皇后宮肥後 こうごうぐうのひご

肥後内侍 ひごのないし　父は肥後守高階基実. 肥後掌侍基子(永昌記). 堀河院内侍肥後(尊卑分脈).　***560***

肥前 ひぜん　→前斎宮肥前 さきのさいぐうのひぜん

兵衛 ひょうえ　→待賢門院兵衛 たいけんもんいんのひょうえ

堀河 ほりかわ　→摂政家堀河 せっしょうけのほりかわ

堀河 ほりかわ　→待賢門院堀河 たいけんもんいんのほりかわ

堀河院 ほりかわいん　諱善仁. 第73代天皇. 承暦3年(1079)生, 嘉承2年(1107)7月19日崩. 29歳. 白河天皇第2皇子. 母は中宮賢子. 応徳3年(1086)即位. 堀河院艶書合, 堀河百首など文芸に熱心. 笛の上手. 金葉初出.　43, 305, 314, 560／***1, 43, 53, 59, 65, 239, 307, 382, 406, 468, 522, 578, 602***

堀河右大臣 ほりかわのうだいじん　→頼宗 よりむね

ま

正家 まさいえ　藤原．万寿3年(1026)生，天永2年(1111)10月12日没．86歳．父は式部権大輔家経．文章博士，式部大輔．堀河天皇侍読．右大弁，正四位下．相人．永承6年(1051)内裏根合日記等執筆．漢詩文が残る．金葉初出．　392

雅兼 まさかね　源．承暦3年(1079)生，康治2年(1143)11月8日没．65歳．父は右大臣顕房．長承4年(1135)権中納言を辞して出家．薄雲の中納言と号す．家集『雅兼集』．金葉初出．　15, 25, 34, 57, 168

雅定 まささだ　源．嘉保元年(1094)生，応保2年(1162)5月27日没．69歳．父は太政大臣雅実．右大臣正二位．中院右大臣と号す．金葉初出．　70, 76, 90, 120, 151, 361, 427

雅実 まさざね　源．康平2年(1059)生，大治2年(1127)2月15日没．69歳．父は右大臣顕房．太政大臣．従一位．久我太政大臣と号す．白河天皇中宮賢子，神祇伯顕仲等と兄弟．金葉初出．　31

正季 まさすえ　藤原．父は駿河守親信．母は筑前守高階成順の娘．典薬助，皇后宮少進．従五位下．金葉のみ．　535

雅光 まさてる(まさみつ)　源．寛治3年(1089)生，大治2年(1127)10月3日没．39歳．父は権中納言雅兼(顕房の子)(尊卑分脈)，あるいは『今鏡』は右大臣顕房とし，『作者部類』は右大臣雅定(顕房の孫)とする．治部大輔．従五位上．金葉初出．　107, 143, 225, 355, 413, 456, 509, 585, 685, 693

匡房 まさふさ　大江．長久2年(1041)生，天永2年(1111)11月5日没．71歳．父は大学頭成衡．曽祖父母が匡衡・赤染衛門．権中納言，大宰権帥．正二位．後三条・白河・堀河天皇の侍読．江帥と号す．多くの詩文が残る．編著に『江家次第』『江談抄』『続往生伝』など．家集『江帥集』あり．後拾遺初出．　51, 56, 99, 276, 284, 325, 616, 666 ／***122***

匡房妹 まさふさのいもうと　大江．伝未詳．金葉のみ．　657

雅光 まさみつ　→雅光 まさてる

参河 みかわ　→摂政家参河 せっしょうけのみかわ

御匣殿 みくしげどの　父は源資綱か．寛治７年(1093)２月御匣殿に補せられ，嘉承２年(1107)９月中宮に随い出家．金葉のみ．　65

弥陀仏 みだぶつ　阿弥陀仏．阿弥陀如来．浄土宗の本尊．信仰は10世紀以降広まった．　***646***

道方 みちかた　源．安和２(一説，元)年(969，968)生，長久５年(1044)９月25日没．76(77)歳．父は左大臣重信．母は右大臣師輔の娘(一説，源高明の娘)．経信の父．左大弁，勘解由長官，権中納言，兼大宰権帥．民部卿．琵琶に優れた．正二位．　***516***

道経 みちつね　藤原．本の名，家隆．父は丹波守顕綱．和泉守．従五位上．俊成の母方祖母の伊予三位兼子は姉．讃岐典侍長子が妹．長治元年(1104)から保延元年(1135)の間の歌合に数多く出詠．金葉初出．　323, 375

道時 みちとき　源．通時とも．寛徳２年(1045)生，保安元年(1120)８月22日没．76歳．父は大納言経信．俊頼の兄．右少将，刑部卿．正四位下．琵琶の上手．金葉のみ．　137

通俊 みちとし　藤原．永承２年(1047)生，承徳３年(1099)８月16日没．53歳．父は大宰大弐経平．権中納言．従二位．白河天皇側近．同天皇の命により『後拾遺集』を撰進．後拾遺初出．　241, 324, 348

道済 みちなり　源．寛仁３年(1019)没．父は能登守方国．文章生，式部大丞，筑前守．正五位下．中古三十六歌仙．歌学書『道済十体』，家集『道済集』．拾遺初出．　281

道雅 みちまさ　藤原．正暦３年(992)生，天喜２年(1054)７月20日没．63(62)歳．父は儀同三司伊周．左京大夫．従三位．荒三位と称された．前斎宮当子内親王と通じ．当子父の三条院から勘気を受ける．中古三十六歌仙．後拾遺初出．　***20***

通宗 みちむね　藤原．応徳元年(1084)４月12日没．父は大弐経平．母は高階成順の娘．通俊の兄．伊勢大輔の孫．右衛門佐，若狭等の国守．正四位下．後拾遺初出．　614

光綱母 みつつなのはは　源光綱は，筑前守頼家の子満綱(伊豆守従四位下，母未

詳)か．金葉のみ．574

美濃 みの　→皇后宮美濃 こうごうぐうのみの

宮 みや　→輔仁親王 すけひとしんのう

致親 むねちか　平(正保版本は「源」とする)．致信とも．父は左馬允源為清(作者部類・尊卑分脈)，重之の孫．源姓が正しいか．典薬允．金葉のみ．262

宗通 むねみち　藤原．延久3年(1071)生，保安元年(1120)7月22日没．50歳(一説，47歳)．父は右大臣俊家．白河天皇に養育された．権大納言，中宮大夫．正二位．金葉初出．564

基清 もときよ　藤原．伝未詳．***529***

基綱 もとつな　平．父は伊予守教成．六位蔵人，康和4年(1102)伊勢守．従五位下．金葉のみ．612の詞書の「安房守基綱」は「阿波守知綱」の誤りか．606

元任 もととう　橘．父は永愷(能因法師)．寛徳3年(1046)従五位下．文章生，少内記．後拾遺初出．160, 624

元任の父 もととうのちち　橘永愷(能因法師)．***160***　→能因 のういん

基俊 もととし　藤原．康平3年(1060)生(他に1054，1056等説がある)，永治2年(1142)没．83歳．父は右大臣俊家．従五位上左衛門佐．保延4年(1138)出家，金吾入道と号す．白河期文壇の重鎮．歌合判者，『新撰朗詠集』編纂など和漢に通じた．『本朝無題詩』等に詩が残る．家集『基俊集』．金葉初出．154, 345, 604

基長 もとなが　藤原．長久4年(1043)生，嘉承2年(1107)11月21日没．65歳．父は内大臣能長．後三条朝に参議，白河朝では不遇．寛治5年(1091)正二位．権中納言から弾正尹に遷され，承徳2年(1098)出家．後拾遺初出．264, 531

基光 もとみつ　藤原．2説ある．①康和2年(1100)3月17日没．父は修理大夫資憲．内匠頭，皇后宮大進．従五位下(作者部類)．②父は越前守頼成．絵師．内匠頭．従五位上．東大寺已講で名高い絵師珍海の父(陽明文庫蔵金葉集書き入れ)．金葉のみ．240, 369

盛清 もりきよ　源．父は右兵衛尉盛実．山城守．五位．金葉のみ．671

盛経母 もりつねのはは　未詳．金葉のみ．　455, 670

盛房 もりふさ　藤原．父は越前守定成．文章生，蔵人，肥後守．従五位下．寛治 8 年(1094)生存．『三十六歌仙伝』の著者ともされる．金葉のみ．　95／*575*

師賢 もろかた　源．長元 8 年(1035)生，永保元年(1081)7 月 2 日没．47 歳．父は参議兵部卿資通．母は源頼光の娘．蔵人頭，左中弁．正四位下．和琴の上手．後拾遺初出．　94, 244, 257, 580, 599／*173*

師実 もろざね　藤原．長久 3 年(1042)生，康和 3 年(1101)2 月 13 日没．60 歳．父は関白頼通．関白，太政大臣．従一位．京極前太政大臣，後宇治関白と号す．家集『京極大殿御集』．後拾遺初出．　329／*35, 49, 121, 193, 196, 245, 278, 285, 324, 537, 545*

師季 もろすえ　平．父は武蔵守行義(一説に行義の子の範国)．蔵人，式部丞，下野守．従五位下．永保 3 年(1083)官使殺害のため，位記を剝奪された．嘉保 3 年(1096)出家．金葉のみ．　200

師時 もろとき　源．承暦元年(1077)生，保延 2 年(1136)4 月 6 日没．60 歳．父は左大臣俊房．権中納言，太皇太后宮権大夫．正三位．堀河百首の作者．『和漢兼作集』に漢詩あり．日記『長秋記』．金葉初出．　165, 290, 295, 636, 694

師俊 もろとし　源．本の名，俊仲．承暦 4 年(1080)生，永治元年(1141)12 月 7 日没．62 歳．父は左大臣俊房．大納言師忠の養子．権中納言，皇后宮権大夫．従三位．俊頼の娘を妻とする．関白忠通家の歌合に多く出詠．金葉初出．　44, 190, 255, 309, 364, 423

師房 もろふさ　源．本の名，資定．寛弘 5 年(1008)生，承保 4 年(1077)2 月 17 日没．70 歳．父は後中書王具平親王．関白頼通妻隆姫の兄．頼通の猶子．道長の娘尊子を妻とする．寛仁 4 年(1020)源姓を賜わる．従一位．土御門右大臣と号す．薨去の日，太政大臣．日記『土右記』．後拾遺初出．　214

師通 もろみち　藤原．康平 5 年(1062)生，承徳 3 年(1099)6 月 28(29)日没．38 歳．父は関白師実．母は右大臣源師房娘従一位麗子．関白内大臣．従一位．後二条関白と号す．日記『後二条師通記』．　*85, 95,*

150

師光 もろみつ　源．本の名，国仲，次で国保(一本，国次)．父は美濃守頼国．蔵人，信濃・相模守．従五位下．相人．承保2年(1075)内裏歌合に国仲として出詠．後拾遺初出．　537

師頼 もろより　源．治暦4年(1068)生，保延5年(1139)12月4日没．72歳．父は左大臣俊房．大納言，太皇太后宮大夫，東宮大夫等．正二位．小野宮大納言と号す．堀河百首の作者．『万葉集』次点者の一人．説話集に逸話あり．金葉初出．　135, 197, 342, 554, 598

や

康貞女 やすさだのむすめ　平．未詳．金葉のみ．　551, 702

康貞女の女 やすさだのむすめのむすめ　未詳．金葉のみ．　552／***551***

保実 やすざね　藤原．康平4年(1061)生，康和4年(1102)3月4日没．42歳．父は大納言実季．公実の弟．頭中将，権中納言，大宰権帥．正三位．　***579***

康資王母 やすすけおうのはは　父は筑前守高階成順．別名，筑前．母は伊勢大輔．大中臣家相伝の歌人．延信王との間に康資王(神祇伯)を生む．そのため伯の母とも．のち常陸守藤原基房の妻．後冷泉天皇皇后四条宮寛子に仕え，四条宮の筑前と呼ばれた．家集『康資王母集』．後拾遺初出．　121, 294, 608

保俊 やすとし　藤原．永久4年(1116)1月20日没．父は安芸守忠俊．左衛門佐．従四位下．天永元年(1110)9月5日斎宮寮頭に任ぜられ(殿暦)，永久2年(1114)3月16日停任された(中右記)．　***549***

保昌 やすまさ　藤原．天徳2年(958)生，長元9年(1036)没．79歳．父は右京大夫致忠．母は元明親王の娘．左馬頭，摂津・大和・丹後・肥後守．正四位下．武略に長ず．和泉式部の再婚相手．　***550***

木綿四手 ゆうしで　→前太政大臣家木綿四手 さきのだいじょうだいじんけのゆうしで

行家 ゆきいえ　藤原．長元2年(1029)生，長治3年(1106)2月19日没．78歳．父は式部権大輔家経．文章博士，阿波・讃岐守．正四位下．金葉のみ．　679, 681

行重 ゆきしげ　大江．長治元年(1104)広綱後番歌合に名あり(歌合大成247)．『中右記』の康和4年(1102)から長承年間(1132-34)まで，検非違使・左衛門志他で頻出する．金葉のみ．　650

行宗 ゆきむね　源．康平7年(1064)生，康治2年(1143)12月24日没．80歳．父は参議基平．後三条天皇女御基子・行尊の弟．白河院側近．大蔵卿，越前権守．従二位．家集『行宗集(源大府卿集)』．金葉初出．　199, 343, 381, 522, 570, 700, 707／*522*

行盛 ゆきもり　藤原．承保元年(1074)生，長承3年(1134)11月22日没．61歳．父は讃岐守行家．蔵人，文章博士，式部大輔．正四位下．『和漢兼作集』他に詩文あり．『後拾遺往生伝下』に記事あり．金葉のみ．　172, 287, 315

永縁 ようえん(えいえん)　永承3年(1048)生，天治2年(1125)4月5日没．78歳．父は大蔵大輔藤原永相．康平4年(1061)出家，興福寺別当，権僧正．奈良花林院に住す．初音の僧正と称された．堀河百首の作者．花林院で歌合主催．金葉初出．　71, 113, 131, 202, 213, 259, 430, 453, 519, 618, 637, 638, 640

永縁妹の内侍 ようえん(えいえん)のいもうとのないし　*519*　→前斎宮内侍 さきのさいぐうのないし

永縁母 ようえん(えいえん)のはは　大江公資の娘．　*618*　→公資 きんより・永縁 ようえん(えいえん)

永縁女 ようえん(えいえん)のむすめ　伝未詳．131の作者を「永縁母」とする伝本もあり，その場合は永縁の妹の内侍と同一人か．　*131*

永源 ようげん(えいげん)　父は肥後守藤原敦舒(作者部類)．別の説では，藤原永相，永縁の兄，東大寺の僧(尊卑分脈)．「観世音寺別当，家集を以て山人と称せらる」(陽明文庫本後拾遺集勘物)．後拾遺初出．　653

永成 ようじょう(えいせい)　父は越前守源孝道(一説，祖父)．阿闍梨．西若と号す．四条宮下野は姪．長久2年(1041)弘徽殿女御歌合に出詠．後拾遺初出．　313, 648, 653

陽明門院 ようめいもんいん　禎子内親王．長和2年(1013)生，寛治8年(1094)1月16日没．82歳．三条天皇皇女．母は道長娘妍子．後朱雀天皇の中宮，皇后．後三条天皇の生母たるにより，皇太后，太皇太后となり，治暦5年(1069)院号を賜る．　*622*

能元 よしもと　橘．父は散位忠元．能因の曽孫．楽所預．従五位下．高橘太と号す．金葉初出．　538

頼家 よりいえ　源．寛弘4年(1007)前後の出生．没年は承保2年(1075)以降か．父は摂津守頼光．越中守，筑前守．従四位下．関白頼通家家司．和歌六人党の一人．長元8年(1035)から天喜2年(1054)の間の歌合に名が見える．後拾遺初出．　332／***574***

頼綱 よりつな　源．万寿元年(1024)頃の生，永長元年(1096)出家，承徳元年(1097)閏正月没．73歳(一説，74歳)．父は内蔵頭頼国．祖父は頼光，頼実が兄，仲政の父．参河守．従四位下．多田歌人と号す．後拾遺初出．　278, 656

頼通 よりみち　藤原．正暦3年(992)生，延久6年(1074)2月2日没．83歳．父は御堂関白道長．母は倫子．摂政，関白，太政大臣．従一位．宇治殿と号す．類聚歌合十巻本の集成，諸家集の蒐集などに努めた．後拾遺初出．　651／***201***

頼光 よりみつ　源．天暦2年(948)生，治安元年(1021)7月24(19)日没．74歳．父は多田の満仲．摂津他十数箇国の国司．蓄えた財力で道長家に奉仕した．内蔵頭．正四位下．酒呑童子退治の説話も知られる．拾遺初出．　659／***659***

頼宗 よりむね　藤原．正暦4年(993)生，康平8年(1065)2月3日没．73歳．父は御堂関白道長．母は明子．右大臣．従一位．堀河右大臣と号す．家集『入道右大臣集』．後拾遺初出．　55, 336, 562

ら

頼基 らいき　永承6年(1051)生，長承3年(1134)没．84歳．父は参議源基平．行尊・後三条天皇女御基子の兄．権大僧都．光明仙と号す．金葉のみ．　539／***538***

頼慶 らいけい　法師．生没年未詳．園城寺の僧．別所公方と号す．『権記』寛弘8年(1011)3月28日条，『小右記』寛仁元年(1017)10月1日条に威儀師とある人物か．後拾遺初出．　649

頼算 らいさん　法師．伝未詳．金葉のみ．　712

隆覚 りゅうかく　法師．阿闍梨．父は大納言源隆国(作者部類)．ほぼ同時代に，藤原隆忠(比叡山，阿闍梨，隆縁の兄弟)，藤原良経(阿闍梨，行成の孫)の子に隆覚がいる．715は詞花にも作者を隆縁として入っている．金葉のみ．　715

隆源 りゅうげん　父は若狭守藤原通宗．『後拾遺集』の撰者の通俊は叔父．園城寺．阿闍梨大法師．若狭阿闍梨と号す．堀河百首の作者．歌学書『隆源口伝』，『隆源陳状』あり．金葉初出．　67, 230, 291, 431

隆子 りゅうし　→六条右大臣北方 ろくじょううだいじんのきたのかた

竜女 りゅうにょ　沙竭羅竜王の娘．8歳で悟りを得て，釈迦の前で男に変じ，成仏したという．　***709***

良暹 りょうせん　父は未詳(一説，源道済)，母は実方家女童白菊との伝えがある．比叡山．祇園別当．康平7年(1064)前後の没で，67～68歳と推定されている．長暦2年(1038)から永承6年(1051)の間の歌合に代作者としての名が見える．私撰集『良暹打聞』があったらしく，『和歌一字抄』に佚文が残る．後拾遺初出．　17, 84, 421, 528／***17, 534***

琳賢 りんけん　法師．承保年間(1074-77)頃の生．父は伊勢守橘義済．比叡山．横川の僧．飾り車の風流，造園に巧み．天仁2年(1109)から長承3年(1134)の間の歌合に名が見える．金葉初出．　716

六条 ろくじょう　→待賢門院堀河 たいけんもんいんのほりかわ

六条右大臣 ろくじょううだいじん　→顕房 あきふさ

六条右大臣北方 ろくじょううだいじんのきたのかた　従二位源隆子．寛徳元年(1044)生．寛治3年(1089)9月28日没．46歳．父は中納言隆俊．六条右大臣源顕房の妻．白河天皇中宮賢子の母．郁芳門院媞子内親王の祖母．後拾遺初出．　540, 548／***548, 607***

金葉和歌集(きんようわかしゅう)

2023年11月15日　第1刷発行

校注者　川村晃生(かわむらてるお)　柏木由夫(かしわぎよしお)　伊倉史人(いくらふみと)

発行者　坂本政謙

発行所　株式会社　岩波書店
〒101-8002 東京都千代田区一ツ橋2-5-5
案内 03-5210-4000　営業部 03-5210-4111
文庫編集部 03-5210-4051
https://www.iwanami.co.jp/

印刷・理想社　カバー・精興社　製本・中永製本

ISBN 978-4-00-300309-1　　Printed in Japan

読書子に寄す

——岩波文庫発刊に際して——

岩波茂雄

真理は万人によって求められることを自ら欲し、芸術は万人によって愛されることを自ら望む。かつては民を愚昧ならしめるために学芸が最も狭き堂宇に閉鎖されたことがあった。今や知識と美とを特権階級の独占より奪い返すことはつねに進取的なる民衆の切実なる要求である。岩波文庫はこの要求に応じそれに励まされて生まれた。それは生命ある不朽の書を少数者の書斎と研究室とより解放して街頭にくまなく立たしめ民衆に伍せしめるであろう。近時大量生産予約出版の流行を見る。その広告宣伝の狂態はしばらくおくも、後代にのこすと誇称する全集がその編集に万全の用意をなしたるか。千古の典籍の翻訳企図に敬虔の態度を欠かざりしか。さらに分売を許さず読者を繋縛して数十冊を強うるがごとき、はたしてその揚言する学芸解放のゆえんなりや。吾人は天下の名士の声に和してこれを推挙するに躊躇するものである。このときにあたって、岩波書店は自己の責務のいよいよ重大なるを思い、従来の方針の徹底を期するため、すでに十数年以前より志して来た計画を慎重審議この際断然実行することにした。吾人は範をかのレクラム文庫にとり、古今東西にわたって文芸・哲学・社会科学・自然科学等種類のいかんを問わず、いやしくも万人の必読すべき真に古典的価値ある書をきわめて簡易なる形式において逐次刊行し、あらゆる人間に須要なる生活向上の資料、生活批判の原理を提供せんと欲する。この文庫は予約出版の方法を排したるがゆえに、読者は自己の欲する時に自己の欲する書物を各個に自由に選択することができる。携帯に便にして価格の低きを最主とするがゆえに、外観を顧みざるも内容に至っては厳選最も力を尽くし、従来の岩波出版物の特色をますます発揮せしめようとする。この計画たるや世間の一時の投機的なるものと異なり、永遠の事業として吾人は微力を傾倒し、あらゆる犠牲を忍んで今後永久に継続発展せしめ、もって文庫の使命を遺憾なく果たさしめることを期する。芸術を愛し知識を求むる士の自ら進んでこの挙に参加し、希望と忠言とを寄せられることは吾人の熱望するところである。その性質上経済的には最も困難多きこの事業にあえて当たらんとする吾人の志を諒として、その達成のため世の読書子とのうるわしき共同を期待する。

昭和二年七月